Diogenes Taschenbuch 24592

CHARLES LEWINSKY, 1946 in Zürich geboren, ist seit 1980 freier Schriftsteller. International berühmt wurde er mit seinem Roman *Melnitz*. Er gewann zahlreiche Preise, darunter den französischen Prix du meilleur livre étranger. Sein jüngster Roman *Der Halbbart* war nominiert für den Schweizer und den Deutschen Buchpreis. Sein Werk erscheint in 14 Sprachen. Charles Lewinsky lebt im Sommer in Vereux (Frankreich) und im Winter in Zürich.

Charles Lewinsky

Johannistag

ROMAN

Diogenes

Die Originalausgabe erschien 2000
im Haffmans Verlag, Zürich
Covermotiv: Gemälde von August Macke
›Tegernsee Landschaft‹, 1910

Veröffentlicht als Diogenes Taschenbuch, 2021

www.diogenes.ch
40/21/36/1
ISBN 978 3 257 24592 9

A la mémoire de Jean Hory,
raconteur et ami

Die Welt ist tausend Schritte lang.

Wenn Du kämst (aber Du kommst ja nicht), müsstest Du die Hauptstraße verlassen, Du erkennst die Abbiegung leicht, sie haben dort die Strecke begradigt, und der Stumpf der alten Fahrspur verlandet im Unkraut, Du würdest aussteigen und Du würdest mir folgen, tausend Schritte lang, eine Welt lang.

Zuerst steht da das Schild »Courtillon 0,1«. Gemeinsam würden wir schmunzeln über die liebenswerte bürokratische Sturheit, die darauf besteht, hundert Meter Distanz zu einem Dorf anzukündigen, in dem man sich schon befindet, denn das erste Haus ist direkt an die Straße gebaut, blinzelt mit kleinen Fenstern in den Verkehr, Spinnweben an den Rahmen wie die verklebten Wimpern eines Langschläfers. Die alte Frau, die hier wohnt, hört mich nicht, wenn ich sie grüße; sie spricht mit niemandem, nur – »putt, putt, putt« und »so, so, so« – mit ihren Hühnern, die ihr folgen wie Schoßhündchen. Manchmal läuft eins auf die Straße und wird überfahren, aber die Hühnerfrau, ich habe es schon zweimal beobachtet, zeigt dann keinerlei Emotion, sie nimmt nur einen Henkelkorb, für den sie neben der Tür eigens eine Befestigung in die Hauswand getrieben hat, einen langen Haken, wie man ihn hier sonst braucht, um Blumentöpfe aufzuhängen, und mit dem Korb über dem Arm, als ob sie mal eben zum Einkaufen ginge, spaziert sie auf die Straße hinaus, ohne auf den Verkehr zu achten, ohne

Eile, sammelt das tote Tier auf, packt es in den Korb und trägt es ins Haus. Ihre Hühner, eine kleine, altweibisch schwarze Rasse mit zerzausten Kopffedern, trippeln in hektischer Prozession hinter ihr her, auf eine Handvoll Mais hoffend wie auf einen hingestreuten Segen, bis die Frau die Haustür hinter sich schließt, den Schlüssel im Schloss dreht und mehrere Riegel vorschiebt. Drei, vier Minuten später kommt sie wieder heraus und hängt den frisch gewaschenen, noch tropfenden Korb an den Haken zurück. Sie redet weiter mit ihren Hühnern, die durch den Unfall nicht weniger geworden sind (sag nichts, ich weiß, dass das nicht stimmen kann, aber es passt zu der Welt hier im Dorf, wo immer alles gleich bleibt), sie redet auf die Hennen ein, die in unveränderter Zahl um ihre Beine wuseln, als ob sie Angst hätten, ein Wort zu versäumen von ihrem endlosen Monolog.

Zur Rechten dann (wir wären weitergegangen, nicht Hand in Hand, das hast Du nie gemocht, nur nebeneinander, ohne Berührung, aber wenn Du den Kopf drehst, streifen Deine Haare über meine Schulter), zur Rechten in dem Haus wohnt ein Ehepaar, mit dem ich schon manches Glas Wein getrunken habe, die Brossards. Du würdest sie mögen, wenn Du sie kennen dürftest, und sie würden Dich lieben, wie jeder Dich lieben muss, Monsieur würde Dir die Hand küssen, und Du würdest lachen, weil die elegante Geste nicht zu seinen geflickten Hosen passt und zu dem verwaschenen Hemd, das sich über seinem Bauch spannt. Madame würde Dich in die Arme nehmen, in ihre immer offenen Arme, sie würde ihre Wange an die Deine legen, links und rechts, und Du würdest den *fond de teint* riechen, den sie sich immer noch aus Paris schicken lässt; man war mal Dame und hatte Dienstmädchen. Monsieur Brossard war Richter, »im neunzehnten Jahrhundert«, sagt er kokett, dabei ist er gerade mal siebzig geworden, wir haben zusammen darauf angestoßen, und er war vor lauter Betrunkenheit so vornehm wie nie. Im Dorf nennen sie ihn *le juge*, und wenn einer ein Problem hat, mit einer Behörde oder überhaupt, dann kommt er vorbei mit einer guten Flasche Wein, sie setzen sich in den Garten unter einen Baum, und dann wird das besprochen und geregelt.

Das Haus der Brossards ist ganz unter Weinlaub versteckt, *vigne vierge,* ein Wein, der keine Trauben trägt, nur kleine, harte Samen, es klingt wie Regen, wenn sie zu Boden rieseln, spät im Sommer. (Ja, ich kenne schon die Geräusche aller Jahreszeiten, so lange bin ich schon hier, ein Herbst, ein Winter, ein Frühling, ein Sommer, und jetzt ist wieder Herbst und ich denke immer noch an Dich.)

Dann – wir sind erst fünfzig Schritte gegangen, oder vielleicht siebzig – kommt das Haus mit der Hecke, die Hecke mit dem Haus. Ein Gebäude aus den sechziger Jahren, nicht besonders schön, nicht besonders hässlich, der Besitzer, Deschamps heißt er, war zur Bauzeit ganz neu bei der Gendarmerie, unterdessen hat er Karriere gemacht und leitet den Posten in Montigny, unserer Mini-Metropole. Das Haus steht zu nahe an der Dorfstraße, es müsste nach hinten versetzt sein, um eine Perspektive zu kriegen, und weil vor dem Eingang kein Platz dafür war, haben sie die Hecke neben das Haus gepflanzt, Buchsbaum, halbkreisförmig geschwungen wie in der Auffahrt eines Schlosses. Bloß dass da kein Schloss ist und keine Auffahrt, nur diese alleinstehende, einsame Hecke, die ihnen über den Kopf gewachsen ist; sie nimmt schon den Fenstern des oberen Stockwerks das Licht. Ich habe Monsieur Deschamps noch nie mit einer Baumschere hantieren sehen, auch nicht seine kleine, übereifrige Frau, aber der Buchsbaum ist immer so perfekt in Form gedrillt, dass er aussieht wie aus Versailles hierher versetzt. (Weißt Du noch?) Es ist eine Hecke, vor der müssten Reifröcke aus einer Kutsche steigen, aber da steht keine Kutsche, nur eine ausgeleierte, mit Geranien bepflanzte Schubkarre. Du würdest lachen, wenn Du die Hecke sähest, dieses kluge, stille Lachen, das so viel älter ist als Du.

Dann kommt der Hof des Pferdebauern, er ist ein alter dicker Mann, den man von weitem kommen hört, sein Atem rasselt bei jedem Schritt, metallisch und schartig. Er bleibt stehen, wenn man ihn grüßt, nicht aus Höflichkeit, sondern weil er gern stehen bleibt, um nach neuem Atem zu suchen, es blubbert in ihm, die Worte lang schon ertrunken in dem Wasser, an dem er irgendwann selber ersticken wird. Man sagt, er sei Pferdehändler, aber das ist nur noch ein Etikett, so wie der Richter immer noch Richter heißt und der Bahnwärter immer noch Bahnwärter, obwohl hier seit dreißig Jahren kein Zug mehr gehalten hat. Zwei Pferde sind noch übrig, eine schwere, träge Rasse, gezüchtet, um Pflüge zu schleppen, geduldig und ausdauernd; jetzt haben sie die Wiese für sich und die leeren Tage. Wenn der Pferdebauer sich auf der Straße heranquält, warten sie schon am Zaun, lassen sich mit Mohrrüben füttern oder mit Äpfeln, und wenn ein Traktor vorbeifährt, auf dem Weg zum Feld, dann heben sie die Köpfe und schnauben.

Sie sind überflüssig geworden wie ich.

(Nein, ich will mich nicht beklagen. Ich will Dir keine Jammerepistel schreiben. Wenn Du meine Briefe schon nicht beantwortest, will ich mir wenigstens vorstellen können, dass sie Dich amüsieren.)

Wenn man sich der Dorfmitte nähert, rücken die Häuser näher zusammen, sie haben sich auf städtisch herausgeputzt und ihre Gärten hinter sich versteckt, als ob sie sich der Tomatenstauden schämten und der wuchernden Gurken. Wer zu den Beeten will, muss zuerst durch die Garage, die früher mal eine Scheune war, und bevor er wieder auf die Straße hinausgeht, wechselt er die Schuhe. Die Grundstücke sind durch immer neue Erbteilungen verwinkelt und verzahnt; man kennt seine Nachbarn, wenn man hier wohnt, hat ihnen seit Generationen in die Fenster gesehen und in die Geschichten.

Man hat mir zum Beispiel (das wird Dir gefallen) von einem Mann erzählt, der konnte sich zwischen zwei Schwestern nicht entscheiden, heiratete schließlich die eine und nahm die andere mit ins Haus, und immer, wenn die ledige schwanger war, musste sich die verheiratete den Bauch ausstopfen, um das Kind später als ihr eigenes ausgeben zu können. Ich habe die Geschichte gehört, als ob sie sich gestern ereignet hätte oder vorgestern, aber als ich Genaueres wissen wollte, stellte sich heraus, dass sie im letzten Jahrhundert spielt. Wie der Mann geheißen hat und seine zwei Frauen, das wusste man nicht mehr zu sagen, aber das Haus, in dem die beiden immer abwechselnd ihre Kinder geboren haben, das konnte man mir noch zeigen.

Die Leute in diesen Häusern sind anders als die am Rande des Dorfes, obwohl es nur ein paar Schritte dahin sind, bürgerlicher, sie haben Jobs irgendwo in der Umgebung, oder sie ziehen sich zumindest an, als ob sie Arbeit haben würden, wenn sich nur welche finden ließe. Am Morgen fahren sie mit ihren Autos weg, lassen die grün lackierten Scheunentore offen stehen, so dass man die Stapel mit den Mineralwasserkisten sehen kann und die sauber aufgeräumte Werkbank, am Abend kommen sie wieder zurück, aus ihren Küchen riecht es nach Zwiebeln und Knoblauch, und wenn man später noch einmal vorbeigeht, flackern die Fernsehschirme hinter den Fenstern. In diesem Teil des Dorfes kann ich die Menschen nicht unterscheiden, ich bin noch nicht lange genug da, obwohl ich schon viel zu lange da bin, ich gehöre nicht dazu, ich habe an ihren Beerdigungen nicht geweint und an ihren Hochzeiten nicht den *pot de l'amitié* getrunken, und überhaupt lernt man die alltäglichen Menschen sehr viel schwerer kennen als die Verrückten.

Jojo zum Beispiel, der gutmütige dicke Jojo, der hundert Kilo wiegt oder hundertzwanzig, weil er beim Essen nicht aufhören kann. Man muss ihm sagen: »Jojo, du hast genug gehabt«, dann schaut er sich den Bissen an, den er in der Hand hält, auf halbem Weg zum Mund, ganz überrascht schaut er ihn an, vorwurfsvoll geradezu, als ob der sich eingeschlichen hätte bei ihm, und legt ihn weg mit einer fast graziösen Geste. »Ich habe damit nichts zu tun«, sagt die Geste, »ich habe keine Ahnung, wie das passieren konnte.« Auch Jojo hat seine Geschichte, eine Mutter kommt darin vor, die sich zu Tode gesoffen hat, aber eigentlich ist er geschichtslos, ohne Vergangenheit, ohne Zukunft, er kennt nur die Gegenwart, in der er durch das Dorf geht, vom

Morgen bis zum Abend, in die Fenster schaut und in die Gärten. Ich weiß nicht einmal, wo er wohnt. Wenn irgendwo Musik erklingt, aus einem Radio, aus einem Fernseher, dann beginnt Jojo zu tanzen, kleine, stampfende Schrittchen, sein Gesicht, das sonst immer voller Falten ist, weil das Denken ihn so anstrengt, sein ernsthaftes Altmännergesicht entspannt sich, er hört etwas, das sonst keiner hört in dem dummen Schlager, und er ist glücklich.

Wir begegnen uns bei unseren Spaziergängen, zwei-, dreimal am Tag, und wir führen immer dasselbe Gespräch. Ich sage »Hallo, Jojo«, er sagt »Hallo«, ich sage »Schönes Wetter« oder »Es ist kalt heute«, und er nickt weise und antwortet: »So muss es sein, das Wetter, so muss es sein.« Dann gehen wir unserer Wege, unserer ähnlichen Wege, denn auch ich habe nichts anderes zu tun, als den Leuten in die Fenster zu schauen und in die Gärten.

Wenn Du hier wärst und Jojo glücklich machen wolltest, dann hättest Du eine Schachtel Streichhölzer für ihn in der Tasche, wie man Zucker bereithält für ein Pferd, Du würdest ihn eins anzünden lassen, und er würde es zwischen den Fingern halten, immer neu fasziniert vom Wunder des Feuers, er würde es abbrennen lassen und nicht zucken, wenn die Flamme bei seinen Fingern ankommt.

Vielleicht würde in diesem Moment der Bürgermeister vorbeikommen, eilig, wie er es immer eilig hat, er würde sein väterliches Bürgermeisterlächeln aufsetzen und Jojos Kopf tätscheln; er muss sich recken dazu, sich auf die Zehenspitzen stellen in seinen frisch geputzten Schuhen, und Jojo würde zusammenzucken, er mag es nicht, wenn man ihn anfasst. Unser Bürgermeister (merkst Du, dass ich »unser« schreibe, als ob ich hierher gehörte, als ob ich irgendwo hingehörte?), unser Bürgermeister, Ravallet heißt er, hat immer einen Rasierapparat in seinem Schreibtisch, das haben mir schon mehrere Leute erzählt; er hat einen starken Bartwuchs, und mit dunkeln Schatten im Gesicht sieht er aus wie auf einem Fahndungsfoto. Wenn man einen Termin bei ihm hat, erzählt man im Dorf, hört man immer erst das Apparätchen summen in seinem Büro, und wenn er dann *»Entrez!«* ruft, und man tritt ein, riecht er nach Rasierwasser. Er würde Dich sehr höflich begrüßen, unser Bürgermeister, er hat so eine Art, einen Diener zu machen, mehr deutsch als französisch, er würde Dir die Hand reichen und sich dabei überlegen, wer Du wohl sein könntest. Ein oder zwei Tage später würde er sich dann bei mir erkundigen, quasi zufällig: »Gefällt es ihr hier bei uns, Ihrer Freundin?« Man fragt nicht direkt, wenn man etwas wissen will in Courtillon, und das ist auch gut so, denn wie sollte ich ihm erklären, wer Du bist und was Du mir bedeutest?

Die *mairie,* wo der Bürgermeister residiert – zweimal in der Woche, jeweils eine halbe Stunde, er hat noch andere, wichtigere Ämter –, ist kein imposantes Gebäude, auch nicht, wenn an Feiertagen die beiden Fahnen vor dem Mittelfenster hängen. Um dem Eindruck von Staatsmacht ein bisschen nachzuhelfen, hat man die Umrisse von mächtigen Steinquadern auf die Fassade gepinselt, aber das muss auch schon wieder viele Jahre her sein; unter dem bröckelnden Verputz, vom Regen freigewaschen, wird der Schriftzug *École* wieder sichtbar. Als es noch keine Schulbusse gab, um die wenigen Kinder am Morgen einzusammeln und am Abend wieder abzuliefern, wurde hier unterrichtet.

Wir sind jetzt mitten im Dorf, fünfhundert Schritte zum einen Ende, fünfhundert zum anderen, die Straße macht eine kleine Biegung, und genau am Scheitelpunkt steht das Haus von Mademoiselle Millotte. Stell Dir ein Puppenhaus vor, vollgestopft mit Möbelchen und Erinnerungsstückchen, und dazu eine gebrechliche alte Dame, eine kokette Greisin, immer mit einem großen, silbernen Kreuz um den Hals; sie schäkert mit dem lieben Gott, wie sie früher mit den Männern geschäkert hat, ein langes Leben lang. Ihr Haus muss früher das Pfarrhaus gewesen sein, es hat einen kleinen Vorbau, in dem man Vaganten und Bettler abfertigen konnte, ohne dass sie einem beim Essen störten, und in diesem Vorbau sitzt nun Mademoiselle Millotte in ihrem Rollstuhl, vom Morgen bis zum Abend, vom Frühjahr bis zum Winter, und überwacht das Geschehen, die halbe Dorfstraße links und die halbe Dorfstraße rechts. Wenn es kalt wird, hüllt sie sich in Decken und Schals, immer noch einen und noch einen, es sieht aus, als ob im Haus eine Party stattfände und die Gäste hätten ihre Mäntel auf dem Rollstuhl abgelegt, achtlos, und mittendrin in dem Kleiderberg lauert ein altersfleckiges Vogelgesichtchen mit hellwachen Augen.

Vieles, was ich von Courtillon weiß und von seinen Bewohnern, hat mir Mademoiselle Millotte erzählt; sie sieht alles und vergisst nichts. Sie hat mir exakt den Pelzmantel beschrieben, den eine Dorfbewohnerin aus Paris mitgebracht hatte, vor mehr als vierzig Jahren, und bei dessen Anblick ihr sofort klar gewesen war, dass die Sache ein böses Ende nehmen würde. »Man trägt keine Pelzmäntel hier im Dorf, das können Sie nicht wissen, Monsieur, Sie sind nicht von hier; man kann sich auch keinen Pelzmantel leisten, wenn man in einem Büro arbeitet, nicht einmal in Paris, man konnte sich denken, wie sie dazu gekommen war, und als sie dann diesen Mann geheiratet hat, er war Lastwagenfahrer und viel unterwegs, da hat sie ihn natürlich betrogen, bis er einmal früher nach Hause kam, es war eine traurige Geschichte, sie wollte den Pelzmantel verkaufen, um den Arzt zu bezahlen, und da stellte sich heraus, dass er nur zweite Qualität war, zusammengesetzt aus lauter kleinen Stücken.«

Es ist nicht der Klatsch, der sie am Leben erhält, sie könnte darauf verzichten, ungern, aber doch, wie sie aufs Gehen verzichten gelernt hat und auf die Süßigkeiten, die sie nicht mehr verträgt. Aber ihre Welt will sie ordentlich haben, übersichtlich wie die Dorfstraße, nicht sauber, aber in allen Punkten erklärbar. Es stört sie, wenn etwas unlogisch ist, nicht so, wie es sein müsste, dann spielt sie daran herum, wie man mit der Zunge an einem wackligen Zahn herumspielt, tagelang, denkt nach und kombiniert und wird wieder ein paar Jahre jünger dabei.

Was sie sich wohl zusammenreimen würde, wenn sie uns beide zusammen sähe? Mich hat sie eingeordnet ins System des Dorfes: unverheiratet, vorzeitig pensioniert, aus gesundheitlichen Gründen, hat sich nach Frankreich zurückgezogen, weil man hier billiger leben kann – das passt alles zusammen. Aber wenn Du plötzlich da wärst (ach, wenn Du doch da wärst!), wenn wir an ihrem Ausguck vorbeigingen, freundlich grüßend, wenn wir vielleicht sogar stehen blieben, um uns die Fassade der Kirche anzusehen, gleich nebenan, das wäre ein Rätsel, das könnte nicht einmal Mademoiselle Millotte durchschauen. Ich durchschaue es ja selber nicht, und ich habe es gelebt.

Vielleicht würden wir auch nicht stehen bleiben vor der Kirche; sie hat nichts Betrachtenswertes. Der graue, bröselige Stein, aus dem hier so vieles gebaut ist, gewinnt mit den Jahrzehnten nicht an Würde, so wie manche Menschen nur älter werden, aber nicht klüger. Das Muster aus verschiedenfarbigen Ziegelsteinen, oben auf dem Dach, ist ausgefranst, hat Löcher; man hat sich nach einem Sturm nicht die Mühe gemacht, die richtigen Ziegel zu suchen.

Die Tür der Kirche ist an Wochentagen versperrt, seit ein heimlicher Besucher der »Muttergottes im Wald« auf dem großen Gemälde einen Schnurrbart appliziert hat, elegant nach oben gekringelt, mit Lackfarbe aus der Spraydose. Man vermutet die Täter zwei Dörfer weiter, in Saint-Loup, wo es ein Erziehungsheim gibt, mit straffälligen Minderjährigen, die man für jeden Diebstahl in der Region verantwortlich macht und für jeden platten Reifen; sie stammen aus den Vorstädten von Paris, den *quartiers chauds,* und wenn einer von dort kommt, sagt Volkes Stimme, ist ihm alles zuzutrauen. Bei der Messe – nur alle sechs Wochen; der Pfarrer hat ein halbes Dutzend Dörfer zu betreuen und kommt nicht öfter nach Courtillon – stehen jetzt immer Blumen vor dem Marienporträt, strategisch platziert, aber die Kinder kichern trotzdem, vor allem, weil auf dem Bild zwei Engel ein Spruchband tragen, und auf dem steht: »Von keinem Mann berührt ihr Leben lang«.

Ich gehe nicht zur Messe, aber in Courtillon weiß man auch die Dinge, bei denen man selber nicht dabei gewesen ist.

Vor der Kirche steht das Kriegerdenkmal, mit Namen, die man immer noch hört im Dorf, ein Millotte ist dabei und ein Brossard; ein Name, Orchampt, kommt sogar zweimal vor: einmal oben auf dem Stein, wo die Gefallenen des Ersten Weltkriegs viel Platz für sich haben, und einmal unten auf dem Sockel, wo sich die nachgetragenen Opfer des Zweiten zusammendrängen.

Wenn wir weitergingen, die zweite Hälfte der tausend Schritte, würde Dir zuerst das neue Haus auffallen, das einzige im Dorf, ein Fertighaus aus dem Katalog, wo es *rustique* geheißen haben muss oder *champêtre*. Mit seinen hölzernen Fensterstürzen steht es zwischen den steinernen Nachbarn wie ein Städter, der sich im Urlaub einen Tirolerhut aufsetzt. Es gehört Bertrand, der sich jetzt als Weinhändler versucht, nachdem er, wie fast alle im Dorf, die ererbten Felder an den jungen Simonin verpachtet hat, den Sohn vom alten Simonin, der gleich gegenüber wohnt. Die allerletzten selber eingebrachten Heuballen haben sich in Bertrands Scheune entzündet und das Bauernanwesen eingeäschert, so dass ihm die Versicherung ein neues bezahlen musste, ein Weinhändlerhaus, gediegen und proper. Jojo, so hat man mir erzählt, hat die ganze Nacht vor der Brandstätte gestanden, staunend und strahlend und von einem Bein aufs andere hüpfend, und zu Bertrand hat er gesagt: »So ein schönes Feuer, ein schönes Feuer, Sie sind ja ein richtiger Glückspilz!« Er soll furchtbar erschrocken sein, als die Umstehenden alle so laut lachten.

Simonin, den sie den alten Simonin nennen, obwohl er erst knapp sechzig ist, hat auf der anderen Straßenseite den schönsten Garten, den Du Dir vorstellen kannst, Dahlien wie ein Feuerwerk und Rosen, die nie zu verblühen scheinen. Er hat sich mit seinem Sohn verkracht, der die Landwirtschaft als Industrie betreibt, mit immer mehr zugepachtetem Land und immer größeren Maschinen, er betritt den Stall nicht mehr und geht nicht mehr auf die Felder, und die ganze überschüssige Bauernenergie, die ihn um fünf aus dem Bett treibt und mit dem Eindunkeln noch lange nicht zur Ruhe kommen lässt, die steckt er jetzt in seine Blumen und seine Sträucher. Wann immer man vorbeigeht, ist er am Jäten oder am Umgraben, eimerweise schleppt er Dünger zu seinen Beeten, jede perfekte Blüte ein weiteres Argument gegen den Sohn, der alles besser wissen will und nicht mehr auf den Vater hören. Dabei bin ich mir nicht einmal sicher, ob er Blumen mag; wenn man mit ihm darüber plaudern will, antwortet er einsilbig und gereizt.

Seine Frau (bei der Du den Schlüssel zur Kirche holen könntest, wenn Dich die Maria mit ihrem Schnurrbart interessierte) hat im Garten nichts zu suchen, und auch im Stall ist sie nicht mehr willkommen; sie ist zwischen die Fronten geraten in einem Krieg zwischen zwei hartschädligen Männern, und jetzt lacht sie immer, damit keiner merkt, wie unglücklich sie ist.

Gleich danach zweigt eine Straße nach rechts ab – ja, wir haben zwei Straßen in Courtillon. Von der *Grande rue* geht es in die *Rue de la gare*, an der nur zwei Gebäude stehen, der Kuhstall des jungen Simonin und der alte Bahnhof. Wir können uns den Abstecher sparen; der Kuhstall ist nichts als ein rechteckiger, fabrikmäßig hingeklotzter Kasten, als Neubau schon verwittert, für den sich, sagt man im Dorf, der junge Simonin über beide Ohren verschuldet hat; um die Zinsen zu zahlen, muss er zu viele Kühe halten, und wenn er sie füttert, jeden Tag gegen fünf, zieht eine Wolke von Silagegestank über das Dorf.

Das Bahnhöfchen wäre interessanter. Es sieht aus wie aus einem alten Bildwörterbuch abgezeichnet, Stichwort »Bahnhof«, komplett mit Hauptbau, Schalterhalle, Seitenflügel, aber alles eingeschrumpft auf Dorfmaße, nicht größer als ein Einfamilienhaus. Früher hat hier auch wirklich ein Zug gehalten, zweimal am Tag, in die Stadt und aus der Stadt, später sind noch Güterzüge durchgerattert, der Bahnwärter konnte seine Dienstmütze aufsetzen und die Schranke schließen, dann hat man die Strecke stillgelegt, vorläufig, wie es heißt, aber nichts ist so endgültig wie die vorläufigen Lösungen.

Charbonnier, der Bahnwärter, wohnt immer noch da, als Mieter jetzt, mit seiner Frau, die sie *greluche* nennen, ich dachte erst, es wäre ihr Name, aber es muss ein Schimpfwort sein, wenn ich es auch in meinem kleinen Wörterbuch nicht finde. Eine Tochter haben die beiden, fünfzehn oder sechzehn, immer mit einer Zigarette im Mund und mit einem Gesicht wie ein Engel.

Lassen wir die *Rue de la gare*, sie ist morastig, auch bei trockenem Wetter, das liegt an den schweren Maschinen, die der junge Simonin hinter seinem Traktor auf die Felder schleppt; wenn er über die Gleise holpert beim Bahnhöfchen, hört man das Scheppern bis zu mir. Denn jetzt käme mein Haus.

Mein Haus.

Es sieht nicht so aus, wie ich es Dir beschrieben habe. Es sollte so aussehen, es hätte so aussehen können, wenn ich die Zeit gehabt hätte, die man mir weggenommen hat, die man mir nicht mehr gegönnt hat. Ich wollte es umbauen, eigenhändig (ich weiß, ich bin ungeschickt, ein Kopfmensch, aber man kann alles lernen, man kann sich verändern, glaub es mir), ich hab mir Bücher gekauft und Pläne gezeichnet, ich hab sogar schon angefangen, mit der groben Arbeit, die jeder machen kann, auch ein Kopfmensch. Ich habe eine Zwischenwand eingerissen, so richtig mit dem Vorschlaghammer, Du hättest gelacht, wenn Du mich gesehen hättest (ach, Dein Lachen!), mit nacktem Oberkörper stand ich da, ein Geschirrtuch vors Gesicht gebunden gegen den Staub, grau eingepudert, ein schmächtiger Herkules. Ich habe einen Anfang gemacht, es war Frühjahr, das letzte Frühjahr, in dem die Welt noch in Ordnung war, das Frühjahr vor dem Sommer, in dem passiert ist, was passiert ist.

Es sollte ein großer, heller Raum werden, auch eine Terrasse hatte ich geplant, ins Grüne hinaus, jetzt sind da nur zwei Zimmer mit einem Loch dazwischen; durch die Plastikfolie, die ich hingehängt habe und nie richtig befestigt, sieht man die kleinen Brocken, Kiesel teilweise nur, aus denen sie damals die Mauer gemacht haben, nicht die behauenen Steine der Reichen, eine Arme-Leute-Mauer, man nimmt, was man hat. Wo die Terrassentür hinkommen sollte – Sonnenlicht hatte ich mir vorgestellt und den Duft von frisch geschnittenem Gras –, ist nur ein kleines Fenster, das ich selten öffne. Ich brauche keine Aussicht.

Das Haus passt zu mir. Nicht nur weil die vergilbten Tapeten von der Wand blättern, eine Erinnerungsschicht nach der anderen, sondern weil es nicht fertig geworden ist. Es ist stehen geblieben, mitten in der Veränderung, auf halbem Wege zum Wieder-neu-Werden, es ist nicht mehr das, was es war, und es wird nie werden, was es hätte werden können. Nicht ohne Dich.

Lass uns vorbeigehen an dem Haus, lass uns so tun, als ob wir den Mann nicht kennten, der da haust, es lohnt nicht, ihn kennenzulernen, nicht mehr. Lass ihn fremd sein, jedes Dorf braucht seinen Fremden, von dem man nichts weiß und nichts wissen will, schau an ihm vorbei, wenn er in seinem Gehege auf und ab tappt, tausend Schritte her, tausend Schritte hin, hör nicht hin, wenn er sich mit Jojo unterhält und mit Mademoiselle Millotte, diese endlosen Gespräche von Leuten, die nichts zu sagen haben. Vergiss ihn.

Aber vergiss mich nicht. Bitte.

Das nächste Haus, von meinem Schlafzimmer aus kann man in seinen Hof blicken, gehört Jean Perrin, den sie alle nur *Saint Jean* nennen, weil er am 24. Juni geboren ist, am Johannistag. Er würde es Dir selber erzählen, schon bei der ersten Begegnung, Du müsstest gebührend staunen, und dann würde er sagen: »Ich musste mir einen der längsten Tage des Jahres aussuchen, weil ich immer so viel zu tun habe.« Wenn er lacht, ist er ein Schuljunge.

Mein Nachbar Jean hat keinen Beruf, aber tausend Beschäftigungen, er tanzt – in seinem Fall darfst Du das wörtlich nehmen – auf allen Hochzeiten; wenn ein Garten umgegraben werden muss oder eine Wand frisch verputzt, wenn es einen Obstbaum zurückzustutzen gibt oder einen Rasenmäher wieder in Gang zu bringen, dann ruft man Jean an, oder, noch besser, man wartet einfach, bis man ihn im Dorf antrifft, es kann nicht lange dauern. Jean akzeptiert keine Aufträge, er macht nur Gefälligkeiten, erstens weil er ein hilfsbereiter Mensch ist und zweitens wegen der Steuer. Man bezahlt *en espèces,* bar auf die Hand, aber wichtiger als das Geld ist ihm das Glas, das man hinterher zusammen trinkt, oder die Gläser, es bleibt nicht bei einem.

Sein Haus ist all das, was meins nie werden wird, ein selbstrenoviertes Prachtstück, in dem jeder Balken eine Geschichte hat und jedes Möbelstück einen Stammbaum; wenn er davon zu erzählen beginnt, stöhnt seine Frau. Als er es gekauft hat, vor elf Jahren, war es eine Ruine, immer zerfallener, je öfter er davon berichtet; er hat eine ganze Schachtel Bilder – das Dach mit den großen Löchern, der überwucherte Vorplatz –, die stellt er auf den Tisch, zusammen mit dem selbstgebrannten Mirabellenschnaps, und dann weiß ich, dass es wieder spät wird.

»Fünf Tonnen Steine habe ich aus dem Haus herausgeschleppt, Eimer für Eimer, mit meinen eigenen Händen.« Er sagt es, als ob er sie gewogen hätte, Brocken für Brocken, die fünf Tonnen, es ist eine magische Zahl für ihn, mit der er alles beweist. »Ob ich weiß, wie man eine Zentralheizung repariert? Fünf Tonnen Steine habe ich aus meinem Haus herausgeschleppt, und da soll ich Angst haben vor einer Zentralheizung?«

Er sammelt alles, was sich sammeln lässt, nicht aus antiquarischem Interesse, sondern um es weiterzuverwerten, es seinem Haus einzuverleiben; sogar seine Werkzeuge, das hat er mir einmal stolz gezeigt, hängen nicht einfach an Haken, sondern an handgeschmiedeten Ringen, an denen früher mal Kühe festgebunden waren, in einem längst abgerissenen Stall. Sein Holz, drei Winter würde es reichen, und es dürften kalte Winter sein, hat er akkurat aufgeschichtet, die sauber gesägten Enden wie poliert. Er liebt es, den Kniffen alter Handwerker auf die Spur zu kommen, sich ihre Techniken anzueignen, sich mit ihnen zu unterhalten über die Jahrhunderte hinweg. Einmal, als er auf ein Mosaik stieß, ließ ihm das so lange keine Ruhe, bis er selber eins angefertigt hatte, aus farbigen Steinen, die man hier nicht findet, und die er trotzdem gefunden hat. Er denkt immer praktisch, der heilige Johann, und darum ist sein Mosaik nicht einfach ein hübscher Wandschmuck geworden, sondern ein Namensschild, das prächtigste des ganzen Dorfes: *M. et Mme. Perrin et leur fille Elodie*.

Madame Perrin, Geneviève, spricht nur wenig, man weiß nicht, ob aus Neigung oder aus Mangel an Gelegenheit. Die Sorgen, die sich ihr Mann nicht macht, haben sich ihr ins Gesicht gegraben; wenn sie ins Rechnen kommt, und das tut sie oft, nimmt sie die Unterlippe zwischen die Zähne und kaut darauf herum. An einem Schneidezahn ist die Ecke abgesplittert, aber Zahnärzte sind teuer und es gibt Dringenderes. Ich weiß nicht, ob ihr Mann sie wegen des Zahns *»mon lapin«* nennt oder wegen ihrer geröteten Augen, eine chronische Entzündung, es sieht aus, als ob sie immer weint. Das wenige Geld, das regelmäßig ins Haus kommt, verdient Geneviève, sie fährt den Schulbus, steht jeden Morgen um fünf auf, um über die Dörfer zu ruckeln. Am Tisch schläft sie deshalb immer mal wieder ein, wenn Jean und ich noch spät zusammensitzen; das ist häufig in der letzten Zeit, denn die Nächte werden schon wieder länger, und er ist froh, jemanden gefunden zu haben, der die

Geschichte von der Siebenschläferfalle noch nicht kennt, auch nicht die von der römischen Münze, die er mit dem Metalldetektor gefunden hat, dort, wo das Graben verboten ist, »eigentlich sollten die Archäologen kommen, aber dann ist ihnen mal wieder das Geld ausgegangen in Paris«.

Elodie, die Zwölfjährige, ist das wohlerzogenste Mädchen, das ich kenne, sie begrüßt einen auf Kommando mit Küsschen links, Küsschen rechts, sie bittet um Erlaubnis, wenn sie vom Essen aufstehen will, ihre Zeugnisse könnte man rahmen, so gut sind sie, dabei hat Elodie nichts Streberhaftes, sie lacht einen an und manchmal auch aus, und wenn sie ins Kichern kommt, mit ihrer besten Freundin, dann kann sie überhaupt nicht mehr aufhören. Ich habe bei ihr immer das seltsame Gefühl (Du kannst es verstehen, niemand besser als Du), dass sie eigentlich schon lange erwachsen ist, das Kind nur spielt, um ihren Eltern Freude zu machen; sie geben sich solche Mühe beim Erziehen, warum sollte man ihnen den Spaß verderben?

Ich hab mich verplaudert bei den Perrins, es geht mir meistens so; wer einmal bei Jean am Tisch sitzt, steht nicht so bald wieder auf.

Aber ich habe Dir noch nicht meine ganze Welt gezeigt, Du hast das Haus des Generals noch nicht gesehen, der natürlich kein General war, der nicht einmal eine Uniform hatte, erst nach dem Krieg haben sie ihm eine geschenkt, der sich nur als ganz junger Mann mit einem Gewehr in den Wäldern versteckte, ein Guerillero, wenn Du so willst, in der Zeit des *maquis,* aber in den Legenden hat er die deutschen Besatzer ganz allein vertrieben und den Weltkrieg eigenhändig gewonnen. Vielleicht war er wirklich einmal ein Held, das Band der Ehrenlegion hat man ihm verliehen, aber jetzt ist er nur noch ein alter Mann mit einem seltsamen Gesicht, der immer mehr Mühe hat, den Rücken militärisch gerade zu halten, Schriftführer eines Veteranenvereins, dessen Mitglieder immer weniger werden. Sein Haus steht als letztes an der Straße, danach kommt nur noch der Friedhof, und für den General, Monsieur Belpoix heißt er, ist es ein Fort, ein letzter Vorposten der Zivilisation, den er verteidigen muss gegen die anstürmenden Hunnen. Manchmal, wenn er nachts ein Geräusch hört, draußen auf der Straße oder drinnen in seinen Träumen, dann holt er sein Gewehr und beginnt zu schießen. Am nächsten Tag schaut dann der Gendarm Deschamps vorbei, oder der Bürgermeister, sie reden höflich und vernünftig mit ihm, aber sie nehmen ihm sein Gewehr nicht weg, keines seiner vielen Gewehre, er hat ja noch nie jemanden verletzt, und meistens trifft er auch nur die Mauer, die den Friedhof umgibt.

Hier in der Gegend beerdigt man die Toten am Rand des Dorfes, halb noch dazugehörig und halb schon draußen, man wird von der Vergangenheit begrüßt und verabschiedet. Das steinerne Kreuz vor dem Eingang, von den Überlebenden einer Choleraepidemie gestiftet, liegt im Gras; der junge Simonin, wird gemunkelt, soll es umgefahren haben mit einer seiner Maschinen.

Ja, und dann kommt nur noch die Wiese, dort, wo der Fluss dem Dorf am nächsten ist, wo wir baden könnten, Du und ich (wie damals, als wir uns am See trafen, es war heiß noch nachts um zwei, und Dein Körper leuchtete). Wahrscheinlich hätten wir das Ufer für uns allein, nur im Sommer stehen hier manchmal Campingwagen, direkt vor dem

Schild *»Stationnement interdit aux gens du voyage«*, aber sonst ist da nur die Wiese, wo in der Johannisnacht das Feuer brennt, und der Weg, der sich im Feld verläuft. In den Furchen von den Rädern der Traktoren steht Wasser, kleine Larven schwimmen darin, zuckend, vielleicht brauchten sie den Fluss, um weiterzuleben, den freien Weg bis zum Meer, aber sie wissen es nicht, sie wissen nicht, dass sie eingeschlossen sind in einen kleinen Tümpel, der irgendwann austrocknen wird und verschwinden.

Etwas Lustiges soll ich Dir erzählen? Beim nächsten Mal, ich verspreche es Dir. Beim nächsten Mal.

Gibt es etwas Lustigeres als die Neugier? Sind wir nicht alles Voyeure, zum Sehen geboren, zum Schauen bestellt? Was kann reizvoller sein als fremdes Leben, durch den Vorhang erspäht? (Eigenes Leben? Vielleicht. Wenn man eins hat.)

Es ist etwas los in Courtillon, hier tanzt der Bär, hier wird einem etwas geboten, treten Sie ein, meine Herrschaften, treten Sie ein!

Geneviève spricht nicht mehr mit Jean. Sie versteckt ihre Augen hinter einer Sonnenbrille, aber das kann niemanden täuschen, schon gar nicht Mademoiselle Millotte. »Kurz nach sechs fuhr sie bei mir vorbei auf ihrem Fahrrad, wie jeden Morgen, sie muss doch ihren Bus abholen in Montigny. Es wäre ja praktischer, wenn sie näher bei der Garage wohnen würde, aber sie wird froh sein, dass sie überhaupt Arbeit hat, nach dem Krieg hatte jeder Arbeit, aber nur deshalb einen Krieg führen? Was meinen Sie, Monsieur?« Die alte Dame verläuft sich in ihren Gedanken, wie ich mich in ihrem Haus verlaufen würde, jede Ecke vollgestopft mit Erinnerungen; wenn man eine in die Hand nimmt, fallen einem zwanzig entgegen. Man muss sie an den Anfang zurücklocken, unauffällig, bis sie zurücktrippelt durch ihr Labyrinth und den Faden wieder aufnimmt.

»Geneviève?«, erinnere ich sie. »Am Morgen? Auf dem Fahrrad?«

»Sie bringen mich durcheinander«, sagt Mademoiselle

vorwurfsvoll, »weil Sie mich immer unterbrechen. Eine Sonnenbrille hatte sie aufgesetzt, kurz nach sechs, wo noch gar keine Sonne scheint. Der Arzt hat ihr schon immer geraten, dunkle Gläser zu tragen, wegen ihrer Augenentzündung, sie hat sich auch eine Brille gekauft, aber nie benutzt, weil sie eitel ist. Frauen, die nur ein bisschen hübsch sind, sind oft eitel. Und jetzt setzt sie sie plötzlich auf, ohne Sonne. Also hat sie geweint.«

Der Schluss überrascht mich, aber für Mademoiselle ist die Sache klar, alles hat seine Erklärung, aus b folgt c, und jetzt geht es nur noch darum, a zu finden. »Es hat etwas mit ihrem Mann zu tun, das ist klar, sie werden sich gestritten haben, ich kann mir den Grund schon denken. Obwohl, das dürfte er sich eigentlich nicht noch einmal trauen, er hat viel zu viel Angst, dass sie ihm weglaufen könnte und das Kind mitnehmen. Sie wollte ihn schon einmal verlassen, da waren Sie noch nicht hier, hab ich Ihnen die Geschichte nicht erzählt?«

Nein, ich langweile mich nicht in Courtillon. Wie sollte ich mich langweilen an einem Ort, wo es alte Geschichten gibt, neue Gerüchte, und jeden Morgen den Verkaufswagen der Bäckerei? Etwas Lustiges soll ich Dir erzählen? Hier ist etwas Lustiges:

»Der heilige Johann«, erzählt Mademoiselle Millotte und wird sichtlich jünger dabei, »hat vor vier Jahren ein Verhältnis gehabt mit der Frau des Bahnwärters. Vielleicht auch vor fünf Jahren, das geht einem durcheinander, wenn man älter wird, aber ganz bestimmt war es früh im Jahr, denn er hat für sie die Bäume geschnitten, und das muss erledigt sein, bevor der Saft steigt. Es war also noch kalt draußen, er wird an die Finger gefroren haben bei der Arbeit, und hinterher saß er dann bei Madame Charbonnier in der Küche und wärmte sich auf, bei einem Kaffee oder etwas Stärkerem.«

Mademoiselle Millotte erzählt, als ob sie dabei gewesen wäre, man riecht den Kaffee und hört die Scheiter knacken im Herd, dabei hat sie bestimmt schon damals in ihrem Ausguck gehaust, ein Kleiderhaufen auf einem Rollstuhl, und sich alles nur zusammengestückelt aus einem kleinen Anzeichen hier und einem kleinen Hinweis da. Jean, so denkt sie sich das, wird einen langen Vortrag gehalten haben über die Kunst des Bäumeschneidens – das ist leicht vorzustellen: wenn er etwas gut kann, will er auch davon erzählen, und er kann alles gut –, Madame Charbonnier wird ihm zugehört haben, mit starren, uninteressierten Augen, aber er hatte ihr einen Gefallen getan, da musste sie Aufmerksamkeit wenigstens heucheln, und dann wird Jean das Gespräch auf die Frage der Bezahlung gebracht haben, ganz unauffällig, wie er immer meint. Auch das leuchtet ein, Jean denkt viel ans Geld, hat aber Hemmungen, darüber zu reden; als sich die Krähen in meinem Kamin eingenistet hatten und er aufs Dach steigen musste, um den Abzug wieder frei zu machen, habe ich ihn wochenlang nicht dazu gebracht, mir einen Preis zu nennen.

Die beiden haben also in der Küche gesessen. Du musst sie Dir vorstellen: Jean, mit seinem Schulbubengesicht, von der Kälte draußen gerötet und vom zweiten Schnaps und vom dritten, und Madame Charbonnier, etwa zehn Jahre älter als er, um die vierzig muss sie gewesen sein damals, eine verblühte Blondine; vielleicht trug sie eins dieser Hauskleider, in denen ich die Frauen immer beim Bäckerwagen sehe, geblümt und vorne zum Aufknöpfen.

Sie hatte kein Geld, die Charbonniers haben nie Geld, sagt Mademoiselle Millotte kategorisch, sie können nicht damit umgehen, aber ihre Bäume hatte er geschnitten, und so hat sie ihn halt anders bezahlt, *en espèces*. Die alte Dame schaut mich prüfend an, ob ich den Doppelsinn auch verstehe, als Ausländer, sie kichert, wie Damen früher wohl gekichert haben bei solchen Themen, die Hand vor dem Mund, sie verschluckt sich und hustet, bis sie schließlich unter der Wolldecke ihre Flasche findet, eine gelbe Plastikflasche, wie sie Radfahrer auf der Tour bei sich haben, sie nimmt einen langen Schluck, und allmählich geht ihr Atem wieder ruhiger.

Nun also, er hat mit ihr geschlafen, im Ehebett vielleicht, wo die Laken noch warm waren von der Nacht, oder eher auf dem Sofa im Wohnzimmer (ich kenne das Wohnzimmer der Charbonniers nicht, aber sie sehen alle gleich aus hier, zu schwere Möbel und ein Sofa mit Zierdeckchen), vielleicht hat er geredet dabei, er muss immer kommentieren, was er tut, vielleicht war sein Mund auch beschäftigt, obwohl ich mir nicht vorstellen kann, wie er sie küsst, ich kann ihn mir überhaupt nicht zärtlich denken, nicht mit Hosen, die ihm noch um die Knöchel hängen; es wird schnell gegangen sein zwischen den beiden, eine Frage, eine Antwort, wie man einen Schnaps akzeptiert: Warum nicht, wenn einer da ist. *»Prendre le café du pauvre«* nennt man das hier, die schnelle Liebe zwischendurch; ein einleuchtender Ausdruck, den Kaffee müsste man kaufen, aber ein Kleid braucht man nur aufzuknöpfen und einen Hosenschlitz. Er gibt keine romantische Figur ab in meiner Vorstellung, mein Nachbar Jean, er hat ein Bäuchlein, das schon bald einmal ein Bauch sein wird, seine Hände sind rau, und wer die eigene Frau *»mon lapin«* nennt, ist ein Rammler, kein Liebhaber.

(Als ob ich nicht wüsste, dass jeder ein Liebhaber werden kann, auch wenn er weiß, dass es enden wird, wie es enden muss. Als ob ich das nicht wüsste.)

Sie bezahlte also, *en espèces,* und damit hätte die Sache ein Ende haben können, die Bäume waren geschnitten und das Kleid wieder zugeknöpft, aber da gab es auch noch Holz zu hacken, einen Keller auszuräumen, was weiß ich, und Jean, der nicht nein sagen kann, wenn man ihn um etwas bittet, ist immer wieder hingelaufen, hat die Arbeit gemacht und die Bezahlung kassiert. *En espèces.* So erzählt das Mademoiselle Millotte, und es wird schon nicht falsch sein, denn was dann hinterher kam, das hat das ganze Dorf mitgekriegt, direkt oder indirekt.

Wie seine Frau es erfahren hat, weiß man nicht, es spielt auch keine Rolle; man kann in einem Dorf nichts geheimhalten, nicht auf Dauer. Fest steht, dass Geneviève, die Wortkarge, plötzlich Worte fand – »Ausdrücke, die sie gar nicht kennen dürfte«, sagt Mademoiselle Millotte und kichert schon wieder –, dass sie ihren Mann anschrie, lauthals und öffentlich, dass sie sogar sein Werkzeug aus dem Fenster schmiss, Stück für Stück. Man kann nur verstehen, was das bedeutet, wenn man weiß, wie Jean sein Werkzeug liebt; wenn er es nach der Arbeit sauber reibt, sieht es aus, als ob er es streichelt.

Stell Dir die Szene vor (Du wolltest doch lustige Dinge

hören): Jean, mit seinen kurzen Beinen, der in seinem Hof auf und ab rennt, ziellos aufgeregt, ein Schäferhund, dem seine Schafe plötzlich nicht mehr gehorchen, er versucht zu beruhigen, zu argumentieren, und mitten in seine gewundenen Ausreden hinein kommt immer wieder ein Schraubenschlüssel geflogen oder eine Wasserwaage. Ein schönes Bild, nicht?

Madame Dubois, von der ich mein Haus gekauft habe, die also damals noch die Nachbarin der Perrins war, hat den Streit mit eigenen Augen gesehen und ihn Mademoiselle Millotte rapportiert, in allen Details; sie hat auch gehört, wie Geneviève gedroht hat, ihren Mann zu verlassen und Elodie mitzunehmen. Eine gefährliche Drohung, denn Jean liebt seine Tochter über alles.

»Wissen Sie, warum Geneviève so wütend war, Monsieur?«, fragt mich Mademoiselle aus der Weisheit ihrer Jahre. »Nicht weil er mit einer anderen geschlafen hat, damit muss man immer rechnen, Männer sind Männer, sondern weil die andere älter war, nicht einmal attraktiv, *une greluche.*« (Ich habe den großen Pons aus der Bananenkiste gewühlt, wo er seit einem Jahr auf das nie gebaute Bücherregal wartet. *»Greluche«* heißt ganz einfach »Tussi«.) »Vielleicht hat er jetzt wieder mit ihr angefangen, ihr Mann interessiert sich ja nur fürs Angeln, schon am frühen Morgen sitzt er am Fluss, er fängt Karpfen, kiloschwere Karpfen, man kann sie nicht mehr essen, wenn sie mal so groß sind, er wiegt sie nur und wirft sie dann wieder ins Wasser zurück, es geht ihm nur ums Fangen, bloß darauf kommt es ihm an, er ist ein Mann.« Hat sie sich jetzt wieder verlaufen in ihren Gedanken, oder ist sie beim Thema geblieben?

Damals hat Geneviève eine Szene gemacht, diesmal schweigt sie, versteckt verweinte Augen hinter einer Sonnenbrille, fährt ihren Bus wie jeden Tag, und wenn sie einem begegnet, denke ich mir, wird sie versuchen zu tun, als ob nichts wäre. Ja, ich habe neugierig auf sie gewartet (lach mich aus, wenn Du willst, dann lachst Du wenigstens), hab mich auf der Straße herumgetrieben, hab an meinem Gartenzaun herumgekratzt, der zu verrotten beginnt, weil er zu lange nicht gestrichen wurde, hab versucht, beschäftigt auszusehen, und dann kam zuerst gar nicht Geneviève vorbei, sondern Madame Charbonnier, die Tussi.

Sie hatte einen Eimer dabei, wahrscheinlich wollte sie Brombeeren sammeln – wo sich der Weg zum Fluss hin im Gebüsch verläuft, wachsen sie reichlich –, wir haben uns gegrüßt, wie man das tut hier im Dorf, wenn man sich vom Sehen kennt und nicht mehr, *»Bonjour, Madame«*, *»Bonjour, Monsieur«*, und ich habe eine überraschende Entdeckung gemacht: Menschen verändern sich, wenn man weiß, mit wem sie geschlafen haben. Gestern noch hätte ich Dir Madame Charbonnier nicht beschreiben können, sie hatte nichts Bemerkenswertes für mich, heute meine ich, etwas Herausforderndes in ihrem Blick zu sehen; man findet, was man sucht. Sie ist blond, ein sehr helles Blond, das mir nicht gefärbt scheint, wenn ich von diesen Dingen auch nichts verstehe, die Haare hat sie im Nacken zusammengebunden, strähnig, als ob sie gerade aus dem Bett käme. (Sie kommt natürlich nicht aus dem Bett um diese Zeit, es ist Nachmittag, und ich mache mich lächerlich. Aber was soll ich mich vor Dir verstellen, Du kennst mich besser als ich mich selber.) Sie trägt Jeans und einen Pullover, vernünftige Kleidung für stachlige Brombeerranken, aber auch eine Kleidung, die ihre Formen betont, üppige Formen; mit zwanzig muss sie unwiderstehlich gewesen sein und mit dreißig eine Schönheit. Jetzt ist sie Mitte vierzig, beim Gehen zeichnet sich ihr Hintern in der Hose ab, und ich frage mich, ob sie mit Jean wohl wieder den Kaffee der Armen getrunken hat.

Ich kratze weiter an meinem Gartenzaun herum, sinnlos Beschäftigung vortäuschend (oh, ich habe gut gelernt, Beschäftigung vorzutäuschen), ich blicke vor gespielter Konzentration nicht einmal auf, als sich Schritte nähern. »Ich hab Sie gar nicht kommen sehen«, will ich sagen, will überraschend vor Geneviève auftauchen, will aus nächster Nähe feststellen, ob hinter der Sonnenbrille tatsächlich Tränen sind – aber dann ist es gar nicht Geneviève, die sich genähert hat, sondern die kleine Elodie. Sie sagt: »Ich glaube, Sie haben mich gar nicht kommen sehen.«

Sie stellt ihre Schulmappe ab, ein schweres Ding aus abgeschabtem Leder, ihr Vater hat sie irgendwo mitgenommen und mit einem neuen Griff versehen, eine Mappe für einen Gerichtsvollzieher, nicht für ein Schulmädchen, sie verschränkt die Arme, wie es hier die Hausfrauen tun, wenn sie sich auf einen Schwatz einrichten, sie lächelt ihr bestes, fast schon erwachsenes Lächeln und fragt mit kaum merkbarem ironischen Unterton: »Wie geht's denn immer so?«

»Und bei euch?«, frage ich zurück. »Was machen deine Eltern?« Harmloses Hin-und-her-Gerede, aber es erlaubt mir, aufs Thema zu kommen. »Geneviève ist ein bisschen müde in letzter Zeit, oder scheint mir das nur so?« Ich schäme mich nicht, ein zwölfjähriges Schulmädchen nach seinen Eltern auszufragen; die Neugier ist stärker, die Gier nach etwas Neuem, endlich etwas Neuem in dieser fertigmachenden fertigen Welt, in der sich nie etwas verändert.

Aber Elodie kennt das Spiel auch, sie ist mir darin überlegen (wie Du mir überlegen warst, vom ersten Blickwechsel an), sie überhört die Erkundigung einfach und beginnt von ihrem Lehrer zu erzählen, der im Turnen jedem die Bestnote versprochen hat, *vingt sur vingt*, der bis zum Ende des Schuljahres einen Salto hinkriegt. Sie ist fest entschlossen, ihn beim Wort zu nehmen, ihren guten Durchschnitt noch zu verbessern, und sie zeigt mir, bedenkenlos oder berechnend, was sie schon kann: einen Überschlag, mit den Händen abgestützt, für einen Augenblick steht sie kopf, ihre Füße scheinen Halt zu suchen in der Luft, dann liegt sie lachend auf dem Rücken, mit hochgerutschtem Rock, sie hat dünne, staksige Mädchenbeine, eine Raupe, die bald ein Schmetterling sein wird, sie streckt mir die Hand hin, damit ich sie hochziehe, und dann sagt sie, wie eine späte Antwort auf meine unausgesprochene Frage: »Ich muss den Salto einfach hinkriegen. Meine Eltern sind viel friedlicher, wenn ich gute Noten habe.«

Als Geneviève endlich nach Hause kam, hatte ich so lange an meinem Zaun herumgekratzt, dass der Boden mit abgesplitterten Farbflocken bedeckt war wie mit weißen Blütenblättern. Ich sah sie von weitem kommen, ihr Fahrrad neben sich herschiebend, am Lenker zwei große Plastiktüten, ich hatte also genügend Zeit, mich in Gedanken darauf vorzubereiten, wie ich sie geschickt und unauffällig ausfragen konnte. Ich weiß nicht, ob es mir gelungen wäre, denn alle Taktik erwies sich als überflüssig. Ebenso stark wie das Bedürfnis, an fremden Leben mitzuschmarotzen, ist der Drang, sich selber mitzuteilen, sich von anderen die Bestätigung zu holen, dass das eigene Leid kein gewöhnliches ist, sondern ein ganz besonderes, einmaliges. Du willst doch so gerne lachen: dann lach darüber, dass dieses lieblos am Fließband ausgestanzte Massenprodukt, das sich Mensch nennt, nichts Wichtigeres kennt, als pausenlos und immer wieder seine Individualität zu betonen.

»Haben Sie ein bisschen Zeit für mich?«, fragte mich Geneviève. »Ich möchte Sie um einen Rat bitten.«

Wir saßen in meiner Küche, sie sah höflich über die unabgewaschenen Teller weg und die verklebten Pfannen, nein, danke, sie hatte gerade Kaffee getrunken und brauchte jetzt gar nichts, sie überlegte einen Moment, wie sie anfangen sollte, und sagte dann unvermittelt: »Sie schreiben sich Briefe.«

Sie musste keine Namen nennen. In Courtillon geht man davon aus, dass jeder von jedem alles weiß, dass mir also bestimmt schon jemand die Geschichte erzählt haben würde, vom heiligen Johann und von der Tussi. »Ich habe ihm vergeben, damals«, sagte Geneviève, »weil er geschworen hat, dass es einfach so passiert ist, blindlings, *à corps perdu*. Man kann mal von der Straße abkommen« – hier sprach die Busfahrerin aus ihr –, »aber nur einmal und nie wieder, das hat er mir auch fest versprochen. Und jetzt habe ich diese Briefe gefunden, eine ganze Schachtel voller Briefe, die sie ihm geschrieben hat, nicht vor fünf Jahren, sondern immer wieder, bis heute. Jean schwört, er habe nie geantwortet, aber ich glaube ihm nicht, man schreibt nicht immer neue Briefe, wenn man keine Antwort bekommt, oder was meinen Sie?«

Du wolltest etwas Lustiges hören. Hier hast Du Ironie, spitz wie ein Messer. Was sollte ich erwidern? Dass ich der Spezialist bin für Briefe ohne Antwort? Dass man nicht aufhört zu schreien, bloß weil einen niemand hört? Dass das Leben nicht logisch ist und der Mensch nicht vernünftig? Ich konnte nur dasitzen, in falscher Nachdenklichkeit nickend, konnte nur das interessierte Gesicht aufsetzen, mein Abfrage- und Verhörgesicht, das den andern zum Weiterreden auffordert. (Du hast Dich mal beschwert über diesen Trick, weißt Du noch? Er hat Dich geärgert, weil er so durchschaubar ist und trotzdem immer wieder funktioniert.)

Geneviève kaute auf ihrer Unterlippe herum, auf der kleinen Narbe, wo die abgebrochene Kante des Schneidezahns immer wieder in die Haut eindringt, rieb sich die Augen – keine Tränen, Mademoiselle Millotte, nur die Entzündung, die sie immer hat – und erzählte. »Es sind Liebesbriefe, richtige Liebesbriefe. Sie schreibt, dass sie ihn braucht, dass sie ihn nur von weitem sehen muss, und schon ist sie glücklich, dass sie Blumen gepflanzt hat in ihrem Garten, *œillets des poètes,* bloß weil er einmal gesagt hat, dass ihm die Farbe gefällt. Es sind schöne Briefe«, sagte Geneviève, es klang überrascht und ein bisschen neidisch, »mir würde so etwas nicht einfallen. Meinen Sie, dass es daran liegt? Dass ich ihm nicht sagen kann, wie gern ich ihn habe?« Sie ist eine massive Frau, größer als ich, mit breiten Schultern und muskulösen Armen; ihre Hände sind für das Steuerrad eines Busses gemacht, nicht dazu, an ihrer sachlich kurzen Frisur herumzuzupfen, als ob alles anders würde, wenn sie nur ein bisschen weiblicher wäre oder ein bisschen hübscher. Sie ist nicht hässlich, das will ich nicht gesagt haben, aber sie hat nichts Mädchenhaftes an sich, vielleicht ist sie zu früh Mutter geworden.

»Männer sind Männer«, hörte ich mich sagen, ein albernes Echo von Mademoiselle Millotte. »Und wenn Jean sagt, dass die Geschichte vorbei ist …«

»Warum bewahrt er dann ihre Briefe auf?«

Ich hätte es ihr erklären können. Weil es nichts Kostbareres gibt als Erinnerungen, auch wenn alle Welt verlangt, man solle sie wegsperren, vergessen, ungeschehen machen.

Ich werde Dich nie vergessen.

Nie.

Aber Geneviève ist eine sachliche Frau, für die Gefühle so etwas sind wie exotische Völker, deren Fotos man sich ganz gerne mal ansieht, Knochen durch die Nase, Tätowierung im Gesicht, wenn man die Magazine durchblättert im Supermarkt, bevor man dann doch die Handarbeitszeitschrift kauft, wie jeden Monat, Gefühle sind für sie etwas staunenswert Fremdes, durchaus faszinierend, aber doch nichts, was man sich ins Wohnzimmer einlädt, vielleicht kämen sie ja nackt, und dann wüsste man nicht wo hinschauen. Nein, bei ihr musste ich praktisch argumentieren, oder, so war es dann wirklich, musste sie selber praktisch argumentieren lassen, denn wer sich einen Fremden zum Beichtvater wählt, sucht keine Antworten, sondern Bestätigung.

Sie hatte sich – darum war auch die Sonnenbrille wieder in ihrem Etui verschwunden – schon längst fürs Bleiben entschieden, nicht fürs Vergeben, aber doch fürs Vergessen, wegen des Kindes, wegen des Hauses und weil Männer eben Männer sind. »Aber wenn es noch mal passiert, wenn er noch einmal nur mit ihr spricht, mit dieser *greluche,* dann werde ich … dann werde ich auch selber … Ich bin doch noch attraktiv, oder?«

Ich höre Dich lachen, weil Du ahnst, was gleich passieren wird. Ihr Mund schmeckte nach Pfefferminz, diese Bonbons, die sie immer lutscht, ihre Lippen erschienen mir rau, in ihren Haaren hing der Geruch von Diesel. Es war ein ungeschickter Kuss, über den Tisch gebeugt, auf dem noch das Geschirr stand vom Frühstück und vom Mittagessen, und hinterher musste sie ganz schnell und laut reden, musste die fremde Gestalt wegreden, die plötzlich im Zimmer stand, Tätowierung im Gesicht, Knochen durch die Nase.

Es war nur ein Kuss, der nichts sein sollte als der Beweis, dass sie noch küssenswert war, ein Argument, keine Zärtlichkeit, und doch war es nachher nicht leicht, die distanzierte Nähe aufrechtzuerhalten, die hier zwischen Nachbarn üblich ist, mit denen man sich beim Vornamen siezt. »Wollen Sie nicht doch einen Kaffee, Geneviève?« – »Nein, wirklich nicht, Jean braucht sein Abendessen, wenn er nach Hause kommt, ein andermal gern.« Es wird kein anderes Mal geben, nicht in meiner Küche; der Ort ist zu intim geworden.

Bleibt mir noch von Jean zu erzählen, dessen Seite der Geschichte ich natürlich auch hören musste. Man verschwendet nichts bei uns in Courtillon; wo Ereignisse selten sind, werden sie abgenagt bis auf den Knochen. Ich lud ihn also ein, mit mir mal wieder den Umbau meines Hauses zu besprechen, ein uferloses Thema, für das er sich stets von neuem begeistern kann; ich glaube, wenn ich mich tatsächlich aufraffte und mit der Arbeit begänne, würde ihm etwas fehlen; mein unfertiges Haus ist die ideale Spielwiese für seine handwerkliche Phantasie, und Spielwiesen machen nur Spaß, solang niemand eine Schaukel aufstellt und ein Klettergerüst einzementiert.

Jean erzählte des Langen und Breiten von einem Haus, das er in Pierrefeu entdeckt hatte, zwanzig Kilometer entfernt, ein schon lange leerstehendes Gebäude, das nächstens abgerissen werden sollte, wobei dieses »nächstens« auch schon wieder ein paar Jahre alt war, »kein schönes Haus, direkt neben der porcherie, es stinkt höllisch nach Gülle, und das Dach müsste auch völlig neu gemacht werden, aber da sind ein paar Eichenbalken in der Küche, dreihundert Jahre alt mindestens, wenn das Haus abgerissen wird, müssten Sie sich die sichern, daraus lässt sich etwas machen, ein Bücherregal zum Beispiel, Sie haben doch so viele Bücher, gehen die nicht kaputt, immer nur in diesen Schachteln?« Zu seinem Monolog tranken wir Kirsch, abwechselnd einen edlen milden aus dem Schwarzwald und einen hochprozentigen französischen Hausbrand, die mussten miteinander verglichen werden, auch darin ist Jean Fachmann.

Ihn dann aufs Thema zu bringen war leicht. Ich musste mich nur ganz beiläufig erkundigen, ob schon viele Brombeeren zu finden wären, ich hätte heute Madame Charbonnier auf dem Weg dorthin gesehen, und schon beugte sich Jean zu mir vor, in angesäuselter Vertraulichkeit, und sagte: »Diese Frau ist der größte Fehler meines Lebens.«

Es scheint (die Geschichte wird Dich amüsieren), dass Jean damals tatsächlich etwas hatte mit Madame Charbonnier, nur ein paar Wochen lang, wie er versichert; die Geschichte war schon lange zu Ende, als Geneviève dahinterkam. Die *greluche* hatte sich angeboten, und Jean, der nichts wegwerfen kann, hatte zugegriffen, »ohne Gefühle«, sagt er, als ob das ein Zauberwort wäre, das Geschehenes ungeschehen macht. Aber als es dann vorüber war, der Garten umgegraben, der fremde Körper entdeckt, da war es nur für ihn vorüber. Bei ihr war etwas passiert, was nicht vorgesehen ist in Jeans handwerklicher Welt, wo man nur das richtige Werkzeug finden muss und die richtige Stelle, um es anzusetzen: sie hatte sich in ihn verliebt. *»Elle est amoureuse«,* sagt Jean klagend, und so wie er das Wort ausspricht, ist es eine Krankheit, klingt nach muffiger, kalt verschwitzter Haut und dumpfem Atem. Er hatte ihr nie gesagt, dass es zu Ende wäre, er war einfach nicht mehr hingegangen, hatte wieder förmlich gegrüßt, wenn man sich begegnete, hatte zum Alltag übergehen wollen und die Sache vergessen.

Aber sie war ihm nachgelaufen, war aufgetaucht, wo sie nicht hingehörte, im Wald, wo er sein Holz schlug für den nächsten Winter, oder in einem leeren Haus, wo er Wände strich für ein paar Euro bar auf die Hand, war plötzlich dagestanden, »mit einem Gesicht«, sagt Jean, »wie eine frisch verputzte Mauer, wenn sich der Boden senkt«. Einmal hatte sie ihm sogar Blumen mitgebracht, ausgerechnet ihm, der in seinem Garten nichts duldet, was man nicht essen kann, sie war romantisch geworden, »in ihrem Alter«, sagt Jean vorwurfsvoll, hatte Zärtlichkeit von ihm verlangt, nicht den *café du pauvre,* sondern das große Gefühl der großen Welt, sie hatte ihm Angst damit gemacht, richtige Angst, und als er dann nicht konnte und auch nicht wollte, als er ärgerlich wurde und abweisend, da fingen die Briefe an.

»Sie schmuggelt sie mir in meine Werkzeugkiste, seit Jahren schon, ich sehe sie nicht kommen und nicht gehen, aber die Briefe sind da. Sogar in meiner Scheune habe ich schon welche gefunden, obwohl die immer abgeschlossen ist. Ich hänge meine Jacke irgendwohin, weil es heiß ist bei der Arbeit, und wenn ich sie wieder anziehe, steckt ein Brief in der Tasche. Fünf Tonnen Steine habe ich aus meinem Haus herausgeschleppt, aber diese Frau schafft mich.« Sein Kindergesicht ist gerötet, vom Kirsch und von der Empörung, er fühlt sich ungerecht behandelt; was muss sich diese Frau in ihn verlieben, wo er ihr doch nur entgegengekommen ist, weil sie ihn anders nicht bezahlen konnte für seine Arbeit?

»Und warum haben Sie die Briefe aufbewahrt?«

Jean, der Sammler, schüttelt nur den Kopf über meine Frage. »Zwischen die Gebrauchsanweisungen habe ich sie gesteckt«, sagt er. »Ich sammle Gebrauchsanweisungen, auch von Geräten, die ich gar nicht besitze. Wenn man etwas reparieren muss, ist das manchmal sehr praktisch. Geneviève hat sich nie dafür interessiert, sie weiß auch, dass ich es nicht mag, wenn man in meinen Sachen herumwühlt. Aber der *stérilisateur* ist kaputtgegangen in der Küche, sie ist gerade beim Einmachen, da wollte sie nachsehen – und jetzt? Die Katastrophe.« Er sagt nicht *catastrophe,* sondern *la Bérézina,* sein Rückzug hat begonnen, und der Krieg ist schon verloren.

Habe ich Dich jetzt amüsiert? Ist das nicht lustig? Mein Nachbar Jean, der heilige Johann, der Mann mit den alten Ölflecken auf den Arbeitshosen und den noch älteren Schwielen an den Händen, wird von der Liebe verfolgt, an jeder Ecke lauern ihm Gefühle auf, wo er doch gar nicht auf

Abenteuer aus ist, er will nur sein Essen gekocht haben und sein Bett gewärmt. »Sie wissen nicht, wie das ist«, sagt er zu mir. »Die Liebe ist etwas Furchtbares.«

Zu mir sagt er das.

Jetzt hat er sich, nach noch einem Kirsch und noch einem, zu einer großen Geste entschlossen. Er wird die Briefe zerreißen, Stück für Stück, er wird sie in eine Schachtel packen und sie der *greluche* vor die Tür stellen. »Dann ist die Sache zu Ende«, meint er. »Ein für alle Mal.«

Er weiß noch nicht, dass die Sache nie zu Ende ist. Er hätte mich fragen sollen.

Weißt Du, was heute für ein Tag ist?

Vielleicht war der Tag ja auch schon gestern oder letzte Woche. Obwohl ich doch, wie Du mal gesagt hast, ein pingeliger alter Sack bin – Du merktest, dass Du mich verletzt hattest, und ich ließ mich gerne trösten –, obwohl ich doch ein altmodischer Ordnungsfanatiker bin, weiß ich nicht mehr genau, an welchem Tag Du vor meiner Tür standest.

Heute war es, Punktum. Heute vor zwei Jahren.

Das Datum schoss mir durch den Kopf, als ich letzte Nacht im Bett lag. In meinen zwei Betten. Habe ich Dir das schon erzählt? Da prunkt in meinem Schlafzimmer breitbeinig ein verschnörkeltes Bettgestell aus Messing, beim *brocanteur* aufgestöbert und erhandelt, »jeder Schlosser macht Ihnen den Matratzenteil dazu«, sagte der Verkäufer damals, und vielleicht war das nicht mal gelogen; ich hab es nicht mehr ausprobiert. Jetzt besetzt das leere Gestell, breit genug für zwei, für drei, für eine Familie, das ganze Zimmer, wird sinnlos älter, imposant immer noch, aber für nichts mehr zu gebrauchen. In der Lücke des mächtigen Gestells, man muss über den Messingrahmen steigen, um sie zu erreichen, liegen zwei Matratzen übereinander, ein Ruderboot im Dock eines Ozeandampfers; wenn ich im Traum Deine Hand fassen will, greife ich ins Leere.

Ich lag wach auf meiner Matratzeninsel; es war eine der Nächte, in denen der Mond hier auf dem Land so hell strahlt wie sonst nur in alten Gedichten. *»Au clair de la* *lune«* – und wie falsch hast Du das im Zug gesungen! Wir hatten Vollmond (indem ich das hinschreibe, merke ich, wie weit wir voneinander entfernt sind, Du und ich, als ob ein anderer Mond über Dir schiene oder zu anderen Zeiten); der Himmel war so hell, dass die Sterne verblassten; im offenen Fenster, dem der Vorhang immer noch fehlt, definierte das Licht jedes einzelne Blatt der Platane.

Als der Morgen sich näherte, wurde es dunkel, der Mond war untergegangen, und für die Sonne war es noch zu früh. Es müsste ein eigenes Wort geben für dieses Zwischenlicht, mir fällt nur »falb« ein, aber das beschreibt nicht die plötzliche Stille, nicht das Gefühl, dass der Welt der Atem ausgegangen ist, schmerzlos und endgültig, wer jetzt kein Haus hat, baut sich keines mehr. Ich war erleichtert, als die Turteltauben wieder anfingen mit ihrem monotonen Geschrei.

Ich bin dann zum Fluss gegangen. Es gibt da einen Platz, den ich unseren Platz nenne, obwohl er das nur in meinem Kopf ist; wenn Du hier wärst (wie ich es hasse, dieses »wenn«!), würde ich Dich dorthin führen, und Du würdest ihn wiedererkennen, ohne ihn je gesehen zu haben.

Der Weg, ein Schleichweg für Eingeweihte, führt durch den Friedhof; man muss das Tor beim Öffnen ein bisschen anheben, sonst kreischt es in den Angeln und erschreckt die Toten. Auf den Grabkreuzen sind Fotos der Verstorbenen angebracht – ist Dir auch schon einmal aufgefallen, wie gestrig ein Bild plötzlich aussieht, sobald wir wissen, dass der Dargestellte nicht mehr lebt? –, und so früh am Morgen sind die Plastikhüllen über den Gesichtern vom Tau beschlagen. Sogar den Kunstblumen in ihren gusseisernen Vasen schenkt die Feuchtigkeit einen Anflug von Leben. Der

Friedhof von Courtillon ist eng, und doch haben auch ein Dutzend Generationen nicht ausgereicht, ihn zu füllen; zwischen den Gräbern blieb Platz genug für schmale Wege, auf denen der schwarze Kies unter den Schuhen knirscht. Hier wächst kein Blatt Unkraut, aber Du darfst Dir deshalb keine treusorgende Witwe vorstellen, die liebevoll auf den Knien rutschend Hälmchen zupft; das Jahrtausend geht zu Ende, und so kommt einmal im Monat der *cantonnier* mit einer Tonne Chemie auf dem Rücken und sorgt für Ordnung. Die Grabsteine gleichen sich alle; nur die Familie unseres Bürgermeisters betont übergroß ihre Wichtigkeit und hat sich in den fünfziger Jahren ein Beton-Mausoleum errichten lassen. RAV LLET steht in großen Metallbuchstaben über dem Eingang; das zweite A hat eine verirrte Kugel des Generals weggeschossen. Direkt vor der rückwärtigen Friedhofsmauer verbirgt das protzige Familiengrab eine Lücke in der aus großen Steinbrocken gemauerten Friedhofsumrandung, wahrscheinlich von einem Baufahrzeug gerissen. Wenn man an dieser Stelle durchschlüpft, sich tief duckend, denn der Baum, der davor wächst, hat Dornen, gelangt man auf einen Trampelpfad, der direkt ans Flussufer führt.

Dort ist ein Schnipsel Paradies, nicht breiter als ein Handtuch, oder zwei, wenn sie nahe beieinander liegen; man muss über einen umgestürzten Baum klettern, aus dem Strunk schlagen neue Triebe, hoffnungslos hoffnungsvoll; wenn der Boden noch feucht ist, wie an diesem Morgen, kann man sich auf den Stamm setzen, einen Ast als Rückenlehne, kann so allein sein wie sonst nirgends im Dorf und in der Einsamkeit träumen, man wäre zu zweit.

Ich weiß selber, dass das kitschig ist. Gefühle werden ranzig mit der Zeit. Auf den Waldwiesen hier sieht man manchmal Kuhlen, mit schlammigem Wasser gefüllt, wo sich Wildschweine gewälzt haben. Gerade so wälze ich mich in meine Gefühligkeit hinein, plansche grunzend in meiner Sehnsucht herum, immer auf der Suche nach einer Erleichterung, vor der ich mich gleichzeitig fürchte, weil sie nichts mehr übrigließe. Dann wäre unser Platz kein magischer Ort mehr, sondern bestenfalls die Anlegestelle für ein Ruderboot, dann wären keine Perlenketten mehr ins Morgenlicht gespannt, nur Tautropfen an klebrigen Spinnweben – wie befestigt eigentlich eine Spinne ihren ersten Faden; um dorthin zu gelangen, wo sie ihn fixiert, müsste es ihn doch schon geben? –, dann wären die Nebelschwaden, mit denen der Wind über dem Fluss spielt, nur noch ein naturwissenschaftliches Phänomen, kalte Luft, wärmeres Wasser, dann würde kein Specht rhythmisch gegen seinen Baum hämmern, sondern am andern Ufer stünde tatsächlich ein Mann in gelber Schutzkleidung und rammte rotweiß gestreifte Stangen in den Boden.

Das holte mich raus aus meiner gefühlswarmen Schweinekuhle und machte mich wach. Was ist die Liebe, habe ich früher gern zitiert, als ich jünger war und den Zynismus noch trug wie ein schickes Jackett, was ist die Liebe gegen ein Beefsteak mit Zwiebeln? Was ist eine nebelverhangene Morgendämmerung, was ist unerfüllte Sehnsucht gegen einen handfesten Skandal? Man lernt eins und eins zusammenzuzählen in Courtillon; das kleine Einmaleins wird wichtig, wo es kein großes gibt.

Lass Dir erklären, was der einsame Landvermesser (Wasservermesser?) bedeutete, bedeuten musste. Es gibt schon lange den Plan, unseren Fluss auszubaggern, zur lukrativen Kiesgewinnung, die seichten Nebenarme, *les eaux mortes,* in denen das Wasser so klar ist wie Glas, verschwinden zu lassen, alles zu begradigen und zu modernisieren, aber man war sich im Dorf von Anfang an sicher, dass dieser Plan immer ein Plan bleiben würde, wie so vieles in Courtillon; die Alteingesessenen würden niemals zulassen, dass die Badeplätze ihrer Jugend verschwänden und die guten Angelstellen, die man als Familiengeheimnis weitergibt vom Vater auf den Sohn. Die Kiesgrube im Fluss, daran zweifelte nie jemand, war nicht mehr als ein Gedankenspiel für dunkle Winterabende.

Und jetzt watete da ein Mann ins flache Wasser, in diesen hüfthohen gelben Anglerstiefeln, die man trägt wie Hosen, bohrte seine Stange in den weichen Untergrund – ich bildete mir ein, ein obszön glitschendes Geräusch zu hören – und machte sich Notizen in ein dünnes Heft. Bohrte, holte das Heft aus der Brusttasche, notierte, ließ das Heft verschwinden. Grinste vielleicht dabei, das war von mir aus nicht zu erkennen. Und das alles so früh am Morgen, dass er sicher sein konnte, von niemandem beobachtet zu werden. Einen Verrückten, der im ersten Sonnenlicht auf einem feuchten Baumstamm hockt und über den Fluss hinausstarrt, hatte er nicht auf seiner Rechnung.

Der Baum ist noch nicht lange umgestürzt, die belaubte Krone, immer noch grün, hängt über unserem Platz wie ein Baldachin, ein Vorhang aus Blättern vor einem Alkoven; solang ich mich nicht bewegte, war ich unsichtbar. (Ich werde sowieso immer unsichtbarer, meine Konturen sind schon nicht mehr scharf.) Länger als eine Stunde sah ich dem Mann bei seiner systematischen Arbeit zu, versuchte aus den Wegen, die er ging, die Pläne zu lesen, die er später an seinem Schreibtisch zeichnen würde: die Furt, wo man ins Wasser treten kann, ohne auch nur ein Wölkchen Schlamm aufzuwirbeln – fort, Kies; die Vertiefung, wo die kleinen Kinder ihre ersten Schwimmversuche machen, *baignoire sabot* wird sie genannt, Sitzbadewanne – weg, Kies; die seichten Stellen im Schilf, wo das Wasser weich ist in der Sonne, wo Tausende von winzigen Fischchen Mückenschwärme imitieren, wo sich ein legendärer Meterhecht versteckt, den jeder schon einmal an der Angel gehabt haben will – Kies, Kies, Kies. Und das, hier in Frankreich, im deutschesten Sinne des Wortes: Knete, Kohle, *pognon*.

»Pognon«, sagte auch Monsieur Brossard, weise nickend, als ob mit den beiden Silben alles erklärt wäre. Selbst hinter seinem Frühstückstisch – ich hatte unhöflich früh an der Tür geklingelt, eine echte Neuigkeit entschuldigt vieles – saß er da, als ob er den Vorsitz bei einer Verhandlung zu führen hätte, als ob der Morgenmantel sein Amtstalar wäre und das Buttermesser das Siegel zur Bestätigung von Urteilen. In einem Leben als Respektsperson hat er sich den Trick angewöhnt, auf Überraschungen nur bestätigend zu reagieren, als ob er sie schon lange vorausgeahnt hätte. »Hat er sich also doch kaufen lassen!«

»Von wem sprichst du?« Madame Brossard, ein Tablett mit zwei Tässchen Kaffee balancierend, kam aus der Küche. Es fehlt etwas, wenn sie nicht im Zimmer ist; der süßliche Duft ihres Puders ist dann wie ein Schatten, ohne den, der ihn wirft. Kein Morgenrock für Madame, ich habe sie nie weniger als perfekt gekleidet gesehen. Sie sah mich fragend an, wartete, bis ich nickte, und stellte dann beide Tassen vor mich hin, der stumme Überrest eines Dialogs, den wir in den ersten Monaten unserer Bekanntschaft bei jedem Besuch geführt haben. »Unsere Kaffeemaschine macht immer zwei Portionen«, hieß das, »wir trinken aber nur Tee. Ich darf Ihnen doch beide Tassen geben?« Sie schob mir die Zuckerdose hin, den kleinen Krug Sahne, den Teller mit den Keksen, und Monsieur Brossard wartete ohne eine Spur von Ungeduld. Fast fünfzig Jahre sind die beiden zusammen, sie sind ineinandergewachsen, und ich beneide sie darum. Erst als alles in einer exakten Reihe stand, so wie es sich für einen besseren Haushalt gehört, beantwortete er ihre Frage. »Ravallet, wer sonst?«

Du kannst die nächste Seite überspringen (ich schreibe das im bitteren Wissen, dass Du den ganzen Brief überspringen wirst, wie Du unterdessen in Deiner Erinnerung die Zeit mit mir überspringst, einfach die Augen schließen und daran vorbeigehen, dann ist es nie gewesen), Du kannst die nächste Seite überspringen (ich verlaufe mich in meinen Sätzen, weil sie ins Leere geschrieben sind ohne Dich, keine Richtung mehr haben, ein gestauter Fluss, der langsam verschlammt), Du kannst die Seite überspringen, aber ich will mir einreden, dass Du es nicht tust, auch wenn Dich Politik langweilt, ich will mir weismachen, dass Du Dich interessierst für die kleinen Intrigen, die hier in Courtillon gesponnen werden; stell Dir einfach vor, Du säßest am Mikroskop und wir wären alle nur dazu da, von Dir beobachtet zu werden, unter Glas und steril.

Also: der Gemeinderat des Dorfes besteht aus fünf Männern, von denen jeder aus einem anderen Grund gewählt wurde. Man kennt hier keinen Wahlkampf, keine offene Schlacht um Wählerstimmen, wir sind auf dem Land, und da kommt man zu solchen lokalen Ehren wie zu einem Tisch im Stammlokal: es wird schon diskret dafür gesorgt, dass sich nicht die Falschen breitmachen. Natürlich gehört Ravallet, unser schwarzstoppliger Bürgermeister, dem *conseil* an; kraft seines Amtes leitet er die Sitzungen und hat bei strittigen Abstimmungen den Stichentscheid. Der junge Simonin ist drin, er hat im letzten Jahr den Sitz seines Vaters übernommen, ein Zubehör des Hofes, gewissermaßen. Es ging damals, kurz vor den Wahlen, ein Gerücht um, man wolle den Gebrauch von Düngemitteln rund um die Wasserfassung untersagen, und da hat sich der junge Simonin als Bauernvertreter portieren lassen, um solchen Unfug zu verhindern. Bertrand, der Weinhändler, meldet sich sowieso für jedes Amt, in dem man Kontakte knüpfen und Fäden ziehen kann, und dass Monsieur Brossard zum Gremium gehört, ist hier so selbstverständlich, dass er jedes Mal erklären kann, er wolle gar nicht gewählt werden, und dann doch die meisten Stimmen bekommt. Ja, und der heilige Johann ist noch dabei, nicht sehr zur Begeisterung Ravallets, wie man hört, denn Jean redet gerne und will einfach nicht verstehen, dass die Aufforderung zur Diskussion nur fürs Protokoll bestimmt ist.

In Sachen Kieswerk, so berichtete mir Monsieur Brossard frühstückend, ist der Gemeinderat gespalten. Bertrand, der Geschäftemacher, ist dafür, weil er sich irgendwelche persönlichen Vorteile erhofft, »wahrscheinlich«, meinte Monsieur Brossard, »haben sie ihm eine Weinbestellung versprochen, Bertrand liebt Geld so sehr, dass man ihn billig kaufen kann«. Der junge Simonin würde ebenfalls mit Ja stimmen, nur schon, weil sein Vater immer nein gesagt hatte. »Er ist für alles, was man Fortschritt nennen kann; wenn er in der Zeitung liest, dass sich die Bauern in Amerika die Zehen abschneiden, weil mit Zehen gedüngte Felder mehr Mais geben, dann rennt er gleich in den Schuppen und holt die Säge.«

»Du übertreibst mal wieder«, tadelte Madame Brossard vorwurfslos, und ihr Mann nickte fröhlich. »Ich übertreibe, aber ich lüge nicht.«

Gegen das Kieswerk sind Monsieur Brossard selber – »wenn man alles macht, was man machen kann, macht man auch alles kaputt« – und der heilige Johann. Für Jean, der jeden Baum so sorgfältig beschneidet, als ob er dabei einem geheimen Bauplan folgte, ist die Vorstellung, dass ein riesiger Bagger den Fluss aufreißt, ein Sakrileg, »eine Vergewaltigung«, sagt Monsieur Brossard, »und für eine Vergewaltigung kann man nicht stimmen«.

Zwei zu zwei. Bleibt Ravallet mit seinem Stichentscheid. Vor den Wahlen war er gegen das Projekt gewesen, »aber jetzt ist er ja wieder im Sattel, da braucht er keine Rücksichten mehr zu nehmen«. Und warum sollte er seine Meinung geändert haben? *»Pognon«*, sagt Monsieur Brossard.

»Du bist zynisch«, stellt Madame fest.

»Weil ich weise geworden bin mit den Jahren.« Und dann, mit der Spitze seines Messers Ornamente in die frisch gestrichene Butter auf seinem Brot ritzend, so wie er wahrscheinlich früher während der Verhandlungen Kringel an den Rand der Akten gemalt hat, denkt *le juge* laut darüber nach, wie viel es wohl gekostet haben müsse, die Meinung unseres Bürgermeisters zu ändern. »Wenn ich etwas gelernt habe in meinem Beruf, dann ist es die Tatsache, dass alle Menschen käuflich sind.«

»Du nicht!«, protestiert Madame.

»Ich auch. Es hat bloß nie jemand einen genügend hohen Preis geboten. Ich bin teuer, und deshalb denken die Leute, ich hätte Charakter.« Wenn er solche Dinge sagt, funkeln seine Augen vor Lust an der Provokation. »Ravallet dürfte billiger gewesen sein.«

Ich widerspreche ihm. Nicht aus Überzeugung, sondern weil *le juge* Debatten braucht wie andere Leute ihre Joggingrunden. »Unser Bürgermeister macht mir nicht den Eindruck eines Mannes, der für Geld alles tut.«

»Lieber Freund«, Monsieur Brossard schiebt seinen Teller zur Seite, »ich will Ihnen eine Geschichte erzählen.« Sein Blick geht ganz automatisch zum Buffet, wo noch eine angebrochene Flasche Wein vom Vorabend steht; für Monsieur Brossard gehört zu einer guten Geschichte immer auch ein guter Wein, aber seine Frau schüttelt den Kopf, nein, sie schüttelt ihn nicht, sie macht nur die zarteste Andeutung einer Verneinung, hebt nur die Augen zur Wanduhr, die noch nicht mal neun Uhr morgens zeigt, und Monsieur Brossard befeuchtet die Kehle folgsam mit einem Schluck Tee.

»Als ich noch Richter war in Paris«, setzt er an, »im neunzehnten Jahrhundert, da hatte ich mal den Fall eines jungen Mannes, na ja, jung von meinem heutigen Standpunkt aus, er war auch schon fast vierzig, der hatte ein paar Jahre lang für eine alte Verwandte gesorgt, aufopfernd, wie jeder sagte, und wahrscheinlich hat er ihr ja auch tatsächlich Gutes tun wollen, zumindest am Anfang. Aber dann hat sie ihr Testament geändert, zu seinen Gunsten, und da hat er erst erfahren, wie viel Geld sie hatte. *Beaucoup de pognon.*« Monsieur Brossard macht eine Pause, und im selben Moment schnappt sich Madame ganz schnell die beiden Frühstücksteller und stellt sie aufs Tablett. Wahrscheinlich hat sie auf den Moment gewartet, sie muss alle seine Geschichten kennen und alle Pausen. Und schon sitzt sie wieder ganz still da und hört ihrem Mann zu.

»Nach dem Tod der alten Dame wäre er ein reicher Mann gewesen, aber so lange wollte er nicht warten. Raten Sie mal, was er gemacht hat!«

Rate mal, was er gemacht hat.

Nein, er hat sie nicht umgebracht, »nicht mit eigenen Händen«, sagt Monsieur Brossard, er hat sie nur, fürsorglich und vernünftig, davon überzeugt, dass es besser wäre, wegen der Erbschaftssteuer und überhaupt, wenn sie ihm ihr Geld schon zu Lebzeiten überschriebe, dann könne er sich noch viel besser um alles kümmern, und sie hätte keine Sorgen mehr. Als sie das dann getan hatte – ohne Bedingungen und Absicherungen, wenn sie ihm nicht vertrauen konnte, wem dann? –, als er über alles verfügte, da verkaufte er als Erstes das Haus, in dem sie ihr ganzes Leben verbracht hatte, »Île Saint-Louis«, sagt Monsieur Brossard, »eine sehr gesuchte Gegend«, und forderte sie auf, vernünftig und fürsorglich, sich für ein Altersheim zu entscheiden.

Wieder eine Pause, wieder ein Schluck Tee. Madame legt ganz schnell, klipp klapp, das Besteck aufs Tablett und sitzt schon wieder still da und hört ihrem Mann zu.

(Hörst Du mir zu?)

Die alte Dame versuchte sich aufzuhängen – *le juge* schmunzelt, während er es erzählt, so wie man bei einem guten Witz schmunzelt, kurz vor der Pointe –, aber sie suchte sich den falschen Ort aus dafür, und so starb sie nicht am Strick, sondern wurde von einem abgerissenen Ofenrohr erschlagen, »die ganze Küche schwarz«, sagt Monsieur Brossard, »es soll sehr ungewöhnlich ausgesehen haben«.

Klipp klapp. Der Tisch ist fast schon leergeräumt. Die Geschichte muss bald zu Ende sein.

Der trauernde Erbe kam vor Gericht, weil ihn ein anderer, aus dem Testament gestrichener, angezeigt hatte, nicht wegen Mordes natürlich, »das wäre nur gerecht gewesen, aber nicht legal«, sondern wegen Betrugs, Erschleichung einer Unterschrift, Ausbeutung einer Notlage, was man halt so hat.

»Sehen Sie«, sagt Monsieur Brossard, »auch dieser junge Mann hatte Charakter. Bis man ihm, aus Versehen, einen genügend hohen Preis dafür geboten hat.« Er wischt sich die Frühstückskrümel vom Morgenrock, Madame bringt das Tablett in die Küche, und eigentlich könnten wir jetzt weiter über unseren Bürgermeister diskutieren. Nur eine Frage muss ich vorher noch stellen: »Haben Sie den jungen Mann verurteilt?«

»Wieso?«, fragt Monsieur Brossard zurück. »Er hatte doch alles richtig gemacht.«

Und dann reden wir wieder von Ravallet. Monsieur Brossard ist der Meinung, dass man ihn nicht mit Geld geködert hat, sondern mit Macht – »um den Preis eines Menschen zu finden, muss man die richtige Währung kennen« –, denn Ravallet will kein Bürgermeisterchen bleiben, er hat Höheres im Sinn, in den *conseil général* will er und irgendwann mal als Abgeordneter nach Paris, dazu braucht man Verbindungen, Seilschaften, muss eine Menge Hände gewaschen haben, und wenn die Sache nicht ganz sauber ist, nun ja, »dafür hat er seinen Rasierapparat und sein Rasierwasser, und wenn die Tür aufgeht, wird schon wieder alles perfekt aussehen«.

Nur dass die Tür ein bisschen zu früh aufgegangen ist, weil ich zufällig mitgekriegt habe, was noch keiner mitkriegen sollte, aber das macht keinen Unterschied, meint Monsieur Brossard, die Überraschung hat Ravallet zwar verloren, aber die Abstimmung wird er gewinnen, drei zu zwei, mit Stichentscheid.

»Sie werden nicht versuchen, etwas dagegen zu unternehmen?«

Le juge schüttelt den Kopf, fast mitleidig. »Sie sind fremd hier, lieber Freund«, sagt dieses Kopfschütteln, »Sie haben immer noch nicht verstanden, wie das auf dem Land läuft. Wenn das Schwein fett ist, wird es geschlachtet.« Monsieur Brossard meint, dass ich an die Gerechtigkeit glaube. Auch kluge Menschen können sich irren.

Und dann erschien Jean im Fenster, der heilige Johann, tauchte plötzlich auf in einer eingerahmten Pose, ein Schnappschuss der Aufregung, und war schon wieder verschwunden, klopfte an die Hintertür, hämmerte mit den Fäusten dagegen, ungeduldig, wie jemand, der schlechte Nachrichten hat, die er keine Minute länger allein tragen kann, die er teilen muss, sofort, um nicht an ihnen zu zerbrechen. Ich sprang auf, im Flur eilte Madame Brossard zur

Türe, und nur Monsieur, demonstrativ unüberrascht, wie es sich gehört für die Autorität, blieb ganz ruhig sitzen. Als Jean ins Zimmer stürzte, in klobigen Schuhen, übersah *le juge* sogar die erdigen Fußspuren auf dem fast echten Perser und sagte nur kühl: »Wir wissen es schon.«

»Aber es ist nicht wahr!« Jeans Stimme klang brüchig.

»Warum sollten sie sonst das Ufer vermessen?«

»Ufer?« Du hast mir manchmal Zettel zugesteckt (ich besitze sie noch alle), die von Satzzeichen überwuchert waren. Genau so stellte Jean seine Frage: »Welches Ufer???«

»Ich sage nur: Ravallet.«

Jean fiepte wie ein getretener Hund. »Ravallet? Was hat der damit zu tun? Das geht ihn überhaupt nichts an als Bürgermeister. Das ist eine private Angelegenheit!«

»Die Kiesgrube?«

Jean starrte uns an. Wir starrten ihn an. In die Stille hinein lachte Madame Brossard ihr wohlerzogenes Damenlachen. »Ich glaube, meine Herren, wir sprechen nicht alle von derselben Angelegenheit. Was wollten Sie uns erzählen, Monsieur Perrin?«

»Sie ist aus dem Fenster gefallen. Valentine Charbonnier. Und sie sagen, ich sei schuld.«

Das ist jetzt schon ein paar Tage her, aber die Tage waren so voller Überraschungen, dass ich erst heute dazu komme, sie für Dich aufzuschreiben. (Lass mir die Illusion, dass es für Dich ist.)

Courtillon schlägt Purzelbäume. Mademoiselle Millotte sieht zwanzig Jahre jünger aus, so viele Neuigkeiten hat sie zu sammeln und zu verteilen, die Frauen warten morgens eine halbe Stunde lang auf den Bäckerwagen, um einander auf der Straße ganz zufällig zu begegnen – »Haben Sie schon gehört? Haben Sie schon gewusst?« –, und die Männer schauen bei ihren Nachbarn vorbei, um sich Werkzeug auszuleihen, das sie dann mitzunehmen vergessen.

Also: Vielleicht hat mich in jener Vollmondnacht gar nicht die Sehnsucht geweckt, vielleicht war es der vorbeifahrende Krankenwagen; in Courtillon ist es nachts so still, dass jedes Geräusch die Haut ritzen kann. Die Samu war gerufen worden, um Valentine Charbonnier, die Tochter des Bahnwärters und seiner *greluche*, ins Krankenhaus von Montigny zu bringen. Das ist so ziemlich das Einzige, über das man sich im Dorf einig ist, abgesehen noch von der Tatsache, dass der Glaser am nächsten Tag gleich zweimal zu den Charbonniers fahren musste, einmal zum Ausmessen und einmal zum Montieren, denn das Fenster, das es dort zu ersetzen gab, ist nicht viereckig, sondern rund; es gehört zu einem Zimmer unterm Dach, dort, wo das Gebäude mit einem Türmchen auf richtigen Bahnhof macht.

Aus diesem Fenster ist Valentine gestürzt, und man debattiert mit Hingabe, ob sie gesprungen ist, beim Schlafwandeln das Gleichgewicht verloren hat (»Es war Vollmond«, sagen die Anhänger dieser Theorie und schauen bedeutungsvoll) oder ob sie – die beliebteste, weil dramatischste Variante – gestoßen wurde. Die Diskussionen finden vorzugsweise zwischen sechs und halb sieben abends statt, wenn man sich beim jungen Simonin frisch gemolkene Milch holt und dann auf der Straße noch ein bisschen zusammensteht. Es gibt da eine Stelle, nur ein paar Schritte vom Stalleingang entfernt, von der aus hat man den Bahnhof gut im Auge.

Der Unfall, wenn es denn einer war, ist aber erst der Anfang der Geschichte. Gegen drei Uhr früh muss er sich ereignet haben, »genau um zwei Uhr sechsundfünfzig kam der Anruf«, sagt Madame Simonin, deren Neffe bei der Ambulanz in Montigny arbeitet und die dadurch zur geschätzten Informationsquelle geworden ist. Von ihr weiß man auch, dass Valentine bewusstlos war, dass sie außer Schürfungen im Gesicht und an den Armen keine sichtbaren Verletzungen hatte, »nichts gebrochen oder so«, und dass man sie nur zur Sicherheit ins Krankenhaus gebracht hat, »mein Neffe sagt, wenn er es nicht tut und nachher hat sie doch etwas, dann macht man ihn verantwortlich«. Madame Simonin weiß auch zu berichten, dass die Verunfallte nur ein weißes T-Shirt trug, »nur ein T-Shirt«, wiederholt sie, damit auch jeder Zuhörer sich ausmalt, was das Mädchen alles nicht anhatte. Sie lacht, während sie es erzählt, aber das hat nichts zu bedeuten, Madame Simonin lacht immer.

Die Mutter begleitete ihre Tochter im Krankenwagen, der Vater fuhr im Auto hinterher. Das ist deshalb von Bedeutung, weil Madame Charbonnier allein mit dem Wagen zurückkam. Allein. Du solltest hören, wie vielsagend die Leute hier das Wort aussprechen, *seule,* nur eine Silbe, aber sie packen ganze Romane in sie hinein. Die Charbonniers haben sich gestritten, lautet die Mehrheitsvermutung, weil einer von ihnen die Schuld hatte an dem Unfall. (»Es war kein Unfall«, sagt Mademoiselle Millotte, »glauben Sie mir, es wird sich herausstellen.«) Wie und warum, darüber gibt es noch keine genauen Informationen, aber fest steht, dass Monsieur Charbonnier sich per Anhalter zurück nach Courtillon durchschlagen musste, *seul.* Das wiederum weiß man von Geneviève, die mit ihrem Schulbus unterwegs war und ihn am Straßenrand hat stehen sehen, mit hochgerecktem Daumen.

Nur schon bis dahin würde die Geschichte ausreichen, um Courtillon ein paar Wochen lang zu beschäftigen. Ist der Bahnwärter, den man kaum je ein Wort reden hört, insgeheim gewalttätig, hat er seine Tochter verprügeln wollen, und sie ist durch das Fenster geflohen? Hat die *greluche* ihre hübsche Tochter – auf die sie natürlich eifersüchtig ist, sagen die älteren Frauen und nicken sich zu, als ob sie ein privates Geheimnis wüssten –, hat sie sie mit einem der Jungen aus Saint-Loup erwischt, einem aus der Erziehungsanstalt? Man hat Valentine schon des Öfteren auf einem Mofa mitfahren sehen, ohne Helm, auf dem Gepäckträger, wo niemand sitzen darf. Hat ihre Mutter ihr den Umgang verboten, gab es einen Streit, eine dramatische Szene, und das Mädchen ist dabei gestolpert, direkt vor dem runden Fenster? Geschichten sind umso unterhaltsamer, je mehr die Fakten fehlen.

Das Dorf hätte sich tagelang an den verschiedenen Möglichkeiten regalieren können, so wie man am Buffet eine Spezialität nach der anderen probiert, vergleicht, noch mal zugreift, aber bevor man auch nur beginnen konnte, die Gerüchte richtig auszukosten, wurde schon der nächste Gang serviert. Madame Charbonnier kam aus dem Krankenhaus zurück, ohne ihren Mann, wie gesagt, was schon auffällig genug gewesen wäre, und fuhr – die nächste Sensation – nicht etwa heim zu ihrem Bahnhof, sondern hielt vor dem Haus der Perrins an und begann zu hupen. Es muss gegen halb neun gewesen sein, Geneviève fuhr ihren Bus und Elodie war in der Schule, drei viertel neun vielleicht, ziemlich genau zu der Zeit, als ich selber an der Tür der Brossards klingelte, und so habe ich, am andern Ende des Dorfes, nichts davon mitbekommen. Aber man muss nicht an vorderster Front gewesen sein, um von einer Schlacht zu berichten; man hat mir den Vorfall unterdessen so oft geschildert, dass ich mich wahrscheinlich in ein paar Jahren daran erinnern werde, als hätte ich ihn erlebt.

Die *greluche* hupte, keine einzelnen Signale, sondern ein langes durchgehendes Heulen, »wie ein Krebskranker weint«, sagt Mademoiselle Millotte, »wenn er die Schmerzen nicht mehr aushält«. Niemand hupt in Courtillon, außer dem Bäckerwagen, wenn er am Morgen seine Ankunft ankündigt, und so hatte Madame Charbonnier bald ein zahlreiches Publikum angelockt, zahlreich für Dorfverhältnisse; so viele werden es auch wieder nicht gewesen sein, und nicht jede, die davon erzählt, war auch wirklich dabei.

Die *greluche* blieb unbeweglich hinter dem Steuer sitzen und blickte geradeaus, »nicht nach links, nicht nach rechts«, lautet ein Bericht, »als ob sie immer noch führe und wollte die richtige Abbiegung nicht verpassen«, sie reagierte nicht, als man ans Wagenfenster klopfte, sie schien die fragenden Gesichter, die ganze »Was ist denn passiert?«-Pantomime überhaupt nicht wahrzunehmen, saß nur da, eine Hand am Lenkrad, die andere auf der Hupe, bis Jean angerannt kam, in erdverklebten Gartenschuhen, bis er vor ihrem Wagen stand, hilflos – ich sehe es vor mir: wenn Jean nicht Herr einer Situation ist, wird er zum kleinen Jungen –, bis alle Leute ihn anstarrten, weil sie spürten, der Auftritt galt ihm, und erst dann ließ sie die Hupe los, stieg aus und ging auf ihn zu. »Er ist zusammengezuckt«, sagen die einen, aber das klingt nicht überzeugend, er wird sie nur fragend angesehen haben, verwirrt, und dann stand sie vor ihm, ganz nahe, und sagte, nicht laut, aber so, dass es alle hören konnten: »Valentine ist aus dem Fenster gesprungen, und du bist schuld.«

Stell es Dir vor, mal es Dir aus! Lass Dir die exquisite Peinlichkeit der Situation auf der Zunge zergehen (ich habe das Dorfdenken schon so verinnerlicht, dass ich mich darüber ärgern kann, den Auftritt verpasst zu haben, direkt bei meinem Haus), schmeck die Verlegenheit des heiligen Johann in Ruhe ab – erinnert sie Dich nicht an lange abgehangenes Fleisch, köstlich zart, aber fast schon ein bisschen faulig? –, stell Dich zu den Zuschauern, die mit diskret abgewendeten Augen alles sehen, schlag mit den andern Deine Zähne in die knackig frische Neuigkeit, die da eben serviert wurde, noch nicht tausendmal durchgekaut und ausgelutscht! Der nächtliche Unfall wäre spannend genug gewesen, aber noch viel interessanter als der Fenstersturz selber war die Tatsache, dass Jean und die *greluche* sich duzten und damit ein Gerücht bestätigten; wer hier duzt, ist mit dem andern aufgewachsen oder im Bett gewesen. Und zu all diesen Köstlichkeiten erst noch ein Rätsel, wir werden verwöhnt heute, es geht uns gut! Wenn Valentine tatsächlich gesprungen war – in den Köpfen begannen die Spekulationen schon zu wuchern wie Schimmelpilz –, warum sollte dann ausgerechnet Jean dafür verantwortlich sein? Wo war da die Verbindung? Und Madame Charbonnier hatte nicht einfach ein alltägliches *»C'est ta faute!«* verwendet, sondern ein feierliches *»Tu es coupable!«*, nicht »Du bist schuld!«, sondern »Du bist schuldig!«, sie hatte ihn öffentlich verurteilt, bevor sie sich dann abwandte, zu ihrem Wagen zurückging und losfuhr, den Rückwärtsgang einlegte und Gas gab, ohne sich umzusehen, so plötzlich und rücksichtslos, dass sie beinahe Jojo überfahren hätte. »Ich könnte tot sein«, erzählt der seither jedem stolz, »ich könnte tot sein.«

Wie sie Jean angestarrt haben müssen! Wie sie versucht haben müssen, sich jedes Detail einzuprägen! Er wischt sich mit dem Ärmel über die Stirne – ist das Angstschweiß? Er schüttelt den Kopf – ist das Theater? Er wendet die Augen ab – ist das schlechtes Gewissen? Man kann einen Menschen zu Tode beobachten, man kann ihn zum Krüppel schauen, ich habe es selber durchgemacht, ich kenne diese Blicke, die einen nie richtig treffen, ein Streifschuss und noch ein Streifschuss, bis man sich waidwund verkriecht, in einer Ecke, in einer Höhle, in einem Dorf.

Jean ist weggelaufen. Nicht gerannt, man rennt nicht davon vor einem bissigen Hund, man geht nur schneller, Selbstverständlichkeit im Zeitraffer, man schaut auch nicht zurück; wenn ich mich nicht umdrehe, ist niemand hinter mir. An der Kirche vorbei, an Bertrands neuem Haus vorbei, an Mademoiselle Millotte vorbei. »Ich habe schon einmal jemanden so gehen sehen«, erzählt sie, »das war, als die Deutschen hier waren, als sie Marcel Orchampt festgenommen haben, weil er zur *Résistance* gehörte, er ging genau so, als ob er es nur ganz zufällig eilig hätte, als ob ihn niemand antreiben würde, mit dem Gewehrkolben im Rücken.« Vorbei an der *mairie,* an den renovierten Häusern, am Hof des Pferdebauern. Durch ein Fenster blicken, an eine Türe hämmern, in ein Zimmer stürzen, Fußabdrücke auf dem Teppich.

»Es ist nicht wahr!«, sagte der heilige Johann.

Ich war dabei. Ich hätte was zu erzählen im Dorf, mit aufgerissenen Augen würden sie mir zuhören. Ich könnte berichten, dass Jean bleich war – wenn sonnenverbrannte Haut blass wird, ist sie wie brüchiges Leder –, dass er sich hinsetzen musste, dass Madame Brossard Tee machen wollte, aber Monsieur auf etwas Stärkerem bestand, dass wir schließlich alle dasaßen, ein Glas Portwein in der Hand, trotz der frühen Stunde, und die Sache besprachen.

»Ich weiß nicht, was sie von mir will«, sagte Jean, »ich habe seit Jahren nicht mit ihr gesprochen, nicht mehr als *bonjour* und *bonsoir,* man begegnet sich, da kann man nichts dagegen machen. Den Bahnhof habe ich nicht mehr betreten, seit ich ihnen damals das ganze Gerümpel zur Deponie gefahren habe, aus Gefälligkeit, sie hatten einfach immer alles hinter dem Haus gestapelt, *bidonville* war das.«

»Und Valentine?« Monsieur Brossards Morgenrock ist verschossen, und seine Füße stecken in karierten Pantoffeln, aber wenn er eine Frage stellt, setzt man sich gerade hin und gibt Antwort.

»Sie wird jetzt fünfzehn sein.« In seiner Aufgeregtheit scharrte Jean mit den Füßen und krümelte noch mehr Erde auf den Teppich. »Sie war elf, als ich damals … als man sich noch kannte. Ich weiß nichts von ihr. Wenn sie einen Unfall hatte – was hat das mit mir zu tun? Die Frau muss verrückt sein.«

»Es ist ja nicht ganz unverständlich« – Madame Brossard liebt gepflegte Wendungen, die man gewissermaßen mit abgespreiztem kleinem Finger spricht –, »dass eine Mutter sich verwirrt zeigt, wenn ihre Tochter aus dem Fenster gefallen ist.«

»Gesprungen«, korrigierte Jean, »sie sagte: gesprungen.«

»Absichtlich?«

»Woher soll ich das wissen?« Jean war laut geworden, zur eigenen Überraschung wohl, hatte gar nicht gemerkt, wie sich der Druck aufgebaut hatte in ihm, hörte sich selber schreien und errötete vor Verlegenheit; eben noch war er blass gewesen und jetzt stieg ihm das Blut in den Kopf. »Pardon, Monsieur Brossard«, sagte er schnell. »Pardon, Madame.«

Madame Brossard fächelte seine Entschuldigung weg, mit einer dieser altmodischen Handbewegungen, die man im Museum ausstellen müsste; Monsieur schien gar nichts wahrgenommen zu haben, weder den Ausbruch noch die Entschuldigung. »Es ist auch nicht wichtig, ob es Absicht war oder nicht«, meinte er nachdenklich, »morgen wird es sowieso ein Unfall gewesen sein.« Ich muss ihn sehr verdutzt angesehen haben, denn er lachte. »Bei Selbstmordversuchen muss die Gendarmerie eine Untersuchung durchführen. Psychologen werden eingeschaltet. Man hat die Sache nicht mehr in der Hand. Also war es ein Unfall.«

Mit dieser Prophezeiung hat *le juge* recht behalten. Von »gesprungen« ist nicht mehr die Rede. Laut Madame Simonin hat die *greluche* sogar am nächsten Tag noch mal bei der Samu angerufen, um ganz sicher zu sein, dass im Protokoll »ausgerutscht« steht. Ausgerutscht, durch eine Glasscheibe gestolpert, aus einem Fenster gefallen. Diese Variante kann man also schon einmal ausschließen. Was in Protokollen steht, ist nie die Wahrheit. (Wer wüsste das besser als wir zwei?)

Ihren dramatischen Auftritt nach der Rückkehr aus dem Krankenhaus scheint Madame Charbonnier ebenfalls vergessen zu wollen. Wenn sie dem heiligen Johann im Dorf begegnet, bewegen sich zwar ringsumher alle Vorhänge, aber sie grüßt ihn ganz sachlich, *bonjour, bonsoir,* und geht an ihm vorbei. Auch das hat *le juge* vorausgesagt.

»Machen Sie sich keine Sorgen«, hat er Jean getröstet, »man tut in der ersten Erregung oft Dinge, die man nachher bereut.« Er hat ihm aufmunternd zugenickt und ihm auf die Schulter geklopft. »Nur Mut!«, hat er gesagt. *»Bon courage!«*

Und erst als Jean wieder gegangen war, als Madame schon auf dem Boden kniete, um die Erdreste seiner Gartenschuhe vom Teppich zu kratzen, trank Monsieur Brossard sein Weinglas leer und sagte: »Die Geschichte fängt erst an, befürchte ich.«

Ich könnte ihm bestätigen, dass er recht damit hatte, aber ich habe Jean versprochen, nichts zu verraten.

Die Geschichte hat nämlich noch eine Fortsetzung bekommen; ich bin nur nicht sicher, ob die Teile zum selben Puzzle gehören.

Vier Tage nach der großen Aufregung – »der Tag, als Valentine aus dem Fenster fiel« heißt das unterdessen im Dorf, die Ereignisse kondensiert zum Titel eines Films, in dem sie alle Statisten waren –, vier Tage später klopfte jemand heftig ans Fenster meines Wohnzimmers. Es geht nach hinten hinaus, auf den Garten, auf das, was ein Garten sein könnte, wenn ich mich nur endlich aufraffen würde, eine Hacke in die Hand zu nehmen oder einen Spaten. Es war noch nicht spät am Abend, aber doch schon dunkel, »der Herbst frisst die Tage auf«, wie mir Jojo gestern erklärt hat, und ich konnte zuerst nicht erkennen, wer da so dringend etwas von mir wollte. Bis er dann meinen Namen rief. Es war Jean.

Die meisten Häuser hier haben eine Gartentür, bei mir fehlt sie aus irgendeinem Grund, und meine Umbaupläne habe ich aufgegeben. (Alle meine Pläne habe ich aufgegeben.) Ich wollte Jean also die Haustür öffnen, aber das ließ er nicht zu. »Machen Sie nur das Fenster auf«, sagte er, »bitte!«

Hast Du schon einmal einen Menschen gesehen, den man zusammengeschlagen hat? Wir vergessen, wenn wir nicht gerade Krieg führen, dass wir aus Fleisch gemacht sind, Steaks und Koteletts, in dünne Haut verpackt und in Anzüge gesteckt, dass es gar nicht viel braucht, um uns aufplatzen zu lassen, unappetitlich roh. »Es ist gar nicht so schlimm«, behauptete Jean, später, als wir das Blut schon abgewaschen hatten, als er sich schon ein nasses Handtuch ans Auge drückte; Eiswürfel wären ihm lieber gewesen, aber den neuen Kühlschrank mit Gefrierfach habe ich immer noch nicht gekauft. »Es ist gar nicht so schlimm«, sagte er, nur die Schulter konnte er nicht mehr bewegen, eine Rippe schien angeknackst, und der Riss an der Augenbraue begann schon wieder zu bluten.

(Jean hat übrigens – ich habe es bei meinen Erste-Hilfe-Bemühungen gesehen – eine Tätowierung auf der Pobacke, ein Dolch flankiert von den Buchstaben R und F. Sie stammt wohl aus seiner Militärzeit. Irgendwann, wenn es ihm besser geht, werde ich ihn fragen, was das denn für ein Patriotismus ist, der sich die *République Française* in den Hintern stechen lässt.)

Sie haben ihn beim Pilzesammeln überfallen, an einem Ort, wo die *trompettes-des-morts* wachsen wie ein ganzes Orchester, sie sind plötzlich hinter den Bäumen aufgetaucht, zwei junge Männer mit Motorradhelmen, die Gesichter hinter den Visieren versteckt, nein, er würde sie nicht wiedererkennen, nur dass einer der beiden eine dunklere Haut hatte, da ist er sich sicher. »Sie werden auf einem Waldweg eine Panne gehabt haben«, dachte er noch, »sie werden auf der Suche sein nach einer Abkürzung, zurück zur Hauptstraße.« Warum sie ihre Mofas wohl liegen gelassen hätten, überlegte er noch, aber da waren sie schon bei ihm und schlugen zu. »Ich hatte keine Chance«, sagt Jean; es ist ihm peinlich, dass er verprügelt wurde und sich nicht mal gewehrt hat.

»Saint-Loup«, sagt man hier in solchen Fällen ganz automatisch, »Erziehungsheim«, und so, wie sich die zwei bewegten, waren sie wohl auch im richtigen Alter. Aber selbst wenn es stimmen sollte – und unsere Vorurteile sind uns ja nur so peinlich, weil sie so oft zutreffen –, ist damit noch nicht erklärt, warum sie sich Jean ausgesucht haben, denn dass die Sache geplant war, nicht einfach eine Prügelei im Vorübergehen, das steht außer Zweifel. Dort, wo Jean seine Pilze sucht, wo der Korb mit den zertrampelten Totentrompeten immer noch liegt, kommt man nicht einfach zufällig vorbei, es ist ein abgelegener Fleck, sonst würde Jean nicht jedes Mal viel mehr Pilze nach Hause bringen, als es die Vorschriften erlauben. Wenn sie ihm aber nachgeschlichen sind, zielgerichtet, dann müssen sie einen Grund dafür gehabt haben.

Er wüsste keine Erklärung, behauptet Jean, wirklich nicht, aber er macht das nicht überzeugend; wie er plötzlich über Kopfschmerzen klagt und das Gesicht aus dem Licht dreht, das wirkt doch sehr aufgesetzt. Leute, die gern über sich reden, sind schlechte Lügner. (Ich rede auch dauernd über mich selber in diesen Briefen, aber ich habe nichts zu verbergen, nicht vor Dir, nicht mehr.)

Jean sitzt da, mit geschlossenen Augen, fingert an seinem Kinn herum, wo ihn einer ins Gesicht getreten hat, als er schon auf dem Boden lag; an seiner Cordhose kleben Blätter und Tannennadeln, sein Hemd hat einen Blutfleck auf der Brusttasche, wie ein Markenzeichen. Er hat keine Jacke mitgenommen, fällt mir auf, er muss also damit gerechnet haben, noch vor der abendlichen Kühle wieder zu Hause zu sein, und jetzt hat er irgendwo gewartet, bis es dunkel wurde, damit er unbemerkt in meinen Garten schleichen konnte und durch mein Fenster klettern. Sein eigenes Haus ist gleich nebenan; warum ist er nicht dort, warum liegt er nicht im warmen Bett, warum lässt er sich von mir verarzten, ungeschickt, wie ich mich anstelle, statt sich von Geneviève pflegen zu lassen?

Es sind die Löcher, die uns an einem Puzzle reizen.

Ich frage ihn nichts, ich vertraue auf seine Geschwätzigkeit. Jean schweigt so, wie kleine Kinder stillsitzen: er kann es, wenn er sich Mühe gibt, aber es geht ihm gegen die Natur. Lange wird er es nicht durchhalten.

Eine Wespe hat sich ins Zimmer verirrt und fliegt gegen die Wand, immer wieder, nur eine Handbreit über dem Boden. Das Fenster stünde ihr zwar offen, aber es ist schon zu spät im Jahr, als dass sie noch die Kraft zur Flucht hätte.

»Bevor sie sterben, stechen sie gern«, sagt Jean.

Ich antworte nicht, lasse die Stille größer werden, die er so schlecht erträgt, das Vakuum, vor dem er sich fürchtet.

Draußen, hinter der Gartenmauer, lacht jemand. Jean springt auf, will aufspringen, stemmt sich dann vorsichtig auf die Beine, die linke Schulter hochgezogen, und schließt das Fenster. Auf dem Weg zurück zu seinem Stuhl zertritt er die Wespe.

Schweigen.

»Es muss nichts mit der Sache zu tun haben«, sagt er schließlich.

»Die Sache.« Wie ein Codewort.

Ich warte.

»Es gibt da noch etwas anderes.« Er atmet tief, als ob er gerade ein Hindernis überwunden hätte. »Es könnte sein, dass ich mir einen Feind gemacht habe.«

Das Wort ist zu groß für ihn. Ein Mann wie Jean hat Leute, die ihn mögen, und Leute, die ihn nicht mögen. Mit dem einen oder andern mag er sogar verkracht sein. Aber Feinde?

»Wer?«, frage ich.

Er antwortet nicht, schüttelt nur den Kopf – die Bewegung fällt ihm schwer – und reibt sich die schmerzende Schulter. »Nicht heute«, sagt er. »In ein paar Tagen können wir darüber reden.«

Ich habe nicht mehr aus ihm herausgekriegt. Die Courtillon-Saga hat ein neues Kapitel, und es heißt »Das Geheimnis des Jean Perrin«.

Wir haben dann noch besprochen, was er zu Hause erzählen wird. Er ist zu mir gekommen, sagt der scheinheilige Johann, weil Geneviève sich immer gleich solche Sorgen macht; da ist es doch besser, wenn sie von dem Überfall gar nichts erfährt. Er will lieber einen Unfall gehabt haben.

Ich hätte nie gedacht (bis ich es selber erfahren musste), wie schwierig es ist, eine andere Wirklichkeit zu erfinden. Wir haben uns schließlich auf eine Geschichte geeinigt, in der ich nachts immer wieder seltsame Geräusche höre und deshalb Jean bitte, doch mal nachzusehen, ob sich unter dem Dach vielleicht ein Tier eingenistet hat. Er sagt sofort ja – das klingt überzeugend, Jean sagt nie nein, wenn man ihn um einen Gefallen bittet –, er stellt eine Leiter an und klettert hinauf. Der Dachboden, auch eins meiner aufgegebenen Ausbauprojekte, ist dunkel, die Taschenlampe, die ich für Jean gefunden habe, gibt nicht genügend Licht, er tritt auf ein morsches Bodenbrett, er stolpert …

Ich will Dich nicht mit den Details langweilen, die wir

uns ausheckten. Ich finde zwar nicht, dass Jeans Verletzungen aussehen wie nach einem Sturz aus drei Meter Höhe, aber als er in die Nacht hinaushumpelte, war er fest davon überzeugt, Geneviève würde ihm glauben.

Über den letzten Satz, den er beim Abschied sagte, denke ich immer noch nach, weil er so gar keinen Zusammenhang hatte. »Wenn die jetzt den Fluss ausbaggern«, fragte Jean, »finden Sie das in Ordnung?«

Geneviève hat es nicht geglaubt.

Sie hat das nicht ausdrücklich gesagt, natürlich nicht, sie hat ihren Mann erst mal ins Bett gepackt, hat, praktisch, wie sie ist, darauf bestanden, dass er ein Mittel gegen die Kopfschmerzen schluckt, hat Elodie beruhigt, die Angst um ihren Vater hatte, und erst dann, als Jean schon fast eingeschlafen war, hat sie ihn gefragt: »Und der Korb mit den Pilzen? Hast du den auf dem Dachboden stehen lassen?«

Jetzt ist er wütend auf sie. Beim Lügen ertappt werden macht aggressiv, sich eine neue Wahrheit ausdenken ist anstrengend; wir mögen den nicht, der uns dabei stört. Wahrscheinlich ist auch der geheimnisvolle Feind, von dem er gesprochen hat, nur eine Erfindung; wenn ich ihn darauf anspreche, weicht er mir aus, er hätte zu viel zu tun im Moment. Jeden Morgen sehe ich ihn früh wegfahren, und er kommt erst zurück, wenn es dunkel ist.

Es wird ringsum gelogen in Courtillon, die Wirklichkeiten schleifen übereinander wie große Steine, knirschend, es wird lange dauern, bis sich ihre Formen angepasst haben.

Die *greluche* lügt. Ihre Tochter habe nur eine Zigarette rauchen wollen, hat sie Madame Simonin erzählt, und habe sich dazu aufs Fensterbrett gesetzt, es sei ja eine schöne Nacht gewesen, Vollmond, und dabei habe das Mädchen das Gleichgewicht verloren und sei auf den Weg gestürzt. »Und warum war dann die Scheibe zerbrochen?«, fragt das Dorf.

Charbonnier lügt. Jemand hat mit ihm gesprochen, unten am Fluss, hat sich neben ihn gesetzt und ihm beim Angeln zugesehen. »Ich bin zusammen mit meiner Frau vom Krankenhaus zurückgefahren«, sagt Charbonnier, »ich habe mich nur früher absetzen lassen, weil ich noch einen Freund besuchen musste, der eine Fischreuse zu verkaufen hat.« Man kann mit seinem Ungeschick fast Mitleid haben; er ist ein schwerer, plumper Mann, dem das Erfinden nicht liegt.

Ravallet ist Politiker und lügt sowieso. Die Vermessungen am Fluss hätten gar nichts zu bedeuten, erzählt er jedem, der ihn darauf anspricht, das seien nur Abklärungen, vorsorgliche, um später einmal eine verantwortungsbewusste Entscheidung treffen zu können, er persönlich sei nach wie vor dagegen, aber er habe nun mal die Verantwortung als Bürgermeister, da müsse man ein Problem von allen Seiten betrachten, verantwortungsvoll. Zwischen den Phrasen bläht er immer wieder eine Wange auf, ohne es zu merken, immer nur die rechte, und fährt prüfend mit der Hand darüber, als ob ihm der Bart sprießen könnte wie Pinocchio die Nase.

Damals (merkst Du eigentlich, wie oft ich dieses Wort benutze, benutzen muss?), damals haben wir auch oft gelogen, aber das war etwas anderes, wir zwei gegen den Rest der Welt, wir hatten etwas zu beschützen. Weißt Du noch, wie wir manchmal gelacht haben, weil wir so viel schlauer waren als die andern, weil niemand etwas ahnte, niemand etwas bemerkt hatte?

Kannst Du schon wieder lachen?

Ich nehme den Leuten ihre Erfindungen nicht übel. Ich höre ihnen zu und weiß, dass es nicht ewig dauern wird, bis die Tatsachen durchdrücken, wie schlampig übermalte Flecken. Unsere Ewigkeit dauerte ein halbes Jahr.

Damals.

Auch Geneviève lügt, herausfordernd. »Wenn ihr Männer eure Spielchen braucht«, lässt sie Jean spüren, »bitte, ich werde euch den Spaß nicht verderben.« Mich hat sie gefragt, in gespielter Besorgnis, ob das Tier nun gefangen sei auf meinem Dachboden, so ein Eindringling könne böse Schäden anrichten. Es sei eine Tatsache, ich könne das nicht wissen als Städter, deshalb wolle sie es mir sagen, dass solche Tiere sich mit Vorliebe von Pilzen ernährten, besonders nach Totentrompeten seien sie ganz wild, ich solle auf keinen Fall welche rumliegen lassen. Ob sie gezwinkert hat dabei, kann ich Dir nicht sagen; sie trägt wieder ihre Sonnenbrille.

Ich musste an Deine Freundin denken, die damals so unerwartet in Baden-Baden aufgekreuzt ist, wegen eines idiotischen Familientreffens, ausgerechnet an jenem Wochenende, das wir beide uns gestohlen hatten, ertrickst, in diesem wunderbar altmodischen Grandhotel. Beim Abendessen konnte der Kellner nicht aufhören Dich anzustarren, weißt Du noch, wir haben uns ausgemalt, wie er stolpert und einem der Gäste das Essen über die Glatze kippt, Du hast Dich verschluckt vor Lachen, weißt Du noch, Du konntest gar nicht wieder aufhören, der Kellner fragte, ob er Dir ein Glas Wasser bringen solle, und weil er »gnädige Frau« zu Dir sagte, fingst Du gleich wieder an. Weißt Du noch? (Natürlich weißt Du es noch, Du musst es wissen, ich könnte es nicht ertragen, wenn Du auch nur einen Tag vergessen hättest, nur eine Sekunde.)

Wir waren so glücklich, damals. Im Hotelzimmer ließen sich die Vorhänge automatisch öffnen und schließen, vom Bett aus, schwere grüne Portieren, vor den Fenstern war der Park, die Zeit blieb stehen, wir wollten, dass sie stehen bleibt, und am nächsten Morgen frühstückten wir auf einer Terrasse, und Deine Freundin ging vorbei.

Sie sah uns an, einen Moment lang nur, schien uns anzusehen, blieb aber nicht stehen, im Gegenteil, wir hatten den Eindruck, dass sich ihr Schritt noch beschleunigte, sie drehte sich nicht um, hielt den Kopf gerade, unnatürlich gerade, fanden wir, verschwand um die Ecke, und der Kaffee war plötzlich bitter geworden und die Butter ranzig. Wir sind dann früher nach Hause gefahren, Du nach Hause und ich nach Hause, im Auto saß Deine Freundin als Gespenst zwischen uns, und als ich sie zum ersten Mal wieder antraf, vor der Türe der Bibliothek, da habe ich sie gehasst, wie Jean seine Frau gehasst haben muss in dem Moment, als er sich ertappt fühlte. Sie grüßte höflich, zu höflich, dachte ich, und sagte, ohne Anlass, mit dem gleichen Lächeln, das ich hinter Genevièves Sonnenbrille vermute: »Ich habe mir einen Band Dostojewski geholt, ich finde, er ist so interessant.« Ich bin mir bis heute nicht sicher, ob das ein leer dahergeredeter Satz war oder eine verschlüsselte Mitteilung. »Ich weiß, dass Sie in Baden-Baden waren, so wie Dostojewski einmal in Baden-Baden war; er hat dort sein Geld verspielt und Sie Ihren Ruf.« Wahrscheinlich redete ich mir das nur ein, aus schlechtem Gewissen (nein, es war kein schlechtes Gewissen, es war Angst um Dich, um uns), wahrscheinlich hatte sie keine Ahnung von Literaturgeschichte in ihrem Alter, sie hat auch nie ein Wort gesagt, zu niemandem, soviel ich weiß – als der Schlag dann kam, kam er von einer ganz anderen Seite –, aber jedes Mal, wenn ich ihr begegnete, wurde mir der Hals eng, und ich wäre am liebsten auf sie losgegangen, schreiend und tretend.

Eine ähnliche Stimmung spüre ich zurzeit überall in Courtillon, ein Warten auf etwas, vor dem man sich fürchtet, so wie man ungeduldig auf die Uhr schaut im Wartezimmer des Zahnarzts. Sogar Monsieur Belpoix scheint davon angesteckt zu sein, der alte Mann, den sie den General nennen, er hat mich an seinen Zaun herangewinkt, obwohl er mich sonst nicht einmal grüßt, »nie wird er mit Ihnen reden«, hat mir Bertrand einmal erklärt, »Sie sind ein Deutscher, und die Deutschen sind seine Feinde«. Der General riecht nach Schweiß, nach ungelüftetem, feuchtem Keller, seine Jacke, die vielleicht einmal grün war, ist ihm viel zu weit, wie ihm auch die Haut zu weit geworden ist, sein Gesicht hängt schlabbrig an seinem Kopf, als ob er sich das erstbeste gegriffen hätte, ohne darauf zu achten, ob es ihm auch passt. Er sagte etwas zu mir, das ich zunächst nicht verstand, wiederholte immer wieder die gleichen Silben, jedes Mal ein bisschen lauter und ungeduldiger, wie man auf einen Ausländer halt so einbrüllt; ich wollte mich schon absetzen, wollte schulterzuckend weitergehen, als sich plötzlich in meinem Kopf ein Schalter umlegte und die unverständlichen fremden Laute einen Sinn bekamen. *»Guten Tag, mein Herr«*, das hatte er immer wieder zu mir gesagt, auf Deutsch. Als er merkte, dass ich ihn verstanden hatte, lächelte er, ganz kurz nur, bleckte einen Augenblick lang die gelben Stummel in seinem Mund. Er hat etwas Unheimliches an sich, der General, etwas, das einen stört, über seine Altmänner-Unappetitlichkeit hinaus, aber woran das liegt, fiel mir erst später auf.

»Sie sind ein Freund von Perrin«, sagte der General, und ich musste erst nachdenken; niemand im Dorf, der von meinem Nachbarn spricht, nennt ihn nur bei seinem Familiennamen, sie sagen alle Jean oder *Saint Jean*.

»Wir kennen uns ganz gut«, antwortete ich und wollte hinzufügen, dass wir zwei da einen freundlichen Nachbarn hätten, Monsieur Belpoix und ich, aber der General schnitt mir den Satz ab, die Handbewegung eine zittrige Karikatur von Autorität; er wollte keine Konversation machen mit mir, er hatte seine Abneigung gegen Deutsche nur für einmal überwunden, weil er mir etwas mitzuteilen hatte: »Sagen Sie Perrin, dass er damit aufhören soll!«

»Pardon?«

»Aufhören«, wiederholte der General lauter, als ob ich nur das Wort nicht verstanden hätte. »Er soll Schluss machen!«

»Schluss machen womit?«

Es ist etwas an seinem Gesicht, das einen so irritiert, ich hätte fast erklären können, was es war, aber der Gedanke tauchte nicht ganz auf, wie man beim Angeln einen Ruck spürt, und dann ist doch nichts am Haken.

»Es sind Dinge passiert, die nicht hätten passieren dürfen.« Der General hatte sich zu mir vorgebeugt; sein Atem roch wie die Flüssigkeit, in der Jean seine Pinsel reinigt. »Die nicht hätten passieren dürfen, sagen Sie ihm das! Die Vögel fallen aus dem Nest. Aber man muss sie liegen lassen, wo sie liegen. Sie können explodieren, auch noch nach einem halben Jahrhundert.«

Wahrscheinlich ist er nur verrückt, dachte ich, einfach ein durchgedrehter Veteran. Träumt von seinem Krieg, ballert nachts in der Gegend herum und phantasiert jetzt von Minen und von toten Vögeln. Sein letzter Satz klang allerdings wieder ganz anders. »Wir sind ein kleines Dorf«, sagte der General. »Wir kennen uns alle. Aber es ist gefährlich, wenn man sich allzu gut kennt. Sagen Sie ihm das! Ich bitte Sie, sagen Sie ihm das, *mein Herr*!«

Erst als der alte Mann sich schon weggedreht hatte, ohne Gruß, als er schon wieder in seinem Haus verschwunden war, wurde mir klar, was so ungewöhnlich ist an seinem Gesicht: er blinzelt nie. Seine Augen sind immer offen, pausenlos. Mademoiselle Millotte hat es mir später erklärt, mit einem stolzen Kichern, wie ein kleines Mädchen kichert, das etwas besser weiß als ein Erwachsener: »Er kann seine Augen nicht schließen, seit ihn eine Kugel im Gesicht getroffen hat, im Krieg, ganz am Schluss noch. Wenn er schlafen geht, zieht er die Augenlider mit den Fingern zu, und am Morgen macht er sie sich wieder auf. Wussten Sie das nicht?«

Ich weiß so vieles nicht. Als ich hierher zog, schien mir das Dorf überschaubar wie ein Bilderbuch, simpel wie ein Sprachlehrbuch für Anfänger: »Das ist das Haus. Das ist der Bauer. Das ist das Haus des Bauern.« Aber jetzt kleben die Bilder aneinander fest, färben aufeinander ab, hinter jeder Geschichte taucht eine andere auf, und alles hat mit allem zu tun. Am Schulfest gibt es jedes Jahr einen Stand, wo kleine Geschenke aufgehängt sind; um eins zu gewinnen, muss man an der richtigen Schnur ziehen, aber die Schnüre sind ineinander verdreht, in einem dicken Strang, und wo man auch anpackt, es bewegt sich nie der Gegenstand, den man im Auge hatte. So kommt mir Courtillon vor zurzeit: Ein Mädchen fällt aus einem Fenster, ein Mann wird verprügelt, ein alter Partisan verkündet unverständliche Warnungen – und überall ahnt man Zusammenhänge, Verknüpfungen, wer am falschen Faden zieht, bekommt das falsche Geschenk.

Manchmal habe ich das Gefühl, das passiert alles nur für mich. Sie leben mir etwas vor, wie man ein Kind bei Laune hält, indem man sich wegduckt und wieder auftaucht, jetzt siehst du mich, jetzt siehst du mich nicht.

Auch Valentine Charbonnier ist wieder aufgetaucht, die Verunfallte. Sie saß rauchend in der Nachmittagssonne, auf den Stufen vor dem Kriegerdenkmal; ihr bleiches Madonnengesicht war eingerahmt von einer orthopädischen Halskrause. (*Minerve* heißt das hier, ich habe nicht herausfinden können, was die Vorrichtung mit der antiken Göttin zu tun hat.) Das Gestell um ihren Hals wirkte so deplatziert wie der Schnurrbart auf dem Muttergottesbild in unserer Kirche und hatte doch gleichzeitig eine selbstverständliche Eleganz, ein modisches Accessoire, genau das, was sie brauchte, um ihre langen schwarzen Haare noch besser zur Geltung zu bringen.

Valentine saß nicht allein in der Sonne, sie war flankiert von zwei Burschen, die ich vorher noch nie im Dorf gesehen hatte. (Du hasst das Wort »Bursche«, ich weiß, es ist so furchtbar altmodisch, aber »Teenager« klingt noch scheußlicher, und Männer waren die beiden noch lange nicht.) Wenn sie sich von einem zum anderen wandte, mit steifem Hals, dann hatte die Bewegung etwas Hoheitsvolles; sie musste jedes Mal den ganzen Oberkörper mitdrehen, Ihre Majestät gibt sich die Ehre. Die beiden Jungen (können wir uns auf »Junge« einigen?) balzten um sie herum, der eine ein schlaksiger Großstadtlümmel in einem ärmellosen T-Shirt, der andere ein freundlich wirkender, gutaussehender Schwarzer, aus dem Senegal wahrscheinlich.

(Ich verstehe nicht, warum ich das hingeschrieben habe, es ist völlig idiotisch. Ich habe nicht die geringste Ahnung von afrikanischen Ländern und ihren Ethnien, auf Anhieb würde ich Senegal nicht einmal auf der Landkarte finden. Da spricht Courtillon aus mir, wo man sich die Welt schematisiert und vereinfacht, wenn einer eine sehr dunkle Hautfarbe hat, dann heißt das Senegal und damit basta.)

Ich suchte einen Grund, um unauffällig stehen zu bleiben, und fand ihn in der Internationale der Süchtigen: jemanden um Feuer bitten kann man über alle Alters- und Gesellschaftsschranken hinweg. (Ja, ich habe wieder angefangen zu rauchen, ja, ich habe Dir versprochen, damit aufzuhören. Komm zu mir, und ich rühre nie wieder eine Zigarette an, ich schwöre es.)

Keiner der drei sagte ein Wort, sie ließen mich unhöflich deutlich spüren, dass sie die Störung nicht schätzten. Valentine, mit geschlossenen Augen, lehnte sich nur ein wenig zur Seite, als ich vor ihr stand, aus meinem Schatten heraus, sie wollte auch nicht einen einzigen Strahl der schwächer werdenden Herbstsonne versäumen; der Schwarze summte vor sich hin, eine exotische Melodie, bildete ich mir ein, aber vielleicht war es auch ein aktueller Schlager, ich kenne mich da nicht aus, und erst nach einer Pause hielt mir der Weiße seine Zigarette hin, ohne sie loszulassen, ich musste mich tief vor ihm bücken, um mir die Glut zu holen. Die kleine Provokation kam mir gelegen, so konnte ich die drei näher betrachten, konnte sie mir einprägen, konnte mir vorstellen, wie die Jungen wohl aussehen würden, mit Motorradhelmen, auf einer Waldlichtung bei den Totentrompeten.

Der Weiße: kein Muskelprotz, eher schmächtig, aber trotzdem jemand, dem man Platz macht in der U-Bahn, einer, der gelernt hat, zuzuschlagen, bevor es der andere tut. Sein Gesicht wirkt auf den ersten Blick verschüchtert, den zweiten Blick verkneift man sich lieber, weil da in den Augen etwas ist, das Angst macht, als ob sich hinter ihnen ein Fremder versteckte, einer, der nur darauf lauert, dass man ihm den Rücken zukehrt. Die Haare braun, kurz geschnitten, nicht von einem Friseur, das sehe sogar ich; sie waren ihm einfach im Weg und mussten weg. Seine Fingerkuppen sind gelblich verfärbt, die Handgelenke auffällig schmal, und am rechten Oberarm hat er zwei Narben, zwei schräge Schnitte, die sich unten in einer Spitze treffen.

Der Schwarze hat seltsamerweise eine ähnliche Verletzung, nur er auf dem Handrücken, ein weißes V auf der schwarzen Haut. Wenn er anders angezogen wäre, könnte ich ihn mir als guten Schüler vorstellen, nicht als den besten in der Klasse, aber als den begabtesten, den, der seine Aufgaben manchmal brillant macht und manchmal überhaupt nicht. Er hat eine auffällig breite Nase; ich weiß nicht, ob sie mal gebrochen war oder ob das zu seinem Typus gehört, und seine Gesichtshaut ist voller heller Flecken, von einer Krankheit wohl, es sieht aus wie Fetzen von saurer Milch. Er dürfte um die siebzehn sein, genau wie sein Kumpel, aber er wirkt wie ein junger Erwachsener, während der andere ein altes Kind ist. Nein, kein Kind. Es gibt Menschen, die sind nie Kinder gewesen.

Um Valentine zu beschreiben, fallen mir nur Adjektive aus einer anderen Zeit ein. Sie ist lieblich (lach mich nicht aus!), alles an ihr ist fein und wie skizziert, wenn man sie anfassen wollte, hat man das Gefühl, müsste man es vorsichtig tun, um nichts kaputtzumachen. Dabei raucht sie in tiefen Zügen, schlingt das Nikotin in sich hinein; wenn der Stummel zu kurz wird, kneift sie die Augen zusammen und sieht dann aus wie ein misstrauischer Engel.

Ein Engel, der sich seine Freunde im Erziehungsheim sucht; dass die Jungen aus Saint-Loup kommen, ist offensichtlich.

Ich konnte es kaum erwarten, Jean von meiner Beobachtung zu berichten. Wenn es tatsächlich die beiden gewesen sein sollten, die ihn überfallen haben, wie muss man sich dann ihre Beziehung zu Valentine erklären? »Du bist schuldig!«, hat die *greluche* zu ihm gesagt, bei ihrem großen öffentlichen Auftritt, den sie seither wegzuschweigen versucht; gab es da vielleicht wirklich eine Schuld, und die Prügel waren die Sühne dafür gewesen? Aber was für eine Schuld? Ich muss gerannt sein, ohne es zu merken; als ich bei ihm klingelte, war ich außer Atem.

Elodie öffnete die Tür, mit jener erwachsenen Höflichkeit, in die sie hineinschlüpfen kann wie in zu große Schuhe ihrer Mutter. Es täte ihr leid, sie sei allein zu Hause, Geneviève bringe den Schulbus zurück, und Jean sei in den Wald gefahren, nein, sie wisse nicht, wann er zurückkäme. Aber ob ich nicht hereinkommen wolle, sie mache mir gerne einen Kaffee, vom Mittag wäre noch welcher da, den könne sie aufwärmen, in der Mikrowelle ginge das ganz schnell, und vielleicht sei ich ja so nett, ihr ein bisschen zu helfen, sie hätten jetzt nämlich auch Deutsch in der Schule, seit dem Sommer erst, und die Aussprache falle ihr schwer, ob ich sie nicht ein bisschen abhören würde. Ich mag Elodie, und es tut mir leid, dass ich so schroff nein gesagt habe. Aber was hätte ich sonst tun sollen?

Jean tauchte erst nach dem Abendessen auf. (Nach seinem Abendessen; ich selber kenne schon lang keine geregelten Mahlzeiten mehr, wozu soll ich mir einen Tisch decken?) Er hatte eine große Keksdose bei sich und eine Flasche Wein, eine Flasche mit Etikett, was bei ihm etwas Besonderes ist; üblicherweise kauft er den Wein kanisterweise und füllt ihn dann selber ab.

Er war anders als sonst, es hätte mir gleich auffallen müssen, aber ich hatte so lange darauf gewartet, ihm von meiner Beobachtung zu erzählen, ihm Valentines verdächtige Freunde zu beschreiben, dass ich ihn mit einem Wortschwall zudeckte, noch bevor er selber etwas sagen konnte. Er hörte meinen Bericht ab, das war alles, mit abwesenden Augen, er nahm ihn zur Kenntnis, nicht mehr, es war, als wäre ich von Marathon nach Athen gerannt, und dort würden alle nur sagen: »Ein Sieg über die Perser? Wie nett. Aber jetzt lass dir mal erzählen, was bei uns passiert ist!« Wenn man gar nicht ihn verprügelt hätte, sondern nur einen Namensvetter, Jean hätte nicht weniger Interesse zeigen können.

Das erwachte erst, als ich vom General berichtete und von seiner seltsamen Warnung. »Schau an«, sagte Jean und wippte auf den Fußballen vor triumphierendem Vergnügen,

»schau an, schau an. Funktioniert es also immer noch zwischen ihnen?« Er wehrte meine Frage ab, noch bevor ich sie stellen konnte. »Nein, ich werde es Ihnen nicht erklären. Noch nicht. Erst machen wir diese Flasche auf. Den Wein hat mir mal einer geschenkt, dem ich einen Gefallen getan habe, ich hab ihn aufbewahrt für einen besonderen Tag. Ein *vin de paille,* unbezahlbar eigentlich, für Leute wie mich. Man trinkt ihn aus ganz kleinen Gläsern, korrekterweise, aber wir werden ihn aus großen trinken. Aus den größten, die wir finden.«

Bei aller Aktivität und Geschwätzigkeit ist der heilige Johann im Grunde ein ruhiger Mensch, jemand, dem Theatralik fernliegt. Heute war das anders. Er bestand darauf, mir einen Probeschluck zu servieren, formvollendet, er hängte sich sogar sein Taschentuch über den Arm und spielte den Kellner, und als eingeschenkt war, schmeckte er den Wein lange ab, schmatzend, bis er dann endlich einen tiefen Schluck nahm, sich zurücklehnte und sagte: »Ah, der geht runter wie ein kleiner Jesus im Samthöschen, *comme un petit Jésus en culotte de velours.*«

Erst dann – ich stellte keine Fragen mehr, ich hatte mich damit abgefunden, dass das heute sein Stück war, seine Inszenierung –, erst dann kam er auf den Punkt. Er öffnete die Keksdose, sie mit dem Körper abdeckend wie ein Zauberer, der einen Trick vorbereitet, fischte etwas heraus und legte es auf den Tisch. »Was ist das?«, fragte er.

Ich wusste nicht, was es war. Ich sah nur ein Stück Metall, etwa so groß wie eine halbe Handfläche, viereckig, mit einem runden Mittelteil. Ein Stück verrostetes Metall.

»Sie dachten, es würde ihn nie einer finden«, sagte Jean

triumphierend. »Aber mit einem Metalldetektor findet man alles.«

»Schon wieder etwas aus dem römischen Fort?«

Jean grinste, was ihm nicht gut stand. Überheblichkeit lässt ihn dumm aussehen. »Nicht römisch«, sagte er. »Englisch.«

Er legte mir seinen Fund in die Hand. Die Oberfläche war körnig rau und hinterließ rostige Spuren an meinen Fingern. »In der Mitte«, sagte Jean. »Wenn das Licht richtig drauffällt, kann man es erkennen.«

Eine Struktur. Eine Prägung vielleicht.

»Es ist ein Löwe«, sagte Jean.

»Und das Ganze?«

»Eine Gürtelschnalle. Einerseits ist das eine Gürtelschnalle. Und andererseits«, sein Grinsen wurde noch breiter, »und andererseits ist das die Rettung für den Fluss. Keine Maschinen, kein Kieswerk, kein Profit.«

Jean schenkte sein Glas wieder voll und hob es gegen das Licht, dass der gelbe Wein schimmerte. Er sah aus wie ein Arzt, der eine Urinprobe kontrolliert. »Kommen Sie, stoßen wir an!«, sagte er.

Kennst Du diese Situation auch? Jemand stellt Dir einen Freund vor, einen Menschen, den Du noch nie getroffen hast, und bevor Du ihn Dir richtig angesehen hast, hast Du Dir schon ein Bild von ihm gemacht. So und so wird er sein, denkst Du Dir, das und das wird er sagen. So ähnlich geht es mir jedes Mal, wenn jemand zu einer Geschichte ansetzt. Das und das wird das Thema sein, denke ich sofort, so und so wird sie ablaufen. Meistens behalte ich recht damit. Meistens, aber nicht immer.

Manchmal rechne ich mit einem Greis, und dann kommt ein junger Mann ins Zimmer, erwarte ein Schulmädchen, und dann steht vor mir die Frau meiner Träume. Genau so war es an diesem Abend, mit dem, was Jean zu erzählen hatte. Hättest Du von ihm eine Geschichte aus dem Krieg erwartet, ein Drama mit Helden und Schurken? Die Geschichte ist wahr, schwört Jean, obwohl er selber viel zu jung ist, um sie miterlebt zu haben. Ich glaube ihm. Jean ist ein Lebenskünstler, ein Handwerker, ein Alleskönner, aber er hat keine Phantasie. Gib ihm die Teile einer unbekannten Maschine, und er setzt sie Dir richtig zusammen. Erfinden könnte er sie nicht.

Hinter jeder Tür ist noch eine Tür. Hör zu, was mir Jean erzählte an diesem Abend, in meiner Küche, wo die Klappstühle aus dem Supermarkt nicht zum massiven Eichentisch passen, wo auf den alten Steinplatten immer noch grünes Linoleum klebt, wo Neues und Altes aufeinanderstößt, unordentlich und ohne Plan. Genau wie in seiner Geschichte.

1943 war Courtillon von deutschen Truppen besetzt. Keine Elitetruppen, sondern uniformierte Bürger, die den Krieg absaßen wie einen Bürotag. Dass sie überhaupt hier waren, behauptet Jean, beruhte auf einem Missverständnis, in ihren Karten war das Wehr oberhalb des Dorfes als Brücke eingetragen, und die sollten sie bewachen. Die Soldaten waren in den Häusern einquartiert, auf einem Bauernhof, wenn sie Glück hatten, wo sich immer noch ein Stück Speck findet oder ein paar Eier. Sie müssen sich gelangweilt haben im Dorf, obwohl es hier damals noch ein *café* gab und eine *épicerie,* aber im Krieg ist Langeweile etwas Erstrebenswertes. Courtillon hatte sich arrangiert mit seinen Besatzern, es waren vertraute Feinde geworden, mit denen sich leben ließ wie mit einer chronischen Krankheit; wenn man sie nicht hätte, wär's schöner, aber es geht auch so.

»In diesem Haus«, sagt Jean und schaut zur Treppe, als ob da gleich einer herunterkommen müsste in schweren Stiefeln, »hatten sie einen, der war Lehrer von Beruf und wollte den Kindern im Dorf Deutsch beibringen, für jeden Satz, den einer gelernt hatte, gab es ein Stück Zucker.« Der General muss damals noch Schüler gewesen sein. *Guten Tag, mein Herr.*

Sie sind alle mal jung gewesen in Courtillon, so schwer man sich das vorstellen kann in diesem Dorf der alten Leute, die sich ihre Erinnerungen um die Schultern legen wie warme Mäntel. (Ich passe gut hierher. Ich kenne ihr Frösteln.) Sie waren alle mal Bauern, die meisten zumindest, bevor sie lebendig ausgestorben sind und nur noch den jungen Simonin übriggelassen haben mit seinen Maschinen. Damals, als die Scheunen im Dorf noch Scheunen waren und keine Garagen, nahmen sie die Einquartierung geduldig hin, wie einen verregneten Sommer, es wird auch wieder anders. Nur dass man ihnen die Pferde vom Pflug holte, immer wieder die besten Pferde, das wollten sie nicht einfach so hinnehmen. Sie fanden schließlich eine Lösung, die ihrem Bauerndenken entsprach und der Buchhaltungsgläubigkeit der Deutschen: Sie stellten sich Klepper in die Ställe, Wurstfabrikmaterial, von denen konnten sich die Soldaten holen, so viele sie wollten. Die guten Pferde, die Vorfahren der Arbeitstiere, die jetzt beim Pferdebauern ihr Gnadenbrot bekommen, versteckten sie im Wald, auf einer Lichtung, zu der kein Weg hinführt, wenn man ihn nicht kennt.

Man ließ die Pferde nicht allein; ein paar junge Burschen (hier stimmt das Wort) wurden abgestellt, um auf sie aufzupassen. Es muss wie ein Ferienlager für sie gewesen sein, Abenteuerurlaub im richtigen Leben.

»War Belpoix dabei?«, frage ich, weil ich glaube, etwas verstanden zu haben.

»Nein, Belpoix gerade nicht. Der gehörte zu den andern.«

Ich habe nichts verstanden.

Ein Ravallet war dabei, zählt mir Jean auf, der Vater unseres Bürgermeisters. Ein Bertrand, richtig, der Vater des Weinhändlers. Noch zwei andere, »die aber keine Rolle spielen, weil es die Familien nicht mehr gibt im Dorf«. Alle vierzehn Jahre alt oder fünfzehn, Bauernsöhne. Sie hatten sich eine Hütte gebaut im Wald, zuzupacken hatten sie schon früh gelernt, und wenn ihnen der Käse nicht genügte, den sie nachts aus den Häusern schmuggelten, das Brot und die Kartoffeln, dann gab es immer noch die Jagd. Es war Franzosen damals zwar streng verboten, Waffen zu besitzen, aber den uniformierten deutschen Zivilisten ging es gut in Courtillon, und sie dachten gar nicht daran, nächtlichen Geräuschen nachzugehen, die man genau so gut auch überhören konnte.

»Die Reste der Hütte kann man immer noch sehen«, sagt Jean. »Wenn man weiß, wo sie war.« Er besteht darauf, ich kann ihn nicht davon abhalten, mir nicht nur das Waldstück exakt zu beschreiben, le *bois de la Vierge,* sondern mir auch die lokale Legende zu erzählen, die sich damit verbindet. Je ungeduldiger ich werde, desto mehr Zeit lässt er sich; wer eine gute Geschichte zu erzählen hat, bestimmt die Regeln.

Also, in Kurzform: der lokale Adlige, dem alles gehört und der sich alles nimmt, hat es auf die Unschuld eines Bauernmädchens abgesehen, sie flüchtet vor seinen Nachstellungen in den Wald, wo ihr die Heilige Jungfrau erscheint und ihr ein Stück ihres Mantels schenkt; wie sie ins Dorf zurückkommt, fällt der böse Graf vor ihr in die Knie und bereut, und sie bleibt Jungfrau, »von keinem Mann berührt ihr Leben lang«.

Es steht immer noch eine Marienstatue im Wald, in einer winzigen Kapelle. Früher sind die Jungfrauen des Dorfes einmal im Jahr mit Blumensträußen dorthin gezogen, singend, aber der Brauch hat sich verloren; Jean kommentiert das mit einem Witz, den er nicht gemacht haben würde, wäre der *vin de paille* nicht schon zur Hälfte getrunken. Er schüttelt sich vor Lachen, fuchtelt aber gleichzeitig mit der

Hand abwehrend vor meinem Gesicht herum. »Ich bin immer noch dran«, soll das heißen, »ich habe noch eine Menge zu erzählen.«

Zur selben Zeit, so geht seine Geschichte weiter, hauste damals noch eine andere Gruppe von Leuten im Wald, *maquisards,* später sind sie alle zu Helden geworden, in den Geschichtsbüchern, aber damals waren sie einfach nur auf der Flucht, versteckten sich nur, um nicht nach Deutschland verschickt zu werden, zum Arbeitseinsatz. »Zur wirklichen *Résistance*«, sagt Jean, »gehörte damals nur einer, Marcel Orchampt, er führte den Laden im Dorf, wo man Salz kaufen konnte und Tabak. In dem Haus, das später den Bertrands gehörte, und das dann abgebrannt ist.«

»Die Deutschen haben ihn irgendwann erwischt«, sage ich, ein gelehriger Schüler von Mademoiselle Millotte. »Ich habe den Namen auf dem Kriegerdenkmal gesehen. Ein Orchampt im Ersten Weltkrieg und ein Orchampt im Zweiten.«

Aber Jean will jetzt nicht mehr unterbrochen werden. Es ist seine Geschichte, und er lässt sie sich nicht stören. »Orchampt war der Verbindungsmann. Wahrscheinlich bekam er seine Instruktionen mit den Waren, die er sich schicken ließ, zwischen Saatkartoffeln und Sardinenbüchsen. Er war schon ein alter Mann, damals.«

Ein alter Mann?

»Der über ihm auf dem Kriegerdenkmal steht, gefallen 1918, das ist sein Sohn. Deshalb hasste Orchampt die Deutschen ja so.«

So wie Jean »die Deutschen« sagt, hat das Wort nichts mit mir zu tun, nichts mit unserer Zeit. Es gab ihn mal, diesen gefährlichen Volksstamm, aber das war damals. Damals, als die Pferdehüter und die *maquisards* sich im Wald trafen und sich nicht mochten.

Die einen gehörten hierher, der *bois de la Vierge* war ihr Wald, in dem sie als Kinder schon Räuber und Gendarm gespielt hatten und wo sie später einmal »zur Jungfrau gehen« würden, *»visiter la Vierge«*, so heißt das hier immer noch, wenn man sich mit einem Mädchen trifft, dort, wo es keine Wege gibt und man sicher sein kann, von niemandem gestört zu werden. Die andern waren Fremde, Städter zumeist, die Bücher mitgeschleppt hatten statt richtiger Schuhe und eine Eiche nicht von einem wilden Kirschbaum zu unterscheiden wussten. Nur ein einziger der *maquisards* stammte aus Courtillon, und der hieß Belpoix.

Der General.

Er muss ein kräftiger junger Mann gewesen sein, mit Schwielen an den Händen und ans Arbeiten gewöhnt, genau was man suchte auf deutschen Bauernhöfen. Er war achtzehn Jahre alt, damals, und er konnte seine Augen noch schließen.

Wie die beiden Gruppen aufeinandergetroffen sind, weiß Jean nicht zu sagen. »Sie werden sie bei der Jagd gestört haben«, ist seine Vermutung, »oder sie haben ihnen die Pferde verschreckt.« Es gab keine offenen Auseinandersetzungen, so weit verband sie der gemeinsame Feind denn doch, man half sich sogar gegenseitig aus, Speck gegen Zigaretten, und wenn Orchampt nicht gewesen wäre, der Mann von der *Résistance,* dann hätten sie sich wohl nebeneinanderher durch den Krieg gewurstelt, unheldisch, aber lebendig.

Dann wäre es nämlich nie zu dem Plan gekommen, die Bahnlinie zu sabotieren.

Jean ist nie näher bei sich, als wenn er reden kann, und er weiß genau, wann er einen Zuhörer an der Angel hat, wann er eine Erzählung unterbrechen muss, scheinbar unabsichtlich, wie man einem Fisch Leine gibt, um ihn nachher umso sicherer anzulanden. »Ich langweile Sie doch nicht?«, fragt er heuchlerisch.

»Woher wissen Sie das eigentlich alles?«

Jean schaut mich an, so wie ein Varietézauberer wohl einen Bewunderer ansähe, wenn der allen Ernstes von ihm wissen wollte, wie sein Trick denn funktioniert. Er setzt die Ellbogen auf den Tisch, stützt das Kinn auf die beiden Daumen und lässt die Fingerspitzen aufeinanderklimpern. Seine Nagelränder sind schwarz, als ob er in der Erde gewühlt hätte. »Man hört hier ein Wort«, sagt er schließlich, »und man hört dort ein Wort. Übrigens: etwas Süßes würde gut passen zu dem Wein. Er steigt dann weniger zu Kopf.«

Während ich in meinem unordentlichen Vorrat nach einer Packung Biscuits suche, massiert er sich unter dem Pullover die schmerzende Schulter. Die Lichtung, fällt mir plötzlich ein, wo er seine Pilze gesucht hat, wo sie ihn überfallen haben, liegt die auch im *bois de la Vierge*? Gibt es da einen Zusammenhang?

Hinter jeder Tür ist noch eine Tür.

Jean tunkt sein Biscuit in den Wein und lutscht es aus, geräuschvoll und ohne Eile, er lässt den Fisch noch ein bisschen schwimmen und holt dann erst die Leine ein. »Die Züge fuhren damals noch«, setzt er wieder an, »der Bahnhof war noch ein Bahnhof.«

Es war keine wichtige Strecke, ist es nie gewesen. Ein entgleister Zug würde die Weltgeschichte nicht ändern, der Krieg war nicht zwischen Montigny und Courtillon zu gewinnen. Aber der Befehl aus England war nun mal gekommen, auf irgendeinem Schleichweg, Orchampt hatte ihn weitergegeben, und jetzt wollten die *maquisards* plötzlich Helden sein. Man sucht sich seine Geschichte nicht aus, man rutscht in sie hinein. (Nein, das stimmt nicht. Wir zwei sind nicht einfach hineingerutscht, bei uns war es mehr. Es muss mehr gewesen sein.)

»Rein technisch ist es gar nicht schwierig, einen Zug entgleisen zu lassen«, erklärt mir Jean. Jede handwerkliche Aufgabe fasziniert ihn, und er hat sich schon genau die Methode überlegt, bis ins kleinste Detail, wie er es selber gemacht haben würde, damals, mit einfachsten Mitteln. Auf der Brücke hätte er es probiert, bei der alten Mühle kurz vor dem Dorf, hätte dort die Gleise gelockert, die Lokomotive wäre aus den Schienen gesprungen und durch das Geländer in die Tiefe gestürzt, der Dampfkessel wäre explodiert und die Strecke blockiert gewesen, tagelang, *»c'est du mille-feuille«,* überhaupt kein Problem.

Das Problem war ein anderes. Die Bauernburschen bei ihren Pferden hatten von der geplanten Sabotage erfahren, durch Belpoix vielleicht, den sie ja kannten, und sie hatten es weitererzählt, nachts, wenn sie sich in ihre Elternhäuser schlichen, um frischen Proviant zu holen. Man wusste Bescheid in Courtillon, man diskutierte den Plan im Stall und besprach ihn in der Küche; einen Stock höher schnarchten die deutschen Soldaten und hatten keine Ahnung. Und man kam zum Schluss, dass man dagegen war. Man hatte sich arrangiert mit der Besatzung, man kam aneinander vorbei, *bonjour, Madame, guten Tag, mein Herr*. Wozu sollte man sich dieses Einvernehmen stören lassen? Ein Attentat auf einen Zug, das würde Repressalien bedeuten, Verhaftungen oder noch Schlimmeres, und wer würde darunter zu leiden haben? Jedenfalls nicht diese Städter, die sich da im Wald breitmachten und nicht einmal wussten, wie man ein Feuer anzündet, die keine Ahnung hatten, was es heißt, einen Hof bewahren zu müssen für die nächste Generation.

Courtillon beschloss, dass das Attentat nicht stattfinden würde.

Man verkündete diesen Beschluss nicht öffentlich, natürlich nicht, keiner hatte was gesagt, aber jeder hatte es gehört, man musste sich dafür nicht irgendwo treffen und abstimmen, man war sich auch so einig, und darum spielt es auch keine Rolle, wer letzten Endes die Deutschen informierte. Fest steht nur, dass es plötzlich Patrouillen gab, den Gleisen entlang, dass Suchtrupps die Wälder durchkämmten, wobei sie, es mag Zufall gewesen sein oder auch nicht, um den *bois de la Vierge* einen Bogen machten. Die *maquisards* hatte man rechtzeitig gewarnt, man wollte ihnen ja nichts Böses, und so wurde auch niemand verhaftet, außer Orchampt natürlich, aber der hatte es sich selber zuzuschreiben, wenn man es genau überlegt; einen Krieg weiterführen, den man verloren hat, das ist wie eine Kuh weiter füttern, die keine Milch mehr gibt. Es rechnet sich einfach nicht.

Orchampt überlebte sein Verhör nicht, dafür bekam er später einen Ehrenplatz auf dem Kriegerdenkmal, direkt unter seinem Sohn.

»Er muss sie wirklich sehr gehasst haben«, sagt Jean nachdenklich. Er ist jetzt so in seiner Geschichte drin, dass er mich als Zuhörer gar nicht mehr braucht. Er erzählt sie nur, um sie klar zu bekommen im eigenen Kopf. »Ich glaube«, sagt er, »nur der Hass kann einem die Kraft geben, so etwas durchzuhalten, bis zum Schluss, und nichts zu verraten.«

Was Orchampt nicht verraten hatte, auch nicht in jener Nacht, in der man seine Schreie bis auf die Straße hinaus hörte, war die Sache mit dem Flugzeug.

Das Attentat auf die Bahnlinie, auf die für den Krieg so völlig unwichtige Bahnlinie nach Montigny, war nur als Ablenkung geplant gewesen, nur als ein Spektakel, das die Deutschen beschäftigen sollte, während ein paar Kilometer entfernt das eigentlich Wichtige passierte. Es war die Zeit, als die *Résistance* anfing, sich zu organisieren, als aus England Kuriere eingeflogen wurden, die Anweisungen mitbrachten. Anweisungen und Geld.

»Es war natürlich Falschgeld, aber so gut gemacht, dass keiner das merken konnte.« Jean sagt das mit der eitlen Miene des Eingeweihten, der besser informiert ist als alle andern. Wenn seine Geschichte stimmt, kann er das eigentlich gar nicht wissen. Das Geld ist nämlich verschwunden, darum geht es überhaupt, der Kurier wurde erschossen, und die Kiste mit den Banknoten … Aber der Reihe nach.

In England wusste man nichts von Orchampts Verhaftung. Vielleicht gab es da ja auch einen Sender, irgendwo im Warenlager versteckt, und er musste jeden Tag ein Signal durchgeben, zur Kontrolle, vielleicht haben die Deutschen das aus ihm herausgeprügelt, vielleicht hat er es ihnen absichtlich gesagt, ein Verschwörer bis zum letzten Atemzug – man weiß es nicht. Man weiß nur, »jeder weiß das hier in der Gegend«, behauptet Jean, dass London den vereinbarten Satz sendete, zu drei verschiedenen Zeiten: »Die Vögel fallen aus dem Nest.«

Der General ist doch nicht verrückt.

Man wusste in England auch nicht, dass die *maquisards* nicht mehr da waren, dass sie weitergezogen waren, irgendwohin, dass es die Widerstandsgruppe gar nicht mehr gab, für die das Geld bestimmt war. Man sendete das Codewort, und in der nächsten Nacht kam das Flugzeug, tief über den Bäumen, und suchte im Wald nach einem Feuer. Das war das verabredete Zeichen für den Abwurf, sagt Jean, ein Feuer im Wald, und schon schwebten da zwei Fallschirme, fast unsichtbar am schwarzen Himmel, das Flugzeug hatte wieder abgedreht, war gar nie richtig da gewesen, und die Nacht hätte wieder still sein können, wenn da nicht die Pferde gewiehert hätten, gewiehert und gescheut, erschreckt vom fremden Brüllen des Motors.

Niemand hatte es so geplant. Es war Zufall, dass Ravallet allein im Wald war in dieser Nacht, der junge alte Ravallet, dass er allein die Stellung hielt, während die anderen Pferdehüter Proviant holten. Das Lagerfeuer war nicht zur Irreführung angezündet worden, es hatte niemand etwas geahnt von dem Flugzeug und dem Kurier und dem Geld. Vielleicht ist die Kiste kaputtgegangen bei der Landung, und er hat staunend die Banknoten gesehen, Bündel von Banknoten, vielleicht hat er das Geld aber auch erst später entdeckt, als der Mann aus England schon tot war, hat ihn nur umgebracht, weil er verstanden zu haben glaubte, mit seinen fünfzehn Jahren, dass das von ihm erwartet wurde. »Wir wollen keine Unruhe«, hatte das Dorf gesagt, »der Krieg muss friedlich bleiben.«

»Er hat ihn erschossen«, sagt Jean. »Er war immer ein guter Schütze, der Vater unseres Bürgermeisters. Später, als sie reich waren, fuhr er sogar einmal nach Afrika und brachte ein Löwenfell mit nach Hause.« Die Ravallets, Bauern wie die andern Bauern, wurden nach dem Krieg plötzlich wohlhabend, Bauunternehmer mit einem Finger in jedem Kuchen; niemand wusste, wo sie das Geld herhatten für die Grundstücke und all die Maschinen. Nur Gerüchte gab es; wenn man Jean glauben darf, wurde in der Gegend schon immer gemunkelt, von Banknoten, bündelweise, und von einem toten Kurier, verscharrt irgendwo im Wald. Wer darüber sprach, tat es leise; die Ravallets waren mächtige Leute geworden, und man soll einen Krieg nicht weiterführen, wenn er gewonnen ist. Es rechnet sich nicht.

Es hatte ja auch niemand einen Beweis, bisher.

Aber jetzt ist Jean unterwegs gewesen, all die Tage, mit seinem Metalldetektor, er hat das Grab gesucht, das ja irgendwo sein musste, wenn an der Geschichte etwas dran war, und er hat es gefunden. »Direkt hinter dem Bilderstock der Muttergottes, er wird gedacht haben, dass sich das so gehört. Was weiß man schon in diesem Alter?«

In der Vertraulichkeit des Erzählens beginnt mich Jean zu duzen, ganz automatisch. »Weißt du, was das für ein Löwe ist?«, fragt er und streichelt die rostige Gürtelschnalle mit ungeschickter Zärtlichkeit, so wie ein Liebhaber eine neue Haut erkundet, schüchtern und stolz. »Das ist der

Löwe von England.« Er kann sich fast nicht davon trennen, legt dann das Metallstück doch vor mich hin.

Ein Wappentier, fauchend auf den Hinterbeinen? Jean glaubt das nur zu sehen, weil es sich so gut einfügen würde in seine Geschichte. Ich erkenne nicht mehr als eine Figur, vage menschenähnlich, es kann auch eine bedeutungslose Verzierung sein. »Damit kann man nichts beweisen«, sage ich.

Jean nickt; nickt und grinst dabei. Der Taschenspieler hat eine falsche Karte präsentiert, absichtlich, um hinterher die richtige umso effektvoller aus dem Ärmel zu ziehen. Er schiebt die Gürtelschnalle weg, achtlos plötzlich, es war nur ein Flirt, aber jetzt kommt die ganz große Liebe. In der Mitte des Tisches schafft er Platz, stellt den Teller mit den Biscuits beiseite, die Gläser und die fast leere Flasche. Er stellt seine Keksdose hin, ein Sammlerstück, bemerke ich erst jetzt, auf dem Deckel bekommt ein Feldherr den Schlüssel zu einer Stadt überreicht, nach irgendeiner gewonnenen Schlacht. Vielleicht hat Jean die Keksdose in einem Keller gefunden, den er für jemanden leer geräumt hat, das Bild auf dem Deckel war gar nicht mehr zu erkennen, aber er hat die Dose mitgenommen und geputzt und poliert; »irgendwann kann man alles wieder brauchen«, ist sein Motto, »man muss nur Geduld haben«.

Er hebt den Deckel ab, ganz langsam, im Zirkus würde ein Trommelwirbel anschwellen dabei, und jetzt weiß ich auch, warum seine Fingernägel so schwarz sind: es klebt immer noch Erde an dem Schädel.

»Siehst du das Einschussloch?«, fragt Jean.

Er hat auch die Kugel gefunden, wickelt sie aus einem

Stück Zeitung. Sie stammt aus einer Jagdflinte, behauptet er zu wissen. Er hält den umgedrehten Schädel zwischen den Händen, wie eine Schüssel, und lässt das verformte Stückchen Blei darin herumklappern. »Kein Kieswerk!«, singt er dazu. »Kein Bagger! *Au revoir, Monsieur le maire!*«

Weißt Du, was er vorhat? Er will den Bürgermeister erpressen. »Monsieur Ravallet«, will er zu ihm sagen, »möchten Sie wirklich, dass das ganze *département* erfährt, dass Ihr Vater ein Mörder war? Oder wollen Sie lieber Nein stimmen, wenn es um das Kieswerk geht? Leider, leider, das Projekt ist abgelehnt, mit Stichentscheid des Bürgermeisters.« Er sieht sich schon dastehen, in Ravallets Büro, die Hände in die Hüften gestemmt und in den Knien wippend, er sieht sich schon triumphieren. »Wir können auch alles vergessen«, wird er sagen, »ein für alle Mal, *Monsieur le maire,* die ganzen alten Geschichten. Wir werden nicht mehr darüber reden, über gar nichts mehr, nicht einmal über die Leute, die Sie losgeschickt haben, um mich zusammenzuschlagen.« Er ist fest davon überzeugt, dass Ravallet dahintersteckt, er hat auch das in seine Geschichte eingepasst, gut verzahnt mit allen anderen Rädchen. »Die haben gemerkt, dass ich ihnen auf der Spur war, und da wollten sie mich einschüchtern.«

Ja, natürlich habe ich versucht, ihn davon abzuhalten, versucht hab ich's. »Man muss die alten Geschichten liegen lassen, wo sie liegen, der General hat recht!« Jean wickelt die Kugel wieder in das Zeitungspapier. »Fünfzig Jahre ist das jetzt her, mehr als fünfzig Jahre!« Jean legt den Schädel in die Keksdose zurück. »Eine Sache muss auch mal vorbei sein können!« Jean schließt den Deckel.

Er hat mir versprochen, darüber nachzudenken, sich die Sache noch einmal zu überlegen. Aber er hat sich schon entschieden, das sieht man ihm an. Der heilige Johann hat seine Mission gefunden.

»Ravallet muss nachgeben«, sagt er, schon in der Tür. »Nur schon wegen seiner Mutter.«

»Lebt die denn noch?«

»Natürlich«, sagt Jean. »Als die Ravallets reich waren, haben sie sich eine teure Schwiegertochter geleistet, haben einen alten Namen eingekauft mit ihrem neuen Geld. Aber als ihr Mann ihr erzählt hat, wo das Vermögen herkam – sie lag damals im Kindbett, sagt man, unser Bürgermeister war gerade geboren –, da hat sie den Verstand verloren. Seither redet sie nur noch mit ihren Hühnern. Die alte Frau in dem Haus ganz am Ende des Dorfes. Wusstest du das nicht?«

Hinter jeder Tür ist noch eine Tür.

Ich habe Dir lange nicht geschrieben. Ich schreibe Dir nie mehr.

Du kannst Deinen Briefkasten ruhig aufmachen (erlauben sie Dir schon einen eigenen Briefkasten? Wie schön für Dich!), und Du wirst nichts darin finden als rosarote Einladungen von dummen Freundinnen. Eine Rechnung vielleicht noch, von diesem Gefühlsverhinderer, der sich Psychologe nennt. Heuchelt er erfolgreich Verständnis? Duzt Du ihn schon? Tätschelt er Dir die Hand, während Ihr über mich redet?

Was haben sie mit Dir gemacht?

Keine Angst, das ist kein Brief an Dich. Ich schreibe jemandem, der mein Leben geteilt hat, ich schreibe jemandem, der wichtig war für mich, wichtiger als alles andere, ich schreibe

Was soll ich denn sonst tun als schreiben?

Ich bringe meine Gedanken zu Papier (nein, es sind keine Gedanken mehr, auch das hast Du kaputtgemacht in mir), ich packe Papier mit Buchstaben voll, und dann falte ich es zusammen und lege es zu dem anderen Papier, das ich mit Buchstaben vollgepackt habe, und irgendwann werde ich alles anzünden, und wenn ich Glück habe, verbrenne ich mit.

Asche ist ein so schönes Wort. Man kann es zwischen den Fingern zerreiben.

Asche.

Ich hasse Dich.

Auch das wird Dir egal sein. Dir ist alles egal.

Wie hast Du zulassen können, dass er mir diesen Brief schreibt? Wie hast Du Dich zu seiner Komplizin machen können, gegen mich, gegen uns? Da sperren sie uns ein, Dich allein und mich allein, und dann gehst Du mit dem Aufseher durch die Gänge, untergehakt, und dann steht Ihr vor meiner Zelle, Du lächelst ihn an, unterwürfig, von unten nach oben, und er gibt Dir den Schlüssel in die Hand, und dann steckst Du den Schlüssel ins Schloss und schließt noch fester zu. Was haben sie mit Dir gemacht?

Man müsste Dir die Hände abschneiden.

Du hast so wunderbare Hände.

Früher (oder rede ich mir das nur ein?) musste ich nur denken an Dich, und das Bild war da. Jetzt sind es nur noch Teile, ich kann sie nicht mehr zusammensetzen. Die Narbe an Deinem Arm, dieser kleine Fehler, der Dich noch perfekter macht. Wie Du die Luft in die Nase ziehst, schnüffelnd, jedes Mal, bevor Du anfängst zu lachen. Wie Du manchmal mit Deinem Mund

Wie konntest Du mir das antun?

Ich habe Euren Brief gelesen, und ich habe ihn nicht zerrissen. Ich habe ihn auf den Tisch gelegt, ordentlich, ich habe ihn glattgestrichen, sorgfältig, und dann bin ich hinausgegangen und habe die Räder von meinem Auto abmontiert. Damit ich nie mehr wegfahre aus Courtillon. Das ist es doch, was Ihr wollt.

Jojo ist vorbeigekommen, hat sich hingestellt, wie er es

immer tut, wenn es etwas zu sehen gibt, die Hände in den schwabbligen Hüften, und hat gefragt: »Wollen Sie bereit sein für den Winter, soso, für den Winter?«

Ja, Jojo, es wird kalt.

Er hat mir geholfen mit den Rädern, er ist geschickt, mein Freund Jojo, wir ergänzen uns, wir passen zusammen, Courtillon kann stolz auf uns sein, das einzige Dorf mit zwei Idioten.

Ich war zu blöd, um vorauszusehen, dass sie uns auseinandertherapieren würden. »Muss ich Sie im Interesse meiner Patientin bitten, von weiteren Kontaktversuchen Abstand zu nehmen.« Es war doch keine Krankheit (warum kann man nicht schreien auf Papier?), es hatte uns doch kein Bazillus befallen, es war doch

Ich weiß nicht, was es war.

Es war Mozart, es war Beethoven, es war ein Kinderlied.

Es war doch nicht geplant.

Erklär Du es mir! Du musst es doch wissen unterdessen, musst wissen, wie es in Dir aussieht, schließlich bist Du freiwillig auf den weißen Tisch geklettert, hast mit eigenen Händen das Leintuch aufgeschlagen, das Leichentuch, hast ihnen selber die Skalpelle gereicht. »Bitte, sezieren Sie mich, das hab ich mir schon immer gewünscht!« Haben sie gesabbert dabei, haben sie sich aufgegeilt an all den feinen Windungen und Verwicklungen, haben sie die Köpfe geschüttelt und gesagt: »Ei, ei, ei, was haben wir denn da? Ein Gefühl, pfui Teufel, das muss weg, das schneiden wir raus.« Haben sie's Dir auf den Nachttisch gestellt, präpariert in einem Glas, damit Du es in aller Ruhe ansehen kannst, das glibbrige Zeug, damit Du lernen kannst, Dich davor zu ekeln? Oder haben sie's gleich entsorgt, zusammen mit den blutigen Tupfern und dem andern Abfall? Und geht es Dir besser jetzt, neu zusammengesetzt, bist Du glücklicher jetzt, als Roboter? »Wenn Sie mal wieder an ihn denken sollten, Fräulein, dann drücken Sie hier auf diesen Knopf, und schon haben Sie alles vergessen und sind wieder genau so wie alle andern.«

Du bist nicht mehr Du. Merkst Du das nicht?

Wenn er diesen Brief geschrieben hätte, nur er allein, »im Interesse meiner Patientin«, ich hätte alles wegerklären können, weglachen, weglegen. Aber dass Du selber

Was soll das heißen: »Bitte, sieh es ein«?

Das ist nicht einmal Deine Sprache.

Vier Wörter unter einem fremden Brief. Ganze vier Wörter und damit Schluss. Nicht einmal Deinen Namen hast Du mir gegönnt, ich soll ihn wohl vergessen.

Wie konntest Du mir so weh tun?

Oder haben sie Dich gezwungen, das zu schreiben? Haben sie Dir den Füller in die Finger gelegt und Dir die Hand geführt, mit ihren Blicken und ihrem Lächeln, diesem vergifteten Fürsorgerlächeln? War das der einzige Protest, der Dir noch blieb? Deinen Namen verweigern? War das das einzige Signal, das Du mir noch senden konntest? »Bitte, sieh es ein.« Was heißt das? Sieh ein, dass ich mitspielen muss? Dass ich mich verstellen muss? Dass ich erst wieder freikomme, wenn sie mich genau so sehen, wie sie mich haben wollen?

Vier Wörter. Ich hab sie mir immer wieder neu zurechtgelesen, seither. Manchmal habe ich mir meine tröstlichen Erklärungen sogar geglaubt. Ich bin ein Idiot, Madame. Ich liebe Dich immer noch.

Ich hätte Euren Brief besser Jojo geschenkt, er macht so gerne Feuerchen. Er ist mein Freund, Jojo, er ist treu, falls Du das Wort kennst, edel, hilfreich und gut. Ein Idiot eben, genau wie ich. Er hat einen Leiterwagen gebracht für die Autoräder, tanzend vor Aufregung, wir haben sie aufgeladen und sind losgezogen zum Fluss.

Auf dem Weg sind wir Elodie begegnet, die uns verwundert anstarrte. (Habe ich Dir gesagt, dass mich ihre Augen an Deine erinnern?) »Er will bereit sein für den Winter«, hat ihr Jojo erklärt, »bereit für den Winter.«

»Sind Sie krank?«, fragte Elodie. Kann es sein, dass sie noch nie einen Mann hat weinen sehen?

Du hast einmal vor Glück geweint, weißt Du noch? Wir hatten die Läden geschlossen, gegen die Sonne, und ich habe Deine Tränen zuerst nur gespürt. Das war an jenem wunderbaren Nachmittag, als wir

Gegenwart. Bei der Gegenwart bleiben und berichten. Erzählen, wie kalt es geworden ist. Den Wintergeruch schildern, wenn sie alle wieder zu heizen beginnen. Verwesung und Rauch. Den Baumstamm beschreiben, der den Fluss hinuntertrieb und aussah wie ein Wikingerschiff. Die Pflanze, die nach dem ersten Frost auf dem Boden lag, zusammengekrümmt, wie ein Kind, das im Krieg zwischen die Fronten geraten ist. Der Vogel, der gegen meine Scheibe flog mit voller Wucht, es knallte wie ein Schuss.

Keine Erinnerungen. Nicht in der Vergangenheit leben

wie Monsieur Belpoix, der am 11. November den ganzen Tag neben dem Kriegerdenkmal stand mit seinem Gewehr, ohne zu blinzeln, und die Plastikblumen bewachte, zu Ehren des Waffenstillstands von 1918. Valentine und ihre beiden Freunde saßen fünf Schritte von ihm entfernt in der allerletzten kalten Herbstsonne, auf den Stufen, wo sie jetzt immer sitzen, und beachteten ihn nicht. Gespenster sind Menschen, die wir nicht mehr wahrnehmen wollen.

Ich bin ein Gespenst.

Tatsachen, nur Tatsachen. Jean hat mit Ravallet gesprochen, das weiß ich von Mademoiselle Millotte, die ihn in die *mairie* hat gehen sehen, über eine Stunde ist er nicht wieder herausgekommen. Jean will mir von dem Gespräch nichts erzählen, er lächelt nur vielsagend, ein Diplomat, der auf höchster Ebene Verhandlungen geführt hat, »der Vertrag ist noch nicht spruchreif, meine Herren, aber wir sind auf gutem Wege, auf sehr gutem Wege«.

Wer ihn zusammengeschlagen hat, warum und in wessen Auftrag, das wird sich wohl nicht mehr eruieren lassen; Jean hat es abgelehnt, Anzeige zu erstatten, obwohl ihn Deschamps persönlich dazu aufgefordert hat, der Gendarmeriekommandant aus dem Haus mit der Hecke.

Und Geneviève

Das interessiert mich doch alles gar nicht. Nur Du interessierst mich.

Courtillon ist nur eine Geschichte, mit der ich mir die Zeit vertreibe, bis das richtige Leben weitergeht. Eine Wartezimmer-Illustrierte, etwas zum Lachen, etwas zum Weinen, vermischte Meldungen, man kann sich mit ihnen befassen oder sie überspringen, Hauptsache, die Stunden gehen vorbei. Mädchen aus Fenster gesprungen, Mann beim Pilzesammeln verprügelt, Geldkurier erschossen, was man so braucht als Gesprächsstoff. Aber wenn ich Dir nicht mehr davon erzählen darf, wenn es mich nicht mehr geben soll, dann können sie das Dorf auch abreißen, die Bagger noch ein bisschen weiterfahren lassen, wenn sie schon dabei sind, können es zuschütten mit ihrem Kies, und mich gleich mit.

Warum bin ich denn hier? Wozu hab ich mich denn einsperren lassen in diese Sandkastenwelt, freiwillig, tausend Schritte her, tausend Schritte hin? Weil Du gesagt hast, dass Du Zeit brauchst. Ich hab die Zeit aus mir herausgeschnitten, jeden Tag ein neuer Schnitt. Ich hab es gern getan, ich hab mich nicht beschwert, fast nie, aber doch nur, weil ich dachte, dass Du

Wir sind zum Ufer gegangen, Jojo und ich, und wir haben die Räder ins Wasser rollen lassen, eins nach dem anderen. »Sie schwimmen ja gar nicht«, hat Jojo traurig gesagt, »sie schwimmen ja gar nicht.«

D'*accord.*

Ich brauche Dich nicht. Ich komme auch so klar. Wenn Du keine Briefe willst, ich muss sie nicht schreiben. Ich kann auch Tagebuch führen. Ich kann mich an den Fluss setzen und Buchstaben ins Wasser zeichnen. Ich kann alles.

Ich brauche Dich nicht. Wozu auch? Ich habe genügend Freunde, hier in Courtillon.

Als es mir schlecht ging (es hatte mit Dir nichts zu tun, nichts hat mit Dir zu tun, nicht mehr), als ich im Bett lag und den ersten Schneeflocken zuschaute, der Winter kommt in diesem Jahr wie ein Überfall, als es mir nicht gut ging, stellte sich meine Freundin Geneviève jeden Tag an ihren Herd und kochte mir stärkende Suppen. »Warum haben Sie eigentlich keinen Nachttisch?«, fragte mich meine Freundin Elodie, stellte das Tablett auf meinen Bauch und erzählte mir, dass sie den Salto immer noch nicht kann, aber schon besser. Mein Freund Jean brachte Holz für meinen Ofen und einen dunkelbraunen Kräuterlikör, der würde nur in einem winzig kleinen Ort gebraut, erklärte er stolz, als ob die Abgelegenheit der Herkunft die Heilkraft steigern müsste. Das Gebräu schmeckte nach langweiliger Gesundheit, aber ich ließ mir nichts anmerken. Man verletzt seine Freunde nicht.

Seine Freunde verletzt man nicht.

Auch Jojo ist ein Freund. Noch bevor der Schnee zu fallen begann, hat er mein amputiertes Auto vor dem Haus aufgebockt, mit Jeans Hilfe, und jetzt ist er glücklich und furchtbar stolz, weil er einsteigen darf, wann immer er will, weil er das Lenkrad anfassen darf und die Gangschaltung, weil er sich vorstellen darf, dass er fährt, brumm brumm, weil er behaupten darf, dass er ein Ziel hat, weil er sich einbilden darf, dass jemand auf ihn wartet.

Lauter Freunde. Und das sind noch lange nicht alle.

Ich hatte kaum meine Runden durchs Dorf wieder aufgenommen, war kaum an meinen Arbeitsplatz zurückgekehrt nach dem Urlaub, alles ist vertraut, und alles ist neu, hatte kaum die ersten Schritte gemacht auf der dünnen, knirschenden Schneedecke, da winkte mich schon Mademoiselle Millotte zu sich, unter ihrem Kleiderberg hervor, mit arthritisch verkrümmtem Zeigefinger, streckte mir ihre Wange hin, ihre brüchige Papierhaut, ließ sich küssen und verzog dann die verschrumpelten Lippen zu einem vorwurfsvollen Schmollmündchen, das Männer einmal unwiderstehlich gefunden haben müssen, vor sechzig oder siebzig Jahren. »Sie haben mir gefehlt, Monsieur.«

»Ich war krank.«

»Nicht wirklich krank«, korrigierte sie mich streng. Man verdoppelt hier die Adjektive, wenn etwas Gewicht haben soll, »wirklich krank« heißt *»malade malade«*, so wie die Ravallets *riche riche* sind und ich allein allein. »Wenn man wirklich krank ist, kommt der Doktor, und bei Ihnen kamen nur …« Und dann zählte sie mir meine Besucher auf, einen nach dem andern, sie wusste sogar zu sagen, was für einen Kuchen Madame Brossard mir mitgebracht hatte. (Noch eine Freundin. Ich habe so viele, hier in Courtillon, dass ich sie aufzuzählen vergesse.)

»Ich glaube, Monsieur …« Mademoiselle Millottes Geste sollte eine neckische Drohung werden, wirkte aber, weil sie nur noch den Mittelfinger gradebiegen kann, gespenstisch unanständig. »Ich glaube, Monsieur, Sie haben geschwänzt.«

Sie kann Gedanken lesen.

Natürlich habe ich geschwänzt, wie ein Schüler, der am Tag, wo es Zeugnisse gibt, ein Fieber erfindet, um noch nicht wahrhaben zu müssen, dass er endgültig durchgefallen ist. Ich habe mich ins Bett verkrochen, feige, und das Matratzenfloß hinaustreiben lassen auf einen Ozean voller Selbstmitleid. Ich habe es mir so schlecht gehen lassen, wie ich nur konnte, und wenn mich einer gefragt hätte: »Was ist denn passiert?«, wäre meine Antwort gewesen: »Nichts.«

Es fragte keiner. Man ist diskret in Courtillon. Und es ist ja auch nichts passiert.

Ich hatte nie wieder aufstehen wollen und bin dann doch wieder aufgestanden, natürlich, man verdämmert nicht tragisch, nach einer Woche im Bett, man kriegt nur Rückenschmerzen. Wer zum Widerstandshelden taugen will, muss fitter sein als ich, der muss die klebrig verschwitzten Laken aushalten können und den pelzigen Belag im Mund. Ein Märtyrer, der sich die Zähne putzt, hat schon verloren.

Also habe ich irgendwann kalt geduscht und mir meine Krankheit wegrasiert, die Haut nicht mehr glatt unter den Stoppeln, das Gesicht im Spiegel wie tausend andere. Das Geschirr abgewaschen, verkrustete Vergangenheit von den Pfannen gekratzt, die Zukunft weggespült, den Müll rausgebracht und den Schmerz irgendwo vergraben.

D'accord. Ich brauche Dich nicht. Ich langweile mich schon nicht. Wenn ich mich unterhalten will, ist Courtillon voller Mademoiselle Millottes. Eine beneidenswerte Frau, wie sie da sitzt in ihrem Rollstuhl, es ist so kalt, dass einem die Zähne wehtun, aber sie schnappt sich die kleinen Fetzchen Leben, die der Zufall an ihr vorbeiweht, und näht daraus eine warme Decke.

Auch Jeans Entdeckung hat sie schon mitbekommen, sogar den Totenschädel hat er ihr gezeigt und die Kugel. »Posaun es nicht herum«, hatte ich ihn gewarnt, aber Mademoiselle hat eine Art zuzuhören, dass man ein Geheimnis zu bewahren glaubt, während man es ihr erzählt. Die Geschichte an sich war ihr egal; ob im Dorf jemand ein Skelett ausgräbt oder einen Kuchen bäckt, das ist ihr alles eins, solang sie es nur weiß, solang sie es einordnen kann in ihr großes Zusammensetzspiel. Nur dass sich die Teile diesmal nicht nahtlos einfügen ließen, das irritierte sie, dass sie keinen richtigen Sinn machten in der Vergangenheit, in der sie immer noch zu Hause ist.

»Sehen Sie, Monsieur«, sagte sie, »das mit dem Kurier und dass ihn jemand erschossen hat, das wird schon so gewesen sein, oder so ähnlich. Niemand war dabei, niemand hat es gesehen, aber man hört immer etwas. Nur dass Auguste Ravallet es getan haben soll … Ich weiß nicht, Monsieur, ich weiß wirklich nicht.«

»Was stört Sie daran?«

»Sie haben ihn nicht gekannt, Monsieur. Auguste wollte immer etwas werden, und er ist ja dann auch etwas geworden. Aber er wollte nichts dafür tun, nicht selber, verstehen Sie? Er ließ immer die anderen machen. Seine Frau zum Beispiel, sie war eine geborene du Rivault, eine ganz alte Familie, mit ihr hat er zum ersten Mal gesprochen, als die

Hochzeit schon vereinbart war, die Mitgift, alles. Er wäre nie selber zu ihr hingegangen und hätte sie gefragt. Und in der Schule …« Wenn sie sich weit in die Vergangenheit zurücktastet, beginnt ihr Kopf zu nicken, und sie schließt die Augen, als ob sie gleich einschlafen würde. Aber wenn sie sie wieder öffnet, ist sie hellwach. »In der Schule, wenn er da einen verprügelt haben wollte, dann hat er jemanden dafür angestellt, und er selber blieb unschuldig. So einer nimmt sich kein Gewehr und schießt, das tut so einer nicht.«

»Aber es war niemand dort außer ihm.«

»Wenn Sie das sagen, Monsieur, dann wird es wohl so gewesen sein.« Niemand kann einem so unterwürfig recht geben wie Mademoiselle Millotte und einem gleichzeitig so deutlich machen, dass man auf dem Holzweg ist. Sie lächelt dann so harmlos, wie es wohl in ihrer Jugend alle jungen Damen getan haben, wenn sie nein sagten und ja meinten.

»Mit anderen Worten: Sie wissen mehr über die Geschichte.«

»Ich weiß gar nichts«, sagte die alte Dame, und um ganz sicherzugehen, dass ich ihr nicht glaube, wiederholte sie: »Wirklich überhaupt gar nichts.« Die Taktik war erfolgreich. Jetzt hatte ich endgültig keine Ahnung mehr, ob sie auch diese Geschichte gehortet hatte in ihren Erinnerungsregalen, irgendwo zwischen alten Fakten und noch älteren Gerüchten, zwischen Liebesaffären und Dorfintrigen, ob sie sie mit einem Griff hätte rausholen können, wenn sie nur gewollt hätte, oder ob sie, auch das traute ich ihr zu, tatsächlich keine Ahnung hatte und sich nur interessant machen wollte; man muss mit dem kokettieren, was einem geblieben ist. »Niemand weiß etwas«, sagte sie noch einmal, »aber …«

»Aber was?«

»Ich denke nur so. Wenn meine Beine noch wären wie früher, wenn ich jung und stark und gesund wäre, so wie Sie zum Beispiel, Monsieur, dann würde ich jetzt in den Wald gehen und die Jungfrau besuchen. *Visiter la Vierge.* Hat Jean nicht gesagt, dass der Kurier dort verscharrt wurde?«

»Sie meinen, da wäre noch etwas zu finden?«

Aber sie antwortete nicht mehr. Mit der Sprunghaftigkeit, die das Vorrecht kleiner Kinder und alter Leute ist, interessierte sie sich plötzlich nur noch für ihre Handschuhe, unpassende rote Fäustlinge, wie man sie zum Skifahren trägt, jemand muss sie ihr geschenkt haben, sie verpackte ihre rechte Hand darin wie einen fremden Gegenstand und hielt mir dann die linke hin, um sich beim Anziehen helfen zu lassen. »Es ist kalt geworden«, sagte Mademoiselle Millotte, »und es wird noch kälter werden. Glauben Sie mir, Monsieur.«

Ich bin nicht wegen ihr hingegangen. Nicht nur wegen ihr. Auch nicht nur, um den leeren Tag irgendwie zu füllen. Es war mehr als das. Seltsamerweise kann ich auf den Schritt genau sagen, wann ich mich dazu entschlossen habe. Es war vor dem Zaun des Pferdebauern, eines seiner Schlachtrösser scharrte gerade im Schnee, mit einer uninteressierten Bewegung, als ob es nur eine lästige Pflicht erfüllte, der schwere Kopf fast verschwunden hinter der Wolke, die es ausatmete, und ganz plötzlich wusste ich: Wer kein eigenes Leben hat – und ich habe keines mehr, das hast Du mir genommen, Du, ja, das ist ein Brief an Dich, auch wenn ich ihn nie abschicken werde –, wer kein eigenes Leben hat, der muss hineinkriechen in das der anderen, fremde Decken wärmen auch. Ich bin nicht mehr zu Besuch in Courtillon, die Zeit ist vorbei, jetzt gehöre ich hierher, endgültig, da kann ich mir ihre Geschichten nicht mehr einfach nur erzählen lassen, ich muss mich in sie hineinschreiben, muss meine Rolle finden im Dorftheater, und wenn ich schon nicht der sein kann, der alles erlebt hat, dann bin ich eben der, der herausfindet, wie es wirklich war. Der Chronist. Der Detektiv.

Ich werde ihren Stallgeruch annehmen, ich werde mich anpassen, bis sie mich gar nicht mehr bemerken. Ich werde mein Haus renovieren, bis es aussieht wie alle andern, ein Gemüsebeet werde ich anlegen, eigenhändig, Spatenstich um Spatenstich, einen Sitzplatz werde ich haben, wo ich meine Bücher lese, ich suche sie im Regal und finde sie auf Anhieb, in der Küche werden die Teller zu den Tassen passen, und wenn ich meine Freunde zum Essen einlade, die Perrins oder die Brossards, dann werden sie die Sauce auftunken bis zum letzten Rest und werden sagen: *»Il est devenu bon cuisinier, notre ami allemand.«*

Ich brauche Dich nicht. Ich werde einer von ihnen sein, voll und ganz.

Und ich werde alles wissen.

Der Weg ist lang, bis zum *bois de la Vierge,* und auf dem Feldweg geht es sich schwerer als auf der immer gleichen Runde durchs Dorf. Hier sind keine Autos gefahren und haben den Schnee plattgewalzt, bei jedem Schritt bricht man durch eine dünne, frisch vernarbte Kruste und stolpert in eine der Schrunden, die Simonins Maschinen überall reißen. Über die zugedeckten Felder laufen Spuren, gefrorene Schritte irgendwelcher Tiere; eines Tages werde ich sie unterscheiden lernen, aber vorläufig sind sie noch Botschaften in einer fremden Sprache. Der Himmel war grau, nicht das vielschichtige Grau von schweren Wolken, sondern öde und flächig, als ob jemand den Horizont zugepinselt hätte, lieblos. Auf dem kleinen Wendeplatz, dort, wo der Weg zum ersten Mal von Bäumen abgedeckt wird, hatte die Tafel, die das Ablagern von Müll verbietet, als Magnet gewirkt: wie eine vom Schnee überraschte Familie lagerten dort ein Herd, ein Eisschrank und ein Kinderwagen ohne Räder. Ein längst schon wieder aufgelöstes *syndicat d'initiative* hat hier mal einen Wegweiser aufstellen lassen, den benutzen seither die Jäger, um sich die Treffsicherheit ihrer Schrotflinten zu beweisen, ein Teil der Tafel ist abgesplittert, und jetzt weist der Pfeil nicht mehr zum *bois de la Vierge,* sondern nur noch zum *bois de la Vie.* Ein hübscher Hinweis, wenn man auf dem Weg ist, ein Grab zu suchen.

Der Pfad zur Marienkapelle führt zuerst durch ein Waldstück, das im letzten Jahrhundert einmal ein dankbarer Patient testamentarisch dem Krankenhaus von Montigny vermacht hat; als Jean mir davon erzählte, amüsierte er sich sehr über die Tatsache, dass die Ärzte ihre Belohnung exakt in dem Moment kassieren konnten, als ihre Heilkünste endgültig versagt hatten.

Man geht dann am Waldrand entlang, ein paar hundert Meter, eingezwängt zwischen Unterholz auf der einen und einem langen, engmaschigen Metallzaun auf der andern Seite. Dahinter – der Einblick ist von verdorrten Maisstauden blockiert, die nie abgeerntet werden – soll ein riesiges

Gelände sein, auf dem die Ravallets Wildschweine züchten; einmal im Jahr, sagt man im Dorf, laden sie ihre Geschäftspartner zur Treibjagd ein, die Tiere haben keinen Ort zum Weglaufen und werden abgeknallt.

Ich schien seit vielen Tagen der Erste zu sein, der die Muttergottes im Wald besuchte, es pilgert kaum mehr einer zu ihr hin, schon gar nicht bei eisiger Kälte, nur das Gitter vor der Statue wird immer noch regelmäßig aufgebrochen, obwohl der Opferstock schon lange leer bleibt; die Tradition des Sakrilegs scheint sich besser zu halten als die der Frömmigkeit. Der Schnee vor meinen Füßen war unberührt, meine Spuren die ersten, Fußabdrücke eines Entdeckers.

Das änderte sich, kurz bevor ich beim Bilderstock ankam. Ein zweiter Pfad schlängelt sich da aus dem Wald, eine Schneise eigentlich nur, überwuchert und zugewachsen, die Abkürzung nach Farolles und dann weiter nach Saint-Loup, und aus diesem Pfad waren Schritte gekommen, drei verschiedene Paar Schuhe. Ich unterschied sie nicht auf Anhieb, natürlich nicht, so genau sah ich erst später hin, als ich schon wusste, was passiert war, als mir schon klar war, dass jedes Detail wichtig sein würde. Die Schritte gingen vor mir her, sie waren vielleicht schon einen Tag alt oder zwei, aber das Gefühl der Bedrohung, das sie bei mir erweckten, kam ganz aus dem Hier und Jetzt.

Wenn das Böse wirklich existiert (natürlich existiert es, wie könnte man sonst erklären, was sie mit Dir gemacht haben?), dann muss der Mensch auch Sensoren dafür besitzen. Warum wäre mir sonst auf einmal das Atmen schwergefallen? Jeden Zug der kalten, schneidenden Luft musste ich in mich hinein und wieder aus mir heraus pressen, meine Hand umklammerte in der Jackentasche den Schlüsselbund, eine jämmerliche Waffe, ich nahm plötzlich Geräusche wahr, die wohl die ganze Zeit da gewesen, aber nie bis zu meinem Bewusstsein vorgedrungen waren: das trockene Rascheln der letzten steif gefrorenen Blätter, das erkältete Krächzen eines Vogels, das Knirschen meiner Schritte auf dem Schnee, langsam, noch langsamer, bis sie ganz stehen blieben.

Das Gitter des Bilderstocks hing schräg in den Angeln. Jemand hatte es mit so viel Wucht aufgebrochen, dass jetzt dort, wo das Schloss in der Mauer befestigt gewesen war, ein Loch klaffte, die roten Steine unter dem Verputz wie eine blutende Wunde. Der Opferstock, eine am Gitter befestigte Sammelbüchse, die man mit jedem Taschenmesser aufgekriegt hätte, war unberührt. Im eigentlichen Schrein, einer Nische mit kindlich gemalten silbernen Sternen, stand in einer kleinen Vase – ein Senfglas eigentlich nur, ein Stückchen Etikett klebte noch dran – eine hellrote Plastiktulpe vor dem leeren Sockel. Die Madonna selber war verschwunden.

Ein Kunstraub? Bei aller traditionellen Verehrung ist *Notre Dame du bois* doch nur eine buntbemalte Gips-Scheußlichkeit, die noch nicht mal auf einem Flohmarkt Käufer finden würde. Dass jemand sie trotzdem geraubt hatte, dass jemand ein schweres Werkzeug kilometerweit durch den Wald geschleppt hatte, um das Gitter aufzuhebeln, dafür musste es einen anderen Grund geben als Diebstahl.

Aber was für einen?

Und wie hatten die Täter die Statue weggebracht, ohne einen Karren oder ein anderes Transportmittel? Ich hatte nur Fußspuren gesehen.

Und weiter: konnte es ein Zufall sein, dass dieser Raub gerade jetzt passiert war, so kurz nachdem Jean das Grab entdeckt hatte, hier ganz in der Nähe? »Direkt hinter dem Bilderstock«, hatte er gesagt. Musste es da nicht eine Verbindung geben zwischen den beiden Geschehnissen? Wäre vielleicht – auch die Phantasie sucht sich ihre Trampelpfade – an der Muttergottes irgendein Hinweis zu finden gewesen auf das Geschehen von damals, ein Indiz, das den Mörder des Kuriers noch heute hätte überführen können? Hatten Jeans Nachforschungen den Täter von damals aufgeschreckt oder seine Nachkommen, war es gar nicht um die Statue gegangen, sondern nur darum, Spuren zu verwischen, nach mehr als fünfzig Jahren? Und hatte Mademoiselle Millotte, zu der in Courtillon auch noch das leiseste Echo dringt, auch davon etwas gehört und mich nur deshalb so neugierig gemacht, um der eigenen altershungrigen Neugier frische Nahrung zu besorgen?

Die Zeit vergeht schnell, wenn man nachdenkt. Die Kälte war mir schon die Beine hinaufgeschlichen wie eine Krankheit, als ich mich endlich dazu aufraffte, den Tatort näher anzusehen. Hast Du das Wort bemerkt? Tatort. Kaum spiele ich Detektiv, schon verwende ich eine neue Terminologie.

Ich stakste durch das Gebüsch am Rand des Pfades, in der vagen Vorstellung, keine Spuren verwischen zu dürfen. Die gefrorenen Fußabdrücke im dünnen Schnee – unterdessen hatte ich sie mir näher angesehen und konnte sie unterscheiden, zwei größere und ein kleineres Paar Schuhe –

führten geradewegs auf das Kapellchen zu, quer über die kleine Wiese, wo sich früher die Dorfmädchen versammelt haben, um der Jungfrau fromme Lieder zu singen. Der Schnee direkt vor dem Bilderstock war zertrampelt, natürlich, hier mussten sie gestanden haben, als sie das Gitter aufwuchteten und die Madonna aus ihrer Nische hoben.

Dann, so reimte ich mir das zusammen, haben sie die Statue auf die Schultern gehoben und weggetragen. Die Fußabdrücke führten links um die Kapelle herum und weiter in den Wald hinein. Ohne die Spuren hätte ich nie bemerkt, dass es dort eine Öffnung gibt im Stacheldraht der Brombeerbüsche. Dahinter, von der Natur so gut kaschiert, dass man selbst aus wenigen Schritten Entfernung nichts davon sieht, ist eine Lücke zwischen den Bäumen, der Wald macht eine Atempause und bildet inmitten der dunkeln Stämme einen geschlossenen Raum, wie das Allerheiligste eines heidnischen Tempels.

Ich wähle den Vergleich nicht zufällig. Im Halbkreis der weiß gefrorenen Bäume war ein kleiner Erdhügel, Altar oder Schafott, und darauf stand, ein bisschen schief, ein Götzenbild im himmelblauen Mantel. Die Schutzpatronin von Courtillon, *Notre Dame du bois.*

Die Statue schien unbeschädigt, von der Sternenkrone bis zu den duldend gefalteten Gipshänden, nur einen Schnurrbart hatte ihr jemand über ihr frommes Lächeln gemalt, den gleichen schwungvollen Schnurrbart, der auch ihr Gemälde in der Kirche ziert. Aus der Schneedecke des Erdhaufens ragten kantige Schollen wie barbarische Ornamente. Das muss das Grab sein, das Jean gefunden hat, wurde mir klar; ordentlich, wie er ist, hat er es natürlich wieder zugeschüttet. Vor der Madonna waren drei Kerzen in den Boden gesteckt, halb heruntergebrannt, bevor ein Wind sie ausgeblasen hatte.

Eine Zeremonie hatte hier stattgefunden, Gottesdienst oder schwarze Messe, ein Ritual auf jeden Fall, dessen Sinn sich mir nicht erschloss. Ich habe mich mit solchen Dingen nie befasst, ich bin ein sachlicher Mensch. (Außer wenn es um Dich geht.)

Meine Verwirrung steigerte sich noch, als ich ein paar Schritte näher ging und jetzt erst sah, dass jemand in den Schnee vor dem Grabhügel ein Symbol gezeichnet hatte. Nein, nicht gezeichnet: hingeschüttet, bräunlich rote Farbe, zwei Linien, die ein unvollständiges Dreieck bildeten, einen Pfeil vielleicht, der von der Statue weg auf den leeren Bilderstock wies. Oder war das der falsche Blickwinkel, und die Form öffnete sich zur Madonna hin? Ich wusste es nicht, und ich weiß es nicht.

In der Mitte des Dreiecks war ein Holzpfahl in den Waldboden gerammt. Seine Spitze durchbohrte nicht nur den Schnee, sondern auch ein Stück Papier.

Ich zögerte zuerst, hier irgendetwas zu verändern, bevor nicht ein Protokoll aufgenommen worden war, ein Foto gemacht. Aber andererseits muss man Beweisstücke sichern, solange sie noch da sind. Für die eigene Neugier finden sich immer Argumente.

Als ich den Pfahl aus dem Boden zog, hätte ich vor allzu großem Kraftaufwand beinahe das Gleichgewicht verloren, so leicht löste sich das zugespitzte Holz aus der Erde.

Das Papier war vom Schnee durchweicht und zerriss, als ich es anfassen wollte. Um es betrachten zu können, musste ich mich hinknien, ein seltsames Gefühl in dieser Konstellation, es kam mir vor, als ob ich die Madonna anbeten würde oder das Grab, auf dem sie stand, tapfer lächelnd unter ihrem Schnurrbart.

In derselben Farbe wie die beiden Linien im Schnee war auf das Papier eine männliche Figur gezeichnet, mit sicherem Strich, aber ins Groteske verzerrt, das Geschlechtsteil lächerlich vergrößert. Der Pfahl hatte den Bauch des Mannes durchbohrt und dort ein großes Loch gerissen. Ein Name stand unter der Figur.

Jean Perrin.

Saint Jean. Der heilige Johann.

Es ist Sonntagabend, und das alles ist noch nicht einmal drei Tage her. Drei Tage, in denen sich die Ereignisse so eng aneinanderdrängten wie verschreckte Schafe. Am Freitag, als ich die verschleppte Statue entdeckte, war ich mir noch sicher, dass das Dorf einen Monat lang von nichts anderem sprechen würde. Schwarze Messen und eine entführte Dorfheilige, so was kriegt man nicht alle Tage serviert, das ist eine Geschichtenfuhre, mit der man sich die Scheune füllen kann für den ganzen Winter. Ich sah schon eine Bußprozession zum *bois de la Vierge* vor mir, organisiert natürlich von Madame Simonin, sie fühlt sich für religiöse Dinge zuständig, seit sie den Schlüssel zur Kirche verwaltet, ich stellte mir schon den Exorzisten vor, den die Diözese schicken würde, ich überlegte schon, mit was für einem griffigen Namen Courtillon wohl versuchen würde, sich das Unverständliche verständlicher zu machen, *le viol de la Vierge* vielleicht, die Schändung der Jungfrau. Und jetzt weiß gar keiner etwas davon, wenn ich es ihnen erzählte, würden sie es mir nicht glauben, und selbst wenn sie es mir glaubten, wäre es nicht mehr wichtig, aus den Köpfen verdrängt von ganz neuen Schlagzeilen, weil gestern doch Valentine Charbonnier …

Der Reihe nach. Ich muss versuchen, alles der Reihe nach aufzulisten, pedantisch, auch wenn es mich drängt, zum Ende vorzuspringen, zu dem, was mir Monsieur Deschamps gerade anvertraut hat, vor zehn Minuten erst, die

Bestätigung einer Vermutung, von der ich gar nicht mehr zu sagen wüsste, wie sie mir in den Kopf gesprungen ist, damals auf der Lichtung, es mag daran gelegen haben, dass mich die Figur auf dem Grab an eine Opferstätte denken ließ, oder vielleicht war es einfach nur die Erinnerung an den rostbraunen Fleck auf Jeans Hemd, der aus demselben Wald kam, damals, an dem Tag, als man ihn verprügelt hat. Aber ich will es ordentlich berichten und die Geschehnisse nicht aus der Reihe tanzen lassen.

Ach was.

»Die Laborergebnisse sind schneller als erwartet eingetroffen«, hat Monsieur Deschamps gesagt, »und das Ergebnis der Analyse ist eindeutig. Es war tatsächlich Blut.«

Ich könnte jetzt behaupten, ich hätte das gewusst, von Anfang an, aber das hieße die Wirklichkeit umlügen. Vorgestern (war es wirklich erst vorgestern?) habe ich meinem eigenen Gefühl nicht vertrauen wollen, habe versucht, es wegzudrücken; ich bin nun mal kein Mensch, der aus dem Bauch heraus funktioniert (außer einmal, außer bei Dir), ich wollte mir nur später nicht den Vorwurf machen müssen, irgendetwas unterlassen zu haben. Zuerst habe ich es mit einem Stück Rinde versucht, halbrund von seinem Stamm abgesprungen, aber der Schnee war zu hart, und das mürbe Holz zerbrach mir in der Hand. Dann endlich fiel mir die Vase im Bilderstock ein, das Senfglas mit der Plastikblume; als ich es mir nahm, hatte ich das Gefühl, mich rechtfertigen zu müssen, als ob ich ein Sakrileg beginge, und die Blume legte ich sorgfältig zurück auf den leeren Sockel.

Obwohl ich mich nicht sehr geschickt dabei anstellte –

ein unklares Ekelgefühl hielt mich davon ab, mit der Hand nachzuhelfen –, war es doch nicht allzu schwierig, eine Probe des bräunlich rot verfärbten Schnees in das Glas zu schürfen. Unangenehmer war die Rückkehr ins Dorf, nicht nur schien der Weg länger geworden zu sein mit dem einsetzenden Wind, ich konnte auch immer nur eine Hand in die Manteltasche stecken, das Senfglas hatte keinen Deckel und musste sorgfältig grade gehalten werden.

Die Tage sind kurz geworden. Als ich endlich bei Monsieur Deschamps' Haus ankam, brannten schon überall die Lichter. Ich kenne ihn nicht näher, kannte ihn nicht näher, bisher, wir hatten nur ab und zu ein paar Sätze gewechselt, irgendwelche Belanglosigkeiten, ich konnte mich an die Inhalte nicht mehr erinnern, nur seine Sprechweise war mir im Ohr geblieben. Monsieur Deschamps sagt niemals etwas nur einfach, er gibt immer gleich ein Statement ab, formuliert in langen, druckreifen Perioden, voll der raren Verbformen, *passé simple* und *subjonctif imparfait,* mit denen der gebildete Franzose seine Sprache schmückt, jeder Satz so perfekt in Form gestutzt wie die Hecke neben seinem Haus. Wenn es nach den rhetorischen Fähigkeiten ginge, müsste er längst Polizeiminister sein, nicht einfach ein bescheidener Postenchef in Montigny.

Er ist auch der einzige Mensch in Courtillon, der zu Hause eine Krawatte trägt; als er mir die Haustür öffnete, dachte ich zuerst, er hätte Besuch. Er schob meine Entschuldigung beiseite, nein, ich störte keineswegs, er sei allein, völlig allein, und außerdem sei man immer im Dienst als Polizeibeamter, *un fonctionnaire doit fonctionner,* ich solle ruhig eintreten und ihm mein Anliegen schildern, er hätte nie gewagt, sich zu schmeicheln, ich würde *(subjonctif imparfait)* einmal einfach so bei ihm vorbeikommen.

Sein Haus ist so ordentlich wie seine Sätze, die Uniform an der Garderobe hängt paradenstramm auf ihrem Bügel, trotzdem wollte er auf gar keinen Fall zulassen, dass ich mir vor dem Eintreten die durchnässten Schuhe auszog, das wäre wirklich nicht nötig, er hätte den Kunststoffboden ja gerade deshalb verlegen lassen, weil der beim Putzen so gar keine Arbeit mache. Wir saßen dann in seinem Wohnzimmer, auf Stühlen, die einem den Rücken grade zwingen, an den Wänden hingen bunte Blumenbilder (»meine Frau malt ab und zu, wenn sie die Zeit dazu findet neben ihrer sozialen Tätigkeit«), und Monsieur Deschamps verkniff sich diplomatisch die Frage, was denn ein Senfglas voll schmutzig gefrorenem Schnee auf seiner polierten Tischplatte zu suchen habe.

Ich erzählte ihm, was ich im Wald gesehen hatte, und er hörte mir aufmerksam zu, ohne Ungeduld, unterbrach meinen Bericht nur ab und zu mit einer kurzen Zwischenfrage. Beim Zuhören bewegte er stumm die Lippen, er formulierte wohl schon ein Protokoll, hier wurde schließlich, in aller Höflichkeit, eine offizielle Aussage aufgenommen und nicht einfach nur ein unverbindliches Gespräch geführt unter Nachbarn. Dazu gehörte auch, dass Monsieur Deschamps mir nichts zu trinken anbot, obwohl doch das *petit verre* hier im Dorf selbstverständlicher ist als ein Händedruck; erst als ich in meinem Bericht bei dem Zeichen im Schnee angekommen war, bei meiner Vermutung, was für eine makabre Art von Farbe dazu verwendet worden sei, stand er plötzlich auf, öffnete die Vitrine und stellte eine

Flasche Suze auf den Tisch. »Ich hole uns noch ein bisschen Eis dazu«, sagte er und nahm, als ob er nur Ordnung machen wollte, das Senfglas mit in die Küche. Sein Eisschrank, anders kann ich mir das nicht vorstellen in diesem perfekten Haushalt, enthält bestimmt nur lauter Tupperware-Behälter, pingelig beschriftet und nach Größe geordnet, und dazwischen stand jetzt eine Nacht lang ein Glas mit bräunlich verfärbtem Matsch, ein Obdachloser, den man zwar einlädt, aber nicht wirklich willkommen heißt.

Ein einziges Detail ließ ich aus meiner Erzählung weg: den Zettel mit dem Namen Jean Perrin. Ich wollte nicht zugeben müssen, dass ich ihn zerrissen hatte beim Anfassen und damit vielleicht wichtige Spuren verwischt. Sollten sie ihn doch selber finden, die Beamten, die Monsieur Deschamps gleich am nächsten Morgen in den *bois de la Vierge* schicken wollte, am Nachmittag spätestens, »ich muss vorher noch ein paar Anrufe machen, Zuständigkeitsprobleme sind das größte Hindernis bei meiner Arbeit, Sie machen sich ja keine Vorstellung, über die Streitigkeiten zwischen Gendarmerie und Polizei«.

Als wir uns gerade an der Tür verabschiedeten – Monsieur Deschamps tat das mit einer kleinen Ansprache, der Polizeiminister hätte sie nicht besser formulieren können, in der er mich dringend bat, vorläufig noch mit niemandem über meine Entdeckung im Wald zu sprechen, man dürfe eine geregelte Untersuchung nicht gefährden und müsse vermeiden, dass voreilige Schlüsse gezogen würden –, als ich mich gerade noch einmal für die hässlichen Fußabdrücke auf seinem sauberen Boden entschuldigt hatte, kam Madame Deschamps nach Hause, eine auffällig kleine Frau, die ihre mangelnde Größe mit einer hochgekämmten Frisur auszugleichen versucht, was die Disproportion aber nur verstärkt und sie noch zwergenhafter erscheinen lässt. Sie ist im Dorf für ihre penetrante Hilfsbereitschaft berüchtigt, wo es Probleme gibt, taucht sie ungefragt auf, und man lässt sie helfen, ohne dafür dankbar zu sein. An diesem Abend war sie aufgeregt, ganz offensichtlich konnte sie es kaum erwarten, ihrem Mann eine Neuigkeit zu berichten. Das obligatorische »Wie schön, Monsieur, dass Sie sich auch einmal bei uns sehen lassen« spulte sie so eilig ab, dass man fast erwartet hätte, ihre Stimme müsse dabei immer höher werden, wie von einer zu schnell laufenden Schallplatte. Ich habe später erfahren, dass sie gerade von den Charbonniers kam, und wenn man an die Ereignisse der nächsten Tage denkt, war ihre Aufregung sicher berechtigt.

Das alles war am Freitag, auch noch die Begegnung mit Bertrand, dem Weinhändler, der mich geradezu ansprang, als ich auf dem Heimweg an seinem Haus vorbeiging. Er habe schon immer vorgehabt, mich zu einem Glas Wein einzuladen, nicht um mir was zu verkaufen, da habe ich nichts zu befürchten, hahaha, nur der guten Nachbarschaft wegen, und wo wir uns jetzt so ganz zufällig begegnet seien, wäre das doch genau der richtige Moment, jetzt sofort. Bertrand gehört zu den Menschen, die einem Bettler keine fünfzig Cents geben können, ohne sich ihren Profit dabei auszurechnen, seine plötzliche Herzlichkeit klang nicht überzeugend, aber gerade deshalb nahm ich seine Einladung an, trotz meiner Müdigkeit; ich war neugierig auf die Hintergedanken, die ihn dazu veranlasst hatten.

Er hat sich in seinem neuen, von der Feuerversicherung

bezahlten Haus einen Probierkeller einrichten lassen, wo man auf Hockern um einen runden Tisch sitzt, Rustikalität aus dem Katalog, selbst der Staub auf den Weinflaschen scheint künstlich aufgetragen. Wir tranken einen *rouge feu* aus dem Jura, es hätte Schnaps sein können, so fuhr mir der Alkohol in die kalten Glieder, und Bertrand schenkte eifrig nach; in seinem Plan – ein Bertrand geht nicht aufs Klo, ohne vorher einen Plan gemacht zu haben – war wohl ein gewisser Grad an Betrunkenheit vorgesehen, der bei mir erreicht sein musste, bevor er aufs eigentliche Thema kam. Ich war neugierig, was das wohl sein würde; von meiner Entdeckung in der Waldlichtung konnte er noch nichts erfahren haben, auch wenn die Gerüchte hier oft schneller sind als ihre Ereignisse. Was er dann schließlich von mir wollte, hatte sogar etwas mit dem *bois de la Vierge* zu tun, nicht mit der Madonna, aber mit dem Grab, das Jean dort gefunden, und mit den Folgerungen, die er daraus gezogen hat.

Als Bertrand damit anfing, stand er vor dem Weinregal, demonstrativ damit beschäftigt, die nächste Flasche für uns auszusuchen. Er drehte mir also den Rücken zu, und so konnte ich nicht an seinem Gesicht ablesen, ob er absichtlich oder nur rein zufällig genau dieselben Worte verwendete, die ich auch schon vom General gehört habe. Es scheint ein Refrain daraus zu werden hier im Dorf, ein Refrain, der exakt auf den Punkt bringt, welche Rolle Courtillon für mich vorgesehen hat.

»Sie sind doch ein Freund von Perrin.«

Als Freund von Perrin – schon wieder schaute mir Bertrand nicht in die Augen, diesmal weil er den Korken ziehen musste, was ihm ungewöhnlich schwerzufallen schien, für einen Weinhändler –, als Freund vom heiligen Johann musste ich doch daran interessiert sein, ihn vor Schwierigkeiten zu bewahren. Und es würde Schwierigkeiten geben, bedauerlicherweise, wenn der weiterhin versuchte, die Entscheidungen des *conseil municipal* zu beeinflussen mit unsachlichen Argumenten, mit Erpressungen sogar, mit dem Ausgraben von alten Geschichten, die ihn nichts angingen und über die schon lange Gras gewachsen wäre.

»Sie meinen …?«

Aber Bertrand wollte nichts Bestimmtes gemeint haben, er machte nur Konversation, wie man das eben so macht, wenn zwei nette Nachbarn zusammensitzen bei einem Glas Wein oder zwei oder drei. Er hätte bloß etwas läuten hören, sagte er und schenkte mir schon wieder ein, dass Jean Unruhe ins Dorf brächte, sogar den Bürgermeister solle er belästigt haben, habe ihn umstimmen wollen in einer Sache, die schon lange entschieden sei und erledigt, manche Leute könnten es eben nicht ertragen, wenn sie nicht die Mehrheit bekämen in einer Abstimmung, aber so sei das nun mal in einer Demokratie, und ein guter Freund würde Jean warnen, bevor etwas Unangenehmes passierte.

Seine Stimme plauderte vor sich hin, aber sein Gesicht war rot angelaufen, es kann nicht nur an der Hitze gelegen haben in dem engen Raum und nicht nur am Wein.

»Wenn Sie von der Kiesgrube sprechen …«

»Sanierung der Uferregion.«

»… da hat doch, soweit ich gehört habe, die Abstimmung im Gemeinderat noch gar nicht stattgefunden.«

»Man hat beschlossen, darauf kommt es an.« Bertrand

sagte es ein bisschen zu laut, hatte sich aber gleich wieder in der Gewalt und erkundigte sich ganz weinhändlerhaft, ob mir die neue Flasche nicht auch besser zusage als die erste, der Jahrgang sei milder, finde er, weniger erdig, und man habe am nächsten Morgen bestimmt keinen schweren Kopf davon.

»Was soll ich Jean Perrin also ausrichten?«

Aber Bertrand schien ganz plötzlich jedes Interesse an dem Thema verloren zu haben. Stattdessen erkundigte er sich angelegentlich, ob ich nicht irgendwann auch einen Weinkeller anlegen wolle, das sei eine gute Investition, wenn man die richtige Beratung habe, und als guter Nachbar sei er selbstverständlich jederzeit bereit, mir mit Rat und Tat zur Seite zu stehen. Wir schoben noch ein paar höfliche Nichtigkeiten über den Tisch hin und her, aber was Bertrand sagen wollte, hatte er gesagt, und als ich meinte, es wäre wohl Zeit, mich zu verabschieden, widersprach er mir nicht.

Auf dem Nachhauseweg wusste ich nicht, ob ich lachen sollte oder Angst haben um den heiligen Johann.

In dieser Nacht, vom Freitag auf den Samstag, begann die Temperatur zu klettern, ich fuhr aus einem Traum auf, in dem ich Jean vor mir gesehen hatte, halb Strichmännchen und halb mein geschwätziger Nachbar, er stand bis zu den Knien im Wasser, er rammte Stangen in den Fluss, weiß und rot gestreift, aber das Rot war Blut, das aus den dicken Pfählen quoll und ins Wasser tropfte, tropfte, tropfte, und dann war ich endlich wach, und draußen putzte ein warmer Regen den Schnee vom Dach und das Eis von den Bäumen, der Winter war zu früh nach Courtillon gekommen und hatte noch anderswo zu tun.

Zum frühesten Zeitpunkt, den der dörfliche Kodex zulässt, besuchte ich die Brossards. Man muss seine Adressen haben, hier im Dorf; wenn es um politische Intrigen geht, bekommt man beim *juge* die zuverlässigere Auskunft, Mademoiselle Millotte ist nur für Skandale zuständig. Die alte Dame saß schon wieder (noch immer?) vor ihrem Haus, sie hatte sich und ihren Rollstuhl in eine Plastikfolie gewickelt gegen den Regen und glich einem zur Abholung bereitgestellten *monstre,* wie man hier den Sperrmüll nennt. Ich benutzte die Deckung meines Schirms, um ihr Winken nicht bemerken zu müssen, tut mir leid, ich sehe Sie nicht, ich muss mich darauf konzentrieren, den Pfützen auszuweichen.

Madame Brossard stellte zwei Tässchen Kaffee vor mich hin (»unsere Maschine macht immer zwei Tassen, Sie haben doch nichts dagegen?«), den Zucker, die Sahne, den Teller mit den Keksen und ließ sich dann auf der vordersten Kante ihres Stuhls nieder, die Hände auf den Knien, eine sprungbereite Körperhaltung, mit der sie signalisiert: »Ich weiß, dass hier Männergespräche geführt werden sollen, wenn ich störe, kann ich jederzeit verschwinden.« Bei einem rein gesellschaftlichen Besuch sitzt sie ganz anders da, zurückgelehnt im Sessel, einen Ellbogen auf der Seitenlehne, dann gestikuliert sie auch und präsentiert ihre Ringe und die dezent bemalten Fingernägel.

»Sanierung der Uferregion?«, wiederholte Monsieur Brossard. »Welch hübsches Wort für eine Kiesgrube.« Mit demselben ironischen Tonfall hat er wahrscheinlich in seiner Richterzeit so manchem Angeklagten klargemacht, dass bei ihm nichts auszurichten sei mit fadenscheinigen Argumenten. »Scheiße bleibt Scheiße, auch wenn man sie parfümiert.«

»Man kann das auch anders sagen«, tadelte Madame.

»Aber nicht so treffend.« *Le juge* begann einen Faden aus dem Ärmel seines abgewetzten Pullovers zu zupfen, seine Hände müssen immer etwas zu tun haben, wenn er laut nachdenkt. »Bertrand hat also Angst, dass Jean Ravallet umstimmen könnte. Das würde logischerweise bedeuten, dass die Geschichte stimmt, die der heilige Johann jedem Einzelnen im Dorf anvertraut, jedes Mal unter dem Siegel strengster Verschwiegenheit. Er hat also tatsächlich etwas in der Hand, mit dem er unseren Bürgermeister erpressen kann. Juristisch gesehen ist die Erschießung des Kuriers natürlich schon ewig verjährt, aber andererseits ist einem ein schlechter Ruf nur so lange nützlich, als sich niemand getraut, darüber zu reden.«

»Wie bitte?«

»Sie sind zu jung, *mon cher ami*. Wir, die wir noch aus dem neunzehnten Jahrhundert stammen, wissen, dass manche Dinge nur dann wirklich von allen gehört werden, wenn man sie flüstert. Solange die Leute nur unter der Decke darüber sprechen, dass es gefährlich werden kann, sich mit den Ravallets anzulegen, so lange stört das unseren Bürgermeister überhaupt nicht. Im Gegenteil. Er kann freundlich bleiben und trotzdem drohen. Aber wenn es öffentlich wird, vielleicht sogar in der Zeitung steht, dann ist das schädlich für seine politische Zukunft. Und Ravallet will nach Paris wie ein Moslem nach Mekka.«

»Sie meinen: er wird im Gemeinderat den Stichentscheid gegen die Kiesgrube fällen?«

»Vorläufig hat er das Thema noch nicht einmal auf die Tagesordnung gesetzt. Vielleicht hofft er darauf, dass Jean ganz plötzlich das Interesse an der Sache verliert. Weil man ihn im Wald verprügelt hat, beispielsweise. Oder mit einem Auto überfahren.«

»So etwas würde Ravallet nicht tun«, protestierte Madame.

Le juge hatte auf das Argument schon gewartet wie ein gut platzierter Tennisspieler auf den Ball seines Gegners. »Natürlich nicht. In seiner Familie macht man sich die Hände nicht selber schmutzig. Die Drecksarbeit delegiert man. An die Sorte Leute, denen es nichts ausmacht, auch mal das eigene Haus anzuzünden, um die Versicherung abzukassieren. Und das Schönste daran ist: man muss ihnen noch nicht einmal einen Auftrag geben. Man stellt nur einen kleinen Profit in Aussicht. Indem man beispielsweise verspricht, sie könnten später einmal, wenn der ganze Kies ausgebeutet ist, die Wiese am Flussufer günstig pachten. Oder was dann noch davon übrig ist.«

»Was soll ein Weinhändler mit einer Wiese?«

»Lieber Freund!« Ich bin sicher, wenn *le juge* einen Anwalt mit diesen Worten angesprochen hat, dann wusste der: mein Prozess ist verloren. »Lieber Freund, Bertrand ist kein Weinhändler. Er ist Geschäftemacher. Einer, der sich immer wieder übernimmt. *Il pète plus haut que son cul,* er furzt höher, als ihm der Arsch hängt. Jetzt hat ihm jemand eingeredet, dass sich mit einem Campingplatz Geld verdienen ließe. Die Wiese von der Gemeinde pachten, umsonst oder ganz umsonst, ein paar Klos draufstellen, einen Kiosk, Ruderboote vermieten, der Fluss ist dann ja breiter, und vor allem sich auf den Hintern setzen und die Hand aufhalten bei den Leuten aus der Stadt. Darum geht es.«

»Woher wissen Sie das?«

»Lieber Freund, wir sind in Courtillon.« Hier gibt es keine Geheimnisse, hieß das, hier sind die Wände dünn und die Ohren lang. Sie haben ja auch nicht an den Briefkastenonkel geschrieben, hieß das, um zu erfahren, warum Bertrands Gesicht rot wird und seine Stimme laut, wenn er an Jeans Feldzug gegen die Kiesgrube denkt, Sie sind hierhergekommen, haben ein Tässchen Kaffee getrunken, zwei Tässchen, und jetzt wissen Sie Bescheid.

»Und, was meinen Sie? Soll ich Jean warnen?« Wenn ich bei den Brossards im Wohnzimmer sitze, scheint jeder meiner Sätze mit einem Fragezeichen zu enden.

»Natürlich«, sagte Madame.

»Natürlich nicht«, sagte Monsieur. »Warnungen helfen nur bei vernünftigen Menschen, und vernünftige Menschen tun selten etwas, vor dem man sie warnen müsste.«

Le juge hat für mich etwas von einem chinesischen Weisen, wenn es chinesische Weise gibt mit zerbeulten Cordhosen und einer rotgeäderten Nase. Am liebsten hätte ich auch gleich die andere Geschichte, die mir viel mehr zu denken gab, bei ihm angesprochen, hätte ihn gern ins Vertrauen gezogen, auch gegen Monsieur Deschamps' Verbot, und ihn um seine Erklärung gebeten für die seltsamen Ereignisse im *bois de la Vierge*. Ich hatte sogar schon begonnen, mich an die Geschichte heranzuplaudern, auf dem Umweg über das Wetter – »gestern noch alles gefroren und heute dieser warme Regen« –, als das Telefon klingelte.

»Für Sie«, sagte Madame und hielt mir den Hörer hin.

Wir sind in Courtillon, da weiß man einen zu finden.

Es tat Monsieur Deschamps sehr leid, mich bei einer sicher sehr angenehmen privaten Unterhaltung stören zu müssen, ich solle dieses sein Bedauern doch bitte auch an Madame und Monsieur Brossard, die er sehr schätze, weiterleiten, aber er sei gerade unterwegs zum *bois de la Vierge*, obwohl es Samstag sei und damit eigentlich sein dienstfreier Tag, und da hätte er sich gedacht, es wäre der Untersuchung sicher am dienlichsten, wenn ich gleich mitkäme und ihnen alles zeigte. In fünf Minuten würden sie bei den Brossards vorbeifahren, er danke mir jetzt schon für meine schätzenswerte Kooperationsbereitschaft.

Ich weiß nicht, was man sich unterdessen schon alles erzählt im Dorf; »der Deutsche, der von der Gendarmerie abgeholt wurde« ist ein guter Titel für eine phantastische Geschichte. Je mehr über etwas geklatscht wird in Courtillon, desto weniger erwähnt man es gegenüber dem Betroffenen, und so hat mich bisher noch niemand auf die Sache angesprochen, außer Jojo. »Sie sind im Polizeiauto gefahren«, sagte er, »das möchte ich auch einmal gerne, ja, das möchte ich auch.«

Auf dem Beifahrersitz saß ein fetter Mann, in einem schweren schwarzen Mantel, der feuchte Stoff roch nach Hund. Ich war auf den Hintersitz eingestiegen, eilig, um dem Regen zu entkommen, der jetzt senkrecht fiel und dicht, und Monsieur Deschamps war gleich losgefahren, wortlos ganz gegen seine Art. Man hörte nur das rhythmische Schlurfen der Scheibenwischer und dazwischen immer wieder einen röchelnden Atemzug, wenn der Mann vor mir nach Luft schnappte, wie es sehr dicke Leute tun. Mein

»Bonjour, Monsieur« hatte er nur mit einem Nicken quittiert, ohne den Kopf zu wenden, über dem Mantelkragen war kurz sein breiter Nacken aufgetaucht und hatte sich gleich wieder verkrochen. Vorgestellt wurde er mir zunächst nicht.

Man muss einen großen Umweg fahren, um mit dem Auto in die Nähe der Marienkapelle zu gelangen, und wir waren schon eine ganze Weile unterwegs, als Monsieur Deschamps sich endlich zu einer Erklärung entschloss. Er fuhr vorgebeugt, umklammerte das Lenkrad, als ob er es am Wegfliegen hindern müsse, und vor lauter Konzentration auf die Straße, deren Kurven im Regen nur zu vermuten waren, sprach er viel zu leise, als ob er mir mit jedem Wort ein ganz privates Geheimnis anvertraute. »Da die Sache sehr heikel ist und Gefühle verletzt werden könnten, die zu schonen unser aller Anliegen sein muss, hielt ich es nach reiflicher Überlegung für richtig, vorläufig, zumindest an diesem Wochenende, doch noch keine anderen Beamten in die Untersuchung zu involvieren, und habe stattdessen *Monsieur le curé* gebeten, an unserer kleinen Expedition teilzunehmen. Sie kennen sich doch bestimmt?«

Ich bin kein Kirchgänger, Du weißt es, ich interessiere mich nicht für Stammestänze, und so war ich dem Pfarrer vorher nie begegnet. Dass überhaupt einer amtiert in Courtillon, merke ich immer nur daran, dass die Dorfstraße zugeparkt ist, alle sechs Wochen, wenn seine letzten Getreuen zur Messe kommen aus Montigny, Farolles und Saint-Loup. *»Enchanté«*, sagte ich, aber meine höfliche Erfreutheit wurde nur mit einem Schnauben erwidert, es konnte Ablehnung bedeuten oder einfach nur Atemnot.

»Außerdem« – Monsieur Deschamps platzierte jedes wohlformulierte Wort einzeln in den kleinen Halbkreis, den das Gebläse auf der angelaufenen Windschutzscheibe gerade noch frei hielt –, »außerdem muss ich hinzufügen, dass *Monsieur le curé* gewisse Zweifel daran hegt, ob Sie die Tatsachen, so wie Sie sie zweifellos angetroffen zu haben glauben, auch richtig interpretieren.«

»So etwas gibt es bei uns nicht.« Die Stimme des Pfarrers war überraschend hoch, als ob irgendwo in seinem massigen Körper ein kleiner, schmächtiger Priester eingesperrt wäre. »So etwas hat es bei uns nie gegeben.«

»Ich versichere Ihnen …«

»Sind Sie katholisch?«, unterbrach mich der *curé,* und als ich das verneinte, nickte er und sagte nur: *»Alors.«* Er hatte eine Narbe im Nacken, wie man sie sich beim Rasieren schneidet. Während der ganzen Fahrt musste ich mich zusammennehmen, um ihn nicht zu fragen, wie er dazu gekommen sei an dieser Stelle.

Wir erreichten den *bois de la Vierge* von der entfernteren Seite, auf einer Naturstraße, die auch im trockensten Sommer nicht leicht zu befahren sein dürfte. Als die Räder zum zweiten Mal durchdrehten, hielt Monsieur Deschamps an, wir gingen den Rest des Weges, einen halben Kilometer vielleicht, zu Fuß und waren schon nach wenigen Schritten durchnässt. Der Pfarrer hatte als Einziger einen Regenschirm mitgebracht, ein riesiges schwarzes Ungetüm, unter dem eine ganze Gemeinde hätte Platz finden können; er machte aber keine Anstalten, diesen Schutz mit uns zu teilen. Monsieur Deschamps duckte den Kopf zwischen die Schultern, über sein Kepi war eine Plastikhülle gezogen, als ob er es frisch gekauft hätte und noch nicht ausgepackt, und die Hosen seiner Uniform waren schon bald bis zum Knie voller Schlammspritzer. Trotzdem schaffte er es, adrett und gepflegt auszusehen, ich musste an den Fußboden in seinem Haus denken, machen Sie sich keine Sorgen, Monsieur, Kunststoff kriegt man problemlos wieder sauber.

Der Wald glich sich selber nicht mehr, so sehr hatte er sich innerhalb eines knappen Tages verändert. Gestern war hier noch Winter gewesen, kalt und hell und tot, jetzt standen die Bäume nackt da, der Schnee war verschwunden, und hinter dem Regenvorhang ließ sich der Himmel nicht einmal mehr ahnen. Auch die Geräusche waren andere geworden, die Schuhe knirschten nicht mehr auf dem Boden, sondern mussten sich schmatzend befreien bei jedem Schritt, und wo gestern noch Wind gewesen war und Vögel, wurde heute alles überdeckt vom weißen Rauschen des Regens.

Wir gingen hintereinander her, zuvorderst Monsieur Deschamps, der mit kurzen, strammen Schritten das Tempo bestimmte, dann der *curé,* japsend unter seinem schwarzen Prozessionsbaldachin, und schließlich ich, immer weiter zurückbleibend, die blind geregnete Brille in der Hand wie einen Talisman.

Als wir den Bilderstock erreichten, sah ich …

Der Reihe nach.

Zuerst merkte ich nicht einmal, dass wir schon angekommen waren. Wenn man sich ihm aus dieser Richtung nähert, liegt das Kapellchen hinter einer Wegbiegung und wird erst im letzten Moment sichtbar. Ich nahm nur wahr, dass die beiden anderen stehen geblieben waren und sich anschauten. Zuerst sich und dann mich. Und dann machte Monsieur Deschamps eine Geste, sehr höflich und vielsagend, eine Geste mit Nebensätzen gewissermaßen, die mich bat näherzutreten, wenn ich so freundlich sein wollte, und ihm zu erklären, warum ich ihm eine Sache erzählt habe, wo doch die Wirklichkeit eine ganz andere sei.

Die Madonna – ich berichte es, ohne es zu verstehen – stand in ihrer Nische, als ob sie nie weg gewesen wäre, sanftmütig lächelnd unter ihrem gemalten Schnurrbart. Zu ihren Füßen, dort, wo die Vase fehlte, lag die Plastiktulpe. Das Gitter vor dem Bilderstock war wieder geschlossen, mit einem Ast festgekeilt, wo das Schloss aus der Mauer gewuchtet worden war.

»Alors?«, sagte der *curé*.

Da stand ich also im Regen. Monsieur Deschamps hatte sein Beamtengesicht aufgesetzt unter dem plastiküberzogenen Kepi, und der fette Pfarrer keuchte mir ins Gesicht, eine Bulldogge, die von ihrer Kette erwürgt wird. Eine Erklärung sollte ich ihnen liefern, sofort, und wusste doch nichts zu sagen, als dass es nicht so gewesen war, wie es jetzt aussah.

Ich bin schon einmal so dagestanden, dagesessen, sie haben mir einen Stuhl angeboten, damals, um besser auf mich herunterschauen zu können, durch das offene Fenster hörte man die Kinderstimmen vom Pausenhof, und auf dem Schreibtisch lag ein Fetzen Papier, ein Dokument nannten sie es, »wir wollten Ihnen vorher noch Gelegenheit geben, sich dazu zu äußern«.

Vorher.

Ich habe damals keine Worte gefunden, und ich fand sie jetzt nicht, die Gedanken waren sich gegenseitig im Weg, Zweige und Äste, die sich ineinander verkeilen vor der zu engen Öffnung eines Wehrs. Gut, da stand die Madonna unter ihrem Sternenhimmel, aber gestern war ihre Nische leer gewesen, das wusste ich, das hatte ich gesehen, ich bin ein Chronist, ein Beschauer, ich beobachte und berichte, ich mache die Geschichten nicht, ich erfinde sie nicht, warum sollte ich mir eine Madonna auf einem Grab ausdenken und blutige Zeichen im Schnee, warum sollte ich Alarm schlagen, wo es nichts zu fürchten gab, warum sollte ich? Jemand musste die Statue zurückgetragen haben an ihren Platz, die Spuren verwischt, aber wer und warum, ich wusste es nicht, wie sollte ich es erklären, wo sie mir nicht glauben wollten, was ich erlebt hatte?

»Das Schloss«, brachte ich schließlich heraus und merkte, wie mein Französisch Risse bekam unter dem Druck ihrer Blicke, »man hat es aufgebrochen, genau wie ich es Ihnen gesagt habe. Und der Schnurrbart …«

»Ein Lausbubenstreich«, schnitt mir der *curé* das Wort ab, »die Jungen aus Saint-Loup wahrscheinlich. Aber doch keine schwarze Messe und keine Satansanbetung. Man scherzt nicht mit diesen Dingen.«

»Es wäre mir wirklich unangenehm«, sagte Monsieur Deschamps und richtete sich noch gerader auf im strömenden Regen, »wenn ich zum Schluss kommen müsste, dass die Durchführung dieser Amtshandlung auf einer Aussage beruht, die nicht in allen Punkten der Realität entspricht.«

»Aber ich habe …«

Ich habe doch wirklich auf der Lichtung gestanden, habe wirklich das Grab gesehen und die Kerzen, das Zeichen im Schnee und das durchbohrte Papier. Es konnte doch nicht alles verschwunden sein.

Als ich plötzlich losrannte, muss das in ihren Augen ausgesehen haben wie eine Flucht. Wenn sie einmal beschlossen haben, dich für schuldig zu halten, wird alles zum Beweis, wer wüsste das besser als ich? Wenn sie sich einmal ihr Bild gemacht haben, können sie kein anderes mehr sehen. Wollen sie kein anderes mehr sehen.

Monsieur Deschamps hielt Schritt mit mir, ohne Anstrengung, als ob er mich nur begleitete, wohlerzogen. Der Pfarrer keuchte weit hinter uns her, einmal hörten wir ihn mit hoher Stimme fluchen, weil sich sein Schirm irgendwo verfangen hatte.

Das Grab war noch da, ein Haufen Erdschollen in einer Lichtung, aber es war unbedrohlich geworden im veränderten Licht. Von der Magie, die ich gestern noch gespürt hatte wie eine Berührung, war nichts mehr übrig, nur eine Baustelle im Regen, für einen Jagdunterstand oder eine Försterhütte. Der Schnee war weggewaschen, spurlos und spurenlos, die Zeichen versickert im verrotteten Laub. Monsieur Deschamps sah mit verschränkten Armen zu, wie ich den Boden absuchte, ein Jagdhund, der nichts zu apportieren findet. Auch die Kerzen waren verschwunden; wer immer die Madonna zurückgetragen hatte auf ihren Platz, war gründlich gewesen beim Aufräumen. Und selbst wenn er die Zeichnung übersehen hätte, den phallischen Jean mit seinem Voodooloch im Bauch, der Regen hatte eine ganze Nacht Zeit gehabt, um das Papier aufzuweichen und wegzuspülen.

Dann kämpfte sich auch der *curé* zu uns durch, nach Luft schnappend wie einer der fetten Karpfen, die Monsieur Charbonnier anlandet, den Schirm, in den ein Zweig ein großes Loch gerissen hatte, nutzloserweise immer noch über dem Kopf. Er schien enttäuscht, dass mir Monsieur Deschamps keine Handschellen angelegt hatte, schließlich hatte ich sie in den Regen hinausgejagt, für nichts und wieder nichts, zwei so wichtige Leute, einen Postenchef der Gendarmerie und einen Pfarrer, der sechs Kirchen zu betreuen hat.

»*Alors?*« Nehmen Sie ihn fest, hieß das, verurteilen Sie ihn, richten Sie ihn hin.

»Ich weiß, es sieht jetzt alles anders aus.« Warum zitterte meine Stimme, wo ich mir doch nichts vorzuwerfen hatte? »Aber wenn Sie dabei gewesen wären …« Genau denselben Satz habe ich damals auch gesagt, lächerlicherweise. »Wenn Sie dabei gewesen wären.« Sie haben mir auch damals nicht geglaubt.

»Sie machen sich lustig über uns!« Die Stimme des curé war vor Erregung noch höher geworden. »Obwohl ich nicht weiß, was Sie sich davon versprechen. Ich kann wirklich nicht verstehen, warum Leute wie Sie zu uns kommen und Unruhe stiften.«

Ruhe habe ich hier gesucht. Mein Gleichgewicht wollte ich wiederfinden in Courtillon. Die Wellen sich legen lassen und dann weiterleben.

Mit Dir.

»Monsieur Deschamps, ich fordere Sie dringend auf, etwas zu unternehmen!« Jetzt, wo ich es aufschreibe, merke ich erst, wie lächerlich wir ausgesehen haben müssen, der kurzatmige Pfarrer, der sich den Regen von der Stirne wischte wie Schweißtropfen, der Gendarm, dienstlich stramm in seinen schlammbespritzten Hosen, und ich, der begossene Pudel, wie wir uns gegenüberstanden, mit nassen Füßen und offiziellen Gesichtern, unsere widersprüchlichen Wirklichkeiten vor uns hertragend wie Spruchbänder.

Es war schließlich Monsieur Deschamps, der die Situation entschärfte. »Wir sollten nichts überstürzen«, sagte er so ungehetzt bedächtig, als ob er hinter seinem Schreibtisch säße oder zwischen den Blumenbildern in seinem Wohnzimmer. »Zwar haben sich die gemachten Aussagen durch unseren Augenschein nicht bestätigen lassen, aber es gibt da noch ein anderes Beweismittel, Monsieur hat es mir freundlicherweise übergeben, dessen Prüfung ich abwarten möchte, bevor ich mir ein abschließendes Urteil bilde. Ich habe um beschleunigte Behandlung gebeten, aber ich bin nicht sicher, ob das noch im Laufe dieses Wochenendes möglich sein wird.«

Es dauerte einen Moment, bis ich begriff, wovon er sprach, warum ich freigesprochen war auf Bewährung. Das Senfglas mit dem verfärbten Schnee. In seinem Eisschrank stand der einzige Beleg dafür, dass hier wirklich etwas vorgefallen war.

»Was für ein Beweismittel?«, japste der *curé*.

Monsieur Deschamps antwortete nicht, er winkelte nur die Ellbogen an und drehte die Handflächen nach oben, eine Geste, die sich trotz ihrer Wortlosigkeit nicht ins Deutsche übersetzen lässt, und dann gingen wir zum Auto zurück in stummer Einerkolonne, eine Prozession, die sich verlaufen hat auf dem Weg zum Wallfahrtsort.

»Es ist tatsächlich Blut«, hat mir Monsieur Deschamps heute bestätigt. »Der Laborbefund ist eindeutig: menschliches Blut. Und zwar von drei verschiedenen Personen.«

Der Regen ließ nach, als wir zurückfuhren. Während der ganzen Fahrt sprach der curé kein Wort, verabschiedete sich nicht einmal, als wir ihn in Saint-Loup absetzten. »Es ist nicht leicht, heute Pfarrer zu sein«, entschuldigte ihn Monsieur Deschamps. »Es ist, als ob man Schreiner wäre, und es wüchse kein Holz mehr nach.«

Als ich vor meinem Haus ausstieg – »die Gendarmerie

hat ihn gebracht«, was werden sie zu klatschen haben! –, schien plötzlich die Sonne; die Jahreszeiten waren durcheinandergeraten wie die Ereignisse. Ich fühlte mich schmutzig, und das lag nicht nur an den durchnässten Kleidern. Dieser Pfaffe hatte mich angesehen, als ob ich am Pranger stünde, es gibt Blicke, die hinterlassen Spuren, Striemen, der Dreck in den fremden Köpfen färbt ab, die Hölle – in der Abiturklasse hättet Ihr das gelesen –, das sind die andern. Ich reagiere zu heftig, ich weiß, vernünftigerweise müsste es mich nicht kümmern, was irgendein *curé* über mich denkt, ein Dorfpfarrer, von dem ich noch nicht einmal den Namen weiß. Aber wer ihn einmal mitgemacht hat, diesen Spießrutenlauf, dem haben sie die Vernunft ausgetrieben und die Logik, dessen Haut ist dünn geworden, ein für alle Mal.

Meine Badewanne hat Löwenfüße, sie stammt aus einem Herrschaftshaus, wo man genügend Domestiken hatte, um all die Eimer mit heißem Wasser anzuschleppen. »Sie ist groß genug für zwei«, sagte der Mann auf der *foire à la brocante* damals und hatte sie damit schon verkauft, weil ich sofort an Dich denken musste, an Deinen Körper neben meinem. (Es gibt so vieles, das wir nicht mehr gelebt haben.) Als sie sie vom Lastwagen hoben am nächsten Tag, behauptete Jean, wir würden sie nie durch die Türen kriegen, aber es ging dann doch, auf den Zentimeter genau, nur die Wand im Flur hat immer noch eine Schramme, wo die Kurve zu eng war.

Im Löwenbauch kann ich mich verkriechen, kann mich verschanzen hinter Schaumgebirgen und mir aus den Flecken an der Decke die Welt neu zusammensetzen. Ich muss es so eilig gehabt haben, mir den Schmutz dieses Tages von der Seele zu spülen, in meinem Kopf eine Ordnung zu finden für all die widersprüchlichen Bilder aus dem *bois de la Vierge,* dass ich die Haustür offen stehen ließ. (»Früher hat hier niemand sein Haus zugesperrt«, sagt Mademoiselle Millotte, »aber die Zeiten sind schlecht geworden.«) Ich hatte die Schritte nicht kommen hören, und als es plötzlich an die Tür pochte, schrie ich auf.

»Pardon«, rief Elodie von außen, »ich wollte Sie nicht erschrecken. Mein Vater lässt fragen, ob Sie möglichst bald zu uns rüberkommen könnten. Es ist etwas passiert.«

Dieses Wochenende hat seine Ereignisse über mich ausgeschüttet wie eine Fuhre Kartoffeln. Seit ich wieder gesund geworden bin (seit ich eingesehen habe, dass man sein Unglück nicht schwänzen kann), scheinen die Uhren schneller zu laufen in Courtillon. Eine Madonna verschwindet, eine Madonna taucht wieder auf, Bertrand will mit einem Campingplatz reich werden und ist bereit, dafür zu kämpfen, und Valentine Charbonnier …

Der Reihe nach. Das war am Sonntag, und so weit bin ich noch nicht in meiner Chronik. Es ist erst Samstagnachmittag, ich reibe gerade erst meinen Körper trocken, es ist, als ob er noch nie trocken gewesen wäre vorher, ich ziehe mich gerade erst an, so eilig, dass ich mir nicht einmal die Schuhe richtig binde, ich renne gerade erst aus dem Haus und werde vom jungen Simonin fast überrollt, auf einem riesigen Traktor, ich weiß noch nicht, welche neue Überraschung mich erwartet und wie sie dazugehören wird zu den anderen.

Der Reihe nach.

Geneviève fing mich schon im Hof ab. Ihre Augen waren

gerötet, sie hatte sich, ohne es zu merken, die Unterlippe blutig gebissen und saugte jetzt darauf herum, als ob sie das Blut verteilen wollte wie Lippenstift. »Ich habe Angst«, sagte sie, »aber wir dürfen es nicht zeigen, hören Sie? Elodie ist so empfindlich.«

»Was ist passiert?«

»Es war zugeschlossen. Ich weiß, dass ich zugeschlossen habe, ich vergesse es nie, es geht ganz automatisch.«

»Ein Einbruch?«

Geneviève nickte. »Wenn sie wenigstens etwas gestohlen hätten, das könnte ich verstehen.« Ihre Stimme war wie eine geballte Faust, so sehr versuchte sie sich zu beherrschen. »Diebe machen mir keine Angst. Doch, sie machen mir Angst, aber es ist eine Angst, vor der man nicht erschrickt. Das klingt wie Unsinn, aber ich kann es nicht besser sagen. Sie nehmen sich, was sie haben wollen, und dann ist es vorbei. Man kann aufräumen und die Gendarmen rufen. Aber so …« Ein Schluchzen würgte sich aus ihrem Hals, es klang, als ob sie sich übergeben müsste, ein Schwall unverdauter Ängste.

»Beruhigen Sie sich doch«, sagte ich. Warum rettet man sich immer in diese Banalität, wenn einem die Gefühle anderer Menschen zu nahe kommen?

»Es muss passiert sein, während wir in der Küche saßen. Nur ein paar Schritte entfernt, und wir haben nichts gemerkt. Vielleicht beobachten sie das Haus, die ganze Zeit, vielleicht kommen sie zurück, vielleicht …« Sie presste den Handrücken gegen den Mund und starrte dann verständnislos die Blutspur an, die ihre Lippe darauf zurückgelassen hatte.

»Von wem sprechen Sie?«

»Ich weiß es doch nicht!« Geneviève schrie plötzlich und wurde ebenso plötzlich wieder leise. »Entschuldigen Sie. Vielleicht hat Jean ja recht, und es gibt keinen Grund, sich Sorgen zu machen. Auch wenn er an mir vorbeischaut, wenn er es sagt. Gehen Sie hinein und sehen Sie selbst.«

Die Scheune war wie immer. Das Werkzeug hing in geraden Reihen an der Wand, die Schachteln, in denen Jean Ersatzteile aufbewahrt für alles und jedes, waren sauber gestapelt. Im Regal standen die Einmachgläser unberührt, all die vielen Konfitüren und Kompotte, die Geneviève im Spätsommer verschenkt, weil der Garten schon wieder voll ist und sie Platz braucht für neue. Der Rasenmäher war da, den Jean fast umsonst bekommen hat, weil der Motor nicht mehr zu reparieren war (natürlich hat er ihn doch wieder in Gang gekriegt, einer der vielen kleinen Triumphe, auf die er so stolz ist), die Kanister mit dem Benzin waren da und auch die beiden Schubkarren voller Zwiebeln und Schalotten. Auf den ersten Blick war alles wie immer: das Reich eines Mannes, der seine kleine Welt im Griff hat, und wenn sie trotzdem einmal kaputtgehen sollte, findet sich auch ein Ersatzteil.

Erst als ich zu Jean hinging – er drehte nicht einmal den Kopf, als ich hereinkam –, mich neben ihn stellte und seinem Blick folgte, bemerkte ich die Veränderung.

An der Wand, wo die Scheune an das Haus grenzt, links, wenn man hereinkommt, hat Jean sein Holz aufgestapelt, vom Boden bis an die Decke, drei Lagen hintereinander, ein unüberwindlicher Schutzwall gegen jeden noch so kalten Winter. Die Scheiter sind präzis auf Länge gesägt, jedes exakt dreiunddreißig Zentimeter, und ihre Enden bilden ein so sauberes Muster, dass Jean es nicht zerstören will und sich darum für den Alltagsgebrauch ein zweites Holzlager angelegt hat, in einem kleinen Schuppen hinter dem Haus.

Diese Mauer aus Holz war es, die Jean anstarrte. Jemand hatte eine Zeichnung darauf gesprayt, mit roter Lackfarbe, einen Mann mit riesenhaftem Phallus und darum herum ein großes, nach oben offenes Dreieck.

Ich hatte die gleiche Zeichnung schon einmal gesehen, gestern, im Wald, in einer Farbe gemalt, die aussah wie Blut. Aber das musste ich verschweigen, musste mir lieber selber die Lippen blutig beißen, nicht, weil Monsieur Deschamps etwas dagegen haben konnte, sondern weil Jean jetzt schon in Panik war; ich konnte sie in seinen Augen flackern sehen, auch wenn er sich alle Mühe gab, ruhig und unbetroffen zu erscheinen, als ob ihn der Vorfall nicht mehr anginge als eine Denksportaufgabe, ein logisches Problem, das man nur analysieren muss, Punkt für Punkt, dann findet sich schon die richtige Lösung, und alles ist wieder in Ordnung.

Durch das Haus konnte niemand in die Scheune gekommen sein, hakte er ab, dazu hätten sie ja durch die Küche gehen müssen, wo die ganze Zeit jemand war, beim Mittagessen und nachher beim Kaffeetrinken, »ich habe ein bisschen gefaulenzt heute, eigentlich wollte ich mir alte Ziegel besorgen, handgefertigte, bei dem Haus in Pierrefeu haben sie jetzt mit dem Abriss angefangen, und da liegen sie rum, aber in dem Regen ging das natürlich nicht.« Als Nächstes demonstrierte er mir, dass die hintere Tür, zum Garten, von innen versperrt war, mit einem schweren Riegel, den Jean gerettet hat, als mal wieder jemand aus dem Dorf sein Haus kaputtmodernisierte. Der Eindringling, »oder die Eindringlinge«, korrigierte er sich gleich, wer Denksportaufgaben löst, muss alle Möglichkeiten bedenken, wer immer hier eingedrungen war, konnte also nur den dritten Zugang benutzt haben, das Tor zum Hof. Und das musste offen gestanden haben, denn aufgebrochen hatte niemand etwas.

»Wer hat alles einen Schlüssel?«

»Einer hängt an meinem Schlüsselbund und der andere am Brett in der Küche. Geneviève behauptet zwar, sie hätte abgesperrt, aber sie wird es vergessen haben, aus Schussligkeit.«

Geneviève ist nicht schusslig, im Gegenteil, sie ist der bestorganisierte Mensch, den ich kenne. Mit einem pingeligen Ordnungsfanatiker verheiratet bleibt ihr gar nichts anderes übrig.

»Und wenn es doch einen dritten Schlüssel gibt?«

»Es gibt keinen!« Jean sagte das sehr laut, zu laut für jemanden, der alles unter Kontrolle hat. »Ganz früher einmal waren es drei, aber einer ist schon seit Jahren verschwunden. Übrigens müssen sie schon vor dem Mittagessen hier gewesen sein, weil ihre Fußabdrücke Zeit hatten, wieder zu trocknen. Man würde sonst noch etwas davon sehen, nass, wie es draußen ist. Ich verstehe nur nicht …« Der Satz hörte plötzlich auf, ein Bahngeleise ins Nichts. Jean starrte wieder die Zeichnung auf seinem Holz an.

Ein Mann mit erigiertem Penis. Ein Bild, das auf eine Toilettentüre passt, aber nicht in die Scheune des heiligen Johann.

Ob er wusste, wer mit diesem Mann gemeint war? Auf dem Papier, das jetzt so spurlos verschwunden war, hatte sein Name gestanden. Und eine scharfe Spitze hatte seinen Bauch durchbohrt.

»Fünf Tonnen Steine habe ich aus diesem Haus herausgeschleppt«, sagte Jean, und es klang wie ein Gebet, »aber das kapiere ich nicht.«

»Ich weiß, wer es gemalt hat.« Elodie war lautlos hereingekommen, so unbemerkt, wie sie vorher vor meiner Badezimmertüre gestanden hatte.

»Du weißt …?«

»Klar«, sagte sie ungerührt, als ob pornographische Schmierereien für eine Zwölfjährige das Selbstverständlichste von der Welt wären. »Nicht den Namen, aber es ist einer aus unserer Schule. Er hat so etwas auch auf eine Wandtafel gezeichnet, etwas ganz Ähnliches. In der Sechsten war das, bei den Kleinen, als Mademoiselle Rosier es gesehen hat, hat sie so laut geschrien, dass man es noch drei Zimmer weiter hören konnte. Sie hat dann eine Weltkarte davorgehängt, wegwischen durfte man die Zeichnung nicht, weil es doch ein Beweis war, aber sie haben uns streng verboten, sie uns anzusehen. Wir sind natürlich trotzdem alle hingegangen.«

»Ein Junge aus eurer Schule?«

»Sie haben ihn aber nie erwischt. Obwohl ich sicher bin, ein paar wissen schon, wer es war, zumindest die aus seiner Klasse. Aber es hat nie einer gepetzt.«

»Ein Junge!«, wiederholte Jean, plötzlich erleichtert. So ähnlich hatte der *curé* reagiert, als er nicht wahrhaben wollte, was ich zu erzählen hatte. Schüler können anstellen, was sie wollen, die Ordnung der Welt wird dadurch nicht gestört; man klebt einfach ein Etikett drauf, »Dummejungenstreich«, *»blague de potache«*, und schon fühlt man sich nicht mehr bedroht, sie werden ganz von alleine älter, sagt man sich, älter und vernünftiger. Aber man wird nicht vernünftiger mit zunehmendem Alter, und Schüler sind grausam.

»Nur ein Junge!« Jean lachte sich die Splitter seiner Panik aus dem Hals. »Und ich hatte schon gedacht …«

»Vielleicht war es auch ein Mädchen«, überlegte Elodie ganz sachlich. »Ich meine: ein Junge, der müsste doch wissen, dass Männer so nicht aussehen.«

»Elodie! Elodie!!« Geneviève kam in die Scheune gestürzt wie eine Furie. (Ich schreibe das nicht einfach als Floskel hin. Das Gemälde im Louvre, vor dem Ihr so gekichert habt auf der Klassenfahrt nach Paris – so sah sie aus.) Als sie ihre Tochter wohlbehalten antraf, musste sie ihre Erleichterung kaschieren, indem sie Elodie erst einmal beschimpfte. »Ich habe dir doch gesagt, dass du in der Küche bleiben sollst, hab ich dir das nicht gesagt? Und überhaupt, was hast du da an deiner Hand?« Elodie, vom Ungewöhnlichen fasziniert, hatte die Umrisse der Figur mit dem Finger nachgezeichnet, von den Füßen bis zum Hals, höher konnte sie sich nicht strecken, und die Lackfarbe war noch nicht trocken gewesen. So wie Geneviève darauf reagierte, konnte es keine größere Katastrophe geben als diesen roten Fleck am Finger ihrer Tochter, Dornröschen hatte sich an der Spindel gestochen, ihre Unschuld verloren, und kein Prinz würde sie je wieder erlösen können.

»Was bist du nur für ein Vater?«, schrie sie Jean an. »Kannst du nicht wenigstens Elodie aus deinen Geschichten heraushalten?«

»Was kann ich dafür, wenn irgendein Verrückter …?«

»Es wird schon einen Grund geben. Ich habe dir tausendmal gesagt …«

Es war ein eingespielter Streit, der da explodierte, man muss sich schon oft ineinander verbissen haben, um so direkt anzugreifen, jeder kannte die verletzlichen Punkte des anderen und hatte keine Hemmungen, ihn genau dort zu treffen. Je länger die Auseinandersetzung dauerte, desto mehr spannte Elodie die Schultern an und zog den Kopf ein, genau wie es Monsieur Deschamps getan hatte, um sich vor dem strömenden Regen zu schützen. Sie drehte ihren Eltern den Rücken zu und verschmierte, mit weit aufgerissenen, nichts sehenden Augen, die feuchte Farbe auf dem Holz, links, rechts, rechts, links, wie man einen Fehler mehrfach durchstreicht, den man ungeschehen machen will.

Als sich Geneviève und Jean wieder beruhigt hatten – nein, nicht beruhigt, es war ihnen nur die Kraft ausgegangen und der Atem –, versuchten sie so zu tun, als wäre das alles nur Temperament gewesen, was sich liebt, das neckt sich, mach dir keine Sorgen, Elodie, komm mit in die Küche, ich habe noch ein Eis für dich, exotische Früchte, das hast du doch besonders gern. Die beiden Frauen gingen hinaus (manchmal habe ich das Gefühl, dass Elodie die ältere ist, dass sie das Kind nur spielt, um ihrer Mutter nichts wegzunehmen), und Jean schüttelte sich wie ein nass gewordener Hund. »Sie meint es nicht so«, sagte er, »sie macht sich nur Sorgen.« Es klang nicht überzeugend.

Zwischen seinen Farbbüchsen hat der heilige Johann zwei Flaschen deponiert, eine mit »Brennsprit« beschriftet und die andere mit »Mirabelle«, aber der Inhalt ist genau umgekehrt, »wenn hier mal einer einbricht«, hat mir Jean seinen Einfall erklärt, »soll er eine nette Überraschung erleben«. Nun war jemand bei ihm eingebrochen, jemand, der es auf anderes abgesehen hatte als auf einen schnellen Schluck, und darum saßen wir zwei jetzt an Jeans Werkbank, er schenkte Selbstgebrannten ein, aus der richtigen falschen Flasche, und wir suchten gemeinsam nach einer Erklärung.

Nicht nach derselben Erklärung, aber das wusste Jean nicht. Wie ein Schatzsucher, der seinem Partner nicht ganz vertraut, hatte ich beschlossen, ihm nur die halbe Wahrheit zu sagen. Ich war heute mit Monsieur Deschamps in den *bois de la Vierge* gefahren, das war meine Geschichte, weil jemand das Kapellchen unserer lieben Frau im Wald aufgebrochen hatte, Sachbeschädigung, Vandalismus, ich hatte es zufällig entdeckt und gemeldet, als pflichtbewusster Gast der Gemeinde. Kein Wort von dem, was ich gestern gesehen habe, damit hätte ich Jean nur Angst eingejagt, und das wollte ich nicht.

(Das ist natürlich gelogen. Es ging mir um die Macht, die eine Geschichte verleiht, die der andere nicht kennt.)

»Du kommst aus der Stadt«, sagte Jean, »du müsstest mir das doch erklären können. Wir kennen uns mit so was nicht aus, wir Leute vom Lande.« Die Erklärung mit dem Lausbubenstreich tröstete ihn schon wieder nicht mehr, die Angst war zurückgekommen, und Jean versuchte ihr zu begegnen, wie man auf dem Schulhof dem Schläger aus der oberen Klasse begegnet, mit gespielter Sorglosigkeit.

»Hast du Feinde?« Das Wort war immer noch zu groß für ihn, trotz allem, was in der letzten Zeit vorgefallen ist.

Dem heiligen Johann schien die Vorstellung zu schmeicheln. »Na ja«, sagte er, »mit all dem, was ich herausgefunden habe, komme ich manchen Leuten nicht sehr gelegen, *je tombe comme un cheveu dans leur soupe,* jetzt, wo sie mit ihrer Kiesgrube das große Geld machen wollen. Ravallet hätte mich am liebsten erwürgt, aber ich habe meine Beweise, und dagegen kann er nichts machen.«

»Ravallet bricht nicht bei dir ein und beschmiert deinen Holzstapel.«

»Es gibt noch viele andere, denen es nicht passt, wenn gewisse Geschichten wieder aufs Tapet kommen.«

»Alles alte Leute, die Generation von damals. Aber das hier …«

»… muss jemand Jüngeres gewesen sein, da hast du recht.« Es war Jean deutlich anzumerken, dass ihm die andere Hypothese lieber gewesen wäre, als Märtyrer der Wahrheit hätte er sich gern gesehen.

»Und die beiden, die dich damals verprügelt haben?«

»Die aus Saint-Loup?«

»Es steht nicht fest, dass sie von dort gekommen sind.«

»Woher sonst? Und wieso sollten sie so eine … so eine Sache an meine Wand malen?«

Ich konnte ihm seine Frage so wenig beantworten wie all die anderen, die in meinem Kopf im Kreis liefen. Warum sollten sie eine schwarze Messe feiern im *bois de la Vierge,* warum sollten sie einer Karikatur mit seinem Namen drunter einen spitzen Pfahl durch den Bauch rammen? Es ging mir wie Mademoiselle Millotte: ich wusste, ich würde keine Ruhe haben, solange die Stücke nicht zusammenpassten.

Jean drehte sein Glas zwischen den Handflächen, er hatte

noch keinen Schluck getrunken, und das ist bei ihm kein gutes Zeichen. »Wie würdest du mich beschreiben?«, fragte er plötzlich.

»Beschreiben?«

»Was bin ich für ein Mensch?«

»Hilfsbereit«, sagte ich. »Freundlich. Zupackend. Ein bisschen sprunghaft vielleicht. Ein Träumer, manchmal. Ein sympathischer Träumer.«

Jean machte ein Gesicht, als ob ich gerade eine schwere Krankheit bei ihm diagnostiziert hätte, eine Krankheit, deren Symptome ihm nur allzu vertraut waren. »Ein Verlierer, willst du damit sagen. Einer, der sich ausnutzen lässt und nie was erreicht. Das denken alle. Das denkt auch Geneviève. Aber sie wird sich wundern. Sie werden sich alle noch ganz gewaltig wundern.«

Das wäre der Moment gewesen, genau der richtige Moment, um ihn auszufragen. Irgendetwas hatte er vor, eins der Projekte, die er dann so stur verfolgt, mit dem Kopf durch die Wand, und in dieser Minute wäre er bereit gewesen, mir davon zu erzählen, da bin ich mir ganz sicher, ich hätte ihn nur ein bisschen drängen müssen, er bettelte geradezu darum, gedrängt zu werden. Aber genau in diesem Moment klopfte jemand an die offene Türe der Scheune, *»Toc toc toc!«*, dröhnte eine Stimme, und dann kam Bertrand herein, der Weinhändler, so gut gelaunt und überschwänglich herzlich, als ob er nicht gerade erst – es war noch keine vierundzwanzig Stunden her – einen ganz roten Kopf bekommen hätte beim Gedanken an Jean und seine Aktivitäten.

»Ach, Sie sind auch da«, rief er, als er mich erblickte, »das finde ich aber schön, dass Sie sich ein bisschen kümmern um unseren Freund Perrin, es gibt doch nichts Angenehmeres als ein gemütliches Gespräch unter Nachbarn, dabei erfährt man immer etwas Nützliches, ist es nicht so? Und Sie, mein lieber Jean, werden es mir sicher verzeihen, wenn ich einfach so bei Ihnen hereinplatze, ich werde wohl gerochen haben, dass hier gerade ein Glas getrunken wird, hahaha, wozu hat man denn sein Weinhändlernäschen?«

Er musste die auf den Holzstapel gesprayte Zeichnung schon lange gesehen haben, aber er äußerte sich nicht dazu, schien sie gar nicht zu bemerken, wahrscheinlich hatte er den Profit noch nicht ausgerechnet, der sich mit dem einen oder anderen Kommentar machen ließe. »Ja, mein lieber Jean«, sagte er, nachdem er sein Glas auf einen Zug ausgetrunken und anerkennend tief durchgeatmet hatte, »ich bin gekommen, um Sie um einen Gefallen zu bitten. Der Winter ist so früh in diesem Jahr, und ich habe mal wieder viel zu wenig Holz eingelagert, man hat ja so viel anderes zu tun. Deshalb wollte ich Sie fragen, ob Sie mir nicht ein paar Ster verkaufen würden, zehn oder fünfzehn, zu einem guten Preis, selbstverständlich, wie sich das gehört unter Nachbarn.«

Als ich am Abend vorher in seinen Probierkeller hinuntergestiegen bin, habe ich Bertrands Holzvorräte gesehen. Sie reichen für mehr als einen Winter aus. Er muss beschlossen haben, seine Taktik zu ändern.

Was dann am Sonntag passiert ist, das müsste Dir eigentlich Jojo erzählen. Er stand die ganze Zeit daneben, patschte die Hände zusammen und tanzte sogar einmal mit unbeholfenen Schritten, so wie er es sonst tut, wenn er Musik hört. »Es war fast so schön wie ein Feuer«, hat er sich hinterher gefreut, »fast so schön wie ein Feuer.«

Es war nicht schön. Es war widerwärtig. Aber es war auch faszinierend, ich gebe es ja zu. So faszinierend, wie es früher eine öffentliche Hinrichtung gewesen sein muss, oder die Verbrennung einer Hexe. Nichts ist so anziehend wie das Abstoßende.

Man hätte sich abwenden müssen, natürlich, einfach weggehen; ohne glotzendes Publikum hätte sie sich vielleicht früher beruhigt. Wir sind alle stehen geblieben, natürlich, haben unser besorgtes Gesicht gemacht oder unser empörtes, je nachdem, was für eine Ausrede sich jeder konstruiert hatte, um weiter gaffen zu dürfen. Wer dabei gewesen ist, geht heute stolz und beneidet durchs Dorf, und jedes Mal, wenn er die Geschichte erzählt, wird sie ein bisschen runder, jede Wiederholung schleift eine Kante weg; so entstehen Volkslieder, und irgendwann pfeifen es dann die Spatzen von den Dächern.

Ich habe die Sache bisher erst einmal erzählen müssen. Monsieur Deschamps hat ein Protokoll aufgenommen, hat sich alles in seinem Notizbuch aufgeschrieben, ohne dabei zu sagen, wer eine Klage eingereicht hat und gegen wen, vielleicht tut er es auch einfach nur von sich aus, weil Opfer und Täter sauber sortiert sein müssen in einer Welt mit abwaschbaren Kunststoffböden. Bei dieser Gelegenheit hat er mir auch das Laborergebnis verraten, »es war tatsächlich Blut«, aber die Geschehnisse im *bois de la Vierge* sind ihm nicht mehr wichtig, zumindest im Moment nicht, neue Sensationen verdrängen die alten, und kann es eine größere Sensation geben als das, was Valentine Charbonnier da behauptet?

Wenn man ihr glauben darf.

Der Reihe nach.

Ich war am Sonntagmorgen zu Jean rübergegangen, ohne Mantel, die Temperatur war angenehm, trotz bedecktem Himmel, der Frost vom Samstag nur noch eine Erinnerung, wie aus einem andern Jahr. Jean hatte mich gebeten, ihm beim Neuaufbau seines Holzstapels zu helfen; gleich nach Bertrands Besuch hat er ihn eingerissen, die vorderste Schicht zumindest, aus Angst lässt sich Wut gewinnen, und diese Wut hat er daran ausgelassen. Die Scheiter bedeckten den Boden wie die Trümmer einer vom Erdbeben verwüsteten Stadt, dunkles Holz und helle Schnittkanten, ab und zu mit einem Strich roter Lackfarbe, der sich keiner Zeichnung mehr zuordnen ließ, keinem Kopf, keinem Bauch und keinem riesenhaften Penis.

Ich durfte Jean das Holz nur zureichen, so wie er das sieht, bin ich für solche Tätigkeiten nicht qualifiziert. Er arbeitet an seinem Stapel wie an einer Kathedrale, den Bauplan hat er im Kopf, und der wird streng eingehalten. Manchmal riss er eine ganze Partie wieder ab und baute sie neu, nur weil noch ein Scheit verkehrt herum gelegen hatte, ein Flecken roter Farbe sichtbar geblieben war, ihn immer noch erinnerte an den Einbruch in seine Welt. All diese Spuren, nur dafür machte er hier den Rücken krumm, sollten unsichtbar werden wie ein schlechtes Gewissen, er baute die besprayten Scheiter in seinen Stapel ein, wie man die Steine von Ketzerfriedhöfen einfügt in die Mauern einer neuen Kirche, die Schrift nach innen, damit sie niemals wieder jemand lesen kann.

Die Arbeit dauerte lange, noch länger, weil wir sie stumm verrichteten. Wortlosigkeit macht Jean kleiner, er glaubt nicht wirklich an sich selbst und muss sich mit langen Erzählungen ständig neu erfinden. Erst als der Stapel die Decke schon fast wieder erreicht hatte, als der Wall wieder stand und man die Holzstücke schon einzeln aussuchen musste, um sie in die letzten Lücken einzupassen, wurde er wieder gesprächig. Bertrand, so scheint es (ich habe mich bald verzogen am Abend vorher und von ihren Verhandlungen nichts mehr mitbekommen), hat die schönen Worte irgendwann gelassen und ein ganz klares Geschäft angeboten: Wenn Jean darauf verzichtet, die Pläne für die Kiesgrube weiterhin zu stören, dann ist er seinerseits bereit, sich das etwas kosten zu lassen. »Ich bezahle das Holz sofort«, hat er gesagt, »und ob Sie es mir jetzt liefern oder in fünf Jahren oder überhaupt nicht, darüber werden wir zwei uns nicht streiten.«

»Und? Was hast du geantwortet?«

»Ich würde es mir überlegen. Aber ich habe nicht die Absicht, mich bestechen zu lassen, für den Preis von zehn Ster Feuerholz. Seinen Campingplatz kann Bertrand vergessen.«

»Davon weißt du auch?«

Jean lachte. »Das ist ein alter Traum von ihm, der nie funktionieren wird, aus ganz praktischen Gründen. Für einen Campingplatz braucht es sanitäre Einrichtungen, das ist Vorschrift. Und jedes Mal, wenn der Fluss über die Ufer tritt, zweimal im Jahr oder noch mehr, würden die weggespült. Weißt du, warum Bertrand trotzdem wieder damit anfängt? Gerade jetzt? Na?« Er schnippte mit den Fingern, wie man es bei einem begriffsstutzigen Schüler tut. »Weil er glaubt, es würde keine Überschwemmungen mehr geben, wenn das Flussbett erst mal ausgebaggert ist und verbreitert. Aber das wird nicht passieren. Ravallet wird gegen die Kiesgrube stimmen, und dann ist die Sache erledigt.« Jean hämmerte das letzte Stück Holz in die letzte Lücke, klopfte seine Ordnung wieder fest.

Aber da war immer noch die Drohung, die Bertrand ausgesprochen hatte, mit rot angelaufenem Gesicht. Den Korken hatte er aus der Flasche gerissen, wie man einem Feind die Waffe aus der Hand reißt. Doch als ich Jean davon erzählte, wedelte der meine Warnung weg wie eine lästige Fliege. »Bertrand ist feige. Das eigene Haus anzünden, um die Versicherung zu bescheißen, das ist das Mutigste, was er hinkriegt. Du hast ja selber gesehen, wie er gestern hier angekommen ist, zuckersüß, *tout sucre, tout miel.*« Er nahm einen Besen und begann, den Boden der Scheune sauber zu fegen, die letzten Spuren des gestrigen Vorfalls auf einen Haufen zu kehren.

»Und Geneviève? Hat sie sich wieder beruhigt?«

»Du weißt, wie Frauen sind.«

Nein, Jean, ich weiß es nicht. Ich habe keine Ahnung.

»Sie nimmt alles viel zu ernst. Diese Schmiererei gestern« – sein Blick kontrollierte automatisch, ob auch wirklich nichts mehr davon zu sehen war – »hat ihr furchtbar zu schaffen gemacht. Und heute gluckt sie schon den ganzen Tag um Elodie herum, als ob jemand sie ihr wegnehmen wollte. Geneviève glaubt, ich hätte Geheimnisse vor ihr.«

»Hast du ja auch.«

»Aber nicht von der Sorte, die sie meint. Nicht eine Sache wie damals mit der *greluche*.« Jean schrammte den Besen über den Boden wie eine Waffe. »Einmal in seinem Leben macht man einen Fehler …«

Ich verstehe dich, Jean. Ich habe einmal in meinem Leben das Richtige getan, das Richtigste überhaupt, und dafür hat man mich hier eingesperrt, in diesem Dorf der getünchten Fassaden.

Mein Nachbar, der seine Scheune sauber wischt. Am liebsten würde ich diesen Moment einfach immer weiterbeschreiben, immer noch einmal den Holzstapel schildern und die aufgereihten Werkzeuge, die Benzinkanister und die Schubkarren voller Zwiebeln, immer noch einmal die Vorräte in den Regalen aufzählen, mich immer noch einmal an den heiligen Johann erinnern, der schon wieder lächelte, aufgeräumt heißt auch gut gelaunt, am liebsten würde ich die Geschichte hier anhalten und sie nicht weitererzählen müssen über diesen Augenblick hinaus. Es kommt mir vor, als ob alles erst ganz wirklich wird, wenn ich es aufschreibe, als ob man es vorher noch ungeschehen machen könnte, es einfach zurücknehmen, du musst schon entschuldigen, lieber Jean, es war nicht so gemeint. Obwohl es natürlich schon festgenagelt ist in den Köpfen, die neuste Sensation von Courtillon, obwohl es jedes Mal, wenn einer davon erzählt, noch fester eingehämmert wird, obwohl man unterdessen schon meinen könnte, sie wären alle dabei gewesen, nicht nur die paar wenigen, sie hätten alle dagestanden mit offenen Ohren, sie hätten alle getanzt wie Jojo, in die Hände geklatscht und sich gefreut wie über eine Feuersbrunst.

Ich kann es nicht ändern. Ich kann es nur beschreiben.

Es begann mit einer Stimme, draußen im Hof, die »Perrin!« rief. Nicht »Monsieur Perrin!« und auch nicht »Jean!«. Einfach nur »Perrin!«. Eine grobe Männerstimme, gewohnt, Streit zu suchen und zu finden. Man hält seine Brieftasche fest, wenn man so angesprochen wird, man sieht sich nach einem Fluchtweg um und ahnt doch schon, dass es keinen geben wird. »Perrin«, rief die Stimme, »komm raus!«

Jean sah mich an, zuerst noch mehr überrascht als erschrocken. »Weißt du, wer das ist?«

»Keine Ahnung.« Erst jetzt, wo ich es aufschreibe, fällt mir auf, dass wir beide geflüstert haben.

Jean stellte den Besen zurück, sorgfältig an seinen Platz, man merkte: es kam ihm darauf an, jetzt alles genau richtig zu machen. Aus der Reihe seiner Werkzeuge wählte er einen Hammer aus, ich bin kein Bastler, ich weiß nicht, wofür man so große braucht, wog ihn prüfend in der Hand und steckte ihn in eine der zahlreichen Taschen seiner Arbeitshose. Ob etwas Werkzeug ist oder Waffe, liegt nur daran, wie man es anfasst.

»Perrin!«, rief die Stimme. »Wo bleibst du?«

Die Sonne schien sehr hell, als Jean das Scheunentor aufstieß.

Draußen im Hof stand Valentine Charbonnier, das Licht

hinter sich, so dass man durch den Rock ihre dünnen Beine ahnen konnte. Ich habe sie sonst immer nur in Jeans gesehen; die veränderte Kleidung ließ sie verletzlicher erscheinen und gleichzeitig auch provozierender. Die Halskrause war verschwunden; ihre Haare hatte sie marienhaft streng in der Mitte gescheitelt, das schwarz eingerahmte Gesicht noch blasser als sonst. Sie starrte uns herausfordernd entgegen. (Aber vielleicht denke ich diese Haltung auch erst nachträglich in sie hinein, und es war nur der Rauch ihrer Zigarette, der ihre Augen so schmal werden ließ.)

Links und rechts von ihr, einen Schritt zurückversetzt wie Leibwächter, standen die beiden Jungen, mit denen man sie in der letzten Zeit immer zusammen sieht. Beide hatten die Arme verschränkt, beim Dunkelhäutigen sah das künstlich aus, ein netter Junge, der als Schläger zum Kostümfest geht, während dem schmächtigen Weißen die Pose passte wie seine enge Lederjacke. Er ist sonst immer wortkarg, als ob sein ganzes Leben ein Verhör wäre, und als er jetzt zu sprechen begann, schien seine Stimme, die Stimme, die so herausfordernd nach Jean gerufen hatte, einem größeren und älteren Mann zu gehören, als ob er sie sich ausgeliehen hätte, wie man sich eine Pistole ausleihen kann oder einen Totschläger.

»Perrin«, sagte er, »du bist ja immer noch da. Das ist nicht klug von dir. Es könnte dir etwas zustoßen. Stell dir vor, du gehst Pilze sammeln, und jemand verprügelt dich im Wald. Das wär doch schade. Um die Pilze und um dich.«

»Ihr wart das also.« Jean schluckte. Furcht hat einen bitteren Geschmack.

»Vielleicht.« Der Junge spreizte die Finger und betrachtete seine Hand wie ein erst gerade gekauftes Werkzeug. »Möchtest du es genau wissen?«

Jean antwortete nicht. Er atmete nur aus, ein langer, deutlich hörbarer Atemstoß, *»Il se dégonfle«*, heißt das hier, wenn jemanden der Mut verlässt, »er lässt die Luft raus«.

»Ich hau dir gern die Faust ins Maul«, sagte der Junge, und die Worte klangen besonders bedrohlich, weil sie wie ein freundliches Angebot daherkamen, »dann kannst du mir erzählen, ob du dich an sie erinnerst.«

Valentine bewegte sich nicht, nicht merkbar, sie sagte nur eine einzige Silbe, und der Junge zuckte zurück, als ob sie ihn geschlagen hätte. »Fi!«, sagte Valentine, es klang wie »Pfui!«, wie das »Kusch!«, mit dem man einen unartigen Hund zur Ordnung ruft. Erst als sie weitersprach, wurde mir klar, dass »Phi« die Kurzform eines Namens war.

»Man muss Philippe das nachsehen.« Valentine hatte den Zigarettenstummel ausgespuckt und lächelte jetzt. Sie redete ins Leere hinein; obwohl ihre Augen auf Jean gerichtet waren, schien sie ihn gar nicht wahrzunehmen. Ihre Stimme war leise und monoton, wie die aus sinnfreien Silben zusammengesetzte Sprache eines Automaten. »Es ist nicht leicht für ihn. Er möchte jemanden totschlagen, aber ich erlaube es ihm noch nicht. Es wäre doch viel schöner, wenn jemand sich selber umbringen würde.«

»Wovon sprichst du überhaupt?«

Mein Gedächtnis sagt mir, dass ich aus Jeans Frage Unsicherheit heraushörte. Aber Erinnerung lagert sich nicht in sauber getrennten Schichten ab, was tatsächlich geschieht und was wir hinterher darüber denken, schiebt sich schon bald untrennbar ineinander. Habe ich mich wirklich in

Dich verliebt, als ich Dich zum ersten Mal sah, oder scheint mir das nur so, weil ich mir eine Zeit nicht mehr vorstellen kann, in der ich Dich nicht geliebt habe?

Vielleicht deute ich rechthaberisch etwas in Valentines Gesichtsausdruck hinein, wenn ich behaupte, es wäre mir schon in diesem Moment ihre Ähnlichkeit mit dem Gemälde in unserer Kirche aufgefallen, mit der »Muttergottes im Wald« in ihrer puppenhaft starren Jungfräulichkeit, wenn ich mich an ein Lächeln ohne Fröhlichkeit erinnere, als ob es sich nur zu ihr verlaufen hätte und eigentlich ganz woanders hingehörte, wenn ich mich zu erinnern glaube, dass ihre Augen größer waren als sonst, schmerzhaft offen wie die des Generals. Aber ich reime mir bestimmt nicht zurecht, dass mir ihre Sprache merkwürdig erschien, voller undefinierter Subjekte und Objekte, *quelqu'un* und *quelqu'une*, die Sprache eines Menschen, der die Welt nur unscharf sieht oder ihre Schärfe nicht ertragen kann.

»Jemand muss es aussprechen«, sagte sie, »weil es immer schlimmer wird, wenn man es nicht ausspricht, und man erträgt es nicht mehr.« Sie leierte die Sätze herunter, wie ein Schüler eine unfreiwillig gelernte Lektion aufsagt. »Jemand ist schuld daran, er meint, man habe es vergessen, aber man vergisst es nicht.« Ihre Stimme, man ahnte es mehr, als man es hören konnte, näherte sich einem Punkt, wo sie umkippen musste oder abstürzen. Ich sah, wie der Farbige zu einer Bewegung ansetzte und dann doch stehen blieb, er hatte wohl Valentine den Arm um die Schulter legen wollen, tröstend, und hatte sich nicht getraut.

Jean ist ein Mensch, der sich entlang vieler kleiner Gewissheiten durchs Leben hangelt, das Geländer einer festen

Regel immer in Griffweite: so und nicht anders repariert man einen Rasenmäher, beschneidet man einen Baum, schichtet man einen Holzstapel auf. Er liebt seine Werkzeuge für ihre Verlässlichkeit und seine Maschinen für ihre innere Logik, und er behandelt auch die Menschen so, als ob man nur den richtigen Knopf drücken müsste, den richtigen Schalter betätigen, um sie zum Funktionieren zu bringen: »Wenn ich ihre Briefe in kleine Stücke zerreiße, kann mich die *greluche* nicht mehr lieben; wenn ich ihm mit öffentlicher Schande drohe, muss Ravallet gegen die Kiesgrube stimmen.« Um sich sicher zu fühlen, braucht Jean eine erklärbare Welt, es ist nicht zufällig, dass er Gebrauchsanweisungen sammelt. Und jetzt stand da dieses Mädchen vor ihm, diese Frau, und nichts in der Situation war irgendwo vorgesehen, nichts passte zusammen. Warum hatte Valentine ein Lächeln aufgesetzt, das zu groß war für ihr schmales Gesicht, warum hatte sie die beiden Jungen mitgebracht und ließ sie hinter sich stehen, breitbeinig und mit verschränkten Armen, warum sagte sie »irgendeiner« und konnte doch niemand anderen meinen als ihn? Jean war hilflos, ein Michelin-Männchen, dem man seine Reifen weggenommen hat, seine Hände zuckten in ungeborenen Gesten, er wollte etwas sagen und verschluckte die Worte wieder und …

Und ich notiere das alles nur in dieser Ausführlichkeit, weil ich mich vor der Beschreibung dessen drücken will, was nachher passiert ist.

»Es ist nämlich so«, sagte Valentine, und in diesem Moment machte der Weiße, Philippe, plötzlich einen Schritt auf uns zu, die Bewegung wirkte riesig, weil er so lange stillgestanden hatte, er fasste von hinten um Valentine herum, es sah aus, als ob er ihr den Hals zudrücken wollte, aber er legte nur seinen Zeigfinger auf ihre Lippen, ganz sanft, und sagte: »Warte! Es sind zu wenig Leute hier. Das sollen sie alle hören.«

»Alle«, wiederholte Valentine und nickte und lächelte immer noch. »Du hast recht, Phi, alle.«

Phi sah sich um, nach einer Waffe, dachte ich, und Jean muss dasselbe empfunden haben, denn er tastete, ohne es zu merken, nach dem Hammer in seiner Tasche. Aber der Junge drehte sich von uns weg, wendete uns den Rücken zu, herausfordernd, »jetzt könntet ihr mich angreifen«, schien er sagen zu wollen, »aber ich weiß, dass ihr euch nicht traut«. Er ging ein paar Schritte auf den Zaun zu und fasste den großen metallenen Eimer, in dem Jeans Müll auf die Abfuhr wartet. Er nahm den Deckel ab, hob den Eimer hoch, mit einer Hand nur, wie um ganz nebenher seine Kraft zu demonstrieren, und kippte ihn aus.

Jean gab einen unartikulierten Laut von sich, der abgetriebene Fötus eines Protestes.

Valentine lächelte.

Phi begann mit dem Deckel gegen den Eimer zu trommeln, ohne Rhythmus, einfach nur Lärm, Metall auf Metall, und in die Pausen hinein schrie er: »Hierher, *Messieurs, Dames,* hierher! Es gibt etwas zu sehen, es gibt etwas zu hören!«

Der andere Junge, der Schwarze, schaute zunächst unschlüssig zwischen ihm und Valentine hin und her, schien auf einen Wink zu warten oder auf einen Befehl, griff schließlich nach einem Eisenstück (in Jeans Hof liegt ein ganzer Haufen davon, man kann alles irgendwann verwenden) und schepperte damit am Hofgitter entlang. Er tat es ohne Begeisterung, ein braver Schüler, der nur widerwillig, weil die Klasse es so beschlossen hat, einen Streich mitmacht, während Phi auf den Mülleimer einhämmerte wie auf einen triumphal besiegten Feind.

Valentine lächelte immer noch.

Geneviève kam aus dem Haus gestürzt, gefolgt von Elodie. »Was ist hier los?«, fragte sie, und Jean, der die ganze Zeit vergeblich nach seiner Stimme gesucht hatte, fand sie plötzlich wieder und schrie seine Frau an: »Schaff die Kleine weg!« Geneviève drängte Elodie in den Flur zurück, schloss die Tür und lehnte sich mit dem Rücken dagegen, schützend und kampfbereit.

»*Bonjour*, Madame Perrin«, sagte Valentine höflich.

Die beiden Jungen trommelten weiter Alarm; Phi wiederholte immer wieder seinen marktschreierischen Aufruf.

Ich schaute zu und war hilflos.

Jean hatte seine Stimme schon wieder verloren.

Es war Mittag, eine Zeit, wo sich das Dorf zum Essen setzt, an einem Sonntag erst recht, wo man in Courtillon durch die Straße gehen kann, ohne jemanden zu treffen. Sie haben alle die Suppe auf dem Tisch stehen lassen und sind hungrig hergerannt; ein kleiner Skandal regt den Appetit erst richtig an. Jojo war als Erster da, ein kariertes Küchentuch noch als Serviette um den Hals gebunden, Bertrand rückte an, natürlich, nur wer alles weiß, kann mit allem Geschäfte machen, Madame Simonin traf ein, diskret neugierig im Hintergrund, und noch ein paar andere Leute aus dem Dorf, die ich nur vom Sehen kenne und vom Grüßen. Keiner von ihnen setzte einen Fuß in Jeans Hof, das hätte die Fiktion gestört, dass sie alle ganz zufällig vorbeigekommen waren und nur aus höchst flüchtigem Interesse stehen geblieben; wie für den Auftritt eines Straßenmusikanten reihten sie sich in der Einfahrt auf.

Phi hörte auf zu trommeln und ließ den Mülleimer fallen. Das Eisen am Hofgitter klapperte noch einen Moment nach, dann war es still, so still, dass man aus weiter Entfernung hören konnte, wie der junge Simonin mit einer seiner riesigen Maschinen über die Bahngeleise ratterte. Die beiden Jungen nahmen ihre Position wieder ein, links und rechts, zwei Schritte hinter Valentine. Sie müssen diesen Auftritt geübt haben, dachte ich, sie wissen genau, was passieren wird, und das ist erst der Anfang.

Valentine, immer noch lächelnd, ging auf Jean zu.

Der atmete tief ein, spannte seinen Bauch an wie in der Erwartung eines Schlages.

Valentine, in einer geradezu zärtlichen Geste, fuhr mit der Hand über den Ärmel seines Pullovers, führte sie an den Mund und leckte die Finger ab, einen nach dem andern, sorgfältig und zum Staunen bereit, als ob sie einem Geschmack nachspürte, den sie schon lange verloren geglaubt hatte. »Das ist Jean Perrin«, sagte sie dann freundlich, »er hat mich gefickt.«

Baisé war der Ausdruck, den sie benutzte, ein sehr hässliches Wort in einem Land, wo man den Euphemismus faire *l'amour* vorzieht, als ob die Liebe etwas wäre, das man machen kann, als ob sie nicht einfach da ist und einen überrollt. Aus Valentines Mund wirkte der Ausdruck so deplatziert wie der Schnurrbart auf dem Gesicht der Madonna in der Kirche, man überlegte einen Augenblick, ob sie nicht etwas anderes gemeint haben könnte, *baiser quelqu'un* bedeutet ursprünglich jemanden küssen oder auch jemanden hereinlegen.

Aber sie hatte nichts anderes gemeint. »Es ist lange her«, sagte Valentine, und ihre Stimme stand neben ihr, als ob sie gar nichts mit ihr zu tun hätte, »ich hatte es vergessen, aber jetzt erinnere ich mich wieder. Ich war erst zehn Jahre alt, als er zum ersten Mal seinen Schwanz in mich reingesteckt hat.«

Ich müsste Dir jetzt berichten können, wie sie alle reagierten, wie Jean erschrak und was Geneviève für ein Gesicht machte, aber obwohl das alles erst ein paar Stunden her ist, weiß ich es nicht mehr. Valentines Worte schlugen über mir zusammen wie eine Welle, nahmen mir die Luft und überschwemmten mir die Augen, und bis ich mich wieder herausgearbeitet hatte, bis ich wieder atmen konnte, bis ich mir klargemacht hatte, dass es nichts mit mir zu tun hatte, überhaupt nichts, dass ich nur Zuschauer war, einer unter anderen, da hatten sie schon alle ihre Rolle gefunden, der Empörte, die Verletzte, die Mitleidigen, hatten schon alle die Masken aufgesetzt, mit denen sie in den nächsten Tagen herumlaufen werden, und nur der dicke Jojo patschte in die Hände und freute sich.

»Es ist nicht wahr«, sagte Jean und hatte es vielleicht schon ein paarmal gesagt. Ich sah ein paar Köpfe nicken, aber ob sie der Anklage zustimmten oder der Verteidigung, war an den Mienen nicht abzulesen.

Geneviève stemmte sich mit dem Rücken gegen die Haustüre, setzte – obwohl von der anderen Seite der Tür wohl kaum jemand dagegen ankämpfte – ihre ganze Kraft ein, um Elodie unter Verschluss zu halten, sie nicht dem Erschießungskommando der neugierigen Blicke auszusetzen. Ihre Augen waren weit aufgerissen, die Bindehaut von der dauernden Entzündung rot geädert.

Valentine hatte die nächste Zigarette herausgeholt (ihr Alter, ich kann es nicht besser beschreiben, schien zu oszillieren, ganz jung, ganz erwachsen, ganz Kind, ganz Frau), und ihre beiden Leibwächter standen schon bereit, jeder mit seinem Feuerzeug in der Hand, sich gegenseitig belauernd, als ob mit dem Recht, diese Zigarette anzuzünden, ein großer Vorzug verbunden wäre, etwas, für das es sich zu kämpfen lohnte. Aber Valentine schüttelte fast unmerklich den Kopf, wer sich des Gehorsams sicher ist, braucht keine großen Gesten, und sagte: »Es soll mir jemand anderes Feuer geben, jemand, für den ich die Pfeife gemacht habe.«

Einen Augenblick lang sah ich sinnloserweise Jean vor mir, wie er dem kleinen Mädchen Valentine eine Pfeife anzündet, erst dann stellte mein Kopf die Verbindung vom Wörterbuch zur Wirklichkeit her. *Faire une pipe à quelqu'un* heißt jemandem einen blasen.

Geneviève rang nach Luft, röchelnd, es klang wie ein Aufschrei nach innen, und Valentine, mit der Höflichkeit eines wohlerzogenen Mädchens, erkundigte sich besorgt: »Wussten Sie das nicht, Madame Perrin? Soll ich Ihnen die Tätowierung beschreiben auf seinem Hintern?«

Das war der Moment, in dem Jean auf sie losgegangen ist. Er wollte sie zum Schweigen prügeln, denke ich mir, wollte ihr den Mund zuhalten, diesen unflätigen, unschuldigen Mädchenmund, in dem immer noch die Zigarette wippte, unangezündet, wollte die Vorwürfe zurückstopfen zwischen ihre Lippen (hat er sich ihrer wirklich bedient, als sie noch schmaler waren und kindlicher?), er hätte, denke ich mir, auf sie eingeschlagen, immer wieder, wie man auf ein ekelhaftes Insekt immer weiter einschlägt, obwohl es schon lange tot ist und nicht mehr bedrohlich, er wollte vielleicht etwas tun, was er sein ganzes Leben bereut hätte (oder hatte er das schon getan?), aber Phi stellte sich ihm in den Weg, brachte ihn zum Stolpern, riss ihn zu Boden, trat ihm ins Gesicht, und ich würde jetzt gerne sagen, dass es zu schnell vor sich ging, als dass man hätte einschreiten können, aber das wäre gelogen, niemand dachte daran, sich einzumischen, auch ich nicht, wir waren Zuschauer, und Zuschauer beobachten nur.

In der Hofeinfahrt bekreuzigte sich Madame Simonin, ganz langsam, es sah aus, als ob sie etwas suchte unter ihrem Kleid, der Mann neben ihr hatte sich ans rechte Ohrläppchen gefasst und schien es ausreißen zu wollen, eine Frau hatte die Hände vors Gesicht geschlagen, aber nicht so, dass ihr die gespreizten Finger die Sicht versperrt hätten, Bertrand rieb sich nachdenklich den Nasenrücken, und Jojo hatte sich das Küchentuch vom Hals gerissen und winkte damit, wie man einem Freund zuwinkt, den man lange nicht gesehen hat.

Geneviève weinte jetzt.

Und ich ertappe mich schon wieder dabei, dass ich mich davor drücken will, zu erzählen, was als Nächstes passierte. Das, was Jojo hinterher so strahlend sagen ließ: »Es war fast so schön wie ein Feuer.«

Bevor ich es beschreibe, muss ich versuchen, in meinem Kopf Ordnung zu schaffen.

Du hast mir immer wieder vorgeworfen, dass ich Dinge lieber definiere, als sie zu leben, »du verschanzt dich«, hast Du einmal formuliert, »hinter einer Mauer aus Wörterbüchern«. Du hattest nicht ganz unrecht. Ich habe meinen Beruf ergriffen (oder er mich), weil mich die französische Sprache schon immer fasziniert hat, mit ihren klaren, ein für alle Mal definierten Strukturen; jedes Wort hat seinen Platz, ein Subjekt ist kein Objekt, und was falsch ist, kann nicht richtig sein. Ein Regelwerk – ich weiß nicht, ob man das in Deinem Alter verstehen kann – engt nicht nur ein, sondern beschützt auch. Es passiert nicht viel hinter einem Wall aus Wörterbüchern, aber es kann einem auch nicht viel passieren.

Vielleicht denkst Du jetzt, dass das nicht hierher gehört, aber da würdest Du Dich irren. Wer Ereignisse lieber einordnet, als sie mitzuleben, wer sich für die Grammatik der Wirklichkeit mehr interessiert als für ihre Inhalte, der wird zumindest ein zuverlässiger Beobachter. Hast Du nicht selber oft gesagt, ich hätte einen Blick für Menschen? Nur aus der Beschaulichkeit – welch wunderbar mehrdeutiges Wort! – erwächst Klarheit.

Doch es gibt, ich gestehe es ein, auch eine Kehrseite. Wenn man mich nicht mehr Betrachter sein lässt, wenn mein Schutzwall Löcher bekommt und ich selber in die

Schlacht hineingezogen werde, dann verlaufe ich mich in der Welt, rettungslos, dann wird alles zum Labyrinth, was aus der Mauerschau so leicht zu überblicken schien. Als Du damals plötzlich da warst, einfach vor mir standest, mitten in meiner Festung, da habe ich den Boden unter den Füßen verloren. Ja, es wurde die schönste Zeit meines Lebens, nur ohne Boden unter den Füßen lernt man fliegen, aber wenn ich unser Jahr schildern wollte (nicht einmal ein ganzes Jahr, und hat doch alles aufgeteilt in vorher und nachher), wenn ich sachlich und wohlgeordnet aufschreiben wollte, was wir alles getan haben und gesagt und gedacht und geträumt, ich käme über den ersten Satz nicht hinaus und würde schon unsicher, nicht weil ich weiß, wie es geendet hat (es ist zu Ende, ich habe es eingesehen), sondern weil ich selber zu nahe dran war, um irgendetwas klar zu erkennen. Man kann einen Menschen nicht küssen und ihm gleichzeitig in die Augen sehen.

Heute Mittag erging es mir ähnlich. Jean ist zwar nur ein Nachbar, ein Freund vielleicht, wenn man das Wort nicht zu groß schreibt, und Valentine Charbonnier kenne ich kaum, aber was sich da zwischen den beiden abspielte, das fand nicht einfach außerhalb von mir statt, auch wenn ich nur danebenstand und nicht eingriff, nicht einmal, als es einen Moment lang um Leben und Tod zu gehen schien. Es war meine eigene Geschichte, verdreht und verrenkt, und jeder Tritt, der Jean ins Gesicht traf, war für mich bestimmt. Du bist die Einzige, der ich das sagen kann, und die Einzige, der ich das nicht zu sagen brauche. So gesehen ist ein Brief, den Du nie lesen wirst, genau das richtige Medium.

Es gibt dieses Trickbild, das man auf zwei Arten betrachten kann, man sieht entweder eine weiße Vase oder ein Paar schwarzer Profile, und wenn sich der Kopf für die eine Betrachtungsweise entschieden hat, löscht er damit die andere aus. Genau so geht es mir mit der Szene in Jeans Hof. Ich sehe in einem Moment ein missbrauchtes Kind vor mir, ein Opfer, das endlich die Kraft gefunden hat, Rechenschaft zu fordern, und schon im nächsten hat sich das Bild in meinem Kopf neu zusammengesetzt, und da steht eine verwirrte Minderjährige, die mit ihrer überhitzten Phantasie einen braven Mann ins Unglück treibt. Wie soll man ein Ereignis schildern, das sich ins eigene Gegenteil spiegelt?

Auch mit logischen Überlegungen komme ich nicht weiter. Dass Valentine aus dem Fenster gesprungen ist (gefallen, sagt ihre Mutter, aber das will niemand glauben), das muss einen Zusammenhang haben mit den Ereignissen von heute. Das Mädchen ist nicht stabil, so viel ist offensichtlich, wenn sie in der Stadt lebte und nicht hier auf dem Lande, am Ende der Welt, wäre sie schon lange beim Schulpsychologen gewesen und hätte Hilfe bekommen. Aber ist sie nun verwirrt, weil sie Schreckliches erlebt hat, oder glaubt sie, Schreckliches erlebt zu haben, weil sie verwirrt ist?

Und woher weiß sie von Jeans Tätowierung?

Und wie ist es mit ihm? Dass er ein Verhältnis mit Valentines Mutter hatte, mit der *greluche,* spricht das gegen ihn, weil es ihm eine Gelegenheit gab, solange er im Hause Charbonnier verkehrte? (Ich habe das Wortspiel nicht beabsichtigt, aber nun mag es stehen bleiben.) Oder entlastet ihn das gerade, weil seine Bedürfnisse ja schon erfüllt wurden, Bedürfnisse, die ich mir, so wie ich Jean kennengelernt habe, nur ganz konservativ vorstellen kann?

Dass er sich nicht gewehrt hat, nicht im Geringsten, dass er nur sein Gesicht hinter den Armen verbarg, vor den Fußtritten oder vor den Blicken, war das ein Eingeständnis von Schuld? Oder nur die Hilflosigkeit (wie gut könnte ich ihn dann verstehen!) vor einer Anklage, die keine Unschuldigen kennt, die jeden zum Täter macht, gegen den sie einmal ausgesprochen wird?

Ich weiß es nicht. Verlass Dich also nicht auf meinen Bericht.

Der Fuß holte aus, zum dritten Mal oder zum zehnten, Valentines Stimme – eine ihrer Stimmen, es ist, als ob sie sie wechselte mit jedem Satz – kommandierte »Phi!«, und der Junge nahm wie selbstverständlich wieder seine Position hinter ihr ein, verschränkte die Arme und atmete nicht einmal schneller.

Jean blieb zuerst noch auf dem Kies liegen, die Beine schützend angezogen, und als er dann endlich die Arme vom Gesicht nahm, langsam und vorsichtig, da konnte ich sehen, wie die Zuschauer in der Hofeinfahrt ihre Augen von ihm abwendeten und sich ein neutrales Ziel für ihre Blicke suchten. (Und erst beim Aufschreiben wird mir klar, dass ich das nur beobachten konnte, weil ich selber genau dasselbe tat. Auch ich konnte ihm nicht ins Gesicht sehen.)

Geneviève stand immer noch da wie vorher, mit dem Rücken zur Tür, aber ich las ihre Körperhaltung jetzt anders, wie man ein Buch mit anderen Augen liest, wenn man das Ende der Geschichte schon kennt oder das Schicksal des Autors. Vorher hatte es ausgesehen, als ob sie darum kämpfte, ihre Tochter nicht ausbrechen zu lassen aus der schützenden Sicherheit des Hauses, jetzt schien es, als ob sie selber hineindrängte in diese heile, geborgene Welt, aber wie sie sich auch dagegenstemmte, die Tür blieb verschlossen, und sie hatte vergessen, wie man sie öffnet.

Als Jean sich endlich aufrichtete, unverletzt scheinbar, wich Valentine keinen Schritt zurück. Einen Moment lang sah es aus, als ob er vor ihr kniete, wie der reumütige Graf vor der Jungfrau kniet auf dem Gemälde in der Kirche. Und dann …

Ich kann Dir nicht sagen, ob er sie absichtlich angefasst hat. Vielleicht hat er einen Moment das Gleichgewicht verloren, benommen, wie er war, vielleicht gab es gar keine Berührung, und was sie auf der Haut spürte, war nur der Luftzug einer Bewegung, nur die Erinnerung an eine Hand, die ihr ans Bein gefasst hatte und unter den Rock.

Ich habe noch nie einen Menschen so schreien hören. Menschen schreien nicht so.

Jean hat einmal ein Schwein gekauft, bei einem befreundeten Bauern, und mich mitgenommen, als er hinfuhr, um es selber zu schlachten. Derselbe Ton, wie er aus der Kehle dieses Tieres kam, aus der aufgeschnittenen Luftröhre, dasselbe pfeifende, röchelnde, blubbernde Zerrbild eines Schreis, derselbe Ton, der damals gleich wieder aufhörte und abgelöst wurde vom Rauschen des Blutstrahls im Eimer, derselbe Ton dehnte sich jetzt ins Unendliche, länger, als ein Mensch Atem haben kann, länger, als man ertragen konnte zuzuhören. »Jemand schreit sich die Seele aus dem Leib«, sagt man, aber die Seele wehrt sich und klammert sich fest und reißt Wunden, »jemand ist nicht mehr bei sich«, sagt man, und so war auch Valentine plötzlich verschwunden, das Mädchen und die Frau, da war kein Gesicht mehr, nur noch ein weit aufgerissener Mund, mit herausgestreckter Zunge, der etwas auszukotzen versuchte, etwas, das festsaß, ganz tief drin.

Allmählich mischten sich Worte in den Schrei, zuerst nur einzelne und dann ganze Klumpen, wie ein Lungenkranker wohl zuerst nur einen Tropfen Blut ausspuckt und dann immer mehr und mehr und mehr, sie würgte zerrissene Sätze aus sich heraus, Stücke und Fetzen, Ungesagtes und Unsagbares, die Anstrengung schüttelte ihren Körper und knickte ihn zusammen, sie krampfte sich die Hände in den Bauch, als ob sie sich auspressen müsste bis zum Letzten, ihre Beine hatten keine Kraft mehr, sie ließ sich fallen, winselnd und krächzend und nach Atem ringend, schaumiger Speichel stand ihr vor dem Mund, und schließlich lag sie vor Jean auf den Knien, genau so wie er vor ihr gekniet hatte, erst eine lange Minute war es her.

Jojo, vor Begeisterung strahlend über sein ganzes fettes Gesicht, begann zu tanzen.

Wir andern, ich auch, starrten Jean und Valentine an, gierig neugierig, warteten ungeduldig auf eine Fortsetzung, auf eine Erklärung, auf ein Geständnis oder einen Protest, unser Appetit war jetzt richtig geweckt und wollte gefüttert werden, und als Jean sich abwandte, einfach die Flucht ergriff, da waren wir wütend auf ihn, ich auch, nahmen ihm unsere eigene Enttäuschung übel, er war uns etwas schuldig, fanden wir, schließlich hatten wir die Geschichte schon weitergedacht, jeder für sich, und wollten jetzt auch recht behalten mit unseren Phantasien, wollten erleben, wie Jean flehend die Hand nach Valentine ausstreckte und es dann doch nicht wagte, sie zu berühren, oder wie er Geneviève für seinen Fehltritt um Verzeihung bat, mit tränenerstickter Stimme, oder wie Valentine plötzlich von Reue gepackt wurde und alle ihre Vorwürfe zurücknahm, irgendetwas sollte es noch geben, egal was, nur zu Ende sollte es noch nicht sein.

Anderer Leute Tragödien machen süchtig.

Und es war auch noch nicht zu Ende, denn die beiden Jungen ließen Jean nicht gehen. Sie stellten sich ihm in den Weg, auf nachlässige Weise bedrohlich, wenn sie dabei auch nicht mehr so sicher wirkten wie noch am Anfang; die Geschichte hatte eine Wendung genommen, die sie ganz offensichtlich nicht erwartet hatten, Valentines Zusammenbruch war nicht vorbesprochen gewesen in ihren Plänen. Jean kam zurück, mit hängenden Schultern, ein Angeklagter, der sich noch die Urteilsbegründung anhören muss, obwohl ihn nichts mehr interessiert nach dem »lebenslänglich«, er stellte sich wieder auf seinen alten Platz, direkt vor der auf dem Boden kauernden Valentine, und wartete.

Wir warteten.

Neugier schärft das Gehör wie Hunger den Geruchssinn. Ich nahm Jojos Händeklatschen wahr und seine tanzenden Schritte, konnte, ohne hinzusehen, verfolgen, wie beides langsamer wurde und schließlich ganz aufhörte. Ganz deutlich drang auch Genevièves Wimmern zu mir, obwohl es fast lautlos gewesen sein muss, ein Lied ohne Melodie, wie sich ein kleines Kind in den Schlaf weint. Ich hörte auch, wahrscheinlich war ich der Einzige, der es bemerkte, wie über mir ein Fenster geöffnet wurde. Elodie hatte doch noch einen Weg gefunden, das Geschehen nicht zu verpassen.

Valentine begann noch einmal zu sprechen und hatte schon wieder eine neue Stimme, ein präzis und überdeutlich artikulierendes Organ, eine Stimme, mit der man Nachrichten verliest oder politische Verlautbarungen. Sie kniete auf dem Boden und schaute ins Leere, jemand, der Sünden beichtet, die ihn nichts angehen, und in dieser ruhigen, ordentlichen, exakten Sprache listete sie eine endlose Reihe von Obszönitäten auf, gebrauchte im sachlichsten Ton die scheußlichsten Worte (viele von ihnen kannte ich nicht und fand sie hinterher auch in keinem Wörterbuch, las nur auf den Gesichtern der anderen ab, wie sehr sie schockierten), eine pornographische Litanei, der wir, ich gebe es zu, zunächst gespannt folgten, weil wir etwas über eine wirkliche Affäre zu erfahren glaubten, bis die Aufzählung dann immer mehr ins Bizarre abglitt, und es auch nicht mehr um Valentine und Jean ging, sondern um uns alle. Sie beschrieb Courtillon als ein Universum aus Perversionen, in dem sich Geneviève von einem Esel begatten ließ und Madame Simonin von Jojo, wo Bertrand in seine Weinflaschen onanierte, bevor er sie abfüllte, und das alles in gepflegter Diktion, ohne je die Stimme zu heben. Sie sprach weiter und weiter, scheinbar ohne Atem zu holen, fing immer wieder neu an mit ihrer Liste, war schon lange – ich mag es nicht genauer beschreiben – beim anatomisch Unmöglichen angekommen, als endlich der dunkelhäutige Junge sich neben sie hinhockte, ihr Gesicht mit aller Kraft gegen seine Brust drückte, auf sie einredete, in einer Sprache, die ich nicht erkannte, sie hin und her wiegte, bis sie sich schließlich beruhigte, den Kopf in seinen Schoß sinken ließ und einzuschlafen schien. Nichts bewegte sich mehr als die Hand des Jungen, der Valentine immer wieder über die Haare strich, zwei weiße Narben auf seinem Handrücken.

Das ist es, was heute passiert ist. Was folgte, war nur noch ein Nachspiel und gehörte nicht mehr richtig dazu, so wenig, wie es zum Theaterstück gehört, wenn man sich durch die Sitzreihe zwängt nach dem Fallen des Vorhangs oder an der Garderobe seinen Mantel holt.

Durch Valentines Zusammenbruch war Phis Leibwächterpose sinnlos geworden. So wie er dastand und immer noch Stärke zur Schau stellte, wo nur noch Behutsamkeit gefragt war und Mitgefühl, muss er sich so deplatziert vorgekommen sein wie jemand, der sich für einen Maskenball kostümiert, und dann kommen alle andern im korrekten Anzug. Er überspielte, wie er es wohl sein ganzes Leben lang getan hat, die eigene Unsicherheit durch Grobheit, drehte Valentine und dem dunkelhäutigen Jungen verächtlich den Rücken zu; mit Leuten, die Schwäche zeigten, wollte er nichts zu tun haben. In der Hofeinfahrt rempelte er Jojo mit der Schulter aus dem Weg, und dann hörte man ihn weggehen, vor sich hin pfeifend, demonstrativ sorglos.

Bertrand schaute als Erster auf die Uhr, Madame Simonin machte es ihm nach, und dann, wie auf Kommando, alle andern; ganz plötzlich war ihnen wieder eingefallen, dass sie ja nur ein bisschen Luft hatten schnappen wollen vor der Sonntagsmahlzeit, dass die Suppe schon auf dem Tisch stand und der Salat mit den Croûtons, und jetzt hatten sie es alle so eilig, dass sie blick- und grußlos auseinandergehen mussten. Nur Jojo blieb stehen. Man muss ihm sagen, wann er mit dem Essen aufhören muss oder mit dem Zuschauen, sonst stopft er sich voll bis zur Bewusstlosigkeit.

Irgendwann half dann der farbige Junge Valentine auf die Beine, immer noch beruhigend auf sie einredend oder singend – es war nicht zu unterscheiden in den fremden Klängen –, legte sich ihren Arm um den Hals, um sie mehr tragen als stützen zu können, fasste sie um die Hüfte, besorgt und zärtlich und gleichzeitig voll glücklichem Stolz darüber, dass er es jetzt war, der sich um sie kümmern durfte. Er liebt sie, dachte ich, als die beiden den Hof verließen, und wunderte mich darüber, dass es mir nicht früher aufgefallen war.

Wo Valentine im Kies gekniet hatte, lag immer noch ihre Zigarette, unangezündet. Jean hob sie auf und zerdrückte sie zwischen seinen Händen, rieb die Handflächen immer noch aneinander, als schon längst kein Krümel mehr zurückgeblieben war. Dann holte er den Hammer aus seiner Tasche, den großen Hammer, mit dem er sich einmal hatte verteidigen wollen, und ließ ihn fallen. Er machte einen Schritt auf Geneviève zu, einen zögernden Schritt, wie wenn er die Festigkeit eines morschen Bodens prüfen müsste in einem verlassenen Haus. Ich weiß nicht, was er in ihren Augen gelesen hat, aber ich konnte sehen, wie er darauf reagierte: als ob ihn ein Schlag getroffen hätte, nicht unerwartet. Er nickte mehrmals, wie man abwehrend nickt, wenn sich nach einer langen Debatte die gleichen Argumente immer wiederholen, obwohl man sie schon lange verstanden hat. Dann ging er in die Scheune zurück, mit schweren Beinen über den Kies schlurfend, und dann schloss er das Tor hinter sich.

Über mir klappte das Fenster zu, und diesmal hatte es auch Geneviève gehört und wusste in diesem Moment, wer da oben alles mitgehört hatte und alles miterlebt. »Elodie!«, schrie sie und riss die Tür auf und stürzte ins Haus, man hörte ihre Schuhe auf der Treppe bis in den Hof hinaus. Vielleicht hat sie ihre Tochter dann geschlagen, vielleicht hat sie mit ihr zusammen geweint, vielleicht ist sie auch nur stehen geblieben vor Elodies Zimmer und ist gar nicht hineingegangen, hilflos vor der Tatsache, dass man Wissen nicht rückgängig machen kann.

Ich blieb allein im Hof zurück, fast allein, denn jetzt kam Jojo hereingerannt, begierig darauf, seine Begeisterung mit einem Freund zu teilen, er war so über die Maßen glücklich, wie er es damals gewesen sein muss, als Bertrands Haus abbrannte, und wiederholte immer wieder: »Es war fast so schön wie ein Feuer, fast so schön wie ein Feuer.«

Ich habe ihn dann nach Hause geschickt (ich weiß gar nicht, wo er wohnt, fiel mir auf), habe vor der Hofeinfahrt noch seine Küchentuch-Serviette vom Boden aufgelesen und ihm wieder um den Hals gebunden, habe ihm stellvertretend all die Fürsorge angedeihen lassen, die mir ein schlechtes Gewissen diktierte. Jean hockte unterdessen in seiner Scheune, allein, wartete auf einen Menschen, irgendeinen, der sich nicht ekelte vor ihm, und ich war zu feige, dieser Mensch zu sein.

Stattdessen saß ich an meinem Küchentisch und tat mir selber leid.

Ich war richtig dankbar, als Monsieur Deschamps vorbeikam, um mich auszufragen. Ich habe darauf bestanden, dass er zuerst einen Kaffee trinkt, habe die alte italienische

Maschine in Gang gesetzt, über deren Umständlichkeit Du Dich immer lustig gemacht hast, habe alles getan, um die Zeit zu verlängern, in der ich, leider, leider, unabkömmlich war und mich nicht um Jean kümmern konnte. Monsieur Deschamps saß mit gradem Rücken auf seinem Stuhl, ohne sich je anzulehnen, und ließ sich die Geschichte erzählen, bestätigen eigentlich nur, denn natürlich – wir sind hier in Courtillon – hatte er schon vorher alles vernommen. Sogar von der pornographischen Schmiererei auf Jeans Holz wusste er, woraus ich schließe, dass Bertrand sein Informant gewesen sein muss; außer ihm hat sie niemand gesehen.

Als ich meine Erzählung beendet hatte, mit einem kleinen Scherz über Jojo und dessen Unersättlichkeit, machte sich Monsieur Deschamps eine letzte Notiz und wollte sein Büchlein schon zuklappen, als ihm doch noch eine Frage einfiel. (Oder war er überhaupt nur wegen dieser Frage gekommen? Je mehr ich darüber nachdenke, hinterher, desto mehr bin ich davon überzeugt.) »Was denken Sie?«, wollte er von mir wissen. »Beruht das, was die junge Charbonnier da erzählt, auf irgendwelchen Tatsachen, oder ist alles nur aus der Luft gegriffen, *inventé de toutes pièces?* Ich wäre Ihnen sehr dankbar, Monsieur, wenn Sie Ihre ganz persönliche Einschätzung dieser Dinge mit mir teilen würden.«

»Ich weiß es wirklich nicht«, sagte ich.

Monsieur Deschamps schaute in sein Notizbuch und nickte; ich hätte in diesem Moment geschworen, dass meine Antwort dort schon notiert gewesen war, von Anfang an, dass er nie etwas anderes von mir erwartet hatte.

»Trotzdem möchte ich Sie bitten, eine Meinung abzugeben. Sie als Fachmann.«

»Fachmann? Ich verstehe nicht, was Sie damit meinen, Monsieur Deschamps.«

»Sie sind doch Lehrer von Beruf«, sagte er und blickte von seinen Notizen auf, »ist es nicht so?«

Ich habe es nie jemandem erzählt hier im Dorf, wenn einer danach fragte, habe ich vage etwas von »Beamter« gesagt, eine völlig ausreichende Antwort in diesem Land der *fonctionnaires*.

»Ist es nicht so?«, wiederholte Monsieur Deschamps.

»Ja, ich bin Lehrer, ich war Lehrer.« Es muss geklungen haben wie ein Geständnis. »Ich war nur einen Moment überrascht, dass Sie es wissen.«

»Ich habe mir erlaubt, mich kundig zu machen«, sagte Monsieur Deschamps mit einer sehr französischen entschuldigenden Geste. »In meinem Beruf weiß man gern, mit wem man es zu tun hat.«

In seiner Stimme war nicht die Spur einer Drohung. Aber kann er mit diesen Worten etwas anderes bezweckt haben? Und was steckte hinter seinem nächsten Satz?

»Als Lehrer, habe ich mir gedacht, müssen Sie sich doch auskennen mit Mädchen dieses Alters und ihren Problemen. Oder irre ich mich da?« Er schaute mir in die Augen, sehr lange, wie mir schien, aber vielleicht waren es auch nur Sekunden, und dann steckte er plötzlich sein Notizbuch weg und knöpfte das Jackett zu. »Wahrscheinlich haben Sie recht, es ist besser, keine Vermutungen zu äußern, wenn man sich nicht ganz sicher ist. Übrigens: das Labor hat freundlicherweise wirklich am Wochenende gearbeitet, auf meine Bitte hin, und das Ergebnis der Analyse ist eindeutig. Die Farbe im Schnee war tatsächlich Blut.«

Wie Courtillon eine Sache beurteilt, lässt sich daran ablesen, welchen Namen es ihr gibt. Hätte sich Mademoiselle Millotte nach »der Geschichte mit Valentine« erkundigt, die Formulierung hätte mir sofort signalisiert: sie hält das Mädchen für den Ursprung der ganzen Aufregung und traut ihren Vorwürfen nicht. »Die Geschichte mit Jean« – das hätte bedeutet: es wird wohl etwas dran sein. Aber die alte Dame fragte nur: »Was halten Sie von der Geschichte?« Und dann, umherspähend wie ein Raubvögelchen, das sich keinen leckeren Bissen entgehen lassen will: »Ihr Auto hat ja tatsächlich keine Räder, Monsieur.«

Ja, Mademoiselle Millotte hat mich besucht. Die Hohepriesterin der Neugierde, die den Ausguck vor ihrem Haus sonst nie verlässt, hat ihren Rollstuhl von Jojo die Straße hinunter schieben lassen und ist zu mir gekommen, der Berg zum Propheten. Jeder andere, der dabei gewesen ist, hat hinterher bei ihr Halt gemacht und seinen Bericht abgeliefert. Nur ich habe mich verweigert, habe mich in mein Haus verkrochen und zwei Tage mit keinem Menschen geredet. Aber man kann sich nicht verstecken in Courtillon, auch nicht in einer Badewanne mit Löwenfüßen oder in einem Bett wie ein Rettungsfloß.

Sie hatte sich von Jojo in den Hof schieben lassen, nein, ins Haus kommen wollte sie nicht, auf keinen Fall, auch wenn der Wind schon wieder kälter weht; der Winter hat erledigt, was er anderswo noch zu tun hatte, und kündigt seine Rückkehr nach Courtillon an. »Ich komme nur ganz zufällig vorbei«, log Mademoiselle Millotte, die seit Dorfgedenken nirgends vorbeigekommen ist, weder zufällig noch absichtlich, »aber wenn ich schon mal da bin, würde es mich doch interessieren: Was halten Sie von der Geschichte?«

Was sie bei mir suchte, war keine Meinung, sondern eine zusätzliche Perspektive. Ich hatte nicht mit den anderen Zuschauern in der Hofeinfahrt gestanden, sondern direkt neben dem heiligen Johann, da war es doch möglich, dass ich das eine oder andere Detail beobachtet hatte, das ihr noch nicht rapportiert worden war.

Um ihre Gesprächspartner in vertrauliche Nähe zu locken, kokettiert Mademoiselle Millotte mit ihrer Schwerhörigkeit; sie setzt die Schwächen ihres Alters so geschickt ein, wie sie es wohl früher einmal mit ihren jugendlichen Reizen getan hat. Man muss sich zu ihr niederbeugen oder sich hinknien wie zu einem Kind, und wenn man sich dabei auf der Seitenlehne ihres Rollstuhls aufstützt, dann legt sie einem die altersfleckige Hand auf den Arm und lässt nicht los, bis sie alles erfahren hat, was sie will.

Ich berichtete also, während Jojo in meinem verkrüppelten Auto saß und »brumm, brumm« machte, ich erzählte und die alte Dame hörte zu, mit geschlossenen Augen, eine Schachspielerin in einer Blindpartie, die sich das Brett vorstellen muss und die Position aller Figuren. Sie bewegte sich nicht, nur manchmal, wenn ein Detail sie besonders faszinierte, schloss sich ihre Hand fester um meinen Arm. Einmal lachte sie, das war, als Valentine die Tätowierung erwähnte auf Jeans Hintern. »*Vive la république!*«, rief Mademoiselle Millotte und kicherte und konnte nicht aufhören und musste unter ihren Decken nach der Rennfahrerflasche kramen und einen Schluck nehmen. (Und erst hinterher, beim Aufschreiben, stelle ich mir die Frage: Woher wusste sie, was diese Tätowierung darstellt?)

Als ich meinen Bericht beendet hatte – er beginnt sich schon zu runden, wie alle Geschichten oberflächlich glatt werden beim Wiederdenken und Wiedererzählen –, als Valentine weggeführt worden war und Jojo nach Hause begleitet, starrte Mademoiselle Millotte noch eine Weile ins Leere und ließ ihre Finger, verkrümmt bis auf den mittleren, über meinen Arm wandern, so wie ein Komponist auf dem Klavier nach einer Melodie sucht, die er schon spürt, aber noch nicht festhalten kann. Dann nickte sie plötzlich, mehrmals und bekräftigend, und sagte »Ravallet«.

Ihr Kopf ist so voll mit Erinnerungen, dass sie manchmal die falsche Abbiegung nimmt und irgendwo ankommt, wo sie gar nicht hin will. »Der Bürgermeister? Warum denken Sie jetzt an den?«

»Nicht *Monsieur le maire*. Sein Vater. Auguste Ravallet.« Ihr Lächeln hatte etwas Mitleidiges, sie hatte ein Rätsel gelöst und konnte gar nicht verstehen, warum ich mich bei derselben Aufgabe so schwerfällig anstellte. »Passen Sie auf, Monsieur! Die beiden Jungen, die Valentine Charbonnier begleitet haben, Philippe und Maurice …«

Wie kam sie jetzt wieder auf die Jungen? Und woher kannte sie den Namen des Dunkelhäutigen? Niemand hatte ihn damit angesprochen. Aber wir sind in Courtillon, wenn nur einer im Dorf etwas weiß, dann erfährt es früher oder später auch Mademoiselle Millotte, wahrscheinlich hat sich

Monsieur Deschamps über die Jungen kundig gemacht und ihr davon berichtet.

»Von dort, wo Sie gestanden haben, Monsieur, müssen Sie doch die Gesichter der beiden gesehen haben. Versuchen Sie sich zu erinnern! Während das alles passierte, was passiert ist, haben sie da auf Jean Perrin geschaut oder auf das Mädchen?« Eine überraschende Frage, aber die Antwort war klar: auf Valentine, nur auf Valentine. Sie haben sie festgehalten mit ihren Blicken, liebkost, angebetet, beschützt. Sie waren hypnotisiert von ihr.

»Sehen Sie«, sagte Mademoiselle Millotte und ließ meinen Arm los. »Es ist also genau dasselbe wie damals mit Ravallet.«

»Ich verstehe nicht.«

»Natürlich nicht. Sie haben noch nicht lang genug gelebt. Auguste Ravallet hatte die gleiche Fähigkeit. Auch er konnte die Leute dazu bringen, alles für ihn zu tun. Schon als kleiner Junge. Es gibt Anführer und es gibt Hinterherläufer. Das müssen Sie doch wissen, als Deutscher.«

»Und Sie meinen, Valentine Charbonnier …?«

»Ich meine Ravallet«, sagte Mademoiselle Millotte, »den alten Ravallet. Den mit dem eigenen Mausoleum. Wissen Sie, was seine Methode war? Zeremonien. Als er neun war, hat er einen Geheimbund gegründet. Man traf sich auf dem Heuboden, im Stall seiner Eltern, wer dabei sein wollte, musste das Klopfzeichen kennen und eine Losung, die er jede Woche änderte. Es wollte jeder dabei sein. Dabei taten sie nichts weiter als im Heu sitzen und Schokolade essen. Es waren natürlich immer die andern, die die Schokolade mitbrachten, aber das ist ihnen nie aufgefallen. Als er dann

Ministrant wurde, lernte er die ganze Messe auswendig, die alte lateinische Messe, die geheimnisvolle, nicht die neue, wo man jedes Wort versteht. ›Man kann damit zaubern‹, sagte er, und er fand immer einen, der ihm glaubte. Später war es dann der Patriotismus. Die Menschen tun fast alles, wenn man die Nationalhymne dazu spielt.«

Niemand kann mich so verwirren wie Mademoiselle Millotte. Wie waren wir jetzt von den Geschehnissen auf Jeans Hof zum vaterländischen Schafsgehorsam gekommen? Aber sie weigerte sich, noch eine meiner Fragen zu beantworten, schien sie gar nicht mehr zu hören, sah sich nur ungeduldig nach Jojo um, der immer noch am Lenkrad kurbelte und meinen Wagen in immer wildere imaginäre Kurven legte. »Das Alter ist eine Krankheit«, hat sie mir einmal gesagt, »aber es bringt einen unschätzbaren Vorteil mit sich: das Recht, unhöflich zu sein.«

Jojo hatte sie schon lange weggeschoben in ihrem Rollstuhl, zurück zu ihrem Ausguck, und ich wusste immer noch nicht, ob ich jetzt mit einer weisen alten Frau gesprochen hatte oder nur mit einer verwirrten Greisin. Aber dann hatte ich eine Begegnung, die mir nicht nur deutlich machte, wie recht sie gehabt hat, ein Gespräch, das nicht nur das Geschehen in Jeans Hof in einem völlig neuen Licht erscheinen ließ, sondern auch die seltsamen Ereignisse im *bois de la Vierge* erklärte.

Es begann damit, dass mich Madame Deschamps besuchte.

Zuerst, als ich sie vor meiner Tür stehen sah mit ihrer hochgetürmten Frisur und ihrem Sozialhelferlächeln, dachte ich, sie wolle jetzt auch mich unter ihre Fittiche nehmen, sie habe beschlossen, es ginge mir schlecht, und wolle mich betreuen, *coûte que coûte*. Ich war, glaube ich, ziemlich unhöflich zu ihr, und der Satz, mit dem sie ihr Anliegen einleitete, machte mich nicht freundlicher.

»Sie sind doch Lehrer.«

Ich schäme mich meines Berufes nicht, ich bin einmal stolz darauf gewesen, aber man hat ihn mir weggenommen, und seither tut es mir weh, auch nur das Wort zu hören.

Nein, ich lüge. Ich habe Angst.

Ich habe mich herausoperiert aus meiner Vergangenheit, ein großer, schmerzhafter Schnitt, um alles hinter mir zu lassen, ich habe meine eigene Geschichte amputiert, nur um weiterleben zu können, unvollständig, aber nicht zerstört, ich taste mich ab, jeden Tag, jede Minute, ob da wieder ein Knoten ist, eine Verhärtung, ob die Vorwürfe wieder zu schwären beginnen und die schrägen Blicke. »Sie sind doch Lehrer« – das ist ein Alarmsignal für mich. Ich habe den Satz so oft gehört, und jedes Mal hieß er: »Du hättest es doch besser wissen müssen. Wie konntest du nur? Schämst du dich nicht?«

Nein, ich schäme mich nicht. Wir haben uns geliebt.

»Sie sind doch Lehrer«, sagte Madame Deschamps, aber es war kein Vorwurf in ihrer Stimme. Sie geht an die Probleme anderer Leute so resolut heran wie an die Schmutzflecken auf ihrem Kunststoffboden, man muss nur das richtige Mittel finden, dann kriegt man jeden Dreck raus, für den Boden braucht es einen weißen Riesen oder einen General, und für die Menschen je nachdem einen Arzt, einen Psychologen oder eben einen Lehrer. Sie war gekommen, um mich um Hilfe zu bitten.

»Ich kümmere mich ein bisschen um die Charbonniers«, sagte sie und schob ganz automatisch die schmutzigen Tassen auf meinem Küchentisch zu einer ordentlichen Reihe zusammen. »Das Mädchen hatte ja nun diesen Unfall, und dann war da dieser unangenehme Auftritt bei den Perrins, Sie waren auch dabei, höre ich. Es ist nicht einfach mit dieser Familie, der Vater spricht kaum ein Wort, und die Mutter ist sehr … sagen wir: sprunghaft. Ich habe für Valentine eine Therapie empfohlen, in Montigny kenne ich einen sehr tüchtigen Mann, pensioniert eigentlich, aber wenn man ihn bittet, ist er durchaus bereit … Egal. Auf jeden Fall: es gäbe Möglichkeiten. Nur – sie wollen nicht. Das Mädchen wird bockig, und die Mutter fängt immer gleich an zu schreien. ›Sie soll ja keine Elektroschocks bekommen oder so was‹, habe ich ihnen gesagt, ›aber es würde ihr sicher guttun, wenn sie einmal über alles reden könnte, mit einem Fachmann.‹ Nein. Sie wollen nicht.«

Wenn Madame Deschamps spricht, fährt sie sich immer wieder mit der Hand durch die Haare, aber sie kann ihre Frisur aufplustern, soviel sie will, sie wird nicht größer davon. Im Sitzen ist ihr Kopf so nahe an der Tischplatte, dass es aussieht, als ob sie knien würde.

»An das Mädchen kommt man nicht heran. Wenn man mit ihr reden will, schaut sie an einem vorbei, als ob man gar nicht da wäre. Und diese Qualmerei! Sie sind ja auch Raucher, sehe ich, aber bei einem so jungen Menschen ist es noch viel schädlicher. Obwohl – wahrscheinlich sind die Zigaretten noch das kleinste Problem. Egal. Auf jeden Fall: sie spricht mit niemandem. Nur mit diesem einen Freund, diesem Neger.«

»Maurice.«

Madame Deschamps nickte anerkennend. Genau das hatte sie von einem Spezialisten erwartet, dass er sich auskennt. »Er macht einen recht vernünftigen Eindruck, auch wenn er aus Saint-Loup kommt. Der Junge ist der Einzige, der überhaupt Einfluss auf sie hat.«

»Und Philippe?«

Noch ein anerkennender Blick. »Der ist verschwunden, spurlos. Aus dem Erziehungsheim weggelaufen. Ich habe schon oft zu meinem Mann gesagt: ›Ich verstehe nicht, warum man sie dort nicht besser überwacht.‹ Sie gehen in die allgemeine Schule und müssen erst am Abend zurück sein. Wenn man bedenkt, wie viel Geld der Staat … Egal. Auf jeden Fall: Ich habe diesen Maurice mal zur Seite genommen und ein bisschen ausgefragt. Man kann ja nur sinnvoll helfen, wenn man weiß … Aber er weicht mir aus. Einmal, als es Valentine besonders schlecht ging, hatte ich ihn fast so weit. Aber dann sagte er: ›Man kann über solche Dinge nicht mit einer Frau reden.‹ Ich habe den *curé* vorgeschlagen, aber mit dem wollte der Junge auf gar keinen Fall … Ich kann nicht verstehen, warum.«

Ich kann es sehr gut verstehen. Kein Teenager dieser Welt würde sich dieser fetten Bulldogge von einem Pfarrer anvertrauen.

»Dabei habe ich den Eindruck, dass er froh wäre, mit einem Mann reden zu können.« Madame Deschamps kramte schon wieder in ihren Haaren herum. »Und weil Sie doch Lehrer sind, und weil Sie auch dabei gewesen sind bei diesem unangenehmen Auftritt, habe ich mir gedacht … Sie würden etwas Nützliches tun, glaube ich.«

Ich weiß nicht, warum ich eingewilligt habe.

Doch, ich weiß es. Um besser zu sein als der *curé* von Saint-Loup. Und aus Neugierde natürlich.

Als wir uns vor dem Haus verabschiedeten, trat Madame Deschamps ganz nahe an mich heran – ein seltsames Gefühl, man schaut dann auf sie herunter und sieht nur Haare und kein Gesicht mehr – und sagte vertraulich: »Da wäre noch etwas. Ich mache mir große Sorgen um das Mädchen. Sie sollten sich ein bisschen um sie kümmern, wo Sie doch mit der Familie befreundet sind.«

»Ich kenne die Charbonniers überhaupt nicht.«

»Nicht Valentine. Die da drüben.« Die Frisur deutete mit einem Ruck auf Jeans Haus. »Ich meine Elodie. In dieser Situation braucht sie bestimmt jemanden, dem sie vertrauen kann.«

Braucht Elodie ausgerechnet mich? Ich bin kein verlässlicher Freund. Seit das alles passiert ist, bin ich den Perrins ausgewichen, habe nicht einmal das Haus verlassen, um auch jede zufällige Begegnung zu vermeiden. Es geht mir mit Jean, wie es den Leuten mit mir gegangen sein muss, damals; ich weiß nicht, welches Gesicht ich aufsetzen müsste, wenn wir uns träfen, ob er eine ernste Miene ungewollt als Tadel deuten würde oder ein Lächeln noch ungewollter als Zustimmung. Wenn man zum Essen eingeladen ist und mitten im Zimmer liegt eine tote Katze – macht man dann eine Bemerkung darüber, oder tut man, als ob einem nichts aufgefallen wäre? Am besten, man nimmt die Einladung gar nicht erst an.

Seit der Geschichte mit Valentine, seit der Geschichte mit Jean, seit der Geschichte, habe ich weder den heiligen

Johann noch Geneviève getroffen. Nur Elodie habe ich ein paarmal gesehen, von meinem Schlafzimmer aus. Sie ist stundenlang allein im Hof und übt den Salto, fällt hin und nimmt einen neuen Anlauf, endlos.

Madame Deschamps, effizient und ewig optimistisch wie ein Rotkreuz-Vertreter in einem Bürgerkrieg, vermittelte das Gespräch mit Maurice. Wir trafen uns beim Kriegerdenkmal, gerade als der junge Simonin vorbeiratterte, auf einer Zugmaschine wie ein Kriegsgerät. Es war ein klarer, kalter Tag, und Maurice vergrub seine Hände tief in den Taschen seiner Jacke. »Gehen wir in die Kirche«, sagte er, »da ist nie jemand.«

Er hatte einen Metallhaken in der Tasche, mit dem öffnete er das Portal so schnell und problemlos, als ob er sich bei Madame Simonin den Schlüssel geliehen hätte. Obwohl es dunkel ist in dem kleinen Vorraum, wo das Glockenseil von der Decke hängt wie eine riesige Spinnwebe, schien er die Frage auf meinem Gesicht zu lesen. »Ich habe geschickte Hände. Drum sitze ich in Saint-Loup.« Sein Französisch hat einen ganz leichten Akzent, sehr melodisch, den ich nicht einzuordnen wusste. Wieder beantwortete er meine Frage, bevor ich sie gestellt hatte. »Guadeloupe. Zuerst haben sie uns als Sklaven dorthin gebracht, und jetzt sind wir Franzosen. *Vive la patrie!*« Er sagte es nicht herausfordernd oder zynisch, sondern ganz sachlich und ein bisschen traurig. Es sind oft die intelligentesten Schüler, die als erste am System verzweifeln.

Das Licht in der Kirche, verfälscht von den plumpen Heiligen auf dem bunten Fensterglas, ließ die hellen Stellen auf seiner Haut noch deutlicher hervortreten, bläuliche

Flocken, wie kranker Schnee. »Was wollen Sie wissen?«, fragte er.

»Was willst du mir sagen?«

Er sah sich um, als ob sich irgendwo ein Anfang finden lassen müsste, in den Kunstdruckgefühlen der Kreuzwegstationen, oder im Gipslächeln der Heiligenstatuen, Saint Martin mit dem halben Mantel und Saint Pierre, der mit seinem Schlüsselbund aussieht wie ein Gefängniswärter. Schließlich wies er auf das Gemälde von *Notre Dame du bois*. »Sehen Sie den Schnurrbart? Den habe ich gemalt.«

»Warum?«

»Valentine wollte es. ›Von keinem Mann berührt, ihr Leben lang‹, das hat sie nicht ertragen.«

»Weil sie etwas anderes erlebt hat?«, hätte ich gerne gefragt, aber es wäre zu früh gewesen. Was immer er mir erzählen wollte, saß noch zu fest. Ich konnte nur mein Abfragegesicht aufsetzen und warten.

»Auch die Zeichnung auf dem Holzstoß war von mir«, sagte er schließlich.

»Und wie bist du in die Scheune gekommen? Auch mit deinem Dietrich?« *Rossignol* heißt das hier. In Frankreich öffnet man Schlösser mit einer Nachtigall.

Maurice schüttelte den Kopf. »Madame Charbonnier hatte einen Schlüssel. Ich weiß nicht, wozu sie ihn gebraucht hat.« Ich hätte es ihm sagen können: um Liebesbriefe auf Jeans Werkbank zu schmuggeln. »Sie hat ihn in einer Schublade versteckt, aber Valentine hat ihn gefunden. Man kann nichts geheimhalten vor ihr.«

»Ich habe dein Kunstwerk gesehen. Du hast Talent.«

Er drehte den Kopf weg, als ob er ein Erröten zu verbergen hätte, obwohl ich nicht sicher bin, ob man überhaupt erröten kann mit einer so dunkeln Haut. »Am liebsten würde ich Maler werden. Oder Geldfälscher. Was man halt so wird, wenn man in Saint-Loup war.«

»Dein anderes Bild hat mir sogar fast noch besser gefallen.«

»Das in der Schule? Wie haben Sie …?«

»Nein, Maurice.« Ich beherrsche den Lehrerton immer noch, diesen »Ich weiß, dass du in der Prüfung geschummelt hast«-Ton, streng, aber gerecht, diese »Ich bin wirklich sehr enttäuscht von dir«-Stimmlage, worauf dann meistens noch eine allerletzte Ausflucht erfolgt und dann das Geständnis.

»Keine Ahnung, wovon Sie reden.«

»Ich rede vom *bois de la Vierge*. Von einem Holzpflock durch einen gezeichneten Menschen. Von einer Jungfrauenstatue auf einem Grab.«

»Da war kein Grab!« Bis jetzt hatten wir sehr leise gesprochen, die leere Kirche schien gar nichts anderes zuzulassen, und sein lauter Protest zersplitterte die vertrauliche Atmosphäre wie ein Steinwurf. »Wir haben doch niemanden umgebracht. Wir haben nur …«

»Ja?«

»Wieso Grab? Wie kommen Sie auf ein Grab?«

Vielleicht hatten sie es wirklich nicht gewusst, hatten keine Ahnung gehabt von dem verscharrten Kurier und seiner ganzen Geschichte, hatten nur einen Erdhaufen gesehen, ohne weitere Bedeutung, ein natürliches Versatzstück, das sich anbot für das, was sie vorhatten.

Was immer das auch war.

»Es sah so aus«, verharmloste ich. »Es hat mich halt an ein Grab erinnert. Der Hügel, auf den ihr die Statue gestellt habt. Warum habt ihr das eigentlich getan?«

Maurice fuhr sich mit dem vernarbten Handrücken über das Gesicht, hin und her, als ob er sich reinigen müsse oder aufwecken nach einem düsteren Traum. Dann stand er auf und ging durch den Mittelgang auf das Bild der Madonna zu, ein Bündel kalter Sonnenstrahlen durchbrechend wie eine Lichtschranke. Vorne links, unter der Kanzel, die unproportioniert aus einer Säule wächst, steht eine altmodische elektrische Orgel, so wie man sie früher bei Tanzkapellen sah, mit einem verblassten weinroten Stoffüberzug auf klerikal verkleidet. Maurice öffnete den Deckel und begann eine Melodie zu spielen, von der man aber nichts hörte als das mechanische Klicken der Tasten. Als ich zu ihm hinging, konnte ich das Verlängerungskabel sehen, das sich entlang der Balustrade vor dem Altar ins Leere schlängelte. Ich legte ihm die Hand auf die Schulter, er drehte seinen Kopf zu mir, und vielleicht waren seine Augen feucht, wenn das nicht wieder eine fromme Täuschung war im farbigen Licht der Kirchenfenster.

Als Maurice endlich zu erzählen begann, sagte er nichts von dem, was ich erwartet hatte. »Wissen Sie, wer Saint Loup war?«, fragte er. »Ein Bischof. Vor dem Erziehungsheim steht seine Statue. Er hat eine Bibel in der linken Hand und ein Schwert in der rechten. Der *curé* spricht oft von ihm, in den Predigten, die wir uns anhören müssen.

Als die Hunnen kamen, hat Saint Loup seine Stadt verteidigt. Mit dem Glauben und mit der Waffe. Beides zusammen ist unwiderstehlich, sagt der *curé*. Ich glaube ihm nichts, er schwitzt, und wenn man allein mit ihm ist, will er einen anfassen.

Aber dass man kämpfen muss, wenn man an etwas glaubt, das hat mir eingeleuchtet. Ich habe an Valentine geglaubt.

Aber jetzt bin ich nicht mehr sicher.«

Zuerst war sie einfach nur ein Mädchen gewesen.

In einem Erziehungsheim spricht man viel vom anderen Geschlecht; man rangelt um Status mit Berichten von erfundenen Eroberungen, und mit der Erinnerung an flüchtige Begegnungen verschönert man sich die Nächte. Die Phantasie läuft heiß unter den grauen Wolldecken.

Sie waren auf ihren Mofas an ihr vorbeigefahren und hatten ihr nachgepfiffen, hatten ihr eine Einladung zugerufen, einen jener Anträge, auf die man keine Antwort erwartet in diesem Alter, die man nur macht, um dann grölend zu lachen und den Motor aufheulen zu lassen, weil man jung ist und allein und eingesperrt mit dreißig anderen, denen es genauso geht. Sie hatten keine Reaktion erwartet außer einem verächtlichen Schulterzucken, nicht von diesem Mädchen mit einem Gesicht wie ein Engel.

Aber Valentine hatte sich umgedreht und gesagt: »Warum nicht? Was bekomme ich dafür?«

»Sie redete nicht von Geld«, sagte Maurice eilig, »so eine ist sie nicht, und wir hätten auch keins gehabt. Sie wollte …«

Sie verstanden nicht, was sie von ihnen wollte, und waren ihr damit schon verfallen. Zu Philippe sagte sie: »Du kannst mich küssen, mit Zunge, aber nur wenn ich vorher meine Zigarette auf deinem Arm ausdrücken darf.« Und zu Maurice: »Hast du ein Foto von deiner Mutter? Wenn du es verbrennst, darfst du mich anfassen.«

»Sie denkt sich gerne aus, wie man anderen weh tun

kann«, sagt Maurice, »aber wenn sie es dann tut, macht es ihr keinen Spaß.«

Wir saßen jeder am Ende einer Bankreihe, durch den Mittelgang getrennt; so musste er mich nicht ansehen, während er erzählte, konnte nach vorne schauen, auf die »Jungfrau im Wald« mit ihrem Schnurrbart, konnte sich vormachen, dass er kein Geständnis ablegte, sondern einfach vor sich hin redete, wie man es tut in einer Kirche, wo man sich ein Gegenüber ausdenken darf und es Gott nennen.

Sie haben sie dann wieder getroffen und wieder, sie haben für sie auch die Schule geschwänzt oder sind während der Sperrzeiten über die Feuerleiter aus dem Heim geschlichen, wenn Valentine wieder einmal nur um Mitternacht für sie Zeit hatte und sonst keine Minute. Manchmal war Valentine fröhlich und ausgelassen, einmal machte sie den dicken *curé* nach mit ausgestopftem Bauch und hoher Stimme, und die Jungen durften ihr den Ring küssen und den Arm und mehr. Dann war sie wieder verschlossen – »wie wenn sie sich in sich selber versteckt hätte«, sagt Maurice –, und an diesen Tagen dachte sie sich die schmerzhaftesten Mutproben aus. Maurice hat einmal mit dem Gesicht in einem Ameisenhaufen gelegen, eine ganze Minute lang, mit verstopften Nasenlöchern und krampfhaft zugedrückten Augen, er hat das Stechen auf sich genommen und das Brennen, nur um hinterher von Valentine gelobt zu werden und getröstet und gestreichelt.

Eines Tages brachte sie von zu Hause ein Messer mit, ein langes, scharfes Fleischmesser, und verlangte, dass sich die beiden ein Zeichen in die Haut schneiden ließen, »wie es das Vieh hat im Wilden Westen«, ein V für Valentine.

»Zeremonien«, hat Mademoiselle Millotte gesagt, »damit kann man Menschen beherrschen.«

Phi ließ sich am Oberarm kennzeichnen, über den prallen Muskeln, für die er jeden Tag Gewichte stemmt, und Maurice hielt seine Hand hin, die rechte Hand, die so wichtig ist für ihn, weil er damit zeichnet. Valentine führte das Messer mit beiden Händen, wie man seine ewige Liebe in einen Baumstamm ritzt oder seinen ewigen Hass, und hinterher leckte sie ihnen das Blut ab und war wie betrunken.

Aber als sie die beiden hinterher belohnte für ihre Schmerzen und die Narben, da lag sie regungslos da und ließ es nur mit sich geschehen. »Als ob sie tot gewesen wäre«, sagte Maurice und verstummte und starrte *Notre Dame du bois* an in ihrem blauen Mantel, von keinem Mann berührt ihr Leben lang. Auch der Schnurrbart auf dem Marienbild war eine Mutprobe gewesen.

Irgendwann hatte Valentine ihre Vasallen dann fertig abgerichtet und verlangte mehr von ihnen. Es war ein heißer Tag, Maurice kann sich noch genau erinnern, und die drei hatten es sich unter einem Baum bequem gemacht, Valentine mit dem Rücken an den Stamm gelehnt, die beiden Jungen ausgestreckt im Gras, jeder einen Schenkel des Mädchens als Kopfkissen benutzend. Sie hatten lange geschwiegen, nur dem Rauch ihrer Zigaretten nachgesehen, als Valentine unvermittelt fragte, *à propos de rien:* »Würdet ihr auch jemanden umbringen für mich?«

Maurice wundert sich noch heute, dass keiner gekichert hat, Philippe nicht, für den gewalttätige Reden sonst immer etwas Vergnügliches hatten, und auch er selber nicht, obwohl es doch eine dieser Situationen war, die man sich gerne leichter lacht. Aber es war kein Scherz gewesen. Valentines Tonfall ließ diesen Ausweg nicht zu.

»Ihre Stimme war wie Kieselsteine.« Maurice sprach schon lange nicht mehr mit mir, nur noch mit der knienden Jungfrau auf dem großen Gemälde. »Wie Kieselsteine, wenn man mit nackten Füßen drüberläuft.«

»Es gibt da einen Mann«, sagte Valentine, »der hat mir etwas angetan.«

»Wer war das?«, fragte Phi sofort.

Valentine schüttelte den Kopf. »Noch nicht. Später. Vielleicht. Wenn ich ganz sicher bin, dass ich mich auf euch verlassen kann.«

Sie nannte den Namen nicht, wollte auch die Tat nicht beschreiben, sie wiederholte nur immer wieder: »Ich hasse diesen Mann. Ich hasse ihn. Er hat alles kaputtgemacht.« Mehr erzählte sie nicht an diesem Tag, obwohl man sehen konnte, dass eine Erinnerung sie befallen hatte wie ein Fieber. Ihre Hände, die den beiden Jungen die Köpfe gekrault hatten, verkrampften sich immer mehr, sie zerrte an ihren Haaren herum, als ob sie sich damit selber einen Schmerz aus dem Leib reißen könnte oder aus der Seele.

»In der nächsten Nacht war Vollmond«, sagte Maurice, »und Valentine ist aus dem Fenster gesprungen.«

»Ihre Mutter sagt, dass es ein Unfall war.«

»Es war kein Unfall.« In dem trotzigen Tonfall, mit dem man etwas bekräftigt, dessen man sich nicht sicher ist. »Sie hat es nur nicht mehr ausgehalten.«

»Was hat sie nicht mehr ausgehalten?«

Ich bekam keine Antwort. Wir waren gar nicht mehr in derselben Welt. Ohne den Blick von dem Gemälde hinter dem Altar zu wenden, von der Madonna mit ihrem Schnurrbart, holte Maurice seinen Dietrich aus der Tasche, die Nachtigall, und begann damit den Schorf auf seinem Handrücken wegzukratzen, frischer Schorf, das fiel mir jetzt erst auf, viel zu neu für alte Narben. Der Atem dampfte aus seinem Mund, wie der Rauch von Valentines Zigaretten.

Ich habe warten gelernt in Courtillon. Wer nichts mehr erwartet, hat es nicht eilig.

Es war erst Nachmittag, aber die bunt verfärbten Sonnenstrahlen spannten sich schon fast waagrecht über unsere Köpfe. Die Stille einer leeren Kirche hat einen eigenen Charakter, es ist eine kalt verstaubte Stille, in der selbst das Schweigen noch ein Echo hat.

Erst als seine Narben wieder aufgerissen waren – er leckte sich das Blut ab, wie es ihm Valentine damals abgeleckt haben muss –, erst als ihn der metallische Geschmack wieder zurückgeholt hatte, von wo immer er gewesen war, erst dann erzählte Maurice weiter.

»Wir wollten Valentine im Krankenhaus besuchen, aber man ließ uns nicht zu ihr. Weil wir keine Verwandten wären, sagten sie, aber sie meinten natürlich: weil wir aus Saint-Loup kamen. Wir sind dann ein paar Tage nicht ins Heim zurück, in die Schule sowieso nicht, haben geschlafen, wo wir müde wurden. Es war, als ob wir uns verlaufen hätten, als ob wir kein Ziel mehr wüssten ohne Valentine. Es war wie … wie … Ich hatte mal einen *copain,* in Paris noch, der hat ein Auto geklaut und ist damit gegen einen Baum gefahren. Tot. Weg. Aber sein Hund, ein hässlicher Köter, saß noch tagelang vor dem Haus, in dem er seine Bude gehabt hatte, und hat gejault. Genau so ging es uns. Den Hund haben sie dann schließlich eingefangen und in ein Tierheim gebracht. Wahrscheinlich haben sie ihn eingeschläfert, den wollte bestimmt keiner haben. War auch besser so.« Wieder leckte er seinen Handrücken, wo die Narben unterdessen nicht mehr bluteten, sondern hellrot schimmerten im falschen Licht der Sonne, *V for victory*, V für Valentine.

»Wir wollten unbedingt etwas unternehmen, irgendetwas tun für sie, und als wir dann von Madame Charbonnier hörten, wie sie diesem Perrin die Schuld gegeben hat, vor allen Leuten, da waren wir sicher: das musste der Mann sein, von dem Valentine gesprochen hatte.«

»Und? War er es?«

»Ich weiß es nicht«, sagte Maurice. »Ich weiß gar nichts mehr. Nur dass man Valentine helfen muss.«

Die beiden Jungen haben Jean tagelang beobachtet, wie man geduldig eine Wohnung auskundschaftet, in die man einbrechen will. Sie haben gewartet, bis er allein war, weit weg von irgendwelchen Zeugen, und bei den Totentrompeten sind sie dann auf ihn losgegangen.

»Es war wie ein Wettkampf. Wer härter zuschlagen kann. Als er erst mal auf dem Boden lag und sich nicht mehr wehrte, ging es gar nicht mehr um ihn. Es ging um Valentine. Um sie haben wir uns geprügelt, und dieser Perrin hat es nur abgekriegt.«

Sie haben Jean also zusammengeschlagen, und als Valentine aus dem Krankenhaus zurückkam, haben sie ihr die Tat so stolz präsentiert, wie fahrende Ritter ihrer Prinzessin den Kopf eines erlegten Drachen zu Füßen legen.

»Aber sie hat sich nicht gefreut. Sie will nicht, dass wir Dinge tun, die sie uns nicht befohlen hat.«

Valentine hatte eigene Pläne mit Jean, ganz exakte Pläne, aber wenn die Jungen danach fragten, schwieg sie sie an, ein aggressives, lautes Schweigen, vor dem sie die Köpfe einzogen wie geprügelte Hunde. Sie ließ sich auch nicht mehr anfassen, weder vom einen noch vom andern, und gab ihnen keine andere Erklärung dafür als: »Nicht solange ich diese hässliche Halskrause trage.« Sie sprach überhaupt nicht mehr viel, war ganz mit sich beschäftigt, und trotzdem saßen die drei stundenlang beieinander, jeden Tag. Es muss etwa in der Zeit gewesen sein, dass ich sie zum ersten Mal zusammen gesehen habe.

»Sie können das sicher nicht verstehen. Dass man sich so herumkommandieren lässt von einem so jungen Mädchen.«

Ach, Maurice.

Das Licht hatte sich schon fast ganz weggeschlichen aus der Kirche, und das war gut so, denn jetzt berichtete mir Maurice von den Geschehnissen im *bois de la Vierge*. Es gibt Geschichten, die erzählt man sich besser im Dunkeln.

Als sie ihnen befohlen hatte, ein Brecheisen zu besorgen, da hatten sie ganz selbstverständlich an einen Einbruch in das Haus von Jean gedacht. Aber Valentine hatte nur gelacht und gesagt: »Dafür hätte ich einen Schlüssel. Schon seit Jahren.«

Sie wartete vor dem Erziehungsheim auf sie, das wurde nicht gern gesehen, und sie tat es umso lieber. Einen Rucksack hatte sie bei sich, nicht so ein modisches kleines Ding, wie Du es Dir einmal gewünscht hast, sondern ein ausgebauchtes, graugrünes, nach Fisch riechendes Monster, ihr Vater nahm es wohl sonst zum Angeln mit. Als die beiden Jungen herauskamen, gönnte sie ihnen kein Lächeln, drehte sich nur um und ging weg, ohne sich umzusehen. Sie wusste, dass sie ihr folgen würden.

Es schneite schon seit Tagen (ich habe die Flocken vor meinem Fenster fallen sehen, als ich krank sein wollte und es nicht bleiben durfte), aber Valentine trug keine Handschuhe und keinen Schal. Sie schien die Kälte nicht zu spüren. Vielleicht fror sie nicht mehr, weil sie schon kalt war.

Sie ging schnell voraus, zielbewusst, sie hatte es eilig, dort hinzukommen, wo sie hinwollte. Nicht einmal vor dem Geräteschuppen, in dem Phi das Stemmeisen versteckt hatte, hielt sie an, ließ ihn hinterherrennen mit dem schweren Werkzeug. Keiner der Jungen fragte nach einem Ziel, Valentine hatte ihnen alle Fragen ausgetrieben. Nur als sie in den Wald einbogen, auf die schmale Schneise, wo Wurzeln und Ranken das Gehen schwer machten, wo man in Löcher trat, dass sich die Schuhe mit Schnee füllten, wunderte sich Maurice einmal, mehr zu sich selber: »Wohin …«, und ließ den Rest des Satzes dann doch lieber in der kalten Luft verflattern.

Irgendwann einmal begann Valentine zu singen, ein Kirchenlied, das die Jungen nicht kannten, von einer unberührten Jungfrau, geschützt durch den Mantel der Reinheit. Die Mädchen in Courtillon lernen es immer noch auswendig, auch wenn die jährliche Wallfahrt zur Marienkapelle schon lange nicht mehr stattfindet, eine einfältige, kleine, immer gleich gereimte Hymne, von *»Sainte Vierge sans péché«* bis *»manteau de la pureté«*. Valentine begann das Lied von vorne, wieder und wieder, und irgendwann stimmten auch die beiden Jungen ein, ohne Aufforderung, einfach weil sie spürten, dass es von ihnen erwartet wurde.

Was sagte Auguste Ravallet über die heilige Messe? »Man kann damit zaubern.«

Es muss eine seltsame Prozession gewesen sein, die da singend durch den verschneiten Wald zog, vorneweg Valentine, die langen schwarzen Haare von Schnee gekrönt, die Halskrause wie ein Teil einer Nonnentracht, dann Philippe, das Stemmeisen tragend als wundertätige Reliquie, und zuletzt Maurice, der König aus dem Mohrenland, auf dem Weg zu einem winterlichen Bethlehem. Wie Pilger, die sich getrocknete Erbsen in die Schuhe füllen, um mit jeder blutigen Blase noch ein bisschen gottgefälliger zu werden, ertrugen sie hingebungsvoll die beißende Kälte an den nassen Füßen, Valentine wollte es so, und mit jedem schmerzenden Schritt kamen sie ihr näher, genau wie jeder Schlag, der Jean getroffen hatte, ein heimlicher Liebesdienst gewesen war.

»Sie hatte gefragt, ob wir jemanden umbringen würden für sie«, sagte Maurice, »und sie hatte uns fast so weit. Wir belauerten uns sogar gegenseitig, um nur ja nicht weniger diensteifrig zu erscheinen als der andere, vielleicht brauchte sie ja nur einen von uns für das, was sie vorhatte. Jeder probierte lauter zu singen, wir brüllten, dass die Vögel aufflogen, ›*Sainte Vierge sans péché, manteau de la pureté*‹, aber Valentine machte nur eine Kopfbewegung, ein ganz kleines ›Nein‹, sie sah sich nicht einmal um dabei, und wir schämten uns, als ob wir uns schlecht benommen hätten bei einem feierlichen Anlass.«

Zeremonien. Sie hatten recht, Mademoiselle Millotte.

Sie bogen dann in den kleinen Feldweg ein, auf dem ich ihre Spuren noch gesehen habe, das Lied war irgendwann zu Ende gegangen und leierte nur noch in ihren Köpfen weiter, und als sie schließlich beim Bilderstock ankamen, verlangte Valentine, dass sich Maurice und Philippe vor der Statue tief verneigten. Sie selber machte einen geradezu höfischen Knicks, sie muss lächerlich ausgesehen haben dabei, in Jeans und mit einem grünen Rucksack auf den Schultern, aber die beiden Jungen waren so in ihrem Bann, dass ihnen alles selbstverständlich erschien. Es war so, weil es so sein musste.

Zeremonien.

Sie befahl Phi, das Gitter aufzubrechen, und er tat es mit einem einzigen Ruck; wo sein Stemmeisen das Schloss aus dem Backstein gerissen hatte, rieselte rötlicher Staub. Valentine befeuchtete ihren Zeigfinger, steckte ihn dazu tief in den Mund, bohrte ihn dann in das Loch in der Mauer, zog ihn rotgefärbt heraus und malte Phi ihr Zeichen auf die Stirne. V für Valentine.

Man kann damit zaubern.

Aus ihrem Rucksack nahm sie eine Farbdose und einen Pinsel, sie hatte alles geplant und nichts vergessen, und Maurice durfte der Madonna einen Schnurrbart ins Gesicht malen. Er sagt es tatsächlich mit diesen Worten: »Ich durfte«; als er davon erzählte in der dunkeln Kirche, war seine Stimme immer noch voller Stolz über diese Auszeichnung, für die auch er sein Zeichen auf die Stirn bekam.

Dann ging Valentine weg, »ohne sich umzusehen«, betonte Maurice schon wieder. (Und mir fällt beim Notieren auf, dass man statt »Sie sah nicht zurück« auch sagen könnte: »Sie nahm keine Rücksicht«.) Die Jungen hoben die Statue von ihrem Sockel und folgten Valentine auf die kleine Lichtung zwischen den hohen Bäumen. Ein Altartuch aus Schnee bedeckte den Erdhügel (sie scheinen wirklich nicht gewusst zu haben, dass es ein Grab war), drei brennende Kerzen steckten schon im Boden, und Valentine sang noch einmal ihr Lied, allein diesmal, und der Text hatte sich verändert. *»Sainte Vierge sans péché, cigare à moustaches sous ton nez«.*

Ich musste im Wörterbuch für Argot-Ausdrücke nachsehen, um das zu verstehen. Eine Zigarre mit Schnurrbart ist ein Pimmel.

Valentine nahm ihre Halskrause ab, ganz langsam, es war, als ob sie sich damit entkleidete bis auf die Haut, und legte sie vor die Statue hin wie eine Opfergabe. Sie kniete auf dem Boden, »ich dachte erst, sie betet«, sagte Maurice, aber sie suchte nur das nächste Requisit in ihrem Rucksack und holte schließlich das Messer heraus, das die beiden Jungen schon kannten. Das Messer und eine Schale aus Glas.

Zeremonien.

Sie schob den Ärmel ihres Pullovers hoch, entblößte ihren weißen Arm und führte die Klinge über die zarte Haut. Blut quoll aus dem langen Schnitt und tropfte in die Schale.

Opfer.

Dann war Phi an der Reihe und dann Maurice, und ohne dass es ausgesprochen werden musste, war beiden klar, dass man nicht zucken durfte und keine Miene verziehen, während man sich ins eigene Fleisch schnitt. Die offenen Wunden rieben sie aneinander, so dass sich ihr Blut schon vermengte, bevor es in die Schale tropfte.

Blutsbrüderschaft.

In Valentines unerschöpflichem Rucksack – auch Verbandzeug fand sich darin, sie hatte an alles gedacht – war auch ein Füllfederhalter, ein altmodisches Modell, bei dem man seitlich einen Hebel spannen muss, damit er sich mit Tinte vollsaugt. Nur dass es diesmal nicht Tinte war, sondern Blut. Auch Papier hatte sie mitgebracht, und Phi bückte sich, damit Maurice seinen Rücken als Schreibpult benutzen konnte. Sie flüsterte ihm ihre Wünsche ins Ohr, und als der gezeichnete Mann fertig war in seinen grotesken Proportionen, exakt nach ihren Anweisungen, da nahm sie ihm den Füllfederhalter aus der Hand und schrieb einen Namen darunter.

Jean Perrin.

Und legte ihn auf den Boden und rammte ihm ein spitzes Holz durch den Leib.

»Was von dem Blut noch übrig war, goss sie dann in den Schnee«, sagte Maurice.

Ich nickte, auch wenn er das in der Dunkelheit nicht sehen konnte. »In der Form eines Pfeils, ich weiß.«

»Nein«, sagte Maurice, »in der Form eines V. V für Valentine.«

Und dann begann Valentine zu erzählen.

Vom heiligen Johann, den sie schon immer gekannt habe, jeder kennt ihn, mit dem sie auch gerne gespielt habe als kleines Mädchen, er konnte ein Stück Holz nehmen und daran herumschnitzen, nur zwei, drei Schnitte mit seinem Messer, und schon war es ein Mensch oder ein Tier oder ein Auto, von Jean Perrin, der immer mal wieder im Haus der Charbonniers aufgetaucht sei, wenn es etwas zu reparieren gab oder zu verändern, von Jean, dem sie immer vertraut habe, und der sie eines Tages angefasst habe, im Spiel zuerst, scheinbar zufällig, und dann immer drängender, der verlangt habe, dass auch sie ihn anfasse, er wolle ihr eine Puppe dafür schnitzen oder ein klapperndes Wasserrad, dem sie vertraut habe, weil er doch ein Erwachsener war und ein Freund, dem sie den Hosenschlitz habe aufknöpfen müssen (und während sie es sagte, machten sich ihre Hände an den Reißverschlüssen der Jungen zu schaffen), der gewollt hatte, dass sie sich vor ihn hinkniee (und sie tat es), dass sie ihren Mund weit aufsperre, ganz weit, es tue nicht weh und es sei schön, ist es nicht schön?

Als Maurice zuerst nicht wollte und ihren Kopf wegzuschieben suchte, da lachte sie ihn aus und sagte: »Ich brauche keine Halskrause mehr.«

Hinterher, wie wenn es gar keine Unterbrechung gegeben hätte, erzählte sie weiter, wischte sich nur den Mund ab und hatte die gleiche Stimme wie vorher, fast gelangweilt, als ob die Geschichte sie gar nichts anginge, nicht wirklich.

Wie Jean wieder einmal auf ihr gelegen habe, auf dem Sofa im Wohnzimmer, wie er sich vergnügt habe zwischen ihren Mädchenbeinen, wie dann ihre Mutter hereingekommen sei und seinen nackten Hintern gesehen habe mit der Tätowierung, wie Madame Charbonnier geschrien habe und auf ihn eingeschlagen, zuerst nur auf ihn und dann, als er sich weggerollt hatte, auf ihre Tochter, wie lange das her sei, und wie sie alles vergessen habe, jahrelang, weil sie es habe vergessen wollen, und wie es wieder hochgekommen sei, quälend, so dass man nur aus dem Fenster springen könne oder es bekannt machen, öffentlich und vor allen Leuten, damit es endlich kein Geheimnis mehr sei, an dem man ersticke, damit er endlich bezahlen müsse für ihr Leben, das er zerstört habe, ein für alle Mal.

»Hätten Sie ihr nicht geglaubt?«, fragte Maurice und wollte gar keine Antwort hören.

»Und heute? Glaubst du ihr immer noch?«

Ich konnte nur in Umrissen erkennen, dass er den Kopf gesenkt hatte, die Stirne an der Rückenlehne der nächsten Bankreihe. »Phi glaubt ihr«, sagte er schließlich, »er will ihr glauben, weil es ihn selber wichtig macht. Aber er hat Valentine auch nie geliebt. Er wollte immer nur mit ihr … Für ihn könnte es auch jedes andere Mädchen sein.«

»Und du?«

»Sie würde mich mit ihr schlafen lassen, wann immer ich will. Aber ich tue es nicht. Heißt das, dass ich sie liebe?«

Ja, Maurice, das heißt wohl, dass du sie liebst.

»Ich habe gedacht, es würde ihr guttun, wenn sie es ausspricht. Wie wenn man etwas Schlechtes gegessen hat und es muss wieder raus. Aber es geht ihr nicht besser seither. Im Gegenteil. Und sie hat so vieles gesagt, was nicht sein kann. Wenn es die Wahrheit gewesen wäre, müsste sie dann nicht erleichtert sein?«

Das habe ich auch einmal gemeint, Maurice. Aber ich habe lernen müssen, dass die Wahrheit nicht immer die Wahrheit bleibt, dass man Dinge ganz genau im Gedächtnis haben kann und doch nicht sicher sein, ob sie tatsächlich geschehen sind, dass auch Ängste und Träume zu Erinnerungen werden und dass sich nicht immer unterscheiden lässt, was das eine ist und was das andere.

Einen Rat wollte er von mir hören, seine Zweifel wollte er bestätigt haben oder entkräftet, egal, solange sie ihm nur jemand abnahm, und ich glaube kaum, dass er zufrieden war mit meinem Sowohl-als-auch, mit einer Ausflucht, verkleidet als altväterisch salbadernde Weisheit: »Es kommt nicht darauf an, was passiert ist. Die Vergangenheit ist nicht wichtig, solange ihr nur eine Zukunft habt. Aber was immer geschieht, bleib in ihrer Nähe! Lass dich nicht vertreiben! Wenn andere sich erst dazwischendrängen, kannst du ihr nicht mehr helfen.«

Wie ich Dir nicht mehr helfen kann.

Maurice war leergeredet, er hatte alles gesagt, was er unbedingt jemandem hatte sagen müssen, und es drängte ihn, sich wieder um Valentine zu kümmern. Aber ich ließ ihn noch nicht gehen. Auch ich hatte Zweifel, die mir jemand abnehmen musste.

»Wer hat die Madonna wieder zurückgebracht?«

»Das war ich. An dem Tag haben wir uns getrennt, Valentine ging nach Courtillon zurück und Phi und ich nach Saint-Loup. In der übernächsten Nacht hat es dann angefangen zu regnen, und ich bekam Angst, dass die Statue Schaden nehmen könnte. Ich fürchtete, dass sich das schlecht auf Valentine auswirken würde, irgendwie. Ich bin den ganzen Weg noch einmal zurückgegangen, allein. Die Statue war nicht schwer, es ist erstaunlich, wie leicht so eine Heilige sich bewegen lässt. Ich habe alles mitgenommen, auch das Brecheisen, und habe die Sachen im Wald in ein Gebüsch geworfen. Nur Valentines Halskrause habe ich behalten, ihre *minerve*. Sie hat sie so lange an ihrem Körper getragen, das macht sie wertvoll für mich. Können Sie das verstehen?«

Wenn ich doch nur etwas von Dir hätte.

Es war unterdessen ganz dunkel geworden in der Kirche, auf dem Weg hinaus mussten wir uns an den Bankreihen entlangtasten. Im Vorraum hatte Maurice schon mit seiner Nachtigall die Tür geöffnet und einen Schwall muffigen Silagegeruch in die Kirche gelassen, als ich über das Glockenseil stolperte und mich im Schreck daran festklammerte. Ein metallischer Schlag dröhnte über das Dorf, wie um einen Todesfall anzukündigen. Zu meiner Verwunderung, ich hätte ihn nicht für religiös gehalten, bekreuzigte sich Maurice.

Zeremonien.

Heute bin ich endlich zu Jean gegangen.

Vor der Geschichte mit Valentine (ja, ich habe mich für eine Bezeichnung entschieden und damit für eine Meinung) wäre ich nie auf den Gedanken gekommen, das aufzuschreiben. Jean und ich haben uns vorher fast jeden Tag getroffen, zufällig oder geplant, auf ein paar Worte oder ein paar Gläser, aber diese Selbstverständlichkeit ist vorbei, und so wie unser Gespräch verlaufen ist, wird es sie wohl auch kaum wieder geben. Es war wie ein Besuch im Krankenhaus; der Mensch, den man kennt, ist verschwunden hinter fremden Gerüchen und fremden Vorschriften, und zu dem Unbekannten, der da im Bett liegt, können wir nur noch höflich sein, aber nicht mehr herzlich.

Wer Jean heute kennenlernte, käme nicht mehr auf den Gedanken, ihn den heiligen Johann zu nennen. Heilige haben von der Wirklichkeit unberührt zu bleiben und verzeihend zu lächeln, wenn sie gefoltert werden. Jean hat das Lachen verloren. Das nennt man wohl erwachsen werden: sich nicht mehr einreden können, dass immer alles gut werden wird, irgendwann, irgendwie. Bisher hat Jean in jungenhaftem Optimismus gelebt, auch fünf Tonnen Steine waren für ihn kein unlösbares Problem. Jetzt spürt er die Last. Er hat früher nie am Tag getrunken, schon gar nicht allein, aber es war noch nicht einmal vier Uhr nachmittags, als er mir die Tür öffnete, und er roch schon nach Wein.

Nicht nur Jean hat sich verändert, überhaupt ist bei den

Perrins alles anders geworden, es zeigt sich in lauter irritierenden Kleinigkeiten. Auf dem Tisch im Wohnzimmer stand ein Teller mit angetrockneten Essensresten, bei mir wäre so etwas alltäglich, aber in Genevièves penibel geführtem Haushalt fällt es auf wie Bartstoppeln in einem Gesicht, das sonst immer perfekt rasiert ist. »Sie deckt nicht mehr für mich«, sagte Jean, »und wenn ich mir selber einen Teller hole, räumt sie ihn hinterher nicht weg.« Er schlug den Teller mit voller Kraft gegen die Tischkante, aber das Porzellan blieb heil, Jean nickte, als ob er nichts anderes erwartet hätte, trug den Teller in die Küche und ließ Wasser darüberlaufen. »Sie macht auch meine Wäsche nicht mehr. Ich lege sie hin, wo ich sie immer hinlege, und sie lässt sie liegen.«

Geneviève boykottiert ihren Mann, sie meint, ihn kennengelernt zu haben, und will ihn deshalb nicht mehr kennen. »Zuerst die Mutter und dann die Tochter«, war das Letzte, was sie direkt zu ihm gesagt hat, »was bist du bloß für ein Mensch?« Seinen Beteuerungen glaubt sie nicht, sie hört sie sich gar nicht an, er hat ihr damals die *greluche* verschwiegen und ihre Liebesbriefe, warum sollte er also nicht noch Schlimmeres weggelogen haben? Sie hat ihn zur Unperson erklärt in seinem eigenen Haus, hat ihn aber nicht etwa aus dem gemeinsamen Schlafzimmer verbannt – Jean ist so erleichtert, endlich mit jemandem reden zu können, dass er mir alles erzählt –, sondern macht bloß seine Hälfte des Bettes nicht mehr, auf der einen Seite ist alles penibel glattgezogen, und auf der anderen bleiben die Laken zerknautscht; Jean schläft unruhig in den letzten Nächten. »Ich höre sie atmen neben mir, ich weiß, dass sie wach ist, aber wenn ich mit ihr reden will, antwortet sie nicht.«

Elodie haust im Niemandsland zwischen ihren Eltern und hält dort Normalität aufrecht, sie erzählt Geschichten aus der Schule, als ob es kein anderes Thema für sie gäbe, als ob sie nicht am Fenster gestanden hätte und alles mitbekommen; mit der Ernsthaftigkeit einer Puppenhochzeit spielt sie weiter Alltag, aber sobald die Mahlzeiten vorbei sind, läuft sie hinaus, auf den Dachboden, um dort den Salto zu üben, oder irgendwohin, wo keiner sie findet, bis zur nächsten Mahlzeit, oder bis es Zeit ist, ins Bett zu gehen, dann ist sie plötzlich wieder da und plaudert und lacht und tut, als ob sie gar nicht bemerken würde, dass die Eltern immer nur mit ihr reden und nie miteinander. *»Elle fait l'enfant«,* sagt Jean, »sie macht auf Kind«, als ob Elodie schon lange erwachsen wäre und ihr Alter nur noch eine Rolle.

Nur einmal hat sie ihn direkt auf die Sache angesprochen, zumindest schien es ihm so, sie fragte ihn nämlich, warum er sich denn diese Tätowierung auf dem Hintern habe machen lassen und ob seine Militärkameraden auch alle so eine hätten. »Aber in Wirklichkeit wollte sie natürlich wissen, woher dieses Mädchen« – Jean vermeidet es, Valentines Namen auszusprechen –, »woher sie hat wissen können, dass ich tätowiert bin.«

Ganz Courtillon stellt sich diese Frage; ich bin der Einzige, dem Jean eine Erklärung dafür gegeben hat, und sie scheint mir deshalb überzeugend, weil sie ihn selber in einem schlechten Licht erscheinen lässt.

»Ich hatte damals etwas mit der *greluche,* es ist schon lange kein Geheimnis mehr, das ganze Dorf weiß davon. Wir machten es bei ihr im Wohnzimmer, am späten Nachmittag meistens, wenn Geneviève mit dem Schulbus unterwegs war. Einmal ist die Tür aufgegangen, ohne dass wir es mitgekriegt haben, wir waren beschäftigt, verstehst du. Die Kleine« – wieder weicht er dem Namen aus – »ist hereingekommen und hat von mir wahrscheinlich nichts gesehen als den Hintern, die Tätowierung, die da auf und ab ging. Ich weiß nicht, wie lange sie danebengestanden hat, ich habe sie erst bemerkt, als sie mir auf den Rücken hämmerte mit ihren kleinen Fäusten, nicht dass es weh getan hätte, aber es war natürlich peinlich, und als ich ihr dann ausgewichen bin, hat sie auf ihre Mutter eingeschlagen und dabei geschrien, die *greluche* hat immer wieder gesagt: ›Es ist ganz anders, *chérie,* ganz anders‹, und hat versucht, ihren Rock herunterzuziehen, und ich stand daneben und brachte meinen Ständer nicht in die Hose. Und das Kind hat mir dabei zugesehen, mit einem Gesicht, als ob sie ein Foto davon machen wollte, wenn du verstehst, was ich meine.«

Jedes Foto hat einen Zwilling, ein Negativ, auf dem das Helle dunkel erscheint und das Dunkle hell. Was sich in Valentines Erinnerung eingebrannt hat, so tief eingebrannt, dass ihr die Narbe immer noch weh tut, muss so eine Umkehrung gewesen sein, ein Vexierbild, in dem sie und ihre Mutter immer wieder die Rollen tauschten, die Geschlagene schlug, und die Entdeckerin wurde ertappt, unten war oben, und oben war unten. Nur das Zentrum des Bildes ist immer das gleiche geblieben, die ganzen Jahre lang, der nackte Jean und sein zuckender Hintern mit der tätowierten *République Française*.

Wenn es so war – und warum sollte es nicht so gewesen sein? –, ergibt vieles Sinn. Jean hat Valentine nie angefasst und sie trotzdem missbraucht; wenn sie ihr auch nicht so zugefügt wurden, wie sie sich erinnert, sind ihre Verletzungen trotzdem real. *»Tu es coupable«*, hat Madame Charbonnier zu Jean gesagt, aber *»c'est ta faute«* wäre doch richtiger gewesen, er ist nicht schuldig, er ist nur dran schuld.

Ein Unterschied, der ihm nichts nützt, schon gar nicht bei Geneviève. »Sie will mir ja nicht zuhören«, klagt Jean, aber ich bin sicher, er hat auch nie wirklich den Versuch gemacht, ihr alles zu erklären; es ist nicht die Art von Bericht, die einem leicht über die Lippen geht.

Im Dorf sind die Urteile sowieso gemacht, so oder so, »irgendetwas wird schon dran sein«, denken die meisten, und Jean spürt schon die Auswirkungen: es gibt plötzlich nichts mehr zu reparieren bei ihnen, keine Küchen zu streichen und keine Regale zu bauen, dabei hat Jean schon zweimal den Wagen eines Schreiners aus Montigny im Dorf gesehen, »früher hätten sie mich geholt, aber jetzt geben sie lieber einen Haufen Geld aus«.

Der alte Jean war ein übereifriger Gastgeber, der neue schenkte nur für sich selber ein, »du weißt ja, wo die Gläser stehen«, und trank schon in großen Schlucken, bevor ich mir eins geholt habe. »Das geht runter«, sagte er, *»comme un pavé dans la gueule d'un flic«*, wie ein Pflasterstein in die Fresse eines Bullen. Auch in dem Punkt hat er sich verändert, seine Sprache ist gröber geworden, er nimmt keine Rücksichten mehr oder will doch zumindest den Anschein erwecken, dass er keine mehr nimmt, wie einer, der auf dem Schulhof rüpelt, weil er Angst hat, dass die andern merken könnten, dass er schwächer ist als sie. »Sie werden mich kennenlernen«, wiederholte er immer wieder, »sie werden mich alle noch kennenlernen.«

Jean betrachtet mich als seinen Freund, und mit den richtigen Worten hätte ich ihm vielleicht helfen können. Ich habe diese Worte nicht gefunden. Wie kann man jemandem sagen, dass man an seine Unschuld glaubt, ohne gleichzeitig zuzugeben, man habe es zumindest für möglich gehalten, dass er auch schuldig sein könnte?

Damals, als das Kesseltreiben anfing, habe ich mich jedes Mal geärgert über die Berufskollegen, die zwar stehen blieben, wenn sie mir auf der Straße begegneten, sich tapfer mit mir zusammen sehen ließen, obwohl ich doch ein Unberührbarer geworden war, ein Aussätziger, vom Schuldienst suspendiert aus Gründen, die keiner kannte und jeder zu kennen glaubte (auch ein Schulhaus ist ein Dorf, wo man mit Gerüchten handelt), die dann aber gar nicht wirklich mit mir sprachen, sondern immer nur Konversation machten, über meine Gesundheit und ihre Urlaubspläne, die eilig über unwichtige Dinge redeten und jede Pause schnell mit einer heiteren Bemerkung zukleisterten, damit nur ja kein Platz blieb für das Thema, das sie unbedingt vermeiden wollten. Ich habe diese Kollegen immer verachtet dafür, aber ich bin kein bisschen besser als sie.

Auch ich fand die richtige Formulierung nicht und rettete mich in leere Floskeln, »Geneviève wird sich schon beruhigen« und »Du musst nur Geduld haben«, auch ich war nicht geschickt und nicht mutig, lobte schließlich sogar sinnloserweise den mittelmäßigen Wein und erkundigte mich, ob Jean ihn bei Bertrand gekauft habe. Ich seh die tote Katze nicht, die tote Katze seh ich nicht.

Aber Jean hörte mir auch schon gar nicht mehr richtig zu, der Alkohol – es war wohl nicht seine erste Flasche –

hatte ihn weinerlich gemacht, voll greinendem Selbstmitleid. Sie wollten ihm Elodie wegnehmen, jammerte er, das wisse er ganz genau, es sei schon alles geplant, sie würden behaupten, sie sei bei ihm sittlich gefährdet, »meine eigene Tochter!«, und dann würden sie sie in ein Heim stecken, oder Geneviève würde ausziehen und Elodie mitnehmen, und er, der Vater, würde ein Besuchsverbot bekommen, wegen schlechten Einflusses. »Aber wenn sie das tun«, sagte er und versuchte erfolglos, seine Stimme nicht zittern zu lassen, »aber wenn sie das tun, dann bringe ich jemanden um.«

Ich versuchte natürlich, ihm diese Angst auszureden (erst später, von Monsieur Brossard, habe ich erfahren, dass sie nicht so unbegründet war, wie sie mir erschien), aber Jean sieht überall Räder, die ineinandergreifen, und war nicht davon abzubringen, dass eine allgemeine Verschwörung gegen ihn im Gange sei, Valentine sei ein Teil davon und die *greluche* sowieso, »sie stecken alle unter einer Decke, *ils sont tous de mèche*«, er solle fertiggemacht werden, eingeschüchtert und aus dem Dorf vertrieben, deshalb habe man auch Maurice und Philippe aufgehetzt, ihm aufzulauern und ihn zu verprügeln. Wer allerdings dieser »man« sein sollte, das wollte er mir nicht sagen, oder er konnte es nicht.

Ich bin dann bald gegangen; es war sinnlos, gegen seine Rotweinlogik mit Argumenten angehen zu wollen. Aber vor allem spürte ich, wie Jean mir unangenehm wurde, wie mich ein fast körperliches Ekelgefühl überkam, als ob seine Probleme eine Ausdünstung hätten, schmuddlig und ungewaschen. Ich frage mich, ob ich auf meine Kollegen auch so gewirkt habe, damals.

Er begleitete mich bis zur Türe, den Arm in lästiger Verbrüderung um meine Schultern gelegt. »Mit dir kann ich reden«, sagte er, die Vokale stolperten über die Konsonanten, »weil du nicht von hier bist und deshalb keine Ahnung hast. Wenn du wüsstest, wie Courtillon wirklich ist, du würdest dein Haus verkaufen und nie wieder herkommen.« Ich konnte ihn nicht davon abhalten, mich auf beide Backen zu küssen, er roch nach Wein und Angst. Mit einer großen Geste wies er auf seinen leeren Hof und sagte, als ob damit alles bewiesen wäre und alles erklärt: »Siehst du, Elodie ist schon wieder nicht da. Es ist kalt und nass draußen, aber sie treibt sich lieber herum, als nach Hause zu kommen, ich habe keine Ahnung, wo sie ist. So weit haben sie es schon gebracht, dass sie sich vor mir versteckt, vor ihrem eigenen Vater.«

Ich bin dann nach Hause gegangen, und dort …

Nein, zuerst muss ich Dir beschreiben, wie es für gewöhnlich bei mir aussieht. Ich habe ein Haus, aber keinen Haushalt, ich wüsste nicht, wozu ich den führen sollte oder für wen. Wer gezwungen wird, als Eremit zu leben, hat zumindest das Recht, mit den Fingern zu essen. Man hat mich gehen lassen, und jetzt lass ich mich gehen. Ich ziehe die Schuhe nicht aus, wenn ich ins Haus komme, schleppe den feuchten Winter über alle Böden. Das Geschirr wasche ich ab, wenn sich kein sauberes mehr findet; dieselbe Kaffeetasse tut mir eine Woche lang den Dienst. Die Bettwäsche wechsle ich, wenn das Leintuch voller Falten ist und die Falten voller Krümel; was brauche ich frische Laken, wenn ich doch allein darin liege?

(Und warum, wenn mir das alles wirklich egal ist, brauche ich so viele Worte für die simple Tatsache, dass ich mich gehen lasse wie ein Clochard?)

Ich war mehr als zwei Stunden bei Jean geblieben, er hatte mich mehr als zwei Stunden bei sich festgehalten, und als ich wieder in mein Haus kam, war da ein ungewohnter Geruch, *eau de Javel* und Zitrone; bei den Deschamps hatte es so gerochen, mit ihren Kunststoffböden. Ich dachte sofort an den Fürsorgerblick, der meine Unordnung so kritisch gemustert hatte, wahrscheinlich war Madame Deschamps bei mir eingefallen, auf ihrem neuesten wohltätigen Kreuzzug, »der arme Mann haust ganz allein, da muss man einmal richtig saubermachen«. In der Küche war mein ganzes Geschirr auf dem Tisch gestapelt, frisch abgewaschen, Teller und Tassen in Reih und Glied, die Pfannen hatten ihre eingebrannten Krusten verloren, und der Herd schien wie verjüngt ohne die Spuren von Fettspritzern und übergekochter Milch. In einer leeren Cognacflasche, das Etikett sorgfältig abgelöst, stand ein Zweig mit kleinen roten Beeren.

Mir hat erst einmal jemand Blumen geschenkt (weißt Du noch?), Du bist mit einem ganzen Büschel Tulpen angekommen, Du hast sie im Park abgeschnitten, mitten am Tag, und niemand hat sich daran gestört, weil Du es so selbstsicher und selbstverständlich getan hast wie alles in Deinem Leben. Sie standen dann lange auf meinem Schreibtisch, bis die Stengel sich verkrümmt haben und die Blütenblätter abgefallen sind, und selbst als nur noch die Staubgefäße übrig waren, nackt und wehrlos, habe ich es nicht fertiggebracht, die Blumen einfach in die Grüntonne zu schmeißen; wie ein Idiot habe ich die kahlen Stengel in den Park zurückgetragen. Dass jetzt da wieder eine Vase stand, auch wenn sie nur von Madame Deschamps kam, berührte mich an einem Punkt, den ich schon lange empfindungslos geglaubt hatte; ihre Putzaktion war mir noch eher lästig erschienen, aber die kleine überflüssige Geste erfüllte mich mit Dankbarkeit.

Ich hörte ihre Schritte auf dem Flur und hatte mir schon vorgenommen, ihr die Hand zu küssen, *»vous êtes trop aimable, Madame«*, aber dann war es gar keine hilfswütige Frau, die hereinkam, eine Schürze umgebunden und einen Putzlappen in der Hand, sondern ein zwölfjähriges Mädchen.

»Schade«, sagte Elodie, »wenn Sie ein bisschen später gekommen wären, hätte ich schon alles wieder eingeräumt.«

»Aber … Wieso …?« Ich kam ins Stottern, was sie mit sehr erwachsener Höflichkeit übersah.

»Ich kann auch kochen für Sie, allerdings nur am Abend, weil wir über Mittag ja in der Schule bleiben.«

Du hast mich auch immer so aus der Fassung bringen können, wenn Du etwas völlig Verrücktes getan hast und mich dabei freundlich angelächelt, als ob Du sagen wolltest: »Hattest du das etwa nicht erwartet?«

»Wie bist du überhaupt hereingekommen?« Eine überflüssige Frage; ich habe Jean einmal einen Schlüssel gegeben, für Notfälle, und bei seiner Ordnungswut wird der nicht schwer zu finden gewesen sein.

Elodie antwortete auch gar nicht. Sie ordnete Besteck in eine Schublade ein und rieb Stück für Stück noch einmal an ihrer Schürze ab, es gab für sie nichts Wichtigeres, als meine alten Messer auf Hochglanz zu bringen. »Es wäre natürlich einfacher, wenn ich Ihnen Geld anbieten könnte«, sagte sie schließlich, »aber ich dachte, vielleicht sind Sie auch einverstanden, dass ich es mir abverdiene.«

»Wovon redest du eigentlich?«

Elodie legte das letzte Messer zu den andern und schob die Schublade zu. »Ich möchte Sie bitten, dass Sie mich bei sich wohnen lassen. Ich muss ausziehen von zu Hause.«

Ich habe nein gesagt, natürlich, und ich habe mich auch nicht umstimmen lassen, obwohl mir Elodie das nicht leichtmachte. Nicht dass sie geweint hätte oder gejammert, damit umzugehen wäre einfacher gewesen, sie schilderte nur die Atmosphäre bei sich zu Hause, den Zweikampf, der da ausgetragen wurde, den ganzen Tag und immer wortlos, und wie sie so dasaß, ganz gerade und die Hände zwischen den Knien, hätte ich sie am liebsten in die Arme genommen, sie getröstet und ihr alles versprochen, auch das Unmögliche. Elodie beschrieb, wie sie jedes Wort überlegen müsse und ausbalancieren, um nur ja nicht den einen zu bevorzugen oder den andern, »sie sind doch meine Eltern, und ich möchte, dass sie zusammenbleiben«. Vielleicht, hatte sie sich überlegt, würde es ohne sie besser gehen, vielleicht würden Jean und Geneviève wieder anfangen miteinander zu reden, wenn erst einmal kein Zwischenträger mehr da wäre, an den sie die Worte richten konnten, die eigentlich für den andern bestimmt waren.

Äußerlich gleicht Elodie ihren Eltern nicht sehr, aber sie hat doch von beiden etwas mitbekommen, von Jean den romantischen Glauben an die Machbarkeit aller Dinge und von Geneviève die ganz irdische Gewissheit, dass man nichts bekommt, ohne dafür zu bezahlen. Wenn man den Salto können muss, um mit einer guten Note den häuslichen Frieden zu fördern, dann wird der halt geübt, bis man ihn hinkriegt. Wenn der Nachbar leere Zimmer in seinem Haus hat und man möchte bei ihm einziehen, dann muss man ihm auch etwas dafür bieten. Also hatte sie die Sache angepackt, meinen Herd geputzt, mein Geschirr abgewaschen und es unterdessen auch schon wieder im Schrank verstaut.

Sie wollte gar nicht verstehen, warum ich nicht zustimmte, sie hatte sich doch alles so genau überlegt, und wir würden beide nur Vorteile davon haben. Sie wies auf den leergeräumten Tisch, an dem wir jeden Abend sitzen würden, »ich würde Ihnen einen Kaffee kochen, und Sie könnten mir bei den Deutschaufgaben helfen, wenn Sie Lust dazu haben. Immer allein sein, das kann Ihnen ja auch keinen Spaß machen. Außerdem wäre es ja nicht für immer, nur bis sich etwas ändert.«

Wenn sie einem ganz ernsthaft ihre Pläne erklärt, die ihr so einleuchten und die doch so aussichtslos sind, dann vergisst man leicht, dass Elodie erst zwölf ist. Sie hat ganz vernünftige Ansichten, sogar bei Dingen, die sie unmöglich ganz verstanden haben kann in ihrem Alter. So ist sie überzeugt davon, dass Valentine nie aufgeben wird, »sie wird immer wieder kommen und wieder, sie wird uns keine Ruhe lassen, bis wir von hier wegziehen, oder bis mein Vater und meine Mutter …« Sie schüttelte heftig den Kopf, sie hatte sich selber bei einem Gedanken ertappt und wollte ihn nicht hören. »Früher haben sie miteinander gestritten, und ich habe gedacht, ich kann es nicht ertragen, aber was sie jetzt machen, ist viel schlimmer. Ich wünsche mir manchmal, dass sie einander schlagen würden, so richtig mit den Fäusten, damit müssten sie nämlich irgendwann aufhören. Aber so tun, als ob der andere tot wäre … Ist schon einmal jemand gestorben, den Sie gernegehabt hatten?«

Ich habe an Dich gedacht, obwohl Du noch lebst.

Als Elodie merkte, dass ich wirklich nicht zu überreden war, auch nicht mit dem Angebot, alle meine Knöpfe anzunähen, sie könne das sehr gut, legte sie ihre erwachsene Haltung ab wie einen zu großen Mantel, beinahe hätte sie geweint, ihre Unterlippe zitterte schon, aber sie hat gelernt, sich zu beherrschen. »Dann gehe ich jetzt«, sagte sie, »bitte entschuldigen Sie, dass ich Sie gestört habe.« Sie tat mir leid, und so erlaubte ich ihr – wahrscheinlich hätte ich auch das nicht tun sollen –, mich jederzeit zu besuchen, wenn sie Hilfe brauche oder ein Gespräch oder einfach einen ruhigen Ort.

Es war dunkel draußen und neblig, und sie ging zu ihren Eltern wie zu einer Hinrichtung.

Am nächsten Morgen saß ich bei den Brossards (»Sie nehmen doch zwei Tässchen Kaffee, meine Maschine macht es nicht anders«), und *le juge* erklärte mir, warum es überhaupt nicht darauf ankäme, ob Valentine die Wahrheit gesagt habe oder nicht. »Wahrheit ist ein philosophischer Begriff, und die Philosophie verhält sich zum wirklichen Leben wie eine schicke Krawatte zu einem schmutzigen Hals.«

Madame Brossard hüstelte missbilligend. An die Ansichten ihres Mannes hat sie sich gewöhnt, aber in anständiger Gesellschaft spricht man nicht von ungewaschenen Körperteilen.

»Es kann heute sowieso niemand mehr feststellen, was wirklich vor fünf Jahren passiert ist. Ob er damals mit dem

Mädchen nur Verstecken gespielt hat oder sämtliche Bücher von de Sade durchbuchstabiert, es kommt auch überhaupt nicht drauf an.« Monsieur Brossard hatte schon wieder seine Lachfältchen um die Augen, wie immer, wenn er lustvoll provoziert. »Was meinst du«, sagte er zu seiner Frau, »ist *Saint Jean* ein guter Mensch oder ein Kinderschänder?«

»Ich kann das einfach nicht glauben.«

»Aha!«, triumphierte *le juge*. »Es geht also um Glauben und damit um Philosophie. Quod erat demonstrandum. Es ist in diesem Lande jedem Menschen unbenommen, an die Jungfrauengeburt zu glauben oder an ein wundertätiges Meerschweinchen, aber wenn einer vor mein Gericht gekommen wäre und hätte mit diesem Glauben argumentiert, den Prozess hätte er verloren.«

»Das ist unmoralisch!«

»Was ich auch hoffen will. Moral ist eine philosophische Größe, und der Staat hat mich all die Jahre nicht fürs Philosophieren bezahlt, sondern für die Rechtsprechung. Und die definiert ›schuldig‹ nicht als ›er hat etwas getan‹, sondern als ›er ist für etwas verurteilt worden‹. Was unserem guten Jean, befürchte ich, keine sehr großen Chancen lässt.«

»Sie meinen: man wird ihn vor Gericht stellen?«

»Das sicher nicht. Der einzige Beweis ist die Aussage des Mädchens, und die nimmt Ihnen jeder Gutachter in fünf Minuten auseinander. Das Dorf wird ihn verurteilen, hat es wahrscheinlich schon getan. Nach dem Paragraphen ›Kein Rauch ohne Feuer‹. Ein sehr nützlicher Paragraph, manchmal. Soll ich Ihnen eine Geschichte erzählen?«

Es war eine rhetorische Frage, Monsieur Brossard geht davon aus, dass jeder seine Geschichten hören will. Er hatte

Zeitung gelesen, als ich kam, und jetzt begann er, ein Blatt davon in immer kleinere Streifen zusammenzufalten. Seine Hände müssen zu tun haben, wenn der Kopf frei sein soll.

»Als ich noch Richter war in Paris, im neunzehnten Jahrhundert ...« Alle seine Erinnerungen beginnen so, und ich bin mir nie sicher, ob er von Tatsachen spricht oder sich nur Parabeln ausdenkt, um etwas mit ihnen zu beweisen. »Als ich noch Richter war, musste ich mal im Fall eines jungen Mannes urteilen, dem hatte eine alte Verwandte ihr ganzes Geld anvertraut, sehr viel Geld, und er konnte der Versuchung nicht widerstehen und hat es veruntreut.«

Monsieur Brossard wird allmählich wie Mademoiselle Millotte, dachte ich, er hat nichts von dem vergessen, was er erlebt hat, aber er kann sich nicht mehr merken, wem er es schon erzählt hat. »Ich unterbreche Sie ungern«, sagte ich, »aber die Geschichte kenne ich schon.«

Der *juge* war überhaupt nicht aus der Fassung gebracht. »Dann können Sie mir sicher auch sagen, wie mein Urteilsspruch gelautet hat.«

»Freispruch.«

»Sehr gut!« Er nickte mir aufmunternd zu, wie einem Studenten, der in der Klausur eine Frage richtig beantwortet hat, keine wichtige Frage, aber immerhin. »Und wie ging die Geschichte weiter?«

»Sie war da zu Ende.«

»Eine Geschichte ist nie zu Ende, *mon cher ami*. Das Urteil schließt nur den juristischen Teil ab. Die Moral« – er machte im Sitzen eine formvollendete Verbeugung in Richtung seiner Frau – »fängt dann erst an.«

Madame Brossard spitzte die Lippen zu einem Kuss. Die

beiden sind schon so lange zusammen und immer noch verliebt. Ich beneide sie.

»Die alte Dame hatte sich erhängt«, fuhr *le juge* fort, »am Ofenrohr, da Sie mir immer so gut zuhören, werden Sie sich sicher erinnern, und der Neffe, der ja nun niemanden mehr zu betreuen hatte, gab seinen Beruf auf, kaufte sich ein schönes Haus in Aix-en-Provence und genoss das Leben in der Sonne, als angesehener Mann. Bis dann leider, leider, in der Stadt das Gerücht auftauchte, er sei ein Mörder und nur wegen irgendwelcher juristischer Kniffe dem Zuchthaus entgangen. Man ist sehr engstirnig in diesen Dingen, da unten im Süden, und es wollte plötzlich keiner mehr etwas mit ihm zu tun haben. Ich stelle mir das sehr langweilig vor: ein Leben ohne Arbeit, ein schönes Haus, und niemand will mit einem reden.«

»Und wie kam das Gerücht dahin?«

Monsieur Brossard war plötzlich ganz auf seine Papierfalterei konzentriert. »Keine Ahnung. Es ist natürlich denkbar, rein theoretisch, dass ich beim einen oder anderen Telefongespräch mit einem Kollegen aus der Gegend ein bisschen indiskret war, dass der die Geschichte auch wieder weitergeredet hat und dass deshalb … Aber das wäre dann nicht mehr juristisch, sondern schon moralisch. Ich hab Ihnen das Ganze auch nur erzählt, um deutlich zu machen, dass dem heiligen Johann ganz andere Dinge drohen als ein Gerichtsurteil. Unser Herr Bürgermeister hat schon damit angefangen.«

So wie Monsieur Brossard es berichtet – und in politischen Dingen weiß er immer Bescheid –, hat Ravallet Jean in die *mairie* bestellt, in sein Büro, hat von der Fürsorgepflicht gesprochen, die er als Bürgermeister nun mal habe, besonders wenn es um ein minderjähriges Mädchen ginge, und dass er sich überlegen müsse, ob es nicht im Hinblick auf die gegebenen unangenehmen Umstände angebracht sei, Elodie in ein Heim zu stecken, vorübergehend natürlich nur und zu ihrem eigenen Besten. Andererseits, auch das habe er im Rahmen seiner Obliegenheiten zu prüfen, wäre es ja durchaus denkbar, dass sie die traumatischen Erlebnisse der letzten Tage ebenso gut oder sogar besser im Schoße der Familie verarbeiten könnte, allerdings müsste man dazu die Sicherheit haben, dass ihre Eltern, und er denke da vor allem an Jean, besonnene und vernünftige Leute seien; seine vorgesetzte Behörde, wenn sie sich denn einschalten sollte, würde es sicher sehr negativ beurteilen, wenn man ihr Jean als Querkopf schilderte, der den gewählten Repräsentanten des Dorfes immer wieder Schwierigkeiten bereite. »Mit anderen Worten«, sagte Monsieur Brossard, »er hat gedroht, ihm Elodie wegzunehmen, wenn Jean wegen der Kiesgrubenpläne keine Ruhe gibt.«

Jetzt verstehe ich Jean wieder besser. In seiner Lage hätte ich mich auch betrunken. »Man hat ihn also erpresst?«

»Aber nein, *mon cher ami*. Es gibt ein so schönes Wort dafür, das wir aus Ihrer Sprache übernommen haben: *la Realpolitik*.« Monsieur Brossard zog seine Papierharmonika auseinander und riss das Blatt mittendurch. »Übrigens: ich habe Ihnen die Geschichte vorhin nicht ganz zu Ende erzählt. Der junge Mann, mit dem niemand mehr etwas zu tun haben wollte, der hat sich schließlich umgebracht. Erhängt, wie seine Tante. Man könnte von Gerechtigkeit reden, aber das wäre schon wieder philosophisch.«

Ich weiß nicht mehr, welche Farbe Deine Augen haben.

Es ist das Erste, das ich nicht mehr weiß von Dir, und der Verlust macht mir Angst. Sie waren hell, meine ich, aber ich bin mir nicht mehr sicher. Es geht mir mit Deinem Bild wie mit einer Heiligenstatue, deren Füße von so vielen Pilgern geküsst wurden, dass nur noch das rohe Holz übrig ist, wie mit einer Geschichte, die man so oft erzählt hat, dass sie nur noch sich selber wiedergibt.

Ich habe Dich kaputterinnert.

Natürlich weiß ich noch ganz genau, wie Du mich angesehen hast, ich glaube es zu wissen, ich will, dass ich es weiß, aber ein Lächeln ist keine Vokabel, die man sich nur einmal eintrichtern muss, und dann bleibt sie abrufbar für alle Zeiten, es gibt keine Merkverse für Emotionen und keine Eselsbrücken für Gefühle. Wie soll ich Dein Gesicht studieren, in den Stunden, wo die Nacht vorbei ist und der Tag nicht beginnt, wie soll ich mit Dir reden in meinem Kopf, wenn Du keine Augen mehr hast?

Und wenn die Augen (grau? grün?) nur der Anfang sind? Wenn als Nächstes Deine Haare vom Gedächtnisschimmel befallen werden oder Deine Lippen? Die Haare sind braun, da muss ich nicht nachdenken, ich kann ihren rötlichen Schimmer genau sehen, ich kann sie unter meinen Händen fühlen, ich könnte sogar das exakte Wort für ihren Duft finden, aber jedes Mal, wenn ich die Erinnerung hervorhole, jedes Mal, gebe ich auch etwas Eigenes dazu, wie ein Restaurator, der Pinselstrich um Pinselstrich das Original zerstört.

Ich will Dich doch nicht zurechtphantasieren müssen, wie sich der General sein Heldentum zurechtphantasiert oder der alte Simonin den Triumph über seinen Sohn, ich will doch nicht werden wie all die Leute hier in Courtillon, die sich die immer selben Geschichten erzählen, immer wieder, mit jeder Wiederholung trocknen ihre Erinnerungen mehr ein, schrumpfen auf immer weniger Sätze zusammen, ich will doch nicht, dass von der wichtigsten Zeit meines Lebens nicht mehr übrigbleibt als: »Wir haben uns geliebt. Sie war jünger als ich. Es hat nicht gedauert.«

Die Nächte sind einfach zu lang.

Ich habe Dich einmal zu einem französischen Gastspiel ins Theater eingeladen, in der Pause haben wir uns wie zufällig getroffen. Du konntest nichts anfangen mit dem »Spiel von Liebe und Zufall« und hast zu mir gesagt: »Man kann gar nicht so schnell auf die Uhr schauen, wie man sich langweilt.«

Genau so ist der Winter in Courtillon, ein endloses Nachsitzen. Richtigen Schnee hatten wir nur im November (ein Überrest davon, rostbraun verfärbt, wird wohl immer noch im Polizeilabor aufbewahrt), dann war es viel zu warm, und jetzt, schon seit Wochen, kriecht jeden Tag der Nebel vom Fluss über das Dorf, kalt und feucht und dunkel, wie die Ausdünstung schmutziger Wäsche. Es ist, als ob der Kalender sich festgehakt hätte, als ob man immer wieder denselben Tag lebte, immer wieder dasselbe Holz ins Haus hinein schleppte und dieselbe Asche hinaus. Eine Jahreszeit für Gespenster; vor ein paar Tagen hat der General wieder in die Nacht hineingeballert, um seine eigenen zu vertreiben.

Außerhalb der schweren Träume bewegt sich nichts mehr; all die Geschichten, über die sich Courtillon so erregt hat, sind wie eingefroren, die Drohungen rosten vor sich hin, und die Hoffnungen haben sich verkrochen. Der Winter hat uns alle in Einzelhaft genommen, und die wenigen Ereignisse ragen wie Spitzen aus dem Nebel.

Ereignisse? Der Pferdebauer ist gestorben, was Jojo sehr glücklich gemacht hat. Bei Beerdigungen darf er sich nämlich eine Krawatte umbinden und im Vorraum der Kirche am Glockenseil ziehen, langsam und feierlich. Er kommt sich immer ganz bedeutend dabei vor. Zu Mademoiselle Millotte, die er über alles liebt, hat er in seiner Begeisterung gesagt: »Wenn Sie dann tot sind, werde ich auch die Glocke läuten, ja, dann werde ich auch die Glocke läuten.«

Jojo, ich habe es erst jetzt erfahren, war übrigens der Neffe des Pferdebauern und hat bei ihm gewohnt. »Es wird Schwierigkeiten geben«, sagt das Dorf, »wenn er jetzt dort ganz allein haust.« Man wird einen Vormund für ihn bestellen müssen, nicht so sehr wegen Jojo als wegen des Hofs, den der Pferdebauer hinterlassen hat.

Der ist zur allgemeinen Verwunderung doch nicht an seinem Emphysem erstickt, wie es alle erwartet hatten, er hat sich eine Kugel durch den Kopf geschossen, mit dem Jagdgewehr; Pferdehändler sind schlau, und so hat er seinem vorbestimmten Tod ein Schnippchen geschlagen.

Seine beiden letzten Gäule hat man weggebracht, ins Schlachthaus wahrscheinlich, und bald wird man sich auch an den Pferdebauern nur noch mit drei Sätzen erinnern: »Er war derjenige, den man immer gerufen hat, wenn ein Tier Junge bekam. Er hatte es auf der Lunge. Er hat sich dann erschossen.«

Bei der Abdankung habe ich den fetten Pfarrer von Saint-Loup zum ersten Mal wiedergesehen. Es war eisig in der Kirche, und während er mit seiner hohen Stimme von der Gnade des Herrn sprach, rieb er sich dauernd die Hände, als hätte er mit diesem Tod ein gutes Geschäft gemacht.

Es ist hier üblich, dass nur die engsten Verwandten mit auf den Friedhof gehen, und da der Pferdebauer niemanden hatte, sollte ihn nur der *cantonnier* begleiten, der auch als Totengräber fungiert; es kann keine angenehme Arbeit sein bei diesem Wetter.

Nach der Messe, während wir alle vor der Kirche von einem Bein aufs andere traten (der Fahrer des Leichenwagens hatte die Scheinwerfer brennen lassen und damit die Batterie erschöpft), teilte mir Monsieur Deschamps mit, dass sämtliche Untersuchungen eingestellt seien, nicht nur die gegen mich. Was sich im *bois de la Vierge* abgespielt habe, wisse man ja nun so ungefähr, das Ganze sei höchstens Sachbeschädigung, und wegen des Vorfalls in Jeans Hof habe niemand Anzeige erstattet. Außerdem habe ihn seine Frau gebeten, Maurice möglichst schonend zu behandeln, wegen seines beruhigenden Einflusses auf Valentine, ich kennte die Hintergründe ja wohl besser als jeder andere. Er wolle im Übrigen gern diese Gelegenheit benutzen, um mir für meine pädagogischen Bemühungen bei dem Jungen noch einmal herzlich zu danken. So wie es aussähe, sei der Hauptschläger sowieso dieser Philippe gewesen, von dem man immer noch keine Spur habe, wahrscheinlich sei er schon längst wieder in Paris, und ihm, Deschamps, sei es nur recht, wenn sich jetzt wieder die dortigen Kollegen mit ihm herumärgern müssten. Monsieur Deschamps war in Uniform zur Abdankung gekommen, auch Pietät ist eine Diensthandlung.

Seine Frau hatte sich für die Kirche ein Spitzentuch in ihren Haarturm montiert, bei jeder Kopfbewegung flatterte es wie eine Signalflagge. Seit meinem Gespräch mit Maurice hat sie mich ins Herz geschlossen, sie glaubt einen neuen Rekruten gewonnen zu haben für ihre Wohltätigkeitsbrigade, und war besonders begeistert, dass ich mich so nett um Elodie kümmere, sie habe gehört, die Kleine sei jetzt regelmäßig bei mir zu Besuch. Ich war sehr erleichtert, als der junge Simonin endlich mit einem Traktor kam und die Batterie des Leichenwagens überbrückte. Die dörfliche Etikette erlaubt es nicht, dass man nach Hause geht, bevor die Leiche ihren letzten Weg angetreten hat.

Elodie ist tatsächlich oft bei mir, aber ich kümmere mich nicht um sie, ich gebe ihr nur Asyl. Wir unterhalten uns wenig, selbst wenn wir am selben Tisch sitzen, es tut ihr gut, eine Stunde oder zwei einfach stumm sein zu dürfen, bevor sie zu Hause wieder ihr Natürlichkeitstheater spielen muss. Oft bekomme ich sie nicht einmal zu sehen; wenn sie nicht gerade Schularbeiten macht, findet sie immer etwas im Haus zu tun, meine Fenster sind noch nie so oft geputzt worden, und sie hat sogar einen *tête-de-loup* angeschleppt, eine Art langstieligen Schrubber, mit dem man Spinnweben bekämpft.

Ihren Wunsch, bei mir einzuziehen, hat sie nie mehr erwähnt, aber ich bin sicher – sie müsste nicht die Tochter ihres Vaters sein –, dass sie den Plan nicht aufgegeben hat. Sie setzt jetzt auf die Macht der Gewohnheit, will mich mit gebügelten Hemden verführen und einem täglich gemachten Bett. Sie hat sogar angefangen, ganz selbstverständlich und ohne mich zu fragen, das zweite Zimmer aufzuräumen, in dem meine ganze Vergangenheit in Kisten herumsteht. Die Bücherkartons hat sie aufeinandergestapelt, hat eine Burgmauer errichtet aus klug bedrucktem Papier, umso beschützender, als die Bücher in einer Sprache geschrieben sind, die sie nicht versteht. Dazwischen hat sie gerade so viel Platz gelassen, dass man jederzeit eine Matratze hinlegen könnte und sich verkriechen.

Zu Hause macht sie weiter das Kind, erzählt Harmlosigkeiten aus der Schule, dass man jetzt Telefonkarten sammle zum Beispiel und dass noch keiner in der Klasse den Salto könne, kein Einziger.

Ihre Mutter scheint nichts dagegen zu haben, dass sich Elodie so oft zu mir flüchtet, als sei es das Normalste von der Welt, dass sich eine Zwölfjährige lieber bei ihrem Nachbarn aufhält als bei den Eltern. Einmal klingelte Geneviève bei mir an der Tür, wollte aber auf gar keinen Fall, dass ich ihre Tochter herholte, ich sollte ihr nur ausrichten, das Abendessen wäre heute früher, sie müsse noch an einen Kurs über Fahrsicherheit. (Ich habe den Duft dieses Tages noch in der Nase, Elodie hat den großen Eichentisch in der Küche mit Bienenwachs eingerieben, seither glänzt er und riecht nach einem wirklichen Zuhause.) Wir haben dann ein bisschen geplaudert, Geneviève und ich, der übliche leere Dialog unter Nachbarn, es kommt nicht drauf an, wovon man spricht, solange man nur die tote Katze nicht erwähnt.

Wer Geneviève nicht sehr gut kennt, käme nicht auf den Gedanken, dass sie Probleme haben könnte, dabei lebt sie mit ihrem Mann nur noch zusammen wie mit einem Besatzer. Sie erwähnt Jean nie, aber das könnte auch Zufall sein, und gerötete Augen hatte sie schon immer.

Jean selber ist dauernd unterwegs, auch wenn es kaum noch Arbeit für ihn gibt. Einmal habe ich ihn am Ende des Dorfes beobachtet, bei der verrückten Frau mit den schwarzen Hühnern. (Ja, ich weiß unterdessen, dass sie Madame Ravallet heißt, dass sie die Mutter des Bürgermeisters ist, dass sie einmal eine Schönheit war, eine geborene du Rivault und eine gute Partie, aber für mich wird sie immer die Hühnerfrau bleiben.) Jean hat auf sie eingeredet, ich kann mir nicht vorstellen, was er von ihr wollte, sie hat ihm auch nicht zugehört, natürlich nicht, hat ihn gar nicht bemerkt, und er hat trotzdem immer weiter gestikuliert und argumentiert. Vielleicht ist er auch schon ein bisschen verrückt.

Er geht auch viel in den Wald, stundenlang, obwohl es nicht die Jahreszeit dazu ist; wenn er zurückkommt, trampelt er Schlammabdrücke quer durch die Zimmer, absichtlich, und Geneviève lässt sie eintrocknen, demonstrativ. Wenn es ihren Mann nicht gibt, gibt es auch seine Fußspuren nicht. Ich frage mich, ob er immer noch der alten Geschichte mit dem Kurier nachgeht, trotz Ravallets Warnung.

Unser Bürgermeister hat es offenbar bei der Drohung bewenden lassen, wenn irgendetwas im Gange wäre, um Elodie in ein Heim zu stecken, hätte ich es von Madame Deschamps sicher erfahren. Ich habe Ravallet lange nicht mehr im Dorf gesehen, bei der *permanence,* zweimal die Woche, lässt er sich von Bertrand vertreten, der ist *premier adjoint*, was bedeutet, dass er den Kleinkram in der *mairie* machen darf und sich dafür wichtig fühlen. Wie es zwischen Bertrand und Jean steht, weiß ich nicht, zu den Perrins nach Hause gehe ich nicht mehr gern, und bei dem Wetter sind zufällige Begegnungen schwer zu bewerkstelligen.

In den letzten Wochen habe ich überhaupt nur ein einziges Mal mit Jean gesprochen. Er klopfte eines Morgens an mein Fenster, sehr aufgeregt, und bestand darauf, dass ich sofort meinen Mantel anzöge und mit ihm ein paar Schritte machte, er habe mir etwas sehr Wichtiges zu zeigen. Es war noch dunkel draußen (es ist jetzt eigentlich immer dunkel), und wir müssen ausgesehen haben wie zwei Verschwörer, als wir nebeneinander hergingen, beide die Kragen hochgeschlagen und die Hände in den Taschen. Außer uns war niemand unterwegs, nur der junge Simonin rumpelte auf einer seiner Maschinen vorbei. Ich weiß nicht, was es auf einem Feld zu arbeiten gibt in dieser Jahreszeit.

Erst weit hinter dem Friedhof, wo uns auch der General nicht mehr aus einem Fenster beobachten konnte, zeigte mir Jean, was ihn so aus der Fassung gebracht hatte. Er hatte einen Brief bekommen, gerade eben, einen anonymen Drohbrief, abgestempelt in Aubervilliers, einer Trabantenstadt östlich von Paris, und er wollte von mir seine Vermutung bestätigt haben, dass nur Philippe der Verfasser sein könne, Phi, der junge Schläger, der aus Saint-Loup abgehauen ist. Jean hatte den Umschlag in eine Plastikhülle gesteckt, wie ein Kriminalbeamter, der keine Fingerabdrücke zerstören will. Als er ihn herausholte, zitterte seine Hand.

Ich stimme ihm zu, der Brief kommt von Philippe, der

Inhalt und der ganze Tonfall sind eindeutig. Jean solle sich in acht nehmen, schreibt Phi, er habe ihn schon zweimal zusammengeschlagen und werde es wieder tun, immer wieder, *»et un jour je te vianderai,* und eines Tages steche ich Dich ab«. Jean müsse bezahlen, für alles, was er Valentine angetan habe. (In dem Brief steht nur »V«, der Name reduziert auf zwei Narben.) Das Schreiben endet mit einer melodramatischen Drohung, die Phi in einem Film aufgeschnappt haben muss. »Du bist schon tot«, steht da, »Du weißt es nur noch nicht.«

Jean hatte Angst, je lauter er redete, desto deutlicher flüsterte sie aus ihm heraus. Trotzdem wollte er auf gar keinen Fall mit Monsieur Deschamps darüber sprechen, als Gendarm stünde der im Dienste des Bürgermeisters, und man würde ihm auch aus der Bedrohung noch einen Strick drehen. Nein, auch mit diesem Problem müsse er allein fertig werden, und er wisse auch schon wie, noch einmal würde er sich nicht hinterrücks überraschen lassen, nie wieder, die würden sich alle noch wundern über ihn, schließlich sei er beim Militär gewesen und habe Nahkampf gelernt, einem Menschen das Genick brechen mit bloßen Händen. Er glaubt sich den eigenen Mut nicht recht, er weiß sehr gut, dass ihn die Uniform nicht zum Helden gemacht hat, auch wenn er zwölf Monate lang mit kurzgeschorenen Haaren herumgelaufen ist, mit einem tätowierten Dolch auf dem Hintern. *»Je vais leur casser la figure«,* droht er und merkt gar nicht, dass er von Philippe schon wieder im Plural gesprochen hat, wie von einer Übermacht, gegen die man sich nicht wirklich wehren kann.

Vielleicht hatte er sich Erleichterung davon versprochen,

mir den Brief zu zeigen, aber diese Hoffnung erfüllte sich nicht. Angst wird nur größer, wenn man sie teilt.

»Ich will nicht, dass du mit jemandem darüber sprichst«, sagte Jean und schob den Umschlag sorgfältig in die Plastikhülle zurück. Erst jetzt sah ich, was er da benutzt hatte: einen Gefrierbeutel, in dem man für gewöhnlich Gemüse frischhält und keine Drohungen. Er bleibt ein praktischer Mensch, auch in seiner Panik.

Ich habe mich an sein Verbot gehalten, und auch Jean selber scheint seine alte Geschwätzigkeit abgelegt zu haben. Nicht einmal Mademoiselle Millotte hat von dem Brief erfahren, obwohl sie die Neuigkeit bestimmt so gern auf ihre Waage gelegt haben würde wie Monsieur Charbonnier einen schweren Karpfen. Als Einzige im Dorf lässt sie sich vom schlechten Wetter nicht einsperren und harrt in ihrem Ausguck aus, auch wenn es nicht viel zu sehen gibt in der nasskalten Brühe. Irgendwann hat es sich eingebürgert, dass ihr die Leute abgelegte Kleider vorbeibringen; diesmal trug Mademoiselle ein blaues Regencape, für Kinder gedacht, mit einer Kapuze wie eine Zipfelmütze. Die Schlitze für die Arme hatte sie noch nicht entdeckt und saß in ihrem Rollstuhl wie der Torso einer alten Frau.

In der kalten Jahreszeit wachsen zu wenig Ereignisse in Courtillon, die Gärten sind kahl. In einer idealen Welt müssten sich Neuigkeiten in Gläser einmachen lassen, damit man sie bei Bedarf aus dem Keller holen kann. Die alte Dame war sichtlich enttäuscht, dass ich nichts Aufregendes zu berichten wusste, hatte aber ihrerseits triumphierend mit einer kleinen Sensation aufzuwarten. Es scheint (die Geschichte stammt aus dritter Hand, aber Mademoiselle

Millottes Informanten sind zuverlässig), dass Valentine am letzten Dienstag, kurz vor zwölf Uhr nachts, an einer Haustür geklingelt hat, bei einer Familie, die gerade erst ins Dorf gezogen ist; die Häuser sind hier billiger als in Montigny. Valentine muss zunächst sehr höflich gewesen sein, sie hat sich für die nächtliche Störung entschuldigt, aber es sei leider dringend, sie habe gerade erst erfahren, dass die Familie zwei kleine Töchter habe, und es gäbe da eine Sache, die keinen Aufschub dulde. Die Neuankömmlinge, noch nicht an den lokalen Gerüchtekreislauf angeschlossen, wussten offenbar nichts von Valentine und ihrer Vorliebe für dramatische Auftritte, sie werden an einen echten Notfall geglaubt haben.

Sie sollten die Mädchen auf gar keinen Fall unbeaufsichtigt auf der Straße spielen lassen, sagte Valentine dann weiter, es gäbe da einen Sittlichkeitsverbrecher in Courtillon, einen gewissen Jean Perrin, der mache sich mit Vorliebe an Kinder heran, aber weil er mit den Behörden unter einer Decke stecke, sei bisher alles vertuscht worden. Ich kann mir die Szene gut vorstellen, der gelbe Lichtstreif aus der offenen Türe (nach halb elf brennt hier keine Straßenlaterne mehr), das Mädchen im Nieselregen wie hinter einem Gazevorhang, ihr ernsthaftes, blasses Gesicht, die leuchtende Kurve ihrer Zigarette bei jeder Geste, die beiden Eltern nahe beieinander, sich gegenseitig schützend vor der Kälte der Nacht und der Fremdheit der Situation, ihre fragenden Blicke, die Betroffenheit, als Valentine zu erzählen begann, was Jean von ihr verlangt habe, damals, als sie selber noch ein kleines Mädchen gewesen sei, was nicht nur Jean mit ihr gemacht habe, sondern auch seine Frau, und der Bürgermeister, überhaupt alle im Dorf, die wachsende Irritation, die Zweifel und dann der Schreck, als Valentines Stimme immer lauter wurde, als sie zu schreien anfing, auf der Straße, mitten in der Nacht, sie werden die Tür zugeschlagen haben und den Schlüssel im Schloss gedreht, noch bevor Valentine sich auf dem nassen Pflaster wälzte, Schaum vor dem Mund, und haben dann nur noch hinter dem Vorhang beobachtet, wie Maurice dazukam, der hilflos im Dunkeln gewartet hatte, wie er Valentine beruhigte, tröstete und sie schließlich wegführte, in die Nacht hinein, die nie so dunkel sein kann wie ihre Phantasien.

Am nächsten Tag ist dann Madame Charbonnier gekommen, die *greluche,* und hat sich bei den Leuten für ihre Tochter entschuldigt.

Trotzdem, das weiß ich wieder von Monsieur Brossard, hat sich der Mann im Rathaus gemeldet, ganz offiziell, und hat verlangt, dass die Gemeinde etwas unternimmt, das Mädchen sei eindeutig verwirrt, so jemand gehöre in Behandlung und nicht auf die Straße. Bertrand, als Sprachrohr Ravallets, hat die Sache verwedelt, *Monsieur le maire* sei sich des Problems durchaus bewusst, man sei aber zum Schluss gekommen, auch nach Rücksprache mit Fachleuten, dass von Mademoiselle Charbonnier keine Gefahr für Dritte ausginge, die nötigen Maßnahmen seien bereits eingeleitet, und der nächtliche Auftritt, ein bedauerlicher Rückfall, würde sich bestimmt nicht wiederholen.

»Es kann Ravallet nur recht sein, wenn die Sache noch ein bisschen weitergeht«, kommentierte *le juge,* »solange sich die Leute über Valentine die Mäuler zerreißen, denken sie nicht über die Kiesgrube nach.«

Die Geschichte hat auch keine Fortsetzung mehr gehabt. Nur manchmal sehe ich Valentine durchs Dorf gehen, mit suchendem Blick, als ob sie etwas Wertvolles verloren hätte, und immer sehr in Eile. Ein paar Schritte dahinter folgt ihr Maurice, aber er schaut mich nicht an, wenn wir uns begegnen.

Und sonst? Es ist kalt, es ist nass, und jeder Tag ist wie der letzte.

Ach ja, irgendwann war auch Silvester. Ich habe Jojo ein paar Raketen gekauft, weil er doch Feuer so liebt. Er wollte nicht auf die Nacht warten, hat im Mittagslicht eine nach der andern angezündet und war furchtbar enttäuscht. Nicht einmal Feuerwerk leuchtet in Courtillon.

Und dann ist Dein Brief gekommen.

Du weißt, was Du mir damit angetan hast.

Du weißt es nicht.

Ich habe die Schrift auf dem Umschlag gesehen und meinen Augen nicht getraut. Das ist zwar eine dieser Fertigformulierungen, die auf dem Boden der Sprache herumliegen wie ausgetrocknete Fliegen, aber in diesem Fall beschreibt sie exakt, was in mir vorging. Ich war sicher, dass es nicht wahr sein konnte, dass ich es mir nur einbildete, dass es ein Traum war, der sich in den Tag verirrt hatte. Aber in einem Traum hätte neben Deinem Brief kein Werbezettel für billiges Fleisch gelegen, »füllen Sie jetzt Ihre Gefriertruhe, und alle Ihre Sorgen sind Vergangenheit«, in einem Traum hätte der Umschlag nicht tagelang im Briefkasten gewartet, bis sein Papier feucht war und muffig, ich hätte ihn sofort gefunden, im Traum gab es immer Briefe von Dir.

Ich kenne Deine Schrift so gut, wie sie schräg in den Zeilen liegt, unternehmungslustig vorwärtsdrängend. Der letzte Buchstabe eines Wortes ist nie ausgeschrieben, nur ein Schlenker ins Leere, Du hast keine Zeit und bist immer schon beim nächsten. »Courtillon« hast Du unterstrichen, der Kugelschreiber ist Dir ausgerutscht dabei, es sieht aus, als ob Du die Adresse hättest ungültig machen wollen, ich habe es mir anders überlegt, nein, ich schreibe ihm doch nicht.

Wenn Du es doch nur nicht getan hättest.

Ich habe den Brief aufgerissen, noch im Flur, den Umschlag zerfetzt und meine Ungeduld im selben Augenblick schon wieder bereut. Ich wollte doch jedes Detail auskosten, Sekunde für Sekunde, ich hatte so lange darauf gewartet, und jetzt war es endlich so weit.

Ich bin ja so ein Idiot.

Ich habe wirklich gedacht, das Warten wäre vorbei.

Ich war so glücklich, als ich den Brief aus dem Umschlag holte. Seit ich in Courtillon bin, habe ich ihn schon tausendmal bekommen und tausendmal beantwortet. »Komm her, ich warte auf Dich«, habe ich Dir jedes Mal geschrieben. »Ich wusste, dass Du Dich für mich entscheiden würdest.«

Du hast Dich entschieden.

Ich habe Deinen Brief ganz langsam auseinandergefaltet, am Küchentisch, wo es nach Zuhausesein riecht. Es stimmt nicht, dass man den Atem anhält in so einem Moment, er geht schneller.

Du bist jetzt drüber weg, schreibst Du.

Als ob ich eine Krankheit gewesen wäre, von der man sich erholen muss bei guter Pflege und der richtigen Betreuung.

Als ob ich Dich befallen hätte.

Die Therapie war erfolgreich, schreibst Du, Du hast gelernt, dass Du mir keine Vorwürfe machen darfst, Vorwürfe halten einen bloß in der Vergangenheit fest, und für Dich ist jetzt nur noch die Zukunft wichtig.

Welche Vorwürfe? Welche Zukunft?

Du hast auch selber Fehler gemacht, schreibst Du, auch wenn ich Dich davor hätte zurückhalten müssen als der Ältere und Erfahrenere.

Ich hatte doch nie vorher einen Menschen erfahren wie Dich.

Nie.

Du wolltest mir das alles noch einmal persönlich sagen, schreibst Du, es selber formulieren, ein letztes Mal, um es damit endgültig hinter Dich zu bringen.

Du bringst mich hinter Dich.

Es ist gut, schreibst Du, dass ich mich nach Frankreich zurückgezogen habe. Die Gewissheit, dass Du mir nie mehr begegnen musst, macht Dir die Sache leichter.

Schreibst Du.

Schreibt jemand, der mit Deinem Namen unterzeichnet.

Es ist endgültig vorbei.

Ich bleibe eingesperrt in Courtillon und weiß nicht mehr, welche Farbe Deine Augen haben.

Du hast keine Augen mehr.

Ich war nie Dein Lehrer.

»Das ist keine Entschuldigung!«, haben sie mich angebellt und mich gar nicht weiterreden lassen. Sie hätten doch nicht verstanden, was ich ihnen erklären wollte. Wenn ich Dich länger gekannt hätte, das Wunder Deines Lächelns hätte mich nicht so überwältigt. Wenn ich Dich zuerst im Klassenzimmer erlebt hätte, hilflos an unregelmäßigen Verben herumstotternd, der Klang Deiner Stimme hätte mich nicht so verzaubert. Ich hätte Distanz gehalten, pädagogisch korrekt.

Vielleicht.

»An Klassenfahrten von mehr als einem Tag Dauer haben zwei Mitglieder des Lehrkörpers teilzunehmen.« Es ging nach Paris, da ist ein Französischlehrer der logische zweite Mann.

Ich sah Dich zum ersten Mal am Bahnhof. Ihr wart der übliche schnatternde Haufen, unfertige Stimmen und unfertige Gesichter, saßt auf dem Boden, an Eure Reisetaschen und Rucksäcke gelehnt. Der Klassenlehrer nannte mir Eure Namen, und ich machte nicht einmal den Versuch, sie mir einzuprägen. Wir würden fünf Tage zusammen sein und uns dann nie wieder begegnen. Als ich begrüßend von einem zum andern ging, gabt Ihr mir die Hand, ohne mich wirklich wahrzunehmen.

Außer Dir.

»Wie konnten Sie nur?«, haben sie mich immer wieder

gefragt, und ich durfte ihnen nicht die Antwort geben, die mir auf der Zunge lag.

Es war leicht.

Du hast den Kopf gehoben. Deine Haare fielen zur Seite. Du hast gelächelt.

Ich bin sicher, dass Du gelächelt hast, auch wenn ich die Erinnerung an diese erste Begegnung schon so oft hervorgeholt habe, dass sie blank gerieben ist, ein Spiegel, in dem ich nur noch mich selber finde, wie ich sprachlos dastehe. Das war Dein erstes Geschenk an mich: Sprachlosigkeit. Mein Leben hatte aus Worten bestanden, und jetzt begann wortlos das Leben.

Man sagte mir Deinen Namen, und ich hörte ihn nicht. Du warst über mir zusammengeschlagen wie eine Welle.

Ich bin wohl nicht endlos stehen geblieben, auch wenn es mir in der Erinnerung so scheint, die Ewigkeit dauerte wohl nicht länger als ein Blick Deiner Augen.

Deren Farbe ich nicht mehr weiß.

Dafür sehe ich noch ganz exakt die Fotografie, die der Direktor mir so vorwurfsvoll vor die Augen hielt, bevor er sie herumgehen ließ im Kreis der Entrüsteten. Jeder durfte Dich einmal anfassen und dann auf mich schauen und den Kopf schütteln, missbilligend. Dafür waren sie schließlich gekommen. Es war ein Schwarzweißbild, das nichts mit Dir zu tun hatte, Massenware aus dem Automaten, irgendein Mädchen mit irgendeinem Gesicht. Das Blitzlicht hatte Deine Augen dumm geblendet, es war keine Erklärung in ihnen zu finden. Aus der Zeichnung im Botanikbuch erfährt man nichts vom Duft einer Rose.

»Sie haben sich an eine Schutzbefohlene herangemacht.«

Herangemacht. Wie stolz sie waren auf die eigene Empörung, wie sie sich aufgeilten an der eigenen Sittsamkeit. Dabei war alles ganz anders.

Auf der Fahrt hatte ich vier Plätze für mich allein; ich gehörte nicht richtig dazu, und so hatte sich niemand zu mir gesetzt. Ich hatte etwas zum Lesen mitgenommen, natürlich, einen Band Liedertexte und Gedichte von Jacques Prévert. Ich habe das Buch immer noch, es liegt neben meinem Bett, und ich werde es nie mehr zur Hand nehmen. Auf dem Umschlag hat Prévert gerade den Kopf gedreht und schaut einen an, unter seiner Schiebermütze hervor, halb verächtlich und halb mitleidig.

Cet amour si beau
Si heureux
Si joyeux
Et si dérisoire.
Tremblant de peur comme un enfant dans le noir.
Et si sûr de lui
Comme un homme tranquille au milieu de la nuit.

Ihr sangt andere Lieder, was man halt so lernt im Französischunterricht, *»Sur le pont d'Avignon«* und *»Au clair de la lune«*, Ihr machtet Euch einen Spaß daraus, die kindischen Melodien so misstönend wie möglich zu grölen. Ich versuchte Dich herauszuhören, »Hallo, guten Tag«, hattest Du zu mir gesagt, nicht mehr, aber ich erkannte Deine Stimme unter allen anderen. Du sangst begeistert falsch, und ich lauschte hingerissen.

Si beau
Si heureux
Si joyeux.

»Missbrauch eines Abhängigkeitsverhältnisses«, haben sie es genannt, und das Wort war so richtig und so falsch, dass ich laut lachen musste, zur allgemeinen Entrüstung. Ich hatte nicht zu lachen, ich hatte zerknirscht zu sein, mich unterwürfig zu ducken, während sie mit ihrem moralischen Rotstift in meinem Leben herumkorrigierten wie in einer verpatzten Prüfung. Sie duldeten keinen Widerspruch, schon gar nicht den Widerspruch, den ich gelebt hatte.

Si dérisoire.

Ich bin Dir ausgewichen auf all den üblichen Stationen einer lehrreichen Parisreise, ich bin im Eiffelturm nicht in den gleichen Aufzug gestiegen und habe im Louvre Interesse an Bildern geheuchelt, an denen Du schon vorbei warst. Nur in Versailles sind wir einmal aufeinander zugegangen im Labyrinth der Boskette, einen Atemzug lang waren wir allein auf der Welt, dann öffnete sich ein Seitenpfad zwischen den grünen Wänden, und ich habe mich in die Büsche geschlagen.

Wir haben kein Wort miteinander gesprochen, Du und ich. Was hättest Du mit einem fremden Lehrer reden sollen, der nur als Paragraph der Schulordnung anwesend war, einfach weil jemand da sein musste, um immer wieder nachzuzählen, ob auch wirklich alle im Bus saßen? Was hätte ich mit einer Schülerin reden sollen, die ich nicht ansehen konnte, ohne dass mein Atem stolperte? »Das Herz schlägt bis zum Hals« ist keine Floskel. Es pocht in den Schläfen, dass man meint, jeder müsse es hören.

Ich bin vor Dir davongelaufen, vier Tage lang, quer durch Paris.

Am letzten Abend der Reise, wo die Tradition verlangt,

dass der Klassenlehrer den Kumpel spielt und sich mit seinen Schülern betrinkt, stand ein Zug durch die Studentenkneipen im Quartier Latin auf dem Programm. Ich schützte Kopfschmerzen vor und saß ganz allein in dem kleinen Bistro gleich neben unserem Hotel.

Allein.

»Sie haben die Situation ausgenützt«, sagten sie.

Sie haben nichts verstanden.

Ich habe Dich nicht hereinkommen sehen. »Darf ich mich zu Ihnen setzen?«, sagtest Du. Ich sprang auf, mein Stuhl fiel um, und Du hast gelacht. »Ich habe mir den Magen verdorben«, sagtest Du, »und jetzt muss ich unbedingt etwas essen.« Und lachtest schon wieder. »Es war eine Ausrede«, sagtest Du. »Ich hatte keine Lust, mit den andern mitzugehen. Ihre Kopfschmerzen sind doch auch nicht echt, oder?«

Und saßest mir gegenüber.

Das Tischtuch war weiß, mit einem Schachbrettmuster aus noch weißeren Feldern, wo der Stoff glänzte. Die Serviette passte nicht dazu, sie war aus Papier, gelb, mit einem Saum aus aufgedruckten blauen Blüten. In einem länglichen Korb stand Brot bereit, in Scheiben aufgereiht. An einer Gabel war eine Zinke ganz wenig verbogen. Neben dem Weinglas hatte ich einen roten Fleck auf das Tischtuch gemacht.

Es dauerte lange, bis ich es wagte, Dich anzusehen.

Tremblant de peur comme un enfant dans le noir.

Und kann Dein Gesicht nicht mehr beschreiben. Ich habe zu viele Kerzen vor Deinem Bild aufgestellt, und ihr Rauch hat die Farben verdunkelt.

»Was gibt es hier zu essen?«, fragtest Du.

Die Option eines offiziellen Disziplinarverfahrens, sagten sie, die müssten sie sich natürlich vorbehalten. »Aber eine diskrete Lösung ist uns lieber. Auch im Interesse des Opfers.«

Gab es ein Opfer?

Sie hatten sich alles fertig ausgedacht, was passiert sein musste und was nun zu geschehen hatte, sie waren es gewohnt, vor einer Klasse zu stehen und einen Plan abzuhaken, Punkt um Punkt, keinen Einwand erwartend und keinen Zweifel duldend. Die Hunnen überfielen Europa, Cortés eroberte Mexiko, ein Lehrer verführte eine Schülerin.

Die Wirklichkeit eignet sich nicht zum Abhaken.

Der Wirt brachte ein zweites Glas, selbstverständlich und ohne schräge Blicke, ich schenkte Dir ein – ich höre noch den klirrenden Tanz des Flaschenhalses am Rand des Glases –, Du nahmst einen tiefen Schluck und lächeltest mich an. Mit Deinem Lächeln.

Si beau
Si heureux
Si joyeux.

»Es kommt nicht jeden Tag vor«, sagtest Du, »dass man zusammen mit einem Lehrer schwänzt.«

Es war alles so selbstverständlich. Als ob wir uns verabredet hätten, nein, als ob wir gar keine Verabredung nötig gehabt hätten, weil es gar nicht anders sein konnte, als dass wir hier zusammensaßen, dass der Wirt zwei Teller vor uns hinstellte, dass wir im gleichen Augenblick nach dem Brot fassten und ich Deine Hand berührte, zum ersten Mal.

Es war alles so selbstverständlich.

Wie hätte ich ihnen das erklären sollen, wo sie doch hinter allem Absichten suchten? Hätte ich ihnen beschreiben sollen, wie beglückend es war, Dir beim Essen zuzusehen, weil Du dabei so ganz bei der Sache warst (wie bei allem, was Du tust, aber das wusste ich damals noch nicht), hätte ich schildern sollen, wie Du Deinen Teller leerschaufeltest, so dass ich Dir auch meinen hinschob, noch nicht einmal angerührt, hätte ich ihnen davon erzählen sollen? Hätte ich von Deinem Appetit sprechen sollen, Deinem unersättlichen, lebensgierigen Appetit, hätten sie denn verstanden, dass man jemanden nur schon dafür anbeten kann, wie er das Besteck zum Mund führt, wie er kaut, wie er schluckt? Hätten sie mir denn zugehört?

Du schobst Deinen Teller zur Seite, trankst Dein Glas leer und sagtest ohne Übergang: »Ich will wissen, warum Sie mich so anschauen, die ganze Zeit.«

Ich wusste keine Antwort außer der Wahrheit, und die brachte ich nicht über die Lippen. Nicht gleich. *»Têtu comme une bourrique«* nennt Prévert die Liebe, »störrisch wie eine Eselin«.

»Ich will es wissen«, sagtest Du.

Und irgendwann habe ich zu reden begonnen.

»Aha!«, sagten sie, als ich ihnen davon erzählte, als ich noch dachte, dass sie mich verstehen wollten und nicht nur verurteilen. Der Direktor machte sich eine Notiz, ich las ein Ausrufungszeichen aus seiner Bewegung, mehr brauchte es nicht, die Antworten, die ich zu geben hatte, standen schon lange auf dem Papier, die Prüfung war noch im Gange, aber auf die Note hatten sie sich schon geeinigt.

Schuldig.

Sie hatten alles vorbereitet, auch das medizinische Attest, von einem Psychiater, der mich nie gesehen hatte. »Nervöse Erschöpfung«, hieß die Diagnose, »weiterer Verbleib im aktiven Schuldienst nicht zumutbar.« Zum ersten Mal in meinem Leben war ich ganz gesund gewesen, und dafür wurde ich jetzt krankgeschrieben.

Ich hätte das alles voraussehen können und habe an nichts davon gedacht. Die Welt, in der wir uns gegenübersaßen, in dieser Nacht in Paris, war eine Welt, in der es keine Schuldirektoren gab, keine Aufsichtsbehörden und keine Vertreter des Ministeriums. Es gab Dich, es gab mich, es gab eine Flasche Wein und ein weißes Tischtuch, es gab Dein Zuhören und mein Reden, die Worte kamen immer leichter und schneller, ich wusste den Weg, ohne hinzusehen.

Si sûr de lui
comme un homme tranquille au milieu de la nuit.

Du hast mich nicht unterbrochen, hast mir zugehört, ohne die Augen von mir zu wenden, und als es gesagt war, hast Du genickt, als ob ich nur bestätigt hätte, was Du längst schon wusstest.

Und bist aufgestanden und bist gegangen.

Das haben sie mir nicht geglaubt, das am allerwenigsten. Dass nichts weiter passiert ist in dieser Nacht, dass ich Dich nicht zurückgehalten habe, dass ich Dich habe gehen lassen, dass ich dann später allein durch die Straßen gelaufen bin und alles zum ersten Mal gesehen habe und gehört und gerochen, die Häuser, die Autos, die verschnörkelten Eingänge der U-Bahn. Dass ich mein eigenes Leben besuchte wie ein Tourist, und nichts war mehr so, wie es im Reiseführer gestanden hatte.

Wie hätten sie das auch glauben sollen?

Wir haben nicht mehr miteinander gesprochen auf dieser Reise, und ich war dankbar dafür. In Deiner Nähe sein und Dich nicht berühren, das war gerade noch zu schaffen, ich brachte es sogar fertig, Dich anzusehen, ohne Deinem Blick auszuweichen, aber ich hätte nichts zu Dir sagen können, kein Wort, ohne dass meine Schutzmauer sich aufgelöst hätte wie eine Sandburg vor der ersten Welle des Meeres. Meine Stimme zitterte schon, als Du nur an mir vorbei in den Bus stiegst und ich Dich zählen musste, »neun, zehn, *elf*«, als ob Du eine Nummer wärst wie alle andern, auf derselben Maschine gestanzt, dabei hattest Du nichts gemeinsam mit diesen unausgeschlafenen, von einer langen Nacht verschmierten Gesichtern, Du leuchtetest, Du strahltest, und wenn ich mit Dir gesprochen hätte, hätte ich es Dir wieder sagen müssen, egal, wer dabei gewesen wäre, egal, wer zugehört hätte, ich hätte von meiner Liebe sprechen müssen (es war allein meine Liebe damals, noch nicht unsere), ich hätte sie nicht verschweigen können.

Cet amour qui faisait peur aux autres
Qui les faisait parler
Qui les faisait blémir.

Wir haben nicht miteinander gesprochen, nicht am Bahnhof, wo wir zu spät ankamen und zum Gleis rennen mussten, nicht im Zug, wo ein Junge, breit hingefläzt, stundenlang an meiner Schulter schlief, nicht bei der Ankunft, wo Ihr es alle eilig hattet, in alle Richtungen auseinanderlieft, und wo ich zuletzt ganz allein dastand, einen letzten

Blick von Dir erhoffend und fürchtend. Wir würden uns nie wieder begegnen, dachte ich, tieftraurig und zutiefst erleichtert.

Erleichtert, ja. Auch das hätten sie nicht verstanden.

Sie waren so stolz auf sich selber, weil sie mir einen Ausweg anboten. Sie saßen da mit feindseligen Mienen, *»se regarder en chien de faïence«* heißt das hier, sich anstarren wie Porzellanhunde, und kamen dann endlich auf den Punkt, auf den sie schon die ganze Zeit hingesteuert hatten. »Wir machen Ihnen einen Vorschlag«, sagten sie, »im Interesse des guten Rufs unserer Schule.«

Ihre Großmut war ein Vorwurf, aber ich habe mir selber nur etwas vorzuwerfen: dass ich den nächsten Schritt nicht selber gemacht habe, dass ich mich feige wieder in meinen Alltag verkrochen habe, ein Nichtschwimmer, der froh ist, dass die Lorelei nicht mehr singt. Ich habe mir vorzuwerfen, dass ich nicht den Mut hatte, meinen Gefühlen zu folgen. Ich habe mir vorzuwerfen, dass ich nichts getan habe, um Dich zu verdienen. Vielleicht habe ich Dich deshalb verloren.

Vielleicht.

Du standest vor meiner Tür, Du kamst herein, Du schautest Dich um, wie man sich in einem Hotelzimmer umsieht, das man für längere Zeit mieten will, Du schautest mich an, verglichst mich mit dem Mann, der einmal Worte gefunden hatte, einen Abend lang, in einem Bistro in Paris, und Du musst noch Ähnlichkeiten gefunden haben, denn Du strecktest die Hand aus, strecktest sie aus, bis ich sie nahm, und sagtest dieselben Worte wie damals in jener magischen Nacht.

»Ich will es wissen«, sagtest Du.

Et il nous parle sans rien dire
Et moi je l'écoute en tremblant.

Und so begann die Zeit, an die ich mich nicht erinnern will, weil ich die Erinnerung nicht mehr ertrüge. Nur solange man ein Engel bleibt, brennt man sich nicht die Augen blind, wenn man in die Sonne schaut. So begann die Zeit, in der die Regeln aufgehoben waren, in der das Leben keine Grammatik mehr hatte und zum ersten Mal verständlich wurde. So begann die Zeit, die wir aus dem Kalender schmuggelten, so dass für die anderen nur Papier übrigblieb und Zahlen, die nichts mehr bedeuteten. So begann die Zeit, in der wir kein Netz brauchten, um auf dem Seil zu tanzen und von Trapez zu Trapez zu fliegen. So begann die Zeit.

Und ist zu Ende.

»Wir machen Ihnen einen Vorschlag«, sagten sie. »Sie haben doch ein Haus in Frankreich«, sagten sie. »Wenn Sie sich verpflichten, nicht nach Deutschland zurückzukommen«, sagten sie, »werden wir auf eine weitere Verfolgung des Vorgangs verzichten.«

Ich habe doch nur ja gesagt, weil ich sicher war, dass Du Dich für mich entscheiden würdest. Ich bin doch nur hierhergekommen, um auf Dich zu warten. Nur deshalb habe ich mich in Courtillon wegsperren lassen.

Aber kaum gab es mich nicht mehr in Deiner Nähe, haben sie Dich so lange betreut und behandelt und therapiert, bis Du nicht mehr Du selber warst, bis sie Dich willenlos gemacht hatten, den Schuldigen hatten sie schon, jetzt brauchten sie nur noch ein Opfer dazu, sie haben auf Dich eingehämmert, bis Du so verbogen warst wie alle andern, bis Du ins Raster gepasst hast, sie haben Dich gesundgepflegt, und von dieser Gesundheit wirst Du Dich Dein Leben lang nicht erholen.

Ich werde die Stunden zählen und die Tage und die Wochen und die Monate, ich werde endlos durchs Dorf laufen, Du wirst nicht da sein, und ich werde Dir an jeder Ecke begegnen, und nur Jojo wird mich verstehen, weil er auch ein Idiot ist.

Notre amour reste là
Têtu comme une bourrique
Vivant comme le désir
Cruel comme la mémoire
Bête comme les regrets
Tendre comme le souvenir
Froid comme le marbre
Beau comme le jour
Fragile comme un enfant.

Februar.

März.

April.

Wenn ich es verstehen will, muss ich es aufschreiben.

Am letzten Donnerstag, kurz vor halb zehn, hielt der Verkaufswagen der Bäckerei vor dem Haus von Mademoiselle Millotte an. Der Fahrer stieg aus, um der alten Dame ihre *demi-baguette* zu bringen, die sie immer erst zwei Tage später isst, getrocknet und in Milch wieder aufgeweicht. Mademoiselle Millotte schien zu schlafen, was ihn nicht weiter beunruhigte, ihr fallen oft mitten im Gespräch die Augen zu, und ebenso plötzlich ist sie wieder hellwach. Der Fahrer, er tat es nicht zum ersten Mal, legte ihr die *baguette* auf den Schoß und wollte schon zu seinem Wagen zurückgehen, als ihm ganz plötzlich der Gedanke kam (er hat die Geschichte jedem im Dorf erzählt, und jedes Mal sagt er »als mir ganz plötzlich der Gedanke kam«), wie ungesund es doch sein müsse, so im Sitzen zu schlafen, weit vorgebeugt und den Kopf auf der Brust. Er wollte sie in eine bequemere Position bringen (»Ich habe drei Kinder«, sagt er, »und genau so sieht es aus, wenn eins im Auto einschläft«), aber als er sie anfasste, spürte er, wie kalt ihre Haut war, zu kalt sogar für eine alte Frau im Rollstuhl, deren Blut nicht mehr viel zu bewegen hat.

Auch wenn er nicht hier wohnt, kannte der Fahrer Courtillon doch gut genug, um sofort Madame Deschamps um Hilfe zu bitten, sie braucht das Gebrauchtwerden wie ein Raucher seine Zigaretten. Madame Deschamps ihrerseits holte Madame Simonin dazu – der Tod gehört in die Zuständigkeit der Religion, und sie verwaltet den Schlüssel zur Kirche –, und die beiden Frauen hatten den kleinen alten Körper schon aus dem Rollstuhl gehoben (»leicht wie ein Bündel Stroh«, erzählt Madame Deschamps) und wollten ihn ins Haus tragen, als sie das Blut bemerkten. Madame Simonin schrie auf und wäre wohl weggelaufen, aber Madame Deschamps, die ihr Leben neben einem Gendarmen verbracht hat und sich auskennt in diesen Dingen, sorgte dafür, dass die Leiche sorgfältig wieder abgesetzt wurde, »es darf nichts verändert werden«, sagte sie, und so blieb Mademoiselle Millotte an ihrem angestammten Platz sitzen, bis Monsieur Deschamps geholt worden war und der Arzt aus Montigny.

Die Untersuchung war schnell abgeschlossen, denn die Sachlage war klar. Mademoiselle Millotte war von einer Kugel getroffen worden, es muss zwischen Mitternacht und drei Uhr früh gewesen sein, schätzte der Arzt. Niemand konnte sich an einen Schuss erinnern, aber das war nicht weiter verwunderlich, man wacht hier nicht einmal richtig auf bei einer nächtlichen Ballerei, »der General gewinnt mal wieder seinen Krieg«, denkt man und schläft weiter. Zwar schießt Monsieur Belpoix für gewöhnlich in die andere Richtung, als ob die Feinde, die ihn nachts bedrohen, vom Friedhof her heranstürmten (und vielleicht tun sie das ja auch, Ängste haben ihre eigene Wirklichkeit), aber es war durchaus denkbar, dass er in der Verwirrung seiner Albträume das fremde Heer für einmal schon in Courtillon gesehen hatte, verschanzt in den vertrauten Mauern, und dass er deshalb ins Dorf hinein angelegt hatte, gezielt und geschossen. Dass Mademoiselle Millotte noch so spät oder schon so früh draußen gesessen hatte, war nichts Außergewöhnliches, die Nächte sind nicht mehr kalt, schon lange kann man wieder aus dem Haus gehen, ohne seinen Atem als weiße Fahne vor sich her zu tragen. Monsieur Belpoix hatte geschossen, da gab es keinen Zweifel, und Mademoiselle Millotte, die Sensationen so sehr liebte, hatte endlich selber eine zum ewigen Dorfkalender beigetragen: von einer verirrten Kugel getötet vor ihrem eigenen Haus. Was immer der General anvisiert hatte, er hatte gut getroffen, »direkt ins Herz«, sagte der Arzt, »sie kann nicht gelitten haben«.

Die Reaktion im Dorf war seltsam einseitig und ohne Trauer. Es ist, als ob Mademoiselle Millotte schon vor Jahren gestorben wäre, und man hätte nur erst jetzt die Zeit gefunden, sie zu begraben. Worüber man spricht, immer wieder und sich gegenseitig überbietend bei jeder neuen Wiederholung, ist der Grusel, den jeder empfunden haben will, als er an ihrem Haus vorbeiging, und sie saß in ihrem Rollstuhl, sah aus wie immer und war doch schon tot. In der halben Stunde, die es dauerte, bis der Arzt eintraf, ist ganz Courtillon zufällig vorbeigekommen; so etwas lässt man sich nicht entgehen. Ich habe sie auch dort sitzen sehen, und wahrscheinlich werde ich mich in ein paar Jahren an ein unheimliches Gefühl erinnern, das ich gar nicht empfunden habe; es ist kein großer Unterschied zwischen Leben und Tod.

Vom General spricht man ohne Vorwurf, »er ist eben alt«, sagt man und geht zur viel interessanteren Frage über, warum Ravallet und Monsieur Deschamps nicht schon viel früher etwas unternommen hätten, als Bürgermeister und

Gendarm, schließlich sei Belpoix schon lange eine Gefahr gewesen für Leib und Leben, und man habe es schon immer gesagt. Die beiden hatten es jedes Mal bei einer Ermahnung bewenden lassen, da musste doch etwas dahinterstecken, das Bändchen der Ehrenlegion allein konnte es nicht gewesen sein. Sie hatten die nächtlichen Schießereien als Folklore verharmlost, als etwas, das nun mal zum Dorfleben gehörte, wie die Kränze, die man am 8. Mai am Denkmal der Gefallenen niedergelegt hat, es ist erst ein paar Tage her, und der General hat Ehrenwache gestanden und ist ein Held gewesen. Hinterher wollen manche schon damals etwas Gefährliches an ihm bemerkt haben, aber man lacht sie nur aus.

Als Ravallet und Monsieur Deschamps an seine Tür klopften, erwartete Monsieur Belpoix die beiden schon. Er hatte die Uniform angezogen, die er erst nach dem Krieg bekommen hat, eigens für die Siegesparaden, der Stoff, einem kräftigen jungen Mann angemessen, schlotterte um seine Altmänner-Arme (ich weiß das von Madame Deschamps, die mir gerne alles erzählt, seit sie mich in ihre Koalition der Gutmenschen aufgenommen hat), er stand stramm, die Augen weit aufgerissen, als ob er sie hätte schließen können, wenn er nur gewollt hätte, er salutierte und sagte: »Ich bin froh, dass Sie kommen, *Messieurs.*« Auf dem Wohnzimmertisch lagen seine Waffen in Reih und Glied, sauber ausgerichtet, Gewehre und Pistolen, seit fünfzig Jahren hat er sie aufbewahrt, und sie haben kein Fleckchen Rost angesetzt, »so viele Waffen«, sagt Madame Deschamps, »dass sie dreimal gehen mussten, bis alle im Auto verstaut waren«.

Monsieur Deschamps nahm den General vorläufig fest (sofort fällt mir das Wort ein, *»garde à vue«*, ich werde diesen verdammten Lehrerreflex wohl nie mehr los), aber man wird ihn nicht vor Gericht stellen, davon ist auch Monsieur Brossard überzeugt, man hat ihn erst mal in ein Pflegeheim für alte Leute gesteckt, zur Beobachtung, und dort wird man ihn vergessen. Er ist ein alter Mann, und lange dürfte es nicht dauern, bis sich das Problem von selber erledigt.

Monsieur Belpoix ist nicht der Erste, von dem sich das Dorf befreit, indem es ihn den Therapeuten überantwortet. Auch Valentine, die nicht aufhören konnte, an fremden Türen zu klingeln, um vor einem Kinderschänder namens Jean Perrin zu warnen, auch die engelhafte, Zigaretten rauchende, sich auf dem Boden wälzende Valentine war eines Tages einfach nicht mehr da, »es ist in ihrem eigenen Interesse«, sagt der Bürgermeister, wenn man ihn danach fragt, »sie ist jetzt an einem Ort, wo man ihr helfen kann«.

Maurice, der ihr helfen wollte, der sie geliebt hat und wohl immer noch liebt, ist unterdessen der Stolz von Saint-Loup geworden, »ein Musterschüler«, sagt Madame Deschamps, »darauf können wir beide ein bisschen stolz sein«.

Aber das sind andere Geschichten. Vielleicht werde ich sie auch noch aufschreiben müssen, später, an ihrem Ort, jetzt gehören sie nicht dazu, haben keine direkte Verbindung mit dem Verdacht, der sich seit Tagen in meinem Kopf dreht, den ich nicht zu Ende denken kann und der mich deshalb unruhig macht und abwesend. »Sie haben Mademoiselle Millotte wohl sehr gerne gehabt?«, hat mich Elodie gefragt; sie versteht nur die Hälfte, aber doch mehr als die Erwachsenen.

Ich habe noch mit niemandem darüber gesprochen, auch nicht mit dem *juge,* dem ich mich noch am ehesten anvertrauen könnte. Wenn es wahr ist, was mir in einem Moment überzeugend erscheint und im nächsten wieder völlig absurd, dann liegen in Courtillon die Geheimnisse tonnenschwer übereinander, und wer daran rührt, kann von ihnen erschlagen werden. Vielleicht war es ja wirklich ein Zufall, eine Tragödie aus Versehen, aber andererseits …

Ich muss es aufschreiben, um Klarheit zu gewinnen.

Ich glaube – und gerade habe ich mich umgesehen, ob da auch wirklich niemand ist, der beobachtet und mitliest –, ich glaube, dass der Tod von Mademoiselle Millotte kein Unfall war.

Ich glaube, dass der General sie absichtlich erschossen hat.

Jetzt steht es da, und nichts hat sich verändert. Der Balken über dem Herd, der sich ausdehnt, wenn ihn das Feuer erwärmt, tickt immer noch und misst seine hölzerne Zeit; in der Mineralwasserflasche vor mir auf dem Tisch steigen die Bläschen immer noch an die Oberfläche, im Nichts beginnend und im Leeren endend; im oberen Zimmer (ja, Elodie ist eingezogen, natürlich hat sie sich durchgesetzt) gehen ihre Schritte immer noch auf und ab und auf und ab, »das hilft mir beim Vokabeln-Pauken«, sagt sie.

Ich glaube, dass es ein Mord war.

Jetzt steht es da und hat keine Folgen.

Vielleicht hat Monsieur Belpoix die alte Frau wirklich umgebracht, vorsätzlich und gezielt, aber warum soll ich mich einmischen in dieses Spiel, wo Schuld und Unschuld ausgewürfelt werden? Ich will mich nicht mehr darauf einlassen, nie mehr, ich will nicht mehr dabei sein, wenn die Rollen verteilt werden, Opfer und Täter. Ich will nie mehr jemanden bewundern müssen oder verachten, es gibt keine schlechtere Investition als Gefühle. Nein, ich werde nichts tun, außer zu beobachten und Schlüsse zu ziehen. Ich werde aufschreiben, was ich weiß, was ich zu wissen glaube, nicht damit es jemand liest, sondern nur, um Ordnung zu schaffen, nur um die Teile richtig nebeneinanderzusetzen, nur um mir selber erklären zu können, wie sie ineinandergreifen.

Jetzt, wo sie tot ist, beginne ich Mademoiselle Millotte zu verstehen. Menschen zu beobachten füllt die Zeit. Aber man darf sich nicht von ihnen berühren lassen.

Ins Zentrum des Puzzles gehört das Teil, das mit den meisten andern verhängt ist.

Saint Jean. Der heilige Johann.

Als ich damals ins Dorf kam, war er der Erste, den ich verstanden zu haben glaubte. »Ein Mensch ohne Ehrgeiz«, dachte ich, »mit einer praktischen Begabung, aus der er mehr machen könnte, wenn er sich nicht jedes Mal mit einem Schulterklopfen begnügen würde und mit ein paar Euro bar auf die Hand. Einer, der beliebt sein will«, dachte ich, »der nicht oft genug hören kann, wie dankbar man ihm ist für seine Hilfsbereitschaft und wie man das bewundert, was er da wieder geschafft hat. Einer, der sich für klüger hält, als er ist«, dachte ich, »der froh sein kann, dass ihn seine Frau im Glauben lässt, er sei der Herr im Haus. Einer, der es nie zu etwas bringt«, dachte ich, »aber der auch keine großen Tragödien erlebt. Einer, dem das Lachen nie vergeht«, dachte ich.

Es ist gar nicht so lange her.

Jean, der Gesellschaft braucht wie ein Garten den Regen, ist zum Einzelgänger geworden in den letzten Monaten, sein Stolz verlangt, dass er den Leuten aus dem Weg geht, bevor sie ihm ausweichen. (Am Rand jedes Pausenhofs sitzt mit verschränkten Armen ein kleiner Junge und weigert sich, mit den andern zu spielen, die ihn nie dazu auffordern werden.) Dabei wird Jean im Dorf unterdessen für unschuldig gehalten; dass Valentine nicht in die Klinik nach Montigny gebracht wurde, sondern ins großstädtische Lyon mit seinen Spezialisten, deutet darauf hin, dass sie wirklich krank war und verwirrt. Aber auch wenn sich der direkte Verdacht gelegt hat, man kann dem heiligen Johann nicht mehr ohne Nebengedanken begegnen, vielleicht war ja doch etwas, überlegen sich die Leute, warum sollte ich ihn in mein Haus lassen oder in meinen Garten, wo man sich auch einen Handwerker bestellen kann, ein bisschen teurer zwar, aber ohne diesen Geruch nach Skandal. »Das wird nicht ewig dauern«, sagt Mademoiselle Millotte, hat Mademoiselle Millotte gesagt, »ihr gutes Gewissen kostet sie Geld, und hier auf dem Land setzt sich früher oder später immer die Sparsamkeit durch.«

Einen Kontakt hat Jean überraschenderweise verstärkt: seit Valentine fort ist, hat er sich der *greluche* wieder angenähert, das haben mir mehrere Leute erzählt, er hat ihre ganzen Beete umgegraben, ihre Kartoffeln gesetzt und ihre Zwiebeln. Vielleicht unterhalten sie sich ja nur, helfen sich nur gegenseitig mit Worten aus; beide sind mit einem Partner verheiratet, der nicht mit ihnen spricht. Monsieur Charbonnier kommt nur zum Essen und Schlafen nach Hause, sonst sitzt er schwer am Fluss und wiegt seine Karpfen, und

Geneviève hält ihren Streik aufrecht, seit Monaten lebt sie an ihrem Mann vorbei und nimmt ihn nicht zur Kenntnis. Vielleicht ist da auch mehr zwischen Jean und der *greluche*, vielleicht ist der *café du pauvre* doch noch nicht kalt geworden, vielleicht wärmen sie sich aneinander, klammern sich aneinander fest, ich weiß es nicht und würde es auch nur wissen wollen, um es einzuordnen.

Geneviève auf jeden Fall ist davon überzeugt, dass Jean etwas wieder begonnen hat, das nie wirklich zu Ende war. Sie kann Madame Charbonniers Liebesbriefe nicht vergessen, kann ihr die Formulierungen nicht verzeihen, die ihr selber nie gelungen wären, ist immer noch eifersüchtig auf Gefühle, von denen sie selber, wenn man ihr glauben könnte, schon lange geheilt ist. Vielleicht hätte sie sonst ihre Wortlosigkeit wieder aufgegeben, hätte die geröteten Augen hinter ihrer Sonnenbrille versteckt und ihr Misstrauen weggesperrt, wie man es mit lästigen Dingen tut, die man später einmal in Ordnung bringen will und einsortieren und die man dann nie wieder anfasst. Aber so hat sie sich festgebissen und ihr Schweigen nur ein einziges Mal gebrochen, um Jean eine lautstarke Szene zu machen. Ich weiß nur in Andeutungen davon, Elodie will nicht darüber sprechen, aber es war der Tag, an dem sie zum ersten Mal zwischen meinen Bücherkisten geschlafen hat, am Morgen kam sie einfach aus der Tür, ohne Frage und ohne Antwort. Zu den Mahlzeiten geht sie immer noch nach Hause und hält die Illusion aufrecht, eine halbe Stunde lang oder eine ganze, dass es dort eine Familie gibt wie andere Familien und dass sie ein ganz gewöhnliches Kind ist.

Dass Elodie bei mir wohnt, hat übrigens zu einem interessanten Missverständnis geführt. Selbst *le juge*, der so stolz ist auf seinen menschenerfahrenen Richterblick, kann sich nicht vorstellen, dass sie diesen Entschluss selber gefasst hat, in ihrem Alter, und ihn selber durchgeführt. »Ein geschickter Schachzug«, sagte er zu mir, »den Jean da ausgeheckt hat«, und hat mir als juristisches Manöver erklärt, was gar keines war. »Wenn das Mädchen jetzt bei Ihnen lebt, bei einem ausgewiesenen Pädagogen, dann kann Ravallet nicht mehr behaupten, dass Elodie in ihrem Umfeld einem schlechten Einfluss ausgesetzt sei. Er kann dem heiligen Johann also nicht mehr damit drohen, ihm das Kind wegzunehmen, und muss eine andere Methode finden, um den Protest gegen die Kiesgrube abzublocken. Ich mache mir keine Sorgen um unseren Bürgermeister, es wird ihm schon wieder eine Gemeinheit einfallen.«

»Du bist immer so negativ«, tadelte Madame Brossard.

»Natürlich«, sagte ihr Mann und zog den Pullover grade, der schon wieder spannte über seinem Pensionistenbäuchlein. »Ich habe mir angewöhnt, über andere Menschen immer nur das Schlechteste zu denken. Da ist die Chance, recht zu behalten, am größten.«

In einem Punkt ist *le juge* gut informiert: Jean denkt nicht daran, seine Kohlhaaserei aufzugeben. Im Gegenteil, je ablehnender man ihm im Dorf begegnet, desto wichtiger ist es für ihn geworden, die Kiesgrube (sie ist unterdessen beschlossen im Gemeinderat, drei zu zwei, mit Stichentscheid des Bürgermeisters) doch noch zu verhindern, einer gegen alle. Es geht ihm schon lange nicht mehr um den Fluss oder um die Natur; er will sich und allen andern etwas beweisen, will endlich wieder, im doppelten Sinne des Wortes, eine Rolle spielen in Courtillon. Jean will die Welt des Bürgermeisters aus den Angeln heben und braucht dafür nur noch einen festen Punkt.

Wenn es stimmt, was ich vermute, dann hat er sein schlagendes Argument tatsächlich gefunden und hat damit, ohne es zu wollen und ohne es zu wissen, den Tod von Mademoiselle Millotte verursacht. Dann hat er eine Tragödie ausgelöst und hat das, darin ist er immer noch der naive heilige Johann, selber nicht einmal bemerkt.

Ich muss es aufschreiben.

Jean und ich verbringen schon lange keine weinseligen Abende mehr miteinander, weder in seinem Haus noch in meinem, aber wenn ich ihm auf einem meiner ziellosen Spaziergänge begegne, ist er nach wie vor gesprächig. Die Unterhaltung, die mir nicht mehr aus dem Kopf geht, haben wir am Waldrand geführt, am Tag bevor Mademoiselle Millotte erschossen wurde. Es war der erste wirklich warme Nachmittag, Jean saß auf einem gefällten Baumstamm, mit nacktem Oberkörper, und sah so glücklich und entspannt aus wie lange nicht mehr. Als er mich kommen sah, rückte er auffordernd zur Seite, wir rauchten eine Zigarette zusammen, Jean kam ins Reden, ich kam ins Zuhören, und er erzählte mir von seiner Suche nach dem letzten Beweis, der den toten Kurier endgültig mit der Familie Ravallet verbinden sollte.

Über fernliegende Ereignisse können wir uns problemlos unterhalten, Jean und ich, nur in der Gegenwart gibt es zu viele Themen, denen man ausweichen muss, liegen zu viele tote Katzen herum, die nicht erwähnt werden dürfen: Valentine, die *greluche,* Geneviève und natürlich Elodie.

Jean, der ebenso harmoniesüchtig ist, wie er sich streitbar gibt, hat mich noch nicht ein einziges Mal darauf angesprochen, dass seine Tochter in meinem Haus Asyl gesucht hat.

Stattdessen redeten wir von längst Vergangenem, von dem, was sich im *bois de la Vierge* abgespielt haben muss, damals, kurz bevor der Krieg zu Ende war. »Ich weiß unterdessen genau, wie die Geschichte abgelaufen ist«, sagte Jean, »und Ravallet hat es nicht einmal bestritten, als ich zu ihm gegangen bin: sein Vater hat den Kurier erschossen und das Geld selber behalten, davor waren sie kleine Bauern wie alle andern, und danach waren sie reich. Ich habe ihn aber noch nicht ganz in der Hand, ich kann ihn noch zu nichts zwingen, weil ich keinen wirklichen Beweis habe und keinen Zeugen.«

Die Tat selber konnte niemand gesehen haben, das ist klar, außer dem Kurier und seinem Mörder war niemand dabei, aber was hinterher folgte, so hat sich das Jean überlegt, das war nicht ohne Aufsehen zu machen. »Ein frisch geschaufeltes Grab ist kein Ameisenhaufen, an dem man einfach so vorbeigeht, und niemand kann Geld ausgeben ohne einen anderen, der es entgegennimmt.« Es musste Eingeweihte gegeben haben, Mitläufer und Profiteure, die Gerüchte, die schon immer im Dorf kursiert hatten und im ganzen *canton,* waren der Beleg dafür. »Ein Ravallet hat immer einen Bertrand, der für ihn die Drecksarbeit macht und dafür mitfressen darf«, sagte der heilige Johann. Wie er so halbnackt in der Sonne saß und dozierte, hatte er etwas von einem banalen ländlichen Philosophen. *Saint Jean* von Courtillon.

Jean hatte alle alten Leute im Dorf aufgesucht, »sogar die

Hühnerfrau«, aber ohne Erfolg. »Sie erinnern sich nicht«, sagte Jean, »oder sie wollen sich nicht erinnern.« Manchmal waren die Reaktionen sehr befremdend gewesen, der General, zum ersten Mal auf das Thema angesprochen, hatte sogar zu weinen begonnen, hatte keinen Versuch gemacht, seine Tränen zu verstecken, hatte nur dagestanden und sich von seinem Schluchzen schütteln lassen. »Er ist senil«, sagte Jean.

Einen Tag später, nach dem Unglück (wenn es denn ein Unglück war), sagten das alle Leute im Dorf. »Der General ist halt senil«, als ob man nur das richtige Wort finden müsste, und schon ist eine in ihrem Rollstuhl erschossene Greisin erklärbar und damit weniger unheimlich.

Ich glaube nicht, dass es das richtige Wort ist.

Weder in Courtillon noch in den Nachbardörfern hatte Jean etwas in Erfahrung bringen können, nur Mademoiselle Millotte selber, als Einzige ihrer Generation, hatte die Möglichkeit offengelassen, dass es da durchaus etwas zu erinnern geben könnte, aber auch sie hatte sich strikt geweigert, darüber zu sprechen. Das passte nicht zu ihr; solange ich sie kannte, war sie auf nichts so stolz wie auf ihr gut assortiertes Erinnerungslager, und je älter die Geschichte war, nach der man sie fragte, desto lieber kramte sie sie hervor. Vielleicht wusste sie in diesem Fall wirklich nichts und wollte das aus purer Eitelkeit nicht zugeben, vielleicht war sie, ganz gegen ihren Charakter, für einmal diskret – es wird sich nie mehr feststellen lassen. Auf jeden Fall, und das ist der springende Punkt, hatte sie Jean auf einen Einfall gebracht, an dem er dann wochenlang herumfeilte, wie ein Einbrecher an einem Nachschlüssel.

»Eigentlich brauche ich gar keinen Beweis«, sagte er voller Begeisterung über die eigene Gerissenheit, »es genügt, wenn Ravallet glaubt, dass ich einen Beweis habe. Mademoiselle Millotte will mir nichts erzählen? Na schön. Ich weiß das, und du weißt das jetzt. Trotzdem werde ich Ravallet davon überzeugen, dass sie geredet hat wie ein Wasserfall – und dass Mademoiselle Millotte immer Bescheid weiß, vor allem über Dinge, die niemand erfahren soll, daran wird in Courtillon keiner zweifeln.«

Er hatte auch schon den ersten Schritt getan, um das Gerücht auf den Weg zu bringen. Gerade erst an diesem Morgen hatte er noch einmal mit dem General gesprochen, der diesmal nicht weinte (das hatte er nur beim ersten Mal getan, Jean hatte mehrere Anläufe genommen, um ihn zum Reden zu bringen), sondern nur immer flehend wiederholte: »Man muss die Toten tot sein lassen, warum wollen Sie das denn nicht verstehen?« Jean hatte den alten Mann beruhigt, mit falscher Fürsorglichkeit, und hatte ihm versprochen, er würde ihn nie mehr mit der Sache belästigen, Mademoiselle Millotte habe nämlich versprochen, ihm alles zu erzählen.

Jean hat mir einmal gezeigt, wie eine Falle für Maulwürfe funktioniert: zuerst macht man oben eine Öffnung in ihren Hügel, und da Maulwürfe die frische Luft nicht lieben, kommen sie bald an, um das Loch wieder zu verstopfen. Sie versuchen, durch eine Röhre zu kriechen, die man in ihrem Gang platziert hat, eine Feder wird ausgelöst, und eine Schlinge zieht sich zusammen. »Es ist ganz einfach«, hat Jean damals gesagt, »sie fangen sich selber, und man muss sie nur noch totschlagen.«

Gerüchte verbreiten sich in Courtillon so schnell wie frische Luft in den Gängen eines Maulwurfsbaus. Natürlich würde Ravallet erfahren, dass der heilige Johann kurz davor war, bei Mademoiselle Millotte fündig zu werden, er erfährt immer alles. Ein paar Tage später wollte ihn Jean dann triumphierend anlächeln, bei einer absichtlich zufälligen Begegnung auf der Straße, ihm nur zulächeln und ihn damit endgültig davon überzeugen, dass er seinen Zeugen gefunden habe und seinen Beweis.

»Und dann muss man sie nur noch totschlagen.«

Er würde das Büro des Bürgermeisters betreten, ohne anzuklopfen, das hatte er sich alles schon ausgedacht, *Monsieur le maire* würde hinter seinem Schreibtisch sitzen, bleich und mit Bartschatten, und dann würde Klartext geredet, der gute Ruf der Familie Ravallet gegen die Kiesgrube, und dann würde Jean gewonnen haben und wieder jemand sein in Courtillon, er würde dem Bürgermeister zwar Stillschweigen versprechen müssen, aber trotzdem würden alle wissen, wie es gelaufen war.

Und dann – Jean sagte das nicht so, aber ich bin sicher, dass er es so gedacht hat –, dann würde auch niemand mehr wagen, sich an die Geschichte mit Valentine zu erinnern, auch Geneviève würde einsehen, dass sie ihm Unrecht getan hatte, sie würde wieder mit ihm reden und für ihn kochen, und seine Tochter würde sich wieder wohlfühlen zu Hause, das Mosaik auf dem Türschild würde sich wieder zusammensetzen, *M. et Mme. Perrin et leur fille Elodie*.

Er hatte sich eine Zukunft zurechtgedacht, und sie gefiel ihm so gut, dass er sich in der Sonne räkelte wie ein erfolgreicher Geschäftsmann am Swimmingpool seiner Villa.

Und dann lebten sie glücklich und zufrieden bis an ihr Ende.

Nur dass es natürlich ein Märchen blieb.

In der nächsten Nacht führte der General wieder einmal Krieg, die Feinde, die er nur selber sehen konnte, waren überall, vielleicht hatten Jeans Fragen sie aus dem Boden geholt, sie griffen ihn an, und er musste sich verteidigen, und am nächsten Morgen saß Mademoiselle Millotte tot in ihrem Rollstuhl.

Wenn es nicht ganz anders war.

Jean ist davon überzeugt, dass es einfach Pech war, ein dummer Zufall, der seinem Plan in die Quere gekommen ist. »Ich muss mir etwas anderes ausdenken«, sagt er und spinnt schon wieder neue Fäden. Mademoiselle Millotte hat er schon vergessen, wie man ein Werkzeug achtlos zur Seite legt, wenn es nicht mehr zu gebrauchen ist. Er kommt gar nicht auf den Gedanken, dass er selber an ihrem Tod schuld sein könnte.

Ob es einen Zusammenhang hat oder nicht, bei Mademoiselle Millottes Abdankung hat Ravallet auf jeden Fall sehr erleichtert ausgesehen. Er saß in der Bankreihe direkt vor mir, so nahe, dass ich sein Rasierwasser riechen konnte, und sein Gesicht zeigte keine Spur von Verlust oder Trauer. Natürlich ist das kein Beweis – mit dem gleichen Recht könnte ich Jojo verdächtigen, Mademoiselle Millotte nach dem Leben getrachtet zu haben, bloß weil er beim Läuten ihrer Totenglocke so gestrahlt hat vor Wichtigkeit und Stolz –, aber Ravallets entspannte Miene passt ins Bild, das ich mir zusammenstückle. Vielleicht hatte er wirklich Grund, erleichtert zu sein.

Manchmal frage ich mich, ob ich nicht auch schon Gespenster sehe.

Elodie hat ein Glas mit Maiglöckchen auf den Tisch gestellt, ganz gewöhnliche Blumen mit ganz gewöhnlichem Geruch.

Der Kugelschreiber, mit dem ich meine Notizen mache, ist ein Werbegeschenk eines Elektrikers aus Montigny.

Ich habe meinen Pullover ausgezogen, weil der Herd die Küche zu sehr erwärmt, an diesem Tag im Mai.

Keine Umgebung für Gespenster.

Wenn sich hinter den Gerüchten über den Tod des Kuriers wirklich noch ein anderes Geheimnis verbirgt, ein Geheimnis, das mehr als ein halbes Jahrhundert nach dem Krieg immer noch nicht seine Sprengkraft verloren hat, eine Bombe im Boden von Courtillon, verrostet und zugewachsen, aber mit intaktem Zünder, wenn dieses Geheimnis etwas mit dem General zu tun hat, wenn es das ist, was ihn in seinen Albträumen bedroht hat all die Jahre, das immer noch lebendig genug war, um ihn zum Weinen zu bringen, wenn man es nur erwähnte, dann hat Jean an etwas gerührt, an das niemand rühren durfte. Dann hatte seine Behauptung, Mademoiselle Millotte wolle ihm alles erzählen, eine ganz andere Wirkung, als er sie sich ausgerechnet hatte.

Vielleicht hat der General in Mademoiselle Millotte eine Verräterin gesehen, die es auszuschalten galt, er war im *maquis,* da können ihm solche Überlegungen nicht fremd gewesen sein. Vielleicht hat er sich, pro und contra, ganz genau überlegt, was ihm passieren könnte, bestenfalls und schlimmstenfalls, vielleicht hat er einfach darauf vertraut – zu Recht, wenn es so war –, dass ihn sein Alter vor jeder wirklichen Strafe bewahren würde, vielleicht hat er schon seine Uniform aus dem Schrank geholt, um bereit zu sein, wenn sie am nächsten Tag kämen, um ihn zu verhaften und ihn dann doch nur in eine *maison de retraite* zu bringen, zu lauter anderen alten Männern, die auch nicht mehr wissen, was sie tun.

Vielleicht hat er die Waffe schon am Nachmittag ausgesucht, sein bestes Gewehr, hat es ein letztes Mal gereinigt und eingefettet, sorgfältig und ohne Hast, und hat dann gewartet, bis die Laternen verlöschten, hat noch länger gewartet, bis der Mond aufging, hat ein Fenster zum Dorf hin geöffnet, vielleicht war da eine Kerbe im Rahmen, wo man den Lauf auflegen konnte wie im Schießstand, vielleicht hat er lange zielen müssen, weil er es nicht mehr gewohnt ist, auf Feinde zu schießen, die tatsächlich existieren, weil seine immer offenen Augen schon alt sind, und irgendwann hat er dann Mademoiselle Millotte im Visier gehabt und hat seinen Finger gekrümmt und hat vielleicht noch einmal mit ihr gesprochen und hat abgedrückt.

Oder es war doch ein Unfall.

Ich kann das alles aufschreiben, einerseits und andererseits, und keine andere Emotion dabei spüren als ein gewisses Jagdfieber. Ich will sagen können, wie es war, und die Geschichte dann zur Seite legen wie ein gelöstes Kreuzworträtsel. Ich will niemanden anklagen und niemanden verurteilen. Ich kann nicht einmal um Mademoiselle Millotte trauern. Es ist, als ob meine Gefühle verfault wären in diesem Winter, Kartoffeln in einem feuchten Keller.

Ich will nur Ordnung haben in meinem Kopf.

Das Bild, in dem ich die Teile herumschiebe, hat noch

Lücken. Um sie zu füllen, müsste ich mehr über den General wissen. Ich habe ihn nur als alten Mann erlebt, Augen, die nie blinzelten, ein Gesicht mit zu viel Haut und der muffige Geruch von alten Geschichten. Ich müsste jemanden finden, der ihn aus seiner Jugend kennt, der mir sagen könnte, wie er früher einmal war, ein Bauernsohn namens Belpoix, der noch einschlafen konnte, ohne sich selber die Augen zu schließen.

Man müsste Mademoiselle Millotte sein, um herauszufinden, wie sie gestorben ist.

Wenn ich abergläubisch wäre, wenn ich zugeben würde, dass ich abergläubisch bin, dass ich die Rationalität nur preise wie eine längst enttäuschte Liebe, dann würde ich jetzt sagen, dass der Engelskopf ein Zeichen war: jahrelang in der Erde verborgen und schließlich dort gefunden, wo ihn niemand suchte. Und das am selben Tag, an dem ich die Lösung des Rätsels entdeckte, oder doch das Ende des Fadens, der zu dieser Lösung führte.

Geneviève hat beschlossen, dass sie etwas für mich tun müsse; sie kann nichts annehmen, ohne etwas dafür zu geben, Gefälligkeiten plagen sie wie unbezahlte Rechnungen. »Sie haben Elodie so viel geholfen«, hat sie zu mir gesagt – sie blieb vor der Tür stehen wie immer, obwohl ich sie jedes Mal auffordere hereinzukommen –, »Sie wissen gar nicht, wie wichtig es für das Mädchen ist, einen Ort zu haben, wo es keine Probleme gibt.« In Sachen bitterer Ironie bin ich Fachmann geworden, ich kann ihre Feinheiten abschmecken wie ein Weinkenner seine Jahrgänge. Madame Deschamps meint, ich hätte Maurice geholfen, Geneviève dankt mir im Namen von Elodie, dabei habe ich in beiden Fällen nicht mehr geleistet, als nicht nein zu sagen. Ich bin ein Menschenfreund aus Schwäche.

Aber Geneviève besteht darauf, mir etwas schuldig zu sein. Sie hatte eine ganze Rede vorbereitet, und weil sie mit großen Worten nicht umzugehen weiß, war sie ganz verlegen dabei. Sie fuhr mit der Zungenspitze immer wieder über den abgesplitterten Schneidezahn, als ob sie ihn gerade erst in ihrem Mund entdeckt hätte, und ihre entzündeten Augen waren noch geröteter als sonst. »Ich möchte …«, sagte sie, »ich habe mir überlegt … weil Sie jetzt doch für immer in Courtillon sind … Sie fahren doch nicht mehr weg, oder?«

Nein, ich fahre nicht mehr weg.

»Weil Sie jetzt doch hierher gehören, zu uns gehören, da wäre es doch schade, wenn Sie nicht auch … Es macht mir keine Mühe, wirklich nicht, und ich tue es gerne.«

Sie wollte meinen Garten in Ordnung bringen, »Verdun« nennen sie ihn im Dorf, weil er überwuchert ist und zugewachsen wie ein Schlachtfeld, ein paar Beete wollte sie für mich anlegen, »nur das Nötigste, Bohnen oder Mohrrüben, und was sonst keine große Pflege braucht«. Es wird mich noch sesshafter machen, wird mich noch fester an diesen Ort binden, an dem ich gar nicht sein will, aber ich bringe die Energie zum Neinsagen nicht auf. Warum soll ich nicht andere Leute mein Leben bestimmen lassen? Schlechter als ich selber können sie es auch nicht machen.

Sie fing noch am selben Tag an, brachte ein ganzes Bündel Werkzeug mit; manche Geräte kannte ich noch nicht einmal dem Namen nach und musste sie mir von Geneviève erklären lassen. Eine Art Harke wird *bigot* genannt, Heuchler, man kann damit beschäftigt aussehen, ohne wirklich etwas zu tun. Ich habe mir das Wort gemerkt, weil es so gut zu mir passt. Ich bin schon sehr geübt darin, so zu tun, als ob ich tatsächlich lebte.

Spaten und Hacke passen zu Geneviève, sie hat zupackende Hände und stämmige Beine. Bei der Arbeit, wenn ihr der Schweiß über das Gesicht läuft, wirkt sie auf fast bedrohliche Weise gesund; in ihrem Schulbus, stelle ich mir vor, wagt es keiner, herumzuschreien oder zu toben. Ich hatte ihr, mehr aus Höflichkeit als aus Überzeugung, meine Hilfe angeboten, stand dann aber nur ungeschickt und unnütz daneben. *»Je serais là pour cracher dans vos mains«*, sagt man hier, »ich bin gern bereit, Ihnen in die Hände zu spucken.«

Der Engelskopf aus Porzellan war von Unkrautwurzeln überwachsen, Geneviève hielt ihn zuerst für einen Stein und wollte ihn schon zur Seite werfen, dann, überrascht von seinem geringen Gewicht, sah sie näher hin. »Das Gemüse wird hier gut gedeihen«, sagte sie lachend zu mir, »Sie haben einen Glücksbringer in Ihrem Garten.«

Auch ohne den Ansatz der abgebrochenen Flügel hätte ich sofort an einen Engel gedacht. Das weiße Gesicht ist so perfekt geformt, dass man darin das Bruchstück einer antiken Plastik zu erkennen glaubt, nicht einfach den Griff einer zerbrochenen Suppenterrine. Ich steckte den Porzellankopf in die Hosentasche und ertappte mich später immer wieder dabei, dass ich nach ihm tastete, wie nach etwas Wertvollem, das man auf keinen Fall verlieren darf.

Geneviève hatte mir auf höfliche Weise zu verstehen gegeben, dass ich ihr mit meinen Handreichungen nur im Wege war, und so machte ich einen Spaziergang durchs Dorf. (Das klingt so feierabendmäßig gemütlich und ist doch in meinem Fall nichts anderes als der Hofrundgang eines Gefangenen.) Als er mich vorbeigehen sah, kam Bertrand aus seinem Haus gelaufen, spulte die Floskeln ab, die seit ein paar Tagen im Dorf die Begrüßung ersetzen –

»furchtbar, diese Geschichte, nicht wahr, geradezu tragisch« –, und wollte mich dann unbedingt zu einem Glas Wein einladen, »ein kühler Rosé, jetzt, wo einem die Sonne wieder die Knochen wärmt«. Dass ich dankend ablehnte, schien ihn nicht weiter zu stören, sein Angebot war reine Formalität gewesen, die ortsübliche Einleitung zu einem Gefallen, um den er mich bitten wollte.

»Ich habe da einen Prospekt entworfen, für einen Campingplatz, den ich irgendwann einmal eröffnen will. Meinen Sie, dass es sehr schwierig wäre, den Text ins Deutsche übersetzen zu lassen?« Man bittet nie direkt um etwas hier in Courtillon, und man erwartet auch nie gleich eine Antwort. Man sät seinen Wunsch aus wie zufällig und kann dann später, wenn er nicht von selber Wurzeln fassen will, immer noch mit dem Dünger einer Gegenleistung nachhelfen. »Die Deutschen sind interessante Kunden«, sagte Bertrand und machte dasselbe fachmännische Gesicht, mit dem er einem einen sauren Wein als besondere Köstlichkeit empfiehlt. »Sie schauen nicht aufs Geld, sagt man, und sie lieben unsere Landschaft. Das sieht man ja auch an Ihnen, hahaha.« Er lacht, als ob er es in einem Kurs gelernt hätte.

»Dann soll es also bald losgehen mit der Kiesgewinnung? Gibt es keinen Widerstand mehr im Dorf?«

Diesmal war Bertrands Lachen echt, das triumphierende Lachen eines Siegers. »Die Abstimmung im Gemeinderat ist gelaufen. Die Verträge stehen kurz vor der Unterschrift. Selbst unser lieber Jean scheint endlich eingesehen zu haben, dass man sich mit Tatsachen abfinden muss.«

Ich glaube nicht, dass er den heiligen Johann richtig einschätzt. Der kalendarische Zufall eines Geburtstags reicht nicht aus, um einen solchen Übernamen zu bekommen und zu behalten. Man muss auch die Halsstarrigkeit haben, mit der man zum Heiligen wird und zum Märtyrer.

»Und wenn er trotzdem weiter Schwierigkeiten macht«, sagte Bertrand, »dann wird er die Konsequenzen zu tragen haben.«

Ich verließ ihn mit dem Versprechen, mir über die Möglichkeit einer deutschen Übersetzung Gedanken zu machen – man sagt auch nicht direkt nein in Courtillon –, und ging weiter die Straße entlang, meinen üblichen Weg.

Wie lange wird es wohl noch dauern, bis ich meine Schritte nicht mehr automatisch verlangsame, wenn ich am Haus von Mademoiselle Millotte vorbeigehe? Es ist, als ob das Gebäude seine Proportionen verändert hätte, seit sie tot ist, der Vorbau scheint viel zu groß ohne ihren Rollstuhl. Was mit dem Haus passieren wird, weiß noch niemand, der Erbe, ein Großneffe aus Bordeaux, ist nicht einmal zur Beerdigung erschienen.

Beim Gehen irritierte mich der Engelskopf in meiner Tasche, ich nahm ihn heraus und drehte ihn zwischen den Fingern. Und plötzlich lag da ein Hinweis vor meinen Füßen, und ich musste ihn nur aufheben und ihn in das große Zusammensetzspiel einfügen.

Ich kam am Haus der Hühnerfrau vorbei, die mal eine du Rivault gewesen ist, aus bester Familie, und dann eine Ravallet, und die jetzt keinen Namen mehr braucht, weil sie niemand mehr sein will, niemand, der zu diesem Dorf gehört und zu dieser Welt, die nur noch ihre Hühner kennt, schwarze, aufgeregte Vögel, wie gackernde Witwen. Sie war dabei, den Vorplatz zu fegen, ihr Strohbesen wirbelte Sand auf und Maiskörner und Hühnerkacke, die Hennen ließen sich davon nicht vertreiben und drängelten um ihre Füße, ab und zu wurde eine vom Besen erwischt und zur Seite geschleudert, flatterte verzweifelt und fiel dann schwer zu Boden, bevor sie sich wieder unter die anderen mischte, mitten in das Gedränge hinein, als ob sie sich verstecken müsste vor der Schande, nicht mehr fliegen zu können.

Die alte Frau trieb ihre Staubwolke auf mich zu, aber als ich deshalb stehen blieb, nahm sie mich nicht zur Kenntnis, natürlich nicht, redete nur weiter auf ihre Hühner ein, so wie sie es den ganzen Tag lang tut, jeden Tag. »Sie streut ihnen Worte hin wie Futter«, habe ich immer gedacht, »fasst blind in den großen Sack und mengt zusammen, was grad kommt.« Diesmal war ich anders aufmerksam, und plötzlich hörte ich aus dem Silbenwirrwarr Sätze heraus, Sätze, die Sinn ergaben oder doch Sinn ergeben hätten, wären sie an einen Menschen gerichtet gewesen und nicht an einen Haufen Hühner mit Kopffedern wie schlecht sitzende schwarze Hüte.

»Séverine«, hörte ich heraus, immer wieder »Séverine«. Der Vorname, der nach ihrem Tod plötzlich an Mademoiselle Millotte pappte wie eine alte Etikette an einem Einmachglas, das unterdessen schon zehnmal seinen Inhalt gewechselt hat. »Unsere liebe Schwester Séverine Millotte«, hatte der fette *curé* mit seiner klebrigen Kanzelstimme intoniert, und jedes Mal, wenn er es wiederholte, wäre ich am liebsten aufgesprungen und hätte ihn korrigiert. Mademoiselle Millotte war keine Séverine, mit so einem Namen treibt man Kühe durchs Dorf oder sitzt an der Kasse im *grande surface;* sie war eine Dame gewesen, ihr Leben lang, und niemand hatte das Recht, ihr das »Mademoiselle« zu stehlen, das genauso zu ihr gehörte wie ihr Rollstuhl und ihr kokettes Lächeln.

»Jetzt hat er auch Séverine umgebracht«, sagte die Hühnerfrau.

Und »putt, putt, putt« und »so, so, so«.

Und ließ den Staub fliegen, als ob sie eine Wüste sauberzufegen hätte. Genau so, erinnerte ich mich, hatte Jean einmal den Boden seiner Scheune gewischt.

»Er bringt alle Menschen um«, sagte die Hühnerfrau. »Er hat ganz rote Hände.« Die alten Weiber mit ihren Federhüten nickten und pickten und gaben ihr recht.

Ich stand da und rührte mich nicht, machte den Atem ganz schmal, obwohl das unnötig war, sie reagiert nicht auf Menschen, schon lange nicht mehr.

Aber vielleicht tut sie es eben doch. Auf jeden Fall hat sie wahrgenommen, was im Dorf passiert ist, sie spricht mit niemandem und hat es doch erfahren, als ob der Tod so dick in der Luft läge wie der Silagegestank aus dem Kuhstall des jungen Simonin. Die Welt, in die sie sich zurückgezogen hat, dreht sich anders, aber es ist immer noch die Welt von Courtillon.

»Der Engländer hat ein Flugzeug mitgebracht«, sagte die Hühnerfrau, »aber er hat ihm nicht davonfliegen können.«

Der Kurier. Es musste der Kurier sein, von dem sie sprach.

»Er hat ihm gesagt, dass er ein anderer ist, er hat mit seiner Stimme gesprochen, und als er tot war, hat er gelacht.«

Archäologen setzen ganze Kulturen zusammen, nur aus Scherben und Asche und zersplitterten Knochen. Warum sollte man nicht in den verwirrten Erinnerungen einer alten Frau ein Ereignis wiederfinden können, das dort seine Spuren hinterlassen hat?

»Er bleibt nicht tot«, sagte die Hühnerfrau, »er muss ihn immer wieder erschlagen, jeden Tag.«

Sie ist verrückt, natürlich, aber nicht, weil sie alles vergessen hat, sondern weil sie sich an zu vieles erinnert. Sie ist damals nach Courtillon gekommen, eine teure Schwiegertochter, gekauft und geliefert, und hat sich mit einem Mann im Bett gefunden, der sie mit dem beeindrucken wollte, auf das er stolz war. Sie hat ein Vermögen geheiratet und dann erst erfahren, wie es entstanden ist. Und seither schmeißt sie dieses Wissen ihren Hühnern vor die Schnäbel, eine Handvoll Worte und noch eine Handvoll, aber soviel sie auch picken und fressen, der Sack wird nicht leer.

»Sie haben ihn vor Gericht gestellt«, sagte sie, »aber er hat gemacht, dass sie alles vergessen. Er hat sie blind gemacht.«

Und »so, so, so« und »putt, putt, putt«.

»Auguste«, sagte sie. »Mein lieber Mann Auguste Ravallet. Jetzt hat er auch Séverine umgebracht.«

Dort, wo bei dem Porzellanengel die Flügel abgebrochen sind, haben sie scharfe Kanten hinterlassen. »Sie bluten ja!«, sagte Madame Brossard, als sie mir die Tür öffnete. Ich hatte gar nicht bemerkt, dass sich meine Hände so sehr verkrampft hatten.

Ich wurde erst verbunden und bemitleidet und dann in den Garten komplimentiert, wo *le juge* es sich mit einer Flasche Wein und dem »Est Républicain« bequem gemacht hatte; den »Figaro« mit der großen Politik liest er am Morgen, jetzt waren die lokalen Neuigkeiten dran. »Haben Sie sich beim Umgraben verletzt?«, fragte er und blinzelte mir zu. Informationen verbreiten sich schnell in Courtillon, wahrscheinlich wusste schon das ganze Dorf, dass Geneviève bei mir Beete anlegte.

Madame Brossard brachte auch für mich ein Glas, ich lobte den Wein, wie es die dörfliche Höflichkeit verlangt, und dann erzählte ich den beiden von dem seltsamen Erlebnis, das ich eben gehabt hatte. Madame konnte sich durchaus vorstellen, dass in den verwirrten Reden der Hühnerfrau ein Kern von Wahrheit steckte. »Sie tut mir so leid«, sagte sie, »weil sie eigentlich gar nichts zu tun hat mit dem, was damals passiert ist – was immer das genau war. Sie leidet unter einer Geschichte, an der sie keine Schuld trägt.«

»Das ist der Normalfall«, sagte ihr Mann. Er liebt es, seine Frau zu provozieren, und sie macht ihm das Vergnügen, sich immer wieder neu darüber zu empören. »Ich war mein Leben lang Richter, und mit jedem Jahr ist mir klarer geworden: Wir können die Täter zwar verurteilen, aber bestraft werden immer die Unschuldigen.«

»Auguste Ravallet ist wegen der Ermordung des Kuriers nie verurteilt worden«, wandte ich ein.

»Es wird keiner Anklage gegen ihn erhoben haben.«

»Weil niemand davon wusste?«

»Weil niemand davon wissen wollte. Geld macht vergesslich.«

»Die Hühnerfrau hat aber von einem Prozess gesprochen. ›Sie haben ihn vor Gericht gestellt‹, hat sie gesagt. Meinen Sie nicht, dass da irgendetwas dran ist?«

»Sie hat auch gesagt, ihr vor Jahren verstorbener Mann

habe Mademoiselle Millotte umgebracht. Soll man ihn deshalb aus dem Familiengrab holen und vor Gericht stellen? Nein, die Alte hat einfach eine Spinne an der Decke.« Ich hatte den Ausdruck vorher nie gehört, aber er war leicht zu verstehen.

»Und vielleicht hat diese Spinne etwas gefangen.« Wenn Madame Brossard nachdenklich ist, presst sie ihre Fingerspitzen gegen die Wangen, als ob sie dort den *fond de teint* festdrücken müsste. »Könntest du dich nicht erkundigen, du mit deinen Verbindungen, ob nicht doch einmal ein Prozess gegen Auguste Ravallet stattgefunden hat?«

»Genau darum wollte ich Sie auch bitten«, sagte ich.

Le juge sah uns mit milder Nachsicht an, wie man kopfschüttelnd Kinder ansieht, die unbedingt in den Wald laufen wollen, um nach dem Haus des Weihnachtsmanns zu suchen. »Na schön«, sagte er schließlich, »ich werde ein paar Anrufe machen. Aber das Ergebnis kenne ich jetzt schon: nichts, *rien de rien*.«

»Was macht Sie so sicher, dass der alte Ravallet nie vor einem Gericht gestanden hat?«

»Die Tatsache, dass ich nie etwas davon gehört habe.« Monsieur Brossard nahm einen tiefen Schluck und schenkte sein Glas sofort wieder voll; wenn er es nie ganz leer werden lässt, scheint er zu denken, kann ihm seine Frau auch nicht vorwerfen, er trinke zu viel. »Ich glaube zwar nicht mehr an die Macht der Gerechtigkeit, aber an der Macht der Gerüchte habe ich nicht den geringsten Zweifel.«

Er hatte recht, sollte sich herausstellen, und gleichzeitig auch unrecht.

Aber das erfuhr ich erst ein paar Tage später, als der Porzellanengel schon lange einen Platz in meinem Schlafzimmer gefunden hatte (dort, wo früher ein Foto stand, und wo jetzt keines mehr steht), als mein Garten schon anfing auszusehen, wie ein Garten in Courtillon auszusehen hat, ordentliche Beete und schnurgerade Saatreihen. Geneviève hat sogar ein paar Tomatensetzlinge mitgebracht, sie habe sie selber gezogen, behauptet sie, aber ich glaube, sie hat sie in Montigny für mich gekauft und will es nicht zugeben. Nachdem sie eingepflanzt waren, ließ sie sich zum ersten Mal ins Haus bitten, »nur um mir die Hände zu waschen«, sagte sie, aber dann akzeptierte sie doch eine Tasse Kaffee. Elodie hantiert gern mit meiner alten italienischen Maschine, sie käme sich dabei vor, hat sie mir einmal erklärt, wie ein Erfinder bei einem Experiment.

Wir saßen zu dritt am Küchentisch, und ein paar Minuten lang müssen wir ausgesehen haben wie eine Familie.

Dann hatte es Geneviève plötzlich sehr eilig und ließ sich nicht aufhalten. »Das Essen muss pünktlich fertig sein«, sagte sie, als ob sie ihren Ehemann nicht enttäuschen dürfte, als ob sie ihn nicht zur Unperson erklärt hätte, als ob sie nicht seit Monaten für zwei deckt, wo sich drei an den Tisch setzen. Um weiter zu funktionieren, muss sie sich an einen exakten Fahrplan halten, sie fährt stur ihre Strecke und weigert sich zu bemerken, dass niemand mehr einsteigt.

»Es geht nicht mehr lange«, sagte Elodie, als sie die Tassen zur Spüle trug.

»Was meinst du?«

»Wir haben die Atmung durchgenommen in der Schule, und unser Lehrer hat gesagt, wenn man ein Tier fängt und sperrt es in ein Zimmer, wo keine neue Luft hereinkommt, dann ist das Tier eigentlich schon tot, es weiß es nur noch nicht. Es frisst wie immer und spielt vielleicht sogar, aber irgendwann ist die Luft zu Ende, ganz egal, wie groß das Zimmer ist.«

»Außer es macht jemand die Tür auf.«

»Ich glaube nicht, dass man das kann«, sagte Elodie. Wir wussten beide, dass sie nicht von der Schule sprach und nicht von einem hypothetischen Experiment.

Habe ich Mitleid mit ihr? Mit Jean oder mit Geneviève? Wenn ich in mir danach suche, finde ich bestenfalls Neugier. Ich will nur noch wissen, was passieren wird und auf welche Art, mehr nicht. Sie werden es nicht ewig so aushalten miteinander, da bin ich sicher, den dreien wird die Luft ausgehen, und ich will dann nichts spüren, kein Mitleid und kein Schuldgefühl. Ich werde den Ablauf notieren und den Zeitpunkt, »dann und dann ist eingetreten, was zu erwarten war«. Und werde mir ein neues Experiment suchen und eine neue Beobachtung.

Wenn es anders kommt, wenn ich doch etwas dabei zu empfinden glaube, werde ich mich daran erinnern, dass das nur Einbildung sein kann, ein Schmerz in einem amputierten Körperteil. Ich bin in ein Auto ohne Bremsen gestiegen, und ich bin damit gegen die Wand gefahren. Ein zweites Mal werde ich das nicht tun. In Zukunft werde ich auf der Tribüne sitzen und die andern ihr Leben riskieren lassen. Ich werde nur zuschauen und mit mir selber Wetten abschließen, und wenn ich gewinne, wird es fast sein, als ob ich dazugehört hätte.

Ich wette, dass Mademoiselle Millotte ermordet wurde und dass nie jemand dafür bestraft wird. Ich wette, dass

Bertrand seinen Campingplatz bekommt und dass er damit Geld macht. Ich wette, dass ich mir selber einreden kann, dass ich so leben will.

Eine Wette habe ich schon gewonnen. Es hat tatsächlich eine Gerichtsverhandlung gegeben vor mehr als fünfzig Jahren.

Le juge hat mich angerufen, und als ich bei ihm ankam, stand eine Flasche Gigondas auf dem Tisch, sein Wein für besondere Gelegenheiten. »Ich habe es nicht glauben wollen«, sagte er, »aber es gab tatsächlich etwas herauszufinden. Für einmal war meine Frau klüger als ich, zu meiner großen Überraschung.«

Madame Brossard drohte ihm lächelnd mit dem Finger, eine dieser altmodisch neckischen Gesten, die sie aufbewahrt wie die Nippfiguren in ihrer Vitrine.

»Es gab also doch eine Anklage gegen Auguste Ravallet?«

»Natürlich nicht«, antwortete Monsieur Brossard, »ich habe doch gesagt: wo kein Rauch ist, ist auch kein Feuer.«

»Aber …«

Madame Brossard legte mir die Hand auf den Arm. »Fragen Sie bloß nicht weiter, sonst dauert es noch länger, bis wir etwas erfahren.«

Der *juge* ließ sich viel Zeit. Zuerst war da die Weinflasche zu öffnen und der Korken gründlich zu beschnuppern, dann musste der Probeschluck genommen und kritisch verkostet werden, und als endlich eingeschenkt war und angestoßen und getrunken, da behauptete er, der Wein hätte noch nicht das volle Bouqet, vielleicht sollten wir besser warten, bis er sich an der Luft ein bisschen entfaltet hätte.

»Manchmal bist du unausstehlich«, sagte seine Frau.

»Ich weiß. Darum liebst du mich ja so. Aber bitte, wenn ihr eure Ungeduld nicht bezähmen könnt … Ich habe in den letzten Tagen ein paar Telefongespräche mit alten Kollegen geführt, lauter so Fossilien wie ich, Überbleibsel aus dem neunzehnten Jahrhundert, einer hat mich an den nächsten verwiesen, und schließlich bin ich auf eine interessante Information gestoßen. Im Jahre 1945 hat es wirklich so etwas Ähnliches wie eine Gerichtsverhandlung gegeben. Ich kenne sogar das Urteil. Aber der Angeklagte war nicht Auguste Ravallet.«

»Sondern?«

»Ein gewisser Etienne Belpoix. Der General hat den Kurier erschossen.«

Ganz egal, was die Logik sagt – man kann sich an Dinge erinnern, die man nicht erlebt hat. »Es war wie bei einer Séance«, sagte Madame Brossard hinterher. Nur dass die Geister, die wir beschworen, nicht aus dem Jenseits kamen, sondern aus der Vergangenheit. Wir legten nebeneinander, was wir erfahren hatten und was wir vermuteten, Altes und Neues, was wir von den Beteiligten wussten und was wir beim Nachdenken über sie erfuhren, wir schoben die bekannten Figuren vor einem Hintergrund aus Geschichte und Geschichten so lange hin und her, bis uns das Bild einleuchtend schien und erschreckend stimmig.

Es war, meinte Monsieur Brossard, als ob wir uns zu dritt vor das Ölgemälde in der Kirche gesetzt hätten, nicht um eine Kerze anzuzünden, sondern um uns zu fragen, ob die Rollen wirklich so klar verteilt sein konnten, wie es dort gemalt ist: hier der Täter und dort das Opfer, hier der Verfolger und dort die Verfolgte. Der lüsterne Graf kniet im Schatten und tut Buße, das keusche Bauernmädchen sonnt sich im Glanz seiner Unberührtheit, und die Muttergottes in ihrem blauen Mantel fährt wieder auf zum Himmel. So will es die Legende von Courtillon.

Aber vielleicht war ja alles ganz anders.

Vielleicht ist das Bauernmädchen vor dem Grafen gar nicht geflohen, sondern hat ihn in den Wald bestellt, um dort die Jungfrau zu besuchen, vielleicht hat sie von einem samtenen Kleid geträumt, mit geklöppelten Spitzen, vielleicht auch nur von einem Stück Brot, um sich einmal richtig satt essen zu können, vielleicht hat er von ihr bekommen, was er wollte, hat dafür bezahlt oder auch nicht, und hinterher musste sie sich eine fromme Geschichte ausdenken, um zu erklären, warum die Schweine nicht gehütet waren und die Beeren nicht gesammelt.

Vielleicht war das Mädchen hässlich und wurde ausgelacht im Dorf, weil sie schon so lange nicht mehr sechzehn war und immer noch Jungfrau, von keinem Mann berührt ihr Leben lang. Vielleicht hat sie sich die Marienerscheinung eingeredet, um auf etwas stolz sein zu können, für das sie sich schämte.

Vielleicht kam ein Wunder einfach gelegen, irgendjemandem und für irgendeinen Zweck.

Vielleicht hat Valentine das Bild deshalb nicht mehr ertragen.

Auch der General war eine Legende gewesen in Courtillon, war es immer noch; ein tragisches Ende macht eine Geschichte nur besser. Irgendwo in diesem von Gespenstern gejagten Greis, in diesem mühsam gerade gehaltenen Körper mit der lappigen Haut, steckte immer noch ein Held, das wusste jeder im Dorf, einer, der Widerstand geleistet hatte, als das gefährlich war, der aufrecht geblieben war, als alle anderen sich krümmen ließen. Auch ich hatte diesen Teil seines Lebens nie bezweifelt.

Bis Monsieur Brossard mit ein paar alten Berufskollegen telefonierte.

Vielleicht ist auch das Gemälde in unserer Kirche eine Fälschung.

Der *juge* hat nicht alle Einzelheiten erfahren können, natürlich nicht, fünfzig Jahre sind lang. Aber vieles wird so gewesen sein, wie wir es uns zusammenreimten, bei einer Flasche Gigondas und bei einer zweiten.

Es war kein ordentlicher Prozess, der da stattfand. Es gab weder Ankläger noch Verteidiger, nur drei namenlose Männer hinter einem Tisch, an der Wand eine Trikolore und neben der Bibel ein *croix de Lorraine* zum Schwören. Man wurde ohne Begründung vorgeladen vor dieses Gericht; wer schuldig war, brauchte keine, und wer unschuldig war, so wurde behauptet, der hatte nichts zu fürchten. Es war nicht mehr Krieg, aber noch nicht Frieden, nicht in diesem Zimmer, wo eine geladene Pistole auf dem Tisch lag und wo es nicht um Schuld oder Unschuld ging, sondern nur um die Frage, ob man auf der richtigen Seite gestanden hatte und in die richtige Richtung geschossen. Die *Résistance* schloss ihre Bücher; man addierte die Ereignisse ein letztes Mal auf, bevor man den endgültigen Strich unter sie zog.

Es war nicht leicht, den General als jungen Mann zu sehen. Wir waren uns schnell einig, dass er dünn gewesen sein musste, in jener hungrigen Zeit, wir dachten ihn uns schmal, aber trotzdem kräftig. Sicher war er nervös, und sicher versuchte er, sich nichts davon anmerken zu lassen. Vielleicht hatte er seine neue Uniform angezogen, weil sie ihn mutiger machte.

»Haltung war ihm bestimmt sehr wichtig«, meinte Monsieur Brossard. »Sie wollen immer Männer sein, diese bewaffneten Kinder.«

Madame hatte die Arme um den Körper gelegt, als ob ihr kalt geworden wäre in dem ungeheizten Zimmer, das wir uns vorstellten. »Er hatte einen Kopfverband«, sagte sie plötzlich. »Diese Schussverletzung, noch aus den letzten Tagen des Krieges.«

»Kein Verband«, sagte ihr Mann.

»Das kannst du nicht wissen.«

»Doch«, sagte *le juge*. »Auch das gehört zu der Geschichte.«

Von den Leuten, mit denen Monsieur Brossard gesprochen hatte, war keiner selber bei dem Prozess dabei gewesen, und natürlich existieren keine Aufzeichnungen oder Protokolle. Es war nicht die Art Verhandlung, die man für die Geschichtsbücher führt, die Geschichte stand schon fest, und es mussten nur noch ein paar störende Details ausradiert werden. »Die Wirklichkeit ist immer ein störendes Detail«, meinte *le juge*. Er konnte uns nicht sagen, welche Fragen in dem verschlossenen Zimmer gestellt worden waren und welche Antworten gegeben, nur das Urteil hatte man ihm berichtet, und was bei seiner Vollstreckung passierte.

»Und wir wissen, dass es einen Zeugen gab«, sagte Monsieur Brossard, »und dass der gelogen hat.« Aber als diese Lüge später offensichtlich wurde, viel später, da hatte sich die Welt schon weitergedreht, da waren die Geschichtsbücher schon gedruckt, und das Erinnern hatte seine festen Regeln bekommen. Da gab es keine Tribunale mehr, vor die man jemanden hätte vorladen können, und wenn man ihn vorgeladen hätte, wäre er nicht erschienen.

Belpoix war seiner Vorladung gefolgt. Wenn die Ereignisse so abgelaufen sind, wie wir sie fünfzig Jahre später zusammenstückelten, dann wusste er sehr gut, was man von ihm wollte. Dann hatte er auf diesen Tag gewartet, um sich rechtfertigen zu können, vor diesem Gericht und vor sich selber. Dann krochen die Gespenster, die ihn ein Leben lang verfolgten, schon damals durch seine Träume.

»Du weißt, warum du hier bist«, haben sie wohl zu ihm gesagt, und dann hat er versucht zu erzählen, wie er jene Nacht im Krieg erlebt hatte.

Er muss das Flugzeug gehört haben, ein schwarzes Brüllen über dem dunkeln Wald. Er hatte sich nicht wegwarnen lassen wie die andern *maquisards,* schließlich war er kein hergelaufener Fremder wie sie, er war in Courtillon aufgewachsen, hatte als Kind schon Verstecken gespielt im *bois de la Vierge,* er kannte die kleinen Höhlen beim römischen Fort und genügend andere Winkel, wo ihn keine deutsche Patrouille je suchen würde. Als sich das Geräusch näherte, wird er sich noch tiefer verkrochen haben in seine Kuhle oder in sein Gebüsch, aber irgendwann, es konnte nicht anders sein in seinem Alter, muss die Neugierde stärker gewesen sein als die Vorsicht.

»Er konnte nicht wissen, was das für ein Flugzeug war.« Monsieur Brossard zeichnete mit dem Fingernagel kleine Kästchen auf das Tischtuch und verband sie mit Pfeilen; wenn seine Hände nicht beschäftigt sind, kann sein Kopf nicht denken. »Wer immer mit Orchampt zusammenarbeitete unter den *maquisards,* er hat Belpoix bestimmt nicht ins Vertrauen gezogen, dafür war der einfach zu jung.«

»Alt genug, um zu kämpfen«, wandte seine Frau ein.

»Das ist kein Argument. Es gehört zum Krieg, dass man die jungen Leute sterben lässt, ohne ihnen zu erklären, warum.«

»Aber es wäre doch möglich …«

»Nein«, sagte der *juge*. »Wenn er Bescheid gewusst hätte, wäre die Geschichte anders verlaufen.«

Wenn sie so verlaufen ist, wie wir sie zusammensetzten.

Belpoix – ich musste mich immer wieder neu daran erinnern, dass es ein ganz anderer Belpoix war als der, den ich kannte; wir sind mit unserem jüngeren Selbst weniger verwandt als mit irgendwelchen zufälligen Altersgenossen –, Belpoix hörte das Flugzeug kreisen und dann hochziehen und nach Westen verschwinden, er lauschte ihm lange nach, stellten wir uns vor, bis das Motorengeräusch vom Rauschen der Bäume nicht mehr zu unterscheiden war, bis da nur noch die Erinnerung an ein Geräusch war und die Verlockung, die jedes Rätsel in sich birgt.

Er muss den *bois de la Vierge* gekannt haben, wie man ein Haus kennt, in dem man schon lange wohnt; es konnte keinen Zweifel für ihn geben, über welcher Lichtung das Flugzeug gekreist hatte. Vielleicht hatte sich auch ein Pferd befreit, erschreckt von dem plötzlichen Lärm, galoppierte jetzt laut wiehernd durchs Unterholz und riss sich an den Brombeersträuchern die Flanken blutig. Er fasste seine Waffe fester – »nein«, korrigierte sich Monsieur Brossard, »das ist falsch, er hatte sein Gewehr bestimmt nicht immer bei sich, das hätte ihn nur behindert« –, er holte die Waffe aus ihrem Versteck, unter einem Haufen Laub hervor vielleicht, wickelte es aus dem Öltuch oder aus dem alten Regenmantel, machte, was immer man mit Gewehren macht, wenn man sicher sein will, dass sie funktionieren (ich kenne mich damit nicht aus und hatte Mühe, es mir vorzustellen), und dann näherte er sich vorsichtig dem Lager der Pferdehüter. Es war eine sternenklare Nacht, so viel wussten wir, sonst wäre das Flugzeug gar nicht losgeflogen, der Pilot hatte schließlich ein Feuer finden müssen, mitten im Wald, und dass es das falsche Feuer gewesen war, hatte er nicht wissen können.

Der Weg wird nicht allzu weit gewesen sein, denn als Belpoix dazukam, war der Kurier immer noch besinnungslos. Vielleicht hatte sich sein Fallschirm in einem Baum verfangen, oder er war beim Aufprall gegen etwas gestoßen, wir wussten es nicht. In dem nie veröffentlichten Urteil, das Monsieur Brossard sich hat erzählen lassen, heißt es nur: »Er war nicht bei Bewusstsein und deshalb zu keinem Widerstand fähig, als der Angeklagte ihn feige und aus nächster Nähe erschoss.«

»Es war wie bei einer Séance.« Ich verstand gut, was Madame Brossard damit meinte. Da saßen wir drei in diesem gutbürgerlichen Wohnzimmer, wenn wir uns zurücklehnten, wartete schon ein Polster, und wenn wir die Hand ausstreckten, stand ein Glas Wein bereit, und gleichzeitig waren da drei andere Menschen, junge Männer, von denen zwei schon lange tot sind und der dritte bald tot sein wird, und wir konnten in sie hineinkriechen, wir konnten sie bewegen, wie wir wollten, und sie noch einmal erleben lassen, was schon lange begraben war. An den Wänden hingen dieselben Bilder wie immer, in der Vitrine lächelte dieselbe Porzellanschäferin denselben Porzellanprinzen an, aber wir sahen einen Wald und eine Lichtung und ein Feuer, wir hörten die Hufe der Pferde auf dem trockenen Laub, und unter den Schuhen eines jungen *maquisard* knackte ein Ast.

Was kann Belpoix gedacht haben in diesem Moment? Da

war Auguste Ravallet, den er kannte, den er schon immer gekannt hatte, ein Kind in seinen Augen, nicht mehr (drei oder vier Jahre Unterschied, das ist ein Abgrund in diesem Alter), ein Junge, dem er vielleicht einmal gezeigt hatte, aus welchem Holz man eine Steinschleuder schneidet oder wie man einen Fisch festhält, wenn man ihm das Genick bricht. Und da war ein fremder Mann, der auf dem Boden lag oder vielleicht noch in den Gurten seines Fallschirms hing, ein Mann in Zivil, denn natürlich musste so ein Kurier möglichst alltäglich gekleidet sein, er musste nach seiner Landung an einer deutschen Streife vorbeigehen können, ohne dass auch nur ein Soldat den Kopf nach ihm gewendet hätte, ohne dass jemand auf den Gedanken gekommen wäre, ihn festzunehmen und zu durchsuchen und vielleicht eine Gürtelschnalle mit einem Löwen zu finden, mit genau so einem Löwen, wie er auch das englische Wappen bewacht.

Vielleicht war da auch die Kiste, die das Flugzeug abgeworfen hatte, aber wahrscheinlich hatte Auguste sie schon ins Gebüsch gezerrt und zugedeckt, auch wenn er nicht wusste, was darin war, und wenn er es wusste, dann erst recht.

Wie kann sich Belpoix die Situation erklärt haben?

Wir diskutierten lange über diesen Punkt, und wir wurden uns nicht einig. Madame war der Ansicht, dass er den Kurier von Anfang an für einen Deutschen gehalten haben muss, »er war auf der Flucht«, war ihr Argument, »da sieht man immer das, wovor man sich fürchtet«. Ich selber ging vom alten General aus und von den Gespenstern, die ihn sein Leben lang verfolgt hatten. So gnadenlos ist die Erinnerung an einen falschen Entschluss nur, wenn man eigentlich schon daran gewesen war, das Richtige zu tun. »Er leidet heute noch darunter, dass er damals nicht auf sich selber gehört hat«, vermutete ich. »Er konnte zwar nicht erkennen, dass der Mann ein Kurier der *Résistance* war, aber er muss doch irgendwie gespürt haben, dass er keinen Feind vor sich hatte – und dann hat er sich dieses Gefühl wieder ausreden lassen.« Der *juge* lachte uns beide aus. Er war überzeugt, dass die Sache viel einfacher war. »Sie waren beide noch Kinder und spielten Krieg, wie sie im gleichen Wald Indianer gespielt hatten oder Räuber und Gendarm. Belpoix schleppte ein Gewehr mit sich herum und hatte es noch nie richtig benutzt. Ihm war egal, ob er einen Deutschen vor sich hatte oder einen Franzosen oder einen Kanaken. Er wollte nur endlich auf einen Menschen schießen dürfen und ein Held sein.«

Den Anfang des Weges kannten wir nicht. Daran, wo er hingeführt hat, gab es keinen Zweifel.

»Der Angeklagte erschoss ihn, feige und aus nächster Nähe.«

Wahrscheinlich hat Monsieur Brossard recht: sie spielten alle Indianer in jener Zeit, mit richtigen Gewehren und richtigen Toten. Belpoix wird die Szene zuerst nur beobachtet haben, stand vielleicht ein paar Schritte vom Feuer entfernt und war doch nicht zu sehen im Schutz der Bäume. Irgendwann hat er dann den letzten Schritt getan, auf die Lichtung hinaus, den Schaft seines Gewehrs umklammernd, wie man seinen Mut festhält, wenn man fürchten muss, ihn zu verlieren.

Und Ravallet? Der alte Ravallet, der damals noch jung war und unfertig und der doch schon ganz genau wusste, wie man anderen seinen Willen aufzwingt? Der als kleiner Junge schon einen Geheimbund gegründet hatte mit Klopfzeichen und Ritualen, der die ganze Messe auswendig gelernt hatte und seinen Mitschülern erzählt, er könne damit zaubern? War er erschrocken, als Belpoix plötzlich vor ihm stand? Oder hatte er dessen Annährung längst bemerkt, hatte sie vielleicht aus der Reaktion der Pferde gelesen, die ihn ja gewittert haben müssen? So oder so, er ließ sich, stellten wir uns vor, weder das eine noch das andere anmerken. »Gott sei Dank, dass du da bist«, hörten wir ihn sagen, mit einer kleinen, verschreckten Stimme. Wer andere Menschen manipulieren will, muss ihnen zuallererst einreden, dass sie gebraucht werden.

Es wird in diesem Moment noch nicht um das Geld gegangen sein. Wahrscheinlich hat Ravallet die Kiste erst später geöffnet, Tage später, als alles längst vorbei war, Belpoix auf der Flucht und der Kurier verscharrt. In dieser Nacht wollte er wohl nur den Auftrag des Dorfes erfüllen, so wie er ihn verstanden hatte mit seinen fünfzehn Jahren: »Es darf nichts passieren, was die deutschen Besatzer irritiert, wir haben den Krieg eingeschläfert in Courtillon und wollen nicht, dass ihn jemand aufweckt.« Der Kurier störte diese Ruhe und musste deshalb verschwinden, da kam Belpoix mit seinem Gewehr gerade recht. Wie hatte doch Mademoiselle Millotte den jungen Auguste beschrieben? »Wenn er in der Schule jemanden verprügelt haben wollte, dann hat er einen andern dafür angestellt, und er selber blieb unschuldig.«

Die Tat, die zu begehen war, stand fest, und im richtigen Moment hatte sich auch ein Täter gefunden.

»Er hat ihm gesagt, dass er ein anderer ist«, hatte die Hühnerfrau ihren schwarzen Witwen erzählt, und jetzt, wo wir mehr wussten von der Nacht im *bois de la Vierge,* machte dieser Satz plötzlich Sinn. »Der Mann ist ein Deutscher«, muss Auguste Ravallet behauptet haben. Und als er sah, dass ihm Belpoix nicht glaubte, da erfand er rasch einen überzeugenden Beweis. Er hatte schließlich ein paar Sätze Deutsch gelernt, bei dem Besatzerlehrer, der damals in meinem Haus wohnte, alle Kinder im Dorf hatten sich so ihre Zuckerstücke verdient, und nur Belpoix konnte nichts davon wissen, der hatte sich ja im Wald versteckt, um nicht als Zwangsarbeiter ins Reich verschickt zu werden.

»Er hat mit seiner Stimme gesprochen«, hatte die Hühnerfrau gesagt, und jetzt verstand ich, was sie gemeint hatte. Auguste Ravallet hatte dem Kurier falsche Worte in den Mund gelegt. »Er ist nicht sofort bewusstlos geworden«, wird er gelogen haben, »er hat vorher noch geredet. ›*Guten Tag, mein Herr*‹, hat er noch gesagt, und: ›*Wie geht es Ihnen?*‹ Ich weiß nicht, was das heißt«, wird er geheuchelt haben, »ich habe mir nur die Laute gemerkt.«

»Guten Tag, mein Herr.« Mit diesen Worten hat mich damals der General angesprochen. Vielleicht hat er sie in jener Nacht gelernt, denn Ravallet wird die deutschen Sätze wiederholt haben, immer wieder, bis sie zu einer Litanei geworden waren, einer Zeremonie. *»Guten Tag, mein Herr, wie geht es Ihnen? Guten Tag, mein Herr, wie geht es Ihnen?«* Und irgendwann hat sich Belpoix der Kraft dieses Rituals nicht mehr entziehen können, hat nicht mehr überlegt, ob Auguste diese Worte nicht auch woanders gehört haben konnte, hat geglaubt, was er eigentlich nicht glauben

wollte, hat sein Gewehr gefasst, wie er es an seinem Fenster gefasst hat, hat gezielt, wie er auf Mademoiselle Millotte gezielt hat, und hat geschossen.

»Und als er tot war, hat er gelacht.« Sicher hat die Hühnerfrau auch damit recht gehabt. Sie hat Auguste Ravallet lachen hören, im Ehebett wahrscheinlich, als er ihr voller Stolz die Geschichte erzählte, Jahre später, als alles längst vorbei war und begraben, das Geld gefunden und versteckt und Belpoix zum Schweigen gebracht und verurteilt.

»Laut Aussage des Zeugen wurde der Angeklagte mehrfach darauf aufmerksam gemacht, dass es sich bei dem bewusstlosen Mann um einen Kurier der *Résistance* handelte. Trotzdem erschoss ihn der Angeklagte, feige und aus nächster Nähe.« In dem Urteil, das sich Monsieur Brossard hat vorlesen lassen, wird der Name des Zeugen nicht genannt. Aber wer anderes kann es gewesen sein als Auguste Ravallet? Er war als Einziger dabei gewesen, und jetzt log er, um sich selber zu schützen, und nahm dabei in Kauf, dass Belpoix für eine Tat verurteilt wurde, die er zwar begangen hatte, an der er aber trotzdem keine Schuld trug.

Wir konnten Belpoix' Angst förmlich riechen, obwohl wir doch nur vor unseren Weingläsern saßen und gemeinsam an einer Erinnerung bauten, wir konnten den Schrecken spüren, den er empfunden haben muss, als die namenlosen Richter ihn ansahen und er sein Urteil in ihren Augen las, noch bevor sie es ausgesprochen hatten.

»Der Angeklagte wird zum Tod durch Erschießen verurteilt.«

Es war die Zeit zwischen Krieg und Frieden, man wollte die Rechnungen glattstellen und kannte dafür keine bessere

Methode, als störende Zahlen einfach durchzustreichen. Man wollte noch ein letztes Mal Kämpfer sein und Richter, bevor man wieder Bauer werden musste und Schreiner, einer unter vielen, man konnte noch ein letztes Mal die großen Gesten machen und die großen Worte.

»Um ihm mit dem Leben nicht auch die Ehre zu nehmen, wird dem Angeklagten gestattet, das Urteil selber zu vollziehen.«

Auf dem Tisch lag die geladene Pistole, Belpoix wird sie angestarrt haben wie ein giftiges Insekt, vielleicht haben seine Hände gezittert, und er hat sich dafür geschämt und hat sie an die Hosennaht seiner neuen Uniform gepresst, vielleicht lief ihm der Angstschweiß über das Gesicht, und er hat ihn nicht abgewischt, vielleicht sah es aus wie Tränen, vielleicht, es hätte zur Zeremonie gepasst, hat sich Auguste Ravallet vor ihn hingestellt und hat gesagt: »Es tut mir leid«, vielleicht ist Belpoix auf ihn losgegangen, und man hat ihn festgehalten, aber wahrscheinlich ist alles sehr viel sachlicher abgelaufen, es war eine Zeit, in der Sterben alltäglich war, wahrscheinlich hatte Belpoix schon resigniert, hatte die ersten Berührungen seiner Gespenster schon gespürt und war nicht unfroh, ihnen zu entkommen, wahrscheinlich hat er nur genickt und sich die Waffe in die Hand legen lassen, und dann sind die Richter hinausgegangen, haben das Lothringerkreuz mitgenommen und die Trikolore und die Bibel und haben die Tür hinter sich geschlossen, und er stand da und hat jede Rille und jede Delle der Pistole gespürt und hat den Arm gehoben und hat den Lauf an die Schläfe gesetzt, hat vielleicht noch etwas geflüstert, das niemand mehr hörte, und hat abgedrückt.

Und sein Arm hat gezittert, und er hat nicht richtig getroffen, und er war nicht tot.

Sie haben ihn liegen lassen, vielleicht haben sie das Zimmer gar nicht mehr betreten, oder sie haben nur noch einen flüchtigen Blick auf ihn geworfen und genügend Blut gesehen, um für endgültig zu halten, was nicht endgültig war, und später hat man ihn dann gefunden, hat seinen Atem entdeckt, hat ihn ins Krankenhaus gebracht, und irgendwann ist er dann erwacht und hat gemerkt, dass er noch lebte, und wäre viel lieber tot gewesen. Er konnte seine Augen nicht mehr schließen, aber das, was in jener Nacht im *bois de la Vierge* geschehen war, wollte er nie mehr sehen, und so erfand er sich als Augenbinde eine Geschichte, in der er alles richtig gemacht hatte und ein Held gewesen war, er erfand ein Gefecht mit deutschen Truppen, bei dem er sich seine Kopfverletzung geholt haben wollte, und so wurde aus Belpoix allmählich der General, und weil Legenden stärker sind als die Wirklichkeit, bekam er sogar das Band der Ehrenlegion und war sein Leben lang ein bedeutender Mann in Courtillon. Nur nachts manchmal konnte er seine Lüge nicht aufrechterhalten, und dann musste er sein Gewehr nehmen und aus dem Fenster schießen, nicht auf ein anrückendes deutsches Heer, wie alle immer geglaubt hatten, sondern auf einen englischen Kurier, den er erschossen hatte und der nicht tot bleiben wollte. »Er muss ihn immer wieder erschlagen, jeden Tag«, hatte die Hühnerfrau gesagt, und sie hatte damit nicht ihren Mann gemeint, den der erschossene Kurier reich gemacht hatte und der so herzlich lachen konnte, wenn er davon erzählte.

Ich weiß nicht, ob alles genau so war. Aber während dieser Stunden im Wohnzimmer der Brossards fühlten sich die Ereignisse von damals nicht wie eine Konstruktion an, sondern wie eine echte Erinnerung, genauso real wie der herbe Nachgeschmack des Gigondas und der süßliche Geruch von Madame Brossards *fond de teint*.

»Es war wie bei einer Séance«, sagte Madame.

»Dann muss mir ein Gespenst meinen Wein weggetrunken haben.« *Le juge* ging hinaus, um die nächste Flasche aus dem Keller zu holen.

Seine Frau strich mit der Hand mehrmals über die Tischdecke, als ob sie mit den Quadraten und den Pfeilen auch all die Geschehnisse wegwischen wollte, von denen wir gesprochen hatten. »Die Sache hat mich richtig mitgenommen«, sagte sie. »Wie geht es Ihnen?«

Ich zuckte nur die Schultern. Wenn ich etwas gesagt hätte, wäre der Klumpen geplatzt, den ich im Bauch spürte. Der General hat einmal etwas Falsches getan, für ihn war es richtig, und doch war es falsch, und er hat es ein Leben lang nicht geschafft, damit fertig zu werden. Ich wollte nicht darüber nachdenken, was das für mich bedeutete. Ich habe mir Emotionen verboten. Ich will nicht weinen.

Zum Glück kam Monsieur Brossard zurück und hatte es eilig, die Geschichte zu Ende zu sortieren. Die Ereignisse rund um den Kurier hatten wir uns detailliert vorgestellt, hatten sie miterlebt; das, was ein halbes Jahrhundert später zum Tod von Mademoiselle Millotte führte, setzten wir nur noch logisch zusammen.

Erstens: Der General hatte vom heiligen Johann erfahren, dass Mademoiselle über den Tod des Kuriers Bescheid wisse und davon erzählen wolle. Dass das in Wirklichkeit gar nicht stimmte, dass Jean es nur behauptet hatte, um mit dem Gerücht den Bürgermeister zu erpressen, das konnte Belpoix nicht ahnen.

Zweitens: Er musste annehmen, dass Mademoiselle Millotte tatsächlich Informationen hatte (das war glaubhaft für ihn, denn sie hat immer alles gewusst), und er musste befürchten, dass im Licht der alten Wahrheiten seine ganze Lebenslüge erfrieren würde, wie eine exotische Pflanze im ersten Frost.

Drittens: Wenn er ein Held bleiben wollte – und jeder, der sich einmal ins Heldentum gelogen hat, will diesen Glanz nie mehr verlieren –, dann durfte er Mademoiselle Millotte nicht reden lassen. Und darum nahm er viertens sein Gewehr und löste das Problem so, wie er es im Krieg gelernt hatte.

»Er wird dafür nie vor Gericht stehen«, sagte *le juge*. »Damals haben sie ihn unschuldig verurteilt, und jetzt lässt man ihn schuldig laufen.«

»Das ist aber nicht gerecht!«

Monsieur Brossard lächelte seine Frau an und hob sein Weinglas, als ob er einen Toast ausbringen wollte. »Seine Strafe hat er schon abgesessen«, sagte er. »Schließlich hat er all die Jahre mit sich selber leben müssen.«

Ich bin schuld. Vielleicht bin ich schuld.

Draußen bleiben, hatte ich mir vorgenommen. Mich nirgends einmischen und mich in nichts hineinziehen lassen. Keine Gefühle, nie mehr. Nur zusehen und einordnen. Ein Beschauer wollte ich sein und bin ein Leichenbeschauer geworden.

Ein Leichenfledderer.

Courtillon sollte mein Labor sein, meine Experimentierstube. Wann immer zwei Charaktere miteinander reagierten, wollte ich es notieren und festhalten, »am soundsovielten um soundsoviel Uhr stießen Hoffnung und Neid aufeinander, Verzweiflung traf Zorn, Habgier begegnete Furcht, und es gab die und die Reaktion.« Aufschreiben, zuordnen, abheften. Unbeteiligt. Die Menschen sollten mir die Zeit vertreiben mit ihren Geschichten, weiße Mäuse mit possierlichen Gewohnheiten, und wenn sie sich verliebten oder sich hassten, wenn sie voneinander angezogen wurden oder abgestoßen, dann wollte ich das beobachten, nur beobachten.

Nicht mehr.

Und jetzt habe ich mein Maul nicht halten können und bin schuld.

Ein Arschloch bin ich.

Er könnte noch leben.

Nein, für einmal will ich mir nichts vorlügen. Er würde noch leben, wenn ich nicht

Es kann sein, dass er noch leben würde. Wenn ich ihm das nicht erzählt hätte, einfach um irgendetwas geredet zu haben, nur um wieder fünf Minuten oder eine halbe Stunde hinter mich gebracht zu haben, die lästige Zeit weggelebt, ein leeres Kästchen ausgemalt mit irgendeiner Farbe, egal welche, es kommt nicht drauf an, wenn es nur nicht leer bleibt.

Ich habe in ein Experiment eingegriffen, ohne seine Gesetze zu kennen. Ich bin schuld, auch wenn ich der Einzige bin, der das weiß.

Vielleicht bin ich schuld.

Der Geruch, wenn ein Haus verbrennt, ist süßlich. Rauch, Asche und dahinter etwas Süßliches, nicht einmal unangenehm. Oder gilt das nur, wenn ein Haus verbrennt, in dem noch ein Mensch ist?

Ich sollte es der Reihe nach erzählen, Ordnung schaffen. Aber wozu?

Für wen?

Jojo hat sich wochenlang auf das Fest gefreut, es ist der wichtigste Tag des Jahres für ihn. Mindestens zehnmal hat er mich gefragt: »Haben Sie nicht auch etwas zu verbrennen, etwas zu verbrennen?« Ganz Courtillon hat sich von ihm die Dachböden entrümpeln lassen, tagelang hat er leere Gemüsekisten und zerbrochene Stühle durch die Straße geschleppt. Das schönste Feuer von ganz Frankreich sollte es werden.

Ich beneidete Jojo. Seit dem Tod des Pferdebauern hauste er ganz allein, in einem großen leeren Bauernhof aus grauen Steinen, aber das schien ihn nicht zu stören, solange nur die Welt, in der er lebte, feste Regeln hatte. »Ist es schon so weit?«, fragte er irgendjemanden, und jeder im Dorf konnte ihm die Antwort geben. »Nein, Jojo, du musst noch drei Tage Geduld haben, noch zweimal schlafen, morgen, Jojo, aber morgen ganz bestimmt.«

Er war so glücklich. Erst das Feuer, und dann auch noch im Polizeiauto fahren dürfen.

Ich bin schuld.

Als mir Jean von dem neuen Drohbrief erzählte, hätte ich das zur Kenntnis nehmen müssen, aufschreiben und archivieren, sonst nichts. »Heute traf ich Jean Perrin, genannt *Saint Jean*, und er zeigte mir einen Brief, in dem er mit dem Tod bedroht wird. Der Absender ist vermutlich ein aus Saint-Loup weggelaufener schwererziehbarer Jugendlicher namens Philippe. Als Jean Perrin mir das Schreiben vorlas, war er sehr blass und zeigte alle Anzeichen großer Aufregung.«

Beschauen und beobachten, wie ich es mir vorgenommen hatte.

Nicht mehr.

Aber ich musste mich ja einmischen. Ich musste mich ja wichtig machen. Ich musste ihn ja auf andere Gedanken bringen.

Ravallet sieht so verdächtig zufrieden aus.

Madame Deschamps ist zum Kotzen hilfreich. »Die arme, arme Elodie«, sagt sie, aber in Wirklichkeit meint sie nur: »Wie schön, ich werde gebraucht.«

Madame Simonin jammert, weil sie ihre Vorhänge waschen muss. Die Asche setzt sich überall fest.

Und die *greluche*.

So geht es nicht. Ich muss vorne anfangen.

Wenn ich wüsste, wo der Anfang ist.

Jean hat mir den Brief gezeigt. »Sie haben V eingesperrt, und dafür musst Du büßen.« Die Schrift nicht so erwachsen, wie Philippe sich gerne sieht. Schmächtige Buchstaben, als ob er nackt auf dem Papier stünde, ohne seine Lederjacke, ohne die Schuhe mit den dicken Sohlen. Der Poststempel – und das war es, was Jean so erschreckte – nicht mehr aus Paris, sondern aus Montigny. »Er ist in der Nähe«, sagte Jean. »Er meint es ernst.«

Ich habe versucht, ihn zu beruhigen.

Nein. Schluss mit der Heuchelei.

Ich habe lustvoll seine Panik gerochen, geschmeckt, betastet. Ich zapfe anderen Menschen ihre Emotionen ab, um meine eigene Leere damit zu füllen. Ich bin ein Mitesser.

Er solle mit dem Brief zu Monsieur Deschamps gehen, habe ich Jean empfohlen, obwohl ich genau wusste, dass er es nicht tun würde. Philippe sei doch nur ein Maulheld, habe ich ihm einzureden versucht, und selbstverständlich hat er mir nicht geglaubt. Ich habe ihm all die billigen Ratschläge angedreht, all die falschen Gesprächsmünzen, mit denen man sich das Recht erkauft, an einem fremden Schicksal noch ein bisschen länger mitzugruseln. Und dann – um ihn von seinem Problem abzulenken, log ich mir vor – erzählte ich ihm von der Entdeckung, die der *juge* gemacht hatte. Ich erzählte ihm vom Prozess gegen den General und von der Rolle, die der Vater unseres Bürgermeisters dabei gespielt hat.

Ich bin schuld.

Wenn ich mein Maul gehalten hätte, wäre Jean nicht zu

Ravallet gelaufen und hätte nicht ein letztes Mal versucht, ihn zu erpressen.

Wenn es so gewesen ist.

Ich weiß gar nicht, ob er bei Ravallet war. Vielleicht ist es nicht mehr dazu gekommen. Aber es passt zusammen, und es wäre mir lieber, wenn es nicht so gut zusammenpassen würde. Ich habe nie viel von unserem Bürgermeister gehalten, trotzdem kann ich mir nicht vorstellen, dass er ein Mörder ist.

Ich will es mir nicht vorstellen.

Von vorne anfangen.

La Saint Jean, der Johannistag. Und seine Nacht, in der man das große Feuer anzündet, um die bösen Geister zu vertreiben. Einer der wenigen alten Bräuche, die lebendig geblieben sind hier in der Gegend; jedes Dorf will den höchsten Holzstoß haben und die loderndsten Flammen.

Courtillon hat diesen Wettstreit gewonnen, für alle Zeiten. In fünfzig Jahren wird man noch davon reden, wie es an *Saint Jean* gebrannt hat in unserem Dorf. Nicht in der Nacht, sondern am Tag. Und wer dabei den Tod fand.

»Das hat etwas zu bedeuten«, werden sie sagen. Und manche Leute werden sich bekreuzigen.

Früher hat sich immer Jean um das Holz gekümmert, schließlich war der 24. Juni sein Namenstag, aber diesmal ließ er sich die ganze Woche nicht blicken, und es ging auch ohne ihn. »Besser sogar«, sagten die Leute, die jetzt Handwerker beschäftigen und ihn deshalb schlechtmachen müssen. Der junge Simonin schleppte mit seinem Bagger ganze Baumstämme an, Treibholz noch von der Frühjahrsüberschwemmung, Monsieur Deschamps kam sogar mit dem Dienstwagen auf die Wiese hinter dem Friedhof gefahren und brachte einen Kofferraum voller Schubladen (nur Schubladen, ich weiß nicht, was mit den dazugehörigen Schreibtischen passiert ist), und dann war da natürlich jeden Tag Jojo mit seinen Stuhlbeinen und Weinkisten.

Der Holzberg wuchs und wuchs, man musste schon Leitern anlegen, um ihn noch höher zu stapeln, man begann schon das Wetter zu diskutieren, »ja, es wird schön sein am Wochenende, wir werden eine klare Nacht haben und trockenes Holz«, man stritt sich schon darüber, wie jedes Jahr, wann es dunkel genug sein würde, um den Scheiterhaufen anzuzünden, und jetzt steht er da und bleibt unverbrannt, und mit der Zeit wird er verrotten und in sich zusammenfallen.

Sie werden wohl nie mehr den Johannistag feiern in Courtillon.

Quatsch.

Natürlich werden sie ihn feiern, schon nächstes Jahr wieder. Der *cantonnier* wird den langen Tisch aufstellen, Deschamps wird den Wein besorgen, Ravallet wird seine Ansprache halten, »gerade in Anbetracht der tragischen Ereignisse, an die wir uns heute alle erinnern«, wird er sagen. »Das Leben muss weitergehen«, wird er sagen, und »wir dürfen die alten Traditionen nicht vergessen«. Der junge Simonin wird Benzin über das Holz kippen, und wenn dann die Funken fliegen, werden sie alle »Ah!« rufen und »Oh!«, und ich werde irgendwo am Rand sitzen, sie werden denken, dass es die Hitze ist, die mein Gesicht so rot macht, und niemand wird wissen, dass eigentlich ich die Schuld trage.

Oder ist das schon wieder Wichtigtuerei? Eine verdrehte Form von Eitelkeit? Rede ich mir Zusammenhänge ein, weil ich immer noch lieber ein Schuldiger sein will als ein Überflüssiger?

Niemand weiß, wer den Brand gelegt hat. Es steht nicht einmal fest, sagt Monsieur Deschamps, dass es überhaupt Brandstiftung war. Vielleicht hat sich irgendetwas von selber entzündet, vielleicht hat er wieder einmal an einem elektrischen Gerät herumrepariert und es nicht richtig ausgeschaltet, vielleicht hat er einfach eine Zigarette geraucht, und die glimmte weiter, und dann war da all das Holz und die Kanister. Es sah zwar aus, mehrere Leute haben es so beschrieben, als ob das Feuer an mehreren Orten gleichzeitig ausgebrochen wäre, aber vielleicht war es ja wirklich nur ein Unglück.

Nein.

Er war im Weg. Er war ein störender Fremdkörper geworden im Getriebe von Courtillon. Es kann kein Zufall sein, was passiert ist.

Es darf kein Zufall sein.

Wir haben Religionen erfunden und Kirchen für sie gebaut und Scheiterhaufen für sie errichtet, nur weil wir den Gedanken nicht ertragen können, dass da gar kein Netz ist aus Zusammenhängen und Folgerungen, dass wir alle nur ausgewürfelt werden, und es ist noch nicht einmal jemand da, der den Würfelbecher schüttelt, weil wir nicht zugeben können, dass unser Leben aus der Zeit herausquillt wie Teig aus einer Maschine, eine klebrige, gestaltlose Masse, und erst hinterher, wenn schon alles vorbei ist, gelebt und gestorben, kneten wir uns die Ereignisse zurecht, geben ihnen

Form, flechten sie zu Zöpfen und Kränzen, behaupten, dass es so war, weil wir uns ausgedacht haben, dass es so gewesen sein könnte.

Wenn wir etwas erlebt haben, wenn uns etwas gelebt hat, müssen wir es so lange erzählen und wiedererzählen, bis wir uns darauf geeinigt haben, mit uns selber und mit den anderen, was für eine Art Geschichte es denn nun gewesen ist, eine Legende oder eine Schnurre, eine Tragödie oder eine Parabel, bis wir uns darauf verständigt haben, was passiert ist, und das ist dann auch passiert. Manchmal einigen wir uns nicht, und dann halten wir den anderen für dumm oder für bösartig, manchmal einigen sich zwei Völker nicht, und dann führen sie Krieg gegeneinander, jahrhundertelang, und es geht gar nicht um Recht oder Unrecht, sondern nur um Geschichten und wer bestimmen darf, wie sie erzählt werden müssen.

»Es hat gebrannt in Courtillon«, heißt die neueste Geschichte. Es ist schon zu spüren, wie sie erzählt werden wird, und so ist es nicht gewesen.

Vielleicht war ich auch nicht schuld daran, nicht allein, aber noch weniger war es

Ich habe immer noch nicht aufgeschrieben, wie ich es erlebt habe.

Ich war in den Wald gegangen, auf einem meiner Davonlauf-Spaziergänge, und als ich auf dem Rückweg die Rauchsäule sah, viel zu hoch und viel zu schwarz für ein Gartenfeuer, war mein erster Gedanke (jedermanns erster Gedanke, habe ich unterdessen erfahren), dass jemand heimlich den Holzstoß angezündet haben musste. Früher, als *la Saint*

Jean noch ein richtiger Wettkampf war zwischen den Dörfern, soll das oft vorgekommen sein, aber jetzt sind es nur noch die Jungen von Saint-Loup, denen man so einen Streich zutraut.

Ich sah den Rauch, aber ich ging deswegen nicht schneller. Ich machte sogar noch einmal eine Schleife in den Wald zurück, wählte den längeren Rückweg. Ich bin süchtig nach fremden Gefühlen, aber hier schien mir nichts Vielversprechenderes in der Luft zu liegen als ein bisschen Ärger und Enttäuschung. Als ich schließlich zum Autowendeplatz kam, traf ich dort auf Jojo, der an einer viel zu schweren alten Kommode herumruckte und vergeblich versuchte, sie anzuheben. Sein dickes Babygesicht war vor Anstrengung ganz fleckig, wahrscheinlich mühte er sich schon seit Stunden vergeblich ab. Wenn er einmal etwas angefangen hat, das macht ihn zum Dorftrottel und zum Menschen, weiß er nicht, wie man damit wieder aufhört.

Ich bin sicher, dass er den ganzen Nachmittag dort verbracht hat. Ich habe auch versucht, das den andern klarzumachen, aber sie wollen es nicht hören, weil sie sonst ihre Geschichte neu erzählen müssten.

Eine runde Geschichte ist zu wertvoll, als dass man sie sich von Tatsachen kaputtmachen ließe.

Jojo war froh, mich zu sehen, und bot mir seine Seite der Kommode an, wie man einem lang erwarteten Gast den besten Platz am Familientisch anbietet. »Zusammen können wir sie tragen«, japste er kurzatmig. »Es ist für das Feuer, wissen Sie, für das Feuer.«

»Du kommst zu spät«, sagte ich. »Sie haben es schon angezündet.«

Man konnte an Jojos Gesicht ablesen, wie sich diese Vorstellung mühselig einen Weg durch sein Gedankendickicht bahnte. Zuerst erschrak er, mit weit aufgerissenen Augen, dann schob sich die Unterlippe vor, wie bei einem Baby, das gleich anfangen wird zu weinen, und schließlich stieg ein triumphierendes Grinsen in ihm auf, und er begann zu kichern, so heftig, dass es seinen runden Kopf hin und her schlug. Jojo ist es gewohnt, dass man ihm Streiche spielt, und nimmt sie jedes Mal gutmütig hin, aber jetzt glaubte er, etwas verstanden zu haben, und war stolz darauf. »Sie können das Feuer gar nicht anzünden«, lachte er, als Worte wieder möglich waren, »sie können es gar nicht. Weil nämlich noch nicht Nacht ist, noch gar nicht Nacht.«

Ich nahm ihn an der Hand und führte ihn ein paar Schritte weiter, aus dem Wald hinaus, und zeigte ihm die schwarze Rauchsäule, die über Courtillon stand. »Das dürfen sie aber nicht!«, jammerte Jojo und rannte los, um noch möglichst viel von dem Feuer mitzubekommen, auf das er sich so gefreut hatte.

Die französische Sprache hat ein wunderschönes Wort für einen Dorftrottel. *L'innocent du village,* der Unschuldige vom Dorf.

Und trotzdem haben sie beschlossen, dass Jojo schuldig sein muss.

Sie.

Die andern. Immer die andern. Als ob ich nicht auch genickt hätte, als Madame Deschamps sagte: »Vielleicht ist es besser so. Allein in dem großen Haus, das wäre auf Dauer keine Lösung gewesen.« Als ob ich besser wäre als sie.

Ein Kiebitz will mitspielen, aber nicht mitverlieren. Ich frage mich, ob ich immer so ein Feigling gewesen bin.

Ja.

Ich bin dann ins Dorf zurückgekommen, habe die Hauptstraße überquert, wo die Hühnerfrau wieder einmal ein totes Tier aufsammelte, »putt, putt, putt« und »so, so, so«, bin ohne Hast weitergegangen, immer noch nichtsahnend, und erst dort, wo die Straße ihre Biegung macht, beim Haus von Mademoiselle Millotte, habe ich verstanden, dass der schwarze Rauch nicht von der Wiese hinter dem Friedhof aufstieg, sondern viel näher, habe die Flammen gesehen, habe zuerst gedacht, sie schlügen aus meinem Haus, bin losgerannt, an der Kirche vorbei, und habe dann endlich gewusst (erleichtert, ich gebe es zu), dass es Jeans Haus war, das da brannte.

Die Feuerwehr aus Montigny war schon da, die Wasserbögen aus den beiden Schläuchen unpassend dünn vor der breiten Feuerwand. Jojo war da, völlig durchnässt, er hüpfte vor Begeisterung von einem Fuß auf den andern, noch nicht ganz ein Tanz, aber schon fast. Das ganze Dorf war da, natürlich, bildete hinter den Feuerwehrleuten eine ordentliche Reihe quer über die Straße; die Taschentücher, die sie sich gegen den Rauch vor den Mund hielten, sahen alle gleich aus, als ob jemand einen größeren Posten besorgt hätte und an alle verteilt.

Als ich mich näherte, nickte Bertrand mir zu, eine missbilligende Begrüßung, wie wenn ich mich zu einer angekündigten Vorstellung zu spät eingefunden hätte, und machte dann doch einen halben Schritt zur Seite, so dass ich mich neben ihn stellen und mich informieren lassen konnte. »Das Haus ist nicht mehr zu retten«, sagte er, ohne den Blick auch nur einen Moment von den Flammen zu wenden, »aber es ist niemand zu Schaden gekommen. Jean ist irgendwo unterwegs, und Geneviève ist nach Montigny gefahren.«

Das von Geneviève wusste ich. Gleich zweimal hatte sie mir von den neuen Schuhen gesprochen, die sie so dringend brauche, und damit (sie ist sonst kein Mensch, der überflüssige Worte macht) war klar gewesen, dass der wirkliche Grund ein anderer war. Sie wollte am Geburtstag ihres Mannes einfach nicht in Courtillon sein.

Dass Jean auch fort war, beruhigte mich.

Beruhigte mich.

Beruhigte.

Ich kann die Empfindung aus einem Schubfach meines Gedächtnisses hervorholen, und sie kommt mir vor wie ein Werkzeug, das sich gebrauchsbereit erhalten hat, obwohl es niemanden mehr gibt, der damit umzugehen weiß. Wie eine der antiquierten Gesten von Madame Brossard. Wie ein fotografiertes Lächeln, und unter dem Bild steht: »Aufgenommen zehn Minuten bevor die Bombe einschlug.«

»Es ist niemand zu Schaden gekommen«, sagte Bertrand. Es klang ein bisschen enttäuscht. Wenn etwas passiert, dann soll bitte auch wirklich etwas passieren.

Ich entdeckte Elodie, sie stand hinter der Reihe der Zuschauer, an einer Stelle, wo sie nur Rücken sehen konnte, ich ging zu ihr und sagte beruhigend (je öfter ich das Wort wiederhole, desto weniger bedeutet es), und sagte beruhigend: »Es war niemand im Haus.«

»Ich weiß«, sagte sie.

»Du musst keine Angst haben.«

»Ich habe keine Angst.«

»Ein Haus kann man wieder aufbauen, genau gleich, sogar noch schöner, als es war.«

»Oder man kann ein anderes Haus kaufen«, sagte sie. Es sah aus, als ob sie dabei lächelte. Jeder Mensch vermeidet Tränen auf seine Art.

Auch mit ihrem nächsten Satz wollte sie sich wohl nur an etwas Vertrautem festhalten. Sie ist darin geübt, Alltag vorzutäuschen, wo keiner mehr ist. »Wissen Sie, was ich meinem Vater zum Geburtstag schenken werde?«, fragte sie. »Den Salto. Es hat lange gedauert, aber jetzt kann ich ihn. Ich stolpere noch, aber ich komme auf die Füße.«

Wenn es jemanden gibt, der den Würfelbecher schüttelt, dann macht er sich lustig über uns.

Wozu soll ich das Feuer beschreiben? Wozu soll ich die exakt richtigen Worte suchen? Wozu soll ich mir vorlügen, es mache einen Unterschied, für irgendwen oder irgendetwas, ob Flammen lodern oder tanzen, ob Funken stieben oder fliegen, ob brennendes Holz knattert oder prasselt? Nicht einmal der Moment, als der Dachstuhl einstürzte, ist wichtig, als wir alle das Gefühl hatten, applaudieren zu sollen. Wenn ich versuchte, alles aufzuschreiben, Minute für Minute, Beobachtung für Beobachtung, ich würde damit doch nur Zeit gewinnen wollen, um den Moment noch nicht beschreiben zu müssen, auf den sich alles zubewegte. Ich würde mich nur drücken, wieder einmal.

Als sie die Leiter ausfuhren, taten sie es nicht, um jemanden zu retten. Das Feuer war schon ausgebrannt, und selbst wenn es noch einmal auflodern sollte, bestand keine Gefahr mehr; in diesem Teil von Courtillon stehen die Häuser nicht nahe beieinander. Die ganze Aktion schien überflüssig, eine Zugabe, als ob sie dieses schöne Gerät nun einfach mal hätten und es deshalb auch benutzen wollten. Der Feuerwehrmann, der mit dem Schlauch hinaufkletterte, tat es wie ein Artist, ein Auge immer auf den Zuschauern.

Er stand ganz nahe bei dem schwarzgeränderten Loch, das einmal ein Fenster gewesen war, er hatte schon den Arm gehoben, um seinen Kollegen ein Zeichen zu geben, »Wasser marsch!« (und nur ein deformierter Professioneller wie ich kann so etwas aufschreiben und im gleichen Moment überlegen, was das wohl auf Französisch heißt), es lief alles ab wie bei einer Übung, als er plötzlich erschrak. Seine Haltung verspannte sich, er beugte sich weit vor – der Schlauch war ihm dabei im Weg, und er musste sich darum herumwinden –, dann kletterte er die Leiter wieder herunter, viel langsamer, als er hinaufgestiegen war, sie standen in einer Gruppe zusammen, zwei Feuerwehrleute und dazu Ravallet und Deschamps, sie machten ernste Gesichter, und dann ging Deschamps zu seiner Frau und besprach leise etwas mit ihr, sie nickte mit dem Kopf, die hochgetürmte Frisur kam auf uns zu, auf Elodie und mich, ging durch ein Spalier von neugierigen Blicken, sie legte einen Arm um das Mädchen, die Geste mehr besitzergreifend als beschützend, und dann sagte sie: »Es ist besser, wenn du jetzt nicht hier bleibst. Sie haben doch noch jemanden in dem Haus gefunden. Es sieht aus wie ein Mann. Ich fürchte, das kann nur dein Vater sein.«

Ich brachte Elodie nach Hause. Zu mir nach Hause, wohin sonst? Ihr Gesicht war leer, als ob sie einen Teil von sich selber verloren hätte und es wäre nicht der Mühe wert, danach zu suchen. Sie ging neben mir her, jeder Schritt ein schwieriges Kunststück, sie setzte einen Fuß vor den andern wie ein Artist auf dem hohen Seil, der immer nur geradeaus schaut, weil er sich dann nicht eingestehen muss, dass unter ihm ein Abgrund ist. Wenn ich kaum daran dachte, sie zu trösten, schüttelte sie die Berührung schon ab; ich hätte nur den Arm ausstrecken müssen, um ihr über die Haare zu streichen, aber der Weg war zu weit, die Mauer, die sie um sich aufgerichtet hatte, zu hoch.

Sie ging die Treppe hinauf, als ob sie auf einen Berg stiege, sie drehte den Schlüssel hinter sich, als ob es für immer wäre, und dann konnte ich mir nur noch vorstellen, wie sie sich eingrub zwischen meinen Büchern, zwischen den Bergen aus toten Buchstaben, die alles wissen und nichts erklären können. Ich wartete lange auf dem Treppenabsatz, vom Leben vor die Tür gestellt, und meine Gedanken drehten sich im immer selben Kreis zwischen Etwas-tun-Wollen und Nichts-tun-Können. Zweimal ging ich hin und lauschte an der Tür, aber ich hörte kein Schluchzen, noch nicht einmal ein Atmen. Ich war hilflos in der vollsten Bedeutung des Wortes: ich konnte nicht helfen, und es wurde mir nicht geholfen.

Als ich, ohne noch einmal mit Elodie gesprochen zu haben, wieder auf die Straße hinauskam, viel später, da hatten sich die Farben verändert. Es ging schon gegen neun, aber weil der Rauch nicht mehr so dicht war, schien es, als ob es heller geworden wäre, als ob die Tageszeiten einen Salto geschlagen hätten, einen Salto zum Geburtstag, als ob sie untereinander die Plätze getauscht hätten, zuerst die Johannisnacht mit ihrem Feuer und dann erst der Tag.

Das Zuschauerspalier hatte erste Lücken bekommen, auch kein Jojo tanzte mehr aufgeregt zwischen den Neugierigen herum. Die Gesichter drehten sich zu mir, erst erwartungsvoll und dann bald enttäuscht, weil ich ihnen nichts zu berichten wusste von Tränen und Verzweiflung, »er will es uns bloß nicht erzählen«, werden sie gedacht haben, »er ist halt doch ein Fremder, der immer noch nicht begriffen hat, dass Erlebnisse Gemeinbesitz sind hier in Courtillon«.

»Sie haben vieles verpasst«, sagte Bertrand, und es klang wie »Ätsch!«. Die Feuerwehrleute hatten Jeans Körper aus dem Haus herausgeholt, ohne dass man viel davon gesehen hätte, was Bertrand bedauerte, die verbrannte Leiche hatten sie unter einer Wolldecke versteckt. Eine Ambulanz und ein Leichenwagen waren gleichzeitig eingetroffen; die Ambulanz war leer wieder weggefahren und der Leichenwagen mit Inhalt.

Geneviève war noch nicht aus Montigny zurück, sie wusste wahrscheinlich noch gar nichts von der Katastrophe, und das war wohl auch der Grund, warum immer noch so viele Dorfbewohner vor der Brandstelle ausharrten, obwohl es dort gar nicht mehr viel zu sehen gab, obwohl die Feuerwehr schon ihre Schläuche einrollte. Man versprach sich von Geneviève noch eine Fortsetzung, einen

Verzweiflungsausbruch vielleicht, Ehefrau kommt mit dem Rad angefahren, sieht, was passiert ist, schreit, will sich in die rauchenden Trümmer stürzen, wird im letzten Moment zurückgehalten – auch wer sich am Ereignisbuffet schon sattgegessen hat, findet immer noch Platz für einen pikanten Nachtisch.

Während sie warteten und ich mit ihnen wartete, vergeblich, wie sich zeigen sollte, berichtete mir Bertrand Näheres über die Umstände von Jeans Tod. Anders als sonst im Dorf üblich fiel ihm dabei die ganze Zeit niemand ins Wort, um lieber die eigene Sichtweise der Ereignisse zu schildern; seit sein Anwesen zu einem so günstigen Zeitpunkt in Flammen aufgegangen ist, gilt Bertrand in Courtillon als Autorität für Feuersbrünste. »Jean muss auf dem Dachboden gewesen sein«, dozierte er, »und dort sind die Fenster zu klein, als dass er sie hätte zur Flucht benutzen können. Das Feuer begann im Erdgeschoss und breitete sich sehr schnell aus; als Jean es bemerkte, war es schon zu spät. Die Stiege zum Dachboden hatte er hinter sich hochgezogen, der Mechanismus ist immer noch eingerastet. Es ging alles sehr schnell, altes Holz ist da wie Zunder. Als der Boden unter ihm weggebrannt war, fiel Jean ein Stockwerk tiefer und blieb auf einem Mauervorsprung hängen, dort, wo die Scheune an das Haus angebaut ist. Aber da wird er schon lange tot gewesen sein. Man stirbt an Rauchvergiftung, bevor man verbrennt.« Bertrand sagte das alles so sachlich, wie ich mir, es scheint mir ewig lange her, selber vorgenommen hatte, alles nur noch sachlich zu erzählen, und ich hasste ihn dafür.

Ich hasste ihn, weil ich es ihm in diesem Punkt hatte gleichtun wollen, und ich nahm es ihm noch mehr übel, dass ich es nicht geschafft hatte. Wenn es um Gefühle geht, ist Bertrand unverletzbar. Er muss sich nicht erst vornehmen, nichts zu empfinden, genauso wenig, wie sich ein Blinder vornehmen muss, nichts mehr zu sehen. Wenn ich dagegen den Gefühlen abschwöre, ist das so sinnvoll wie der Vorsatz, die Luft anzuhalten, bis man erstickt. Irgendwann würgt man sie doch japsend wieder in sich hinein.

Ich kann noch nicht weinen, aber ich spüre die Tränen schon hinter meinen Augen.

Ach, Jean.

Er ist gestorben, weil er sein Gesicht wahren wollte.

Er hat den Leuten erzählt, den Leuten, die ihn nicht mehr beschäftigen, er habe ganz Wichtiges zu tun, unaufschiebbare Dinge zu erledigen, und könne deshalb, trotz Geburtstag und trotz Johannisfeuer, an diesem Tag nicht in Courtillon sein. Er wollte nicht zugeben müssen, nicht vor sich selber und nicht vor den anderen, dass ihn niemand brauchte und dass niemand mit ihm feiern wollte.

Auch ich nicht, obwohl ich beinahe sein Freund war.

Beinahe. Ich bin immer noch zu feige, um die Dinge beim Namen zu nennen. Er war mein Freund, und ich habe ihn im Stich gelassen.

Er hatte nicht wirklich etwas Dringendes zu tun, natürlich nicht. Er versteckte sich nur, auf dem eigenen Dachboden, mit hochgezogener Stiege. Er hat sich wahrscheinlich eingeredet, dass es dort oben ganz dringend etwas zu verbessern gäbe, zu reparieren oder zu isolieren, und wollte doch nur nicht vorhanden sein an diesem Tag, weil ihm das immer noch erträglicher schien, als da zu sein und nicht willkommen.

Neben der Hofeinfahrt lügt immer noch das Schild an der Mauer, das kleine Mosaik, auf das er einmal so stolz war: *M. et Mme. Perrin et leur fille Elodie.*

Auch Geneviève wollte am Johannistag nicht da sein. Sie floh vor dem Datum nach Montigny und wird dort in ihrer Ehrlichkeit alle drei Schuhläden abgeklappert haben, nur um hinterher sagen zu können: »Ich war dort, aber ich habe nicht gefunden, was ich suchte.« Was sie sucht, kann man nicht kaufen.

Leur fille Elodie verkroch sich in mein Haus und übte heimlich den Salto, um ein Geschenk für ihren Vater zu haben, zum Geburtstag und zum Namenstag, um wieder einmal etwas richtig gemacht zu haben, wo so lange alles falsch gelaufen war, um ihm eine gelöste Aufgabe präsentieren zu können, eine perfekte Note, *vingt sur vingt.*

Und dann brach das Feuer aus.

Ach, Jean.

Fünf Tonnen Steine hat er aus diesem Haus herausgeschleppt, Eimer für Eimer.

Warum habe ich ihm nie gesagt, wie sehr ich ihn mochte für diese Aufschneiderei?

Jetzt kann ich nur noch bei seiner Abdankung mit dem ganzen Dorf in der Kirche sitzen, der Bulldoggenpfarrer wird von Schicksal faseln und von der besonderen Tragik, am eigenen Geburtstag den Tod zu finden, Madame Simonin wird hingebungsvoll falsch singen (einmal, nach mehreren Gläsern Mirabellenschnaps, hat Jean sie nachgeahmt und ist dabei vor Lachen fast erstickt), und dann werden wir alle vor dem Eingang stehen und auf die Leidtragenden warten, der uniformierte Mann von den *pompes funèbres,* der immer so ungeduldig aussieht, wird eilig die Blumengebinde aus der Kirche tragen und sie in sein schwarzes Auto stopfen, und dann werden sie den Sarg bringen, und die Glocke wird läuten.

Aber es wird nicht Jojo sein, der am Glockenstrang zieht.

Wenn sie sagen, dass der Brand nur ein Opfer gefordert hat, dann stimmt das nicht. Es waren zwei. Jean und Jojo.

Je dunkler es wurde, desto mehr Neugierige hatten die Brandstätte verlassen. Die meisten, wie in einer stummen Verabredung, waren nicht ins Dorf zurück zu ihren Häusern gegangen, sondern in die andere Richtung, am Friedhof vorbei, auf die Wiese, wo der riesige Holzstoß wartete. Dort standen sie dann unschlüssig herum, es sah aus, als ob sie auf etwas warteten, obwohl doch jeder wusste, dass heute niemand mehr etwas anzünden würde.

Nur Jojo verstand das nicht. Er war als Allerersten hier gewesen, hatte sich von diesen wunderbaren rauchenden Trümmern losgerissen, um das richtige Feuer nicht zu verpassen, das große, auf das er sich so lange gefreut hatte, das in seiner Vorstellung mindestens bis zum Himmel lodern würde, mindestens. Sein Gesicht und seine Kleider waren voller Asche und Ruß, und er konnte vor Aufregung und Ungeduld keinen Moment stillstehen. Von einem zum andern lief er, sogar vor Ravallet, dessen anbiedernde Berührungen er fürchtet, sah ich ihn stehen bleiben, immer wieder quengelnd: »Es ist doch schon dunkel, es ist doch schon fast ganz dunkel!«

Als das Polizeiauto auf die Wiese fuhr, rannte er ihm entgegen. »Haben Sie noch mehr Schubladen mitgebracht«, fragte er Monsieur Deschamps, »noch mehr Schubladen?«

»Nein, Jojo.«

»Dann zünden Sie jetzt das Feuer an? Zünden Sie es jetzt an?«

»Bald, Jojo«, sagte Monsieur Deschamps und redete für einmal ganz einfach. »Ich habe nur vorher noch etwas Wichtiges zu erledigen. Willst du mir dabei helfen?«

»Nein, ich will das Feuer sehen, das Feuer.« Zwei Tränen zeichneten Linien in Jojos schwarz verschmiertes Gesicht.

»Du wirst es sehen, versprochen. Aber weil du so fleißig Holz dafür gebracht hast, hast du dir einen besonderen Preis verdient. Du darfst in meinem Auto mitfahren.«

Jojo war so glücklich.

»Lassen Sie auch die Sirene laufen, die Sirene?«, hat er gefragt, und als Monsieur Deschamps nickte, hat er in die Hände geklatscht. Er hat sich die Tür öffnen lassen und ist eingestiegen, eine Minute lang war er ein Star, der wichtigste Mensch der Welt, und das Gendarmerie-Auto war seine Limousine. Die Sirene heulte los, und er hat die Hände auf die Ohren gepresst, triumphierend und stolz, es war sein Lärm, und sie machten ihn nur für ihn. Er presste seine Nase gegen die Scheibe, um uns zuzusehen, wie wir ihm zusahen, und dann fuhr der Wagen los, und seither ist Jojo im Dorf nicht mehr aufgetaucht.

Courtillon ist erleichtert. Die Geschichte ist jetzt rund, und man muss nicht mehr über sie nachdenken. Jojo hat das Haus angezündet, sagen sie, weil er nicht mehr warten konnte bis zur Johannisnacht. »Vielleicht«, meint Madame Deschamps, die sich für Psychologie interessiert, »hat er gerade dieses Haus ausgesucht und an diesem Tag, weil man Jean Perrin den heiligen Johann nannte.«

Das stimmt alles nicht und ergibt doch Sinn. Jeder weiß, wie sehr Jojo die Flammen liebte, wie glücklich man ihn mit einer Handvoll Streichhölzer machen konnte. Jetzt haben sie aus ihm einen Pyromanen gemacht, sie haben sich die Geschichte zurechterzählt, und wenn sie sie oft genug wiederholen, wird sie irgendwann die Wahrheit geworden sein.

Als ich Madame Deschamps erklären wollte, dass es so nicht gewesen sein kann, dass ich Jojo auf dem Kehrplatz gesehen habe, dass er dort schon gewesen sein muss, als das Feuer gelegt wurde, da hat sie genickt, ohne Zustimmung, nur um mir zu bestätigen, dass sie mich gehört hatte, und hat gesagt: »Glauben Sie mir, Monsieur, es ist besser so.«

Besser für wen? Für Jojo, dem sie sein Dorf weggenommen haben, in dem er jemand war, und der jetzt in irgendeinem Heim für den Rest seines Lebens befürsorgt wird? Für Courtillon, das wieder einen weniger hat, um den man sich kümmern muss und der vielleicht irgendwann einmal Kosten verursachen könnte? Oder nur für den jungen Simonin, der jetzt, wo Jojo dort nicht mehr haust, den Hof des Pferdebauern pachten wird, um seinen Betrieb noch größer zu machen?

Es kommt mir vor, als ob rings um mich herum etwas abliefe, über das jeder Bescheid weiß außer mir, etwas Unangenehmes, aber Notwendiges, es macht keinen Spaß, aber es muss erledigt werden, etwas, das ihnen so selbstverständlich ist, dass sie gar nicht darüber reden müssen. Es kommt mir vor, als ob sie alle gemeinsam ein Spiel spielten, und nur mir hat niemand die Regeln verraten. Sie spielen es auch nicht zum ersten Mal, sonst hätten sie nicht so wortlos einen Schuldigen bestimmen können, schnell und ohne nachzudenken, wie ein Schachspieler eine längst erledigte Partie wiederholt, nur zur Erinnerung, Zug um Zug um Zug.

Sie trauern auch nicht um Jean. Natürlich machen sie ernste Mienen, wenn sie von ihm sprechen, »tragisch«, sagen sie, »wirklich tragisch«, aber dahinter spüre ich eine gewisse Erleichterung. Da war ein Problem, und jetzt ist da keines mehr.

Rede ich mir das nur ein?

Aber ich habe die *greluche* vor der Brandstelle stehen sehen, Hand in Hand mit ihrem Mann.

Aber ich habe Bertrand sagen hören: »Wenn er gut versichert war, können doch alle zufrieden sein.«

Und Ravallet hat Monsieur Deschamps auf die Schulter geklopft, bevor der mit Jojo wegfuhr.

Wenn es Brandstiftung war, und es war nicht Jojo, dann könnte Ravallet selber dahinterstecken. Jean war ihm schon lange lästig gewesen und wurde immer lästiger. Da versuchte einer Entscheidungen umzustoßen, die längst abgesprochen waren und beschlossen und besiegelt. Da wühlte einer in der Vergangenheit herum und förderte Geschichten ans Tageslicht, die man ein für alle Mal begraben glaubte. Da versuchte ihn einer zu erpressen.

Wenn Jean dem Bürgermeister noch einmal gedroht hat (und wenn er es getan hat, bin ich daran schuld), wenn er ihn noch einmal vor die Alternative gestellt hat, entweder auf den Kiesabbau zu verzichten oder den dunkeln Fleck seiner Familiengeschichte vor dem ganzen Departement ausgebreitet zu sehen, wenn er zu ihm gesagt hat: »Ich weiß jetzt, wie die Geschichte wirklich war, ich weiß, wie die

Ravallets zu ihrem Geld gekommen sind, und ich kann es beweisen«, wenn er vielleicht sogar behauptet hat, es gäbe ein Protokoll von dem Prozess gegen den General und er habe es sich beschafft, dann wäre es doch einleuchtend, dass Ravallet dem Störefried eine Lektion erteilen wollte, eine letzte Warnung: »Verlass das Dorf, sonst ist beim nächsten Mal nicht nur dein Haus dran.« Wenn es so war, dann hat er ihn bestimmt nicht umbringen wollen – warum sollte er sich die Hände dreckiger machen als nötig? –, sondern hat das Feuer wohlbedacht zu einem Zeitpunkt gelegt, als niemand im Haus war, als er zumindest glaubte, dass niemand im Haus war. Schließlich hat Jean allen möglichen Leuten erzählt, er würde an seinem Namenstag nicht in Courtillon sein.

Ich weiß nicht, ob es so gewesen ist. Aber warum denkt niemand außer mir darüber nach?

Vielleicht hat Ravallet auch Bertrand vorgeschickt. Auch das würde einen Sinn ergeben. Jeder im Dorf ist bereit zu beschwören, dass Bertrand damals sein eigenes Haus angezündet hat, um das Geld der Versicherung zu kassieren. Wenn das stimmt (und warum sollte es nicht stimmen?), weiß Bertrand, wie man ein Feuer legen muss, damit es nicht nach Brandstiftung aussieht. Er wusste auch, wie viel Holz in Jeans Scheune aufgestapelt war. Und Ravallet müsste ihn nicht einmal angestiftet haben, Bertrand hat ein eigenes Motiv. Wenn Jean den Bürgermeister tatsächlich erpresst hat, wenn diese Erpressung gelungen ist, wenn Ravallet nachgegeben hat, zähneknirschend, wenn er versprochen hat, den Vertrag über den Kiesabbau rückgängig zu machen, wenn, wenn, wenn – dann waren auch Bertrands

Pläne bedroht, ohne Kiesgewinnung kein breiteres Flussbett, ohne breiteres Flussbett kein Campingplatz, ohne Campingplatz kein leichter Verdienst.

Ist das Grund genug, ein Haus anzuzünden? Ein Haus und einen Menschen?

Oder denke ich in die falsche Richtung? Hat das Ganze gar nichts mit Dorfpolitik zu tun? War das Feuer das letzte Kapitel einer Geschichte, die ganz woanders begonnen hat: auf dem Sofa der *greluche*? Muss ich Valentine in die Gleichung einsetzen, ihren Hass auf Jean und die hypnotische Macht, die sie über die beiden Jungen ausübte? Sind Philippes Drohbriefe doch nicht nur Maulheldentum gewesen, hat er sich tatsächlich verpflichtet gefühlt, Valentine zu rächen? Tat das Herrschaftszeichen, das er sich von ihr in den Arm hat schneiden lassen, immer noch so stark seine Wirkung? Vor wenigen Tagen hat Philippe in Montigny einen Brief aufgegeben, er war also in der Nähe und konnte mit einem gestohlenen Fahrrad jederzeit in einer halben Stunde in Courtillon sein. Hat er sich in Jeans Scheune geschlichen, vielleicht mit Hilfe von Maurice, der ja weiß, wo der Schlüssel zu finden ist? Die beiden sind schon einmal unbemerkt dort eingedrungen. Damals haben sie nur eine unanständige Zeichnung auf einem Holzstapel hinterlassen, kann es diesmal ein Feuer gewesen sein?

Warum bin ich der Einzige, der diese Fragen stellt?

Courtillon will seine Ruhe haben. Valentine, den General und Jojo hat man abgeschoben, Mademoiselle Millotte und Jean sind tot. Endlich, so denkt das Dorf, ist wieder alles aufgeräumt und einsortiert, liegen keine losen Enden mehr herum, über die man stolpern könnte, so wie ich mich einmal im Glockenseil verfangen habe im Eingang der Kirche. Es ist genug passiert, denkt das Dorf.

Nur in meinem Kopf dreht sich ein Kaleidoskop, und jedes Bild, das sich darin zusammensetzt, sieht aus wie die Wirklichkeit.

Auch Geneviève könnte es getan haben. Sie kam erst gegen elf Uhr nachts aus Montigny zurück, hämmerte an meine Haustür und schrie in panischer Angst nach ihrer Tochter. Sie habe den ganzen Weg zu Fuß gehen müssen, erklärte sie am nächsten Tag, und tatsächlich war an ihrem Fahrrad nur noch ein Pedal, und das andere klemmte auf dem Gepäckträger.

Aber sie könnte, sie weiß mit Werkzeug umzugehen und mit ihren Händen, den Schaden auch absichtlich herbeigeführt haben, um eine Erklärung dafür zu haben, warum sie gerade an diesem Tag so lange wegblieb. Es wäre denkbar, dass sie nicht dabei sein wollte, wenn es passierte, und das wieder würde bedeuten, dass sie gewusst hat, was passieren würde. Sie könnte bemerkt haben, dass Jean sich auf dem Dachboden verkrochen hatte, sie könnte – vielleicht hat sie schon oft daran gedacht und vielleicht noch nie – plötzlich eine Gelegenheit gesehen haben, eine unerträgliche Situation zu beenden, ein für alle Mal. Sie könnte das Feuer entzündet haben, in der Nähe des Holzes und der Benzinkanister, und dann könnte sie die Scheune verriegelt haben und auf ihr Fahrrad gestiegen sein, um in Montigny Schuhe anzuprobieren.

Natürlich weint sie jetzt um ihren Mann, aber würde sie nicht auch um ihn weinen, wenn sie seinen Tod verursacht hätte? Ihre Augen sind noch geröteter als sonst, und sie versteckt sie nicht. Ist ihre Sonnenbrille mitverbrannt, oder will sie, dass man ihre Tränen sieht, damit niemand auch nur zu denken wagt, was ich denke?

Das Kaleidoskop dreht sich weiter, und schon schäme ich mich wieder für meinen Verdacht. Geneviève kann sich nicht so verstellen, natürlich nicht. Ich sollte sie nicht verdächtigen, sondern bemitleiden. Monatelang hat sie Jean angeschwiegen, und jetzt hat ihr der Schock über seinen Tod die Sprache verschlagen. Sie sitzt in meiner Küche, versucht die zitternden Hände an einer Tasse zu wärmen, und Elodie redet auf sie ein, ein ständiger Fluss von Sätzen, die keinen anderen Zweck haben, als dass sie gesprochen werden und dass das große Schweigen deshalb nicht gewonnen hat. Jedes Wort für sich allein hat nicht mehr Bedeutung als das einzelne Ticken eines Messgeräts am Krankenbett, auf das Geräusch selber kommt es an und auf seine Regelmäßigkeit; solange es zu hören ist, besteht Hoffnung, und wenn es verstummt, ist alles vorbei. Selbst wenn ich Beweise hätte für Genevièves Täterschaft, diese Szene würde sie widerlegen. Die Tochter beschützt, und die Mutter lässt sich beschützen, Elodie ist stark, und Geneviève erweist sich als schwach. Zu schwach für einen Mord.

Wer hat also das Feuer gelegt?

Mein Bauch möchte, dass es Bertrand gewesen ist, dem ich gönnen würde, dass ihm sein selbstgerechtes Grinsen irgendwann vom Gesicht fällt. Mein Kopf sagt mir, dass Ravallet das einleuchtendste Motiv hat. Und dann denke ich wieder an Philippe, der schon immer ausgesehen hat wie ein Brandstifter. Das Rätsel hat keine Lösung, und wenn es eine hätte, würde sie niemand wissen wollen.

»Die Geschichte ist zu Ende, weil wir wollen, dass sie zu Ende ist«, sagt das Dorf.

»Gerechtigkeit ist nur ein anderes Wort für Ordnung, und die Ordnung ist ja wiederhergestellt«, sagt *le juge*.

»Mein Mann ist ein Zyniker, aber er hat recht«, sagt seine Frau.

»Ich sehe keinen Grund, eine Untersuchung weiterzuführen, an deren Ausgang doch kein Zweifel besteht«, sagt Monsieur Deschamps.

»Als verantwortungsbewusster Bürgermeister muss ich nach vorne schauen«, sagt Ravallet.

»Vielleicht kommt Valentine jetzt schon bald nach Courtillon zurück«, sagt die *greluche*.

»Die Sache ist erledigt, meine Vorhänge sind wieder sauber«, sagt Madame Simonin.

»Solang die Versicherung bezahlt, sehe ich keine Probleme«, sagt Bertrand.

»Es ist besser so«, sagt Madame Deschamps.

»Putt, putt, putt«, sagt die Hühnerfrau.

Das Dorf hat gesprochen, und ich werde nichts daran ändern.

Ach, Jojo.

Warum kann ich um einen Idioten trauern und nicht um alle andern?

Ich bin doch kein überflüssiger Mensch. Jemand hat mir vertraut, ohne Zweifel und Vorbehalt, hat sich fallen lassen, um von mir aufgefangen zu werden.

Ich werde das Vertrauen nicht enttäuschen.

Ich weiß, wer Jeans Haus angezündet hat, und ich werde es nie jemandem erzählen. Ich werde das Geheimnis in mir verschließen, wie ein reicher Sammler eine Stradivari in seinen Tresor sperrt und sie nur ab und zu herausholt, ganz für sich allein, nicht um darauf zu spielen, nur um sich zu erinnern, dass er sie klingen lassen könnte, wenn er nur wollte. Ich werde nie mit jemandem darüber sprechen, aber zu wissen, was ich weiß, wird mir die Kraft geben, zu tun, was auf mich zukommt.

Es war an dem versteckten Platz am Ufer, der Platz, den ich einmal »unsern« nannte, damals, als noch jemand da war, um dieses Wort mit mir zu teilen. Ich bin in letzter Zeit oft hierhergekommen, nicht aus Romantik, das ist vorbei, nur um eine Lektion einzuüben, die ich schon gut gelernt habe und jetzt nur noch zu meiner eigenen machen muss: Es bringt nichts, sich an toten Träumen festzuklammern.

Ich sitze dann auf meinem Baumstamm, den Ast als Rückenlehne, und betrachte etwas, das mir nicht gefällt, aber an das ich mich gewöhnen muss. Ich sehe zu, wie Verwinkeltes geradegeschnitten wird, wie aus Gewachsenem Gebautes entsteht, wie eine Ordnung bekommt, was nur im Chaos seine Schönheit hatte.

Es gibt keinen besseren Platz, um den Fortschritt der Arbeiten zu beobachten.

Die Männer auf der schwimmenden Plattform tragen leuchtend gelbe Schutzhelme, obwohl es hier keine Gefahren gibt, gegen die sie sich schützen müssten. Sie haben nichts zu befürchten, der Fluss kann sich nicht wehren. Er leistet keinen Widerstand, wenn sich die Baggerschaufeln in endloser Kette in seine Innereien graben und immer neue Stücke aus ihm herausreißen, Lebendiges und Totes. Wenn die Eimer an der Oberfläche auftauchen, geifert Wasser über ihre scharfzackigen Ränder, tropft heraus wie das Blut einer überfahrenen Henne aus dem Korb der Hühnerfrau. *Draguer une rivière* oder *draguer une fille,* einen Fluss ausbaggern oder ein Mädchen anbaggern, das ist dasselbe grobschlächtige Verb; es klingt nach Eindringen und nach Vergewaltigung.

Der Motor, der die Kette mit den Schaufeln antreibt, läuft nicht rund. Er ächzt und würgt, machmal lässt er die ganze Plattform erzittern, und wenn die Männer mit den gelben Helmen dann besorgt vor seinem Gehäuse stehen, sieht es aus, als ob sie ihm gut zureden würden. Aber bisher ist die Eimerkette noch nie ganz stehen geblieben, nicht während der Arbeitszeit. Nur am Abend, pünktlich um halb sechs, betätigt jemand einen Hebel, und die plötzliche Stille ist jedes Mal so erschreckend wie ein Schrei. Bevor sie weggehen, spritzen sie ihr Folterwerkzeug mit einem Schlauch sauber, genau wie die Hühnerfrau ihren blutigen Korb auswäscht, sie tun es gründlich, bis die rostige Kette nicht mehr von Schlamm überzogen ist und die Schaufeln leer und hungrig auf den nächsten Tag warten. Auch dazu muss der Fluss selber das Material liefern, er hat jede Würde verloren.

Sein Wasser, das einmal klar war wie das Licht eines Sommermorgens, ist aufgewühlt und schmutzig, wo früher jedes vom Baum gewehte Blatt ein flimmerndes Liniengeflecht auf die Oberfläche zeichnete, glänzt jetzt ein klobiger Ölfleck in der Sonne, wie billiger Schmuck an einer hässlich gewordenen Frau. Der Meterhecht, wenn es ihn denn gegeben hat und er nicht nur ein Traum war, an diesem Ort, der zum Träumen einlud, ist sicher längst geflohen, man will sich nicht vorstellen, dass hier noch etwas lebt. *Eaux mortes* hat man diesen Nebenarm genannt; jetzt beginnen die toten Wasser zu verwesen.

Und doch, auch dann, wenn der alte Fluss längst nur noch Erinnerung sein wird, sein Ufer von Campingwagen überwuchert und seine Stille von fremden Stimmen zugeschrien, auch dann, wenn meine Handtuchbreite Paradies längst weggebaggert und in Kies verwandelt sein wird, auch dann wird es noch unser Platz bleiben, und ich werde mich oft an ihn erinnern.

Wir werden uns erinnern, jeder für sich, und wir werden nicht miteinander darüber sprechen.

Ich muss zuerst aufschreiben, was gewesen ist.

Nach dem Brand habe ich auch Geneviève bei mir aufgenommen, und das war vernünftig so, sie braucht ihre Tochter, und ihre Tochter braucht sie. Es war keine edle Tat, ich bin kein edler Mensch, es ergab sich einfach, und ich ließ es zu; schon wieder so eine Wohltäterei aus Schwäche. Mein Haus, so begründete ich es mir, als es schon geschehen war, hat wirklich zu viel Platz, und bis jetzt war der doch nur verschwendet, wie der Fluss bisher verschwendet war, einfach nur da und für niemanden wirklich nützlich.

Geneviève und Elodie geben sich alle Mühe, mir nicht im Weg zu sein, und ich versuche mir nicht anmerken zu lassen, wie sehr sie mich stören. »Es ist ja nur vorübergehend«, sagt Geneviève jeden Tag einmal, aber ich weiß, dass das nicht stimmt. Die Versicherung hat ihr einen Brief geschrieben und die Zahlung verweigert. »Die ungeschützte Aufbewahrung von Benzinkanistern in der Nähe des Wohnbereichs stellt eine haftungsmindernde Mitschuld des Geschädigten dar.« Am Schluss wird sie ihr Geld schon ausbezahlt bekommen, meint Monsieur Brossard, einen Teil zumindest, aber die Auseinandersetzung darüber kann lange dauern, und wo soll sie bleiben bis dahin?

Manchmal sehe ich Geneviève in Tränen. Ich versuche dann, Mitleid mit ihr zu empfinden, aber ich bringe nicht mehr zustande als den abstrakten Begriff. Was sie erlitten hat, berührt mich durchaus, aber als Mensch bleibt sie mir gleichgültig. Das hat nichts mit souveräner Distanz zu tun, diese Ausrede, um das Leben nicht mitleben zu müssen, hat sich verbraucht, nein, ich verspüre kein Mitleid für Geneviève, weil ich auch sonst nichts für sie empfinde. Sie ist eine schwerknochige, ungraziöse Frau, die mich nicht wirklich interessiert. Mitgefühl, ich will es nicht weglügen, erwecken bei mir nur Menschen, die ich auch lieben könnte. Wenn Geneviève attraktiver für mich wäre, würde ich vielleicht mit ihr weinen.

Aber ich werde trotzdem tun, was zu tun ist.

Um die *baignoire sabot* könnte ich weinen, diese sanfte Kuhle im stehenden Wasser, wo sich die kleinen Kinder beim Planschen so mutig vorkamen und wo ich einmal einen vierjährigen Jungen zu seiner viel älteren Schwester habe sagen hören: »Du musst keine Angst haben, ich bin ja bei dir.« Die Baggerschaufeln haben auch das schon weggefressen.

Was muss noch festgehalten werden?

Madame Deschamps kommt fast jeden Tag vorbei, sie bringt Kleider und andere nützliche Sachen für die beiden Frauen. »Sie haben ja sonst gar nichts mehr«, sagt sie und ist sehr mit sich selber zufrieden. Wenn sie wieder in ihr Auto steigt (sie verschwindet hinter dem Lenkrad und muss gewissermaßen auf Zehenspitzen sitzen, um auf die Straße zu sehen), winkt sie Elodie jedes Mal zu, und die wartet höflich, bis die Berufswohltäterin weggefahren ist, und verzieht erst dann ihr Gesicht zur Grimasse. Gestern hat sie mich ganz ernsthaft gefragt: »Meinen Sie, Madame Deschamps würde andern Leuten auch so gerne helfen, wenn sie selber Kinder hätte?«

Elodie ist von Anfang an am sachlichsten mit dem umgegangen, was passiert ist. Bei der Abdankung saß sie so scheinbar unbewegt in der ersten Reihe, dass hinterher im Dorf darüber debattiert wurde, ob das Kind gefühllos sei oder nur unfähig, die Größe seines Verlusts zu ermessen. Elodie ist weder das eine noch das andere. Sie hat nur so lange Alltag spielen müssen, wo keiner war, dass ihr das zur Gewohnheit geworden ist; sie verhielt sich die ganze Zeit, als ob es ihre Aufgabe wäre, die Welt in Ordnung zu bringen, als ob sie erst wieder Kind sein dürfte, wenn das geschafft ist. Jetzt, in den großen Ferien, die hier in Frankreich zwei ganze Monate dauern, hilft sie mir bei meinen Basteleien im Haus, auch im Garten macht sie sich nützlich, und wenn ich sie frage, ob sie nicht lieber etwas spielen wolle, das habe sie sich doch verdient, dann lächelt sie höflich und sagt: »Später vielleicht.«

Ja, ich habe den lang verschobenen Umbau wieder in Angriff genommen, ich muss das Haus neu organisieren, damit wir zusammenleben können, ohne uns zu nahe zu kommen. Ich stelle mich nicht sehr geschickt an bei der ungewohnten Arbeit, aber ich mache Fortschritte. Geneviève ist immer wieder überrascht, dass ich ihre Ratschläge nicht nur hören will, sondern sie auch befolge; Jean hat sie nie bei etwas mitreden lassen.

Ich bliebe viel lieber allein, aber man kann nicht sein Leben lang davonlaufen.

Die Plattform mit den Baggerschaufeln bewegt sich jeden Tag ein Stück vorwärts, unaufhaltsam. Einmal, sie hatten in das Schilf gerade wieder eine neue Schneise geschlagen, für das Förderband, das den Aushub zu den Lastwagen transportiert, ist ein leeres Vogelnest auf dem Wasser weggetrieben, aus seinem Versteck zwischen den Binsen gerissen und so schutzlos den fremden Blicken preisgegeben wie ein Familienfoto aus einem geplünderten Haus.

Es war schon Abend, der Motor hatte aufgehört zu krakeelen, und die gelben Helme waren weggefahren. Man konnte schon wieder Vogelstimmen hören, und wenn die klaffenden Wunden im Schilf nicht gewesen wären und die Baggerplattform, die den Fluss besetzt hielt wie ein feindliches Kriegsschiff, man hätte meinen können, alles wäre wie immer. Sogar die Ölschlieren mit ihren Regenbogenreflexen hatten eine eigene Schönheit.

»Kommen Sie oft hierher?«, fragte Elodie.

Sie trug ein Kleid, das ich noch nie an ihr gesehen hatte, ein Sonntagskleid, wie man es in die Kirche anzieht oder an ein Familienfest. »Madame Deschamps sollte ihr so was nicht mitbringen«, höre ich mich noch denken, »das Kleid passt nicht zu ihr.«

»Ich habe immer gedacht, außer mir kennt niemand diesen Platz«, sagte Elodie. »Man kommt nur hierher, wenn man durch den Friedhof geht, und die meisten Leute tun das nicht gerne.«

»Willst du dich zu mir setzen?«

Ich rückte zur Seite – ihr Vater hatte mir auch mal so auf einem Baumstamm Platz gemacht, fiel mir ein –, aber Elodie blieb stehen, vielleicht aus Sorge um den glänzenden Stoff, vielleicht weil sich manche Dinge leichter sagen lassen, wenn man sich nicht zu nahe ist.

Sie ging bis an den Rand des Wassers und schaute auf den Fluss hinaus, die Hände in einer sehr erwachsenen Geste hinter dem Rücken verhakt. Ihre Schuhe mit dem Nike-Logo an der Ferse passten nicht zu dem feierlichen Kleid.

»Gefällt es Ihnen hier?«, fragte sie mich.

»Früher hat es mir besser gefallen. Als sie noch nicht alles kaputtgemacht hatten.«

»Ich meine: in Courtillon.«

»Ich gewöhne mich daran.« Hätte ich ihr erklären sollen, dass ich gar keine Wahl habe, dass ich in diesem Dorf bleiben muss, weil ich in mein früheres Leben nicht zurückkann? Dass mein Auto nur deshalb aufgebockt dasteht wie ein Denkmal? (Irgendwann einmal wird der Bagger ein Rad aus dem Wasser fischen und dann noch eins und noch eins, die Männer mit den gelben Helmen werden sich eine Geschichte dazu ausdenken, und es wird die falsche Geschichte sein.)

»Meine Mutter meint, dass Sie jetzt für immer hier bleiben.«

»Und hat deshalb einen Garten für mich angepflanzt.«

»Wir hatten immer einen Garten«, sagte Elodie. »Es ist viel zu teuer, wenn man alles im Laden kaufen muss.«

»Altklug« ist kein schönes Wort. *»Elle joue les adultes«*, heisst es hier, und das passt besser zu Elodie. Sie spielt die Erwachsenen, sie übernimmt ihre Rollen und ihre Verantwortung.

»Wenn Sie nämlich bleiben«, sagte sie und schaute immer noch von mir weg, »dann würde es doch gut zusammenpassen, wenn ...«

»Wenn was?«

»Nein«, sagte Elodie, »zuerst muss ich Ihnen etwas erzählen.«

Sie hat es mir anvertraut, und eigentlich dürfte ich es nicht einmal aufschreiben. Aber ich korrespondiere nur noch mit mir selber, und selbst wenn jemand diese Papiere in die Hand bekäme, es versteht hier niemand meine Sprache.

»Ich habe eine Kerze angezündet«, sagte Elodie, und im ersten Moment dachte ich, sie spräche von der Kirche und von der Erinnerung an ihren Vater. »Ich habe es vorher ausprobiert, es dauert mehr als zwei Stunden, bis sie heruntergebrannt ist. Ich habe sie in einen Haufen Hobelspäne gestellt; in der Schule erzählen sie, dass es Monsieur Bertrand auch so gemacht hat.«

Zuerst wollte sie auch die Benzinkanister auskippen, aber dann hat sie nur die Deckel abgeschraubt. Wenn doch noch jemand nach Hause käme, war ihre Überlegung, dann musste sich alles ganz schnell rückgängig machen lassen, die Kanister zugeschraubt, die Kerze ausgeblasen und die Hobelspäne sauber zusammengewischt. »Ich wollte ja nicht, dass jemandem etwas passiert«, sagte sie.

Ach, Elodie.

Sie hat sich den Johannistag nicht wegen seiner Symbolik ausgesucht, sondern weil Jean angekündigt hatte, er würde dann ganz bestimmt nicht in Courtillon sein. Sie hat ihn zwar nicht weggehen sehen, obwohl man von meinem Haus aus den Hof der Perrins gut überblicken kann, aber das wunderte sie nicht weiter. Jean war geheimnistuerisch geworden in der letzten Zeit, es war gut möglich, dass er durch den Garten weggegangen war, durch die kleine Tür, bei der er sich immer so aufregen konnte, wenn einmal jemand vergessen hatte, sie abzuschließen. Sie ist dann, um ganz sicher zu sein, noch einmal durchs ganze Haus gegangen, Abschied nehmend, sie muss auch am Zugang zum Dachboden vorbeigekommen sein, die Falltür hochgezogen und die Klappstiege eingerastet. Sie stand auch noch einmal in ihrem Zimmer, hat überlegt, ob sie nicht doch etwas mitnehmen wollte, und hat dann die Tür hinter sich zugemacht und ist mit leeren Händen hinuntergegangen, noch einmal durch die Küche und noch einmal durch das Wohnzimmer, und dann durch den Gang in die Scheune, wo sie nur einen Kasten öffnen musste, und da lagen schon die Kerzen bereit und die Streichhölzer.

»Warum erzählst du mir das?«, fragte ich leise, und Elodie drehte sich zu mir um und schaute mich an und antwortete: »Weil ich Ihnen vertraue.«

Sie hat den Docht angezündet, mit fester Hand, hat die Streichholzschachtel in den Kasten zurückgelegt, als ob es noch auf Ordnung ankäme, hat die Tür vorsichtig hinter sich zugezogen, kein Luftzug sollte die Kerze ausblasen, sie ist ein letztes Mal durchs Haus gegangen, durchs Wohnzimmer und durch die Küche, sie hat den Schlüssel in der Haustür gedreht, zweimal, wie man es ihr beigebracht hat, sie hat den Hof durchquert, in dem Valentine einmal so geschrien hat, und dann hat sie sich hingesetzt in ihrem Zimmer zwischen den Büchern und hat gewartet. Als das Haus endlich brannte, war sie glücklich.

»Ich war glücklich«, sagte Elodie. »Können Sie das verstehen?«

Ich konnte es nicht verstehen. In diesem Moment verstand ich nichts mehr an diesem fremden Mädchen in seinem fremden Kleid.

»Ich wollte, dass wir wegziehen. Ich habe es nicht mehr ausgehalten, so wie es war. Wenn wir an einem neuen Ort sind, habe ich mir überlegt, dann wird vielleicht alles anders. Dann verstehen sich auch meine Eltern wieder besser, habe ich gedacht. Dann reden sie wieder miteinander.«

»Und deshalb hast du …?«

»Monsieur Bertrand geht es auch besser, seit sein Haus gebrannt hat. Man muss nur gut versichert sein. Wir waren gut versichert, ich habe meinen Vater extra gefragt.«

Sie war erleichtert, als das Haus brannte. Sie hatte getan, was ein Kind nur tun kann, das vor der Zeit erwachsen werden muss, weil seine Welt auseinanderfällt. Sie hatte alles auf einen Haufen geworfen, was sie in zwölf Jahren gesammelt hatte, Fetzen von halb mitgehörten Sätzen und spitzkantige Bruchstücke von Auseinandersetzungen, die Tuscheleien ihrer Mitschüler und eine Zeichnung auf einer Wand aus Scheitern, Valentine, die sich auf der Erde wälzte, und die verheulten Augen von Geneviève, und sie hatte versucht, daraus eine Geschichte zusammenzusetzen, Ordnung in das Chaos ihrer Erfahrungen zu bringen, der eigentliche Schöpfungsakt, mit dem wir uns immer wieder unsere Welt erschaffen. Und sie war noch weiter gegangen. Sie hatte getan, was nur sehr mutige Menschen tun oder sehr naive, sie hatte gewagt, die Geschichte weiterzudenken, über die Gegenwart hinaus, sie hatte sich eine Zukunft konstruiert, und sie hatte den Mut gehabt, diese Zukunft selber herbeiführen zu wollen.

Sie hatte alles getan, was man tun kann.

Als das Haus brannte, blieb sie hinter den Neugierigen, wie ein Regisseur in der Kulisse bleibt, während sich auf der Bühne abspielt, was er inszenziert hat. Sie musste die Flammen gar nicht sehen und die Bemühungen der Feuerwehrleute, sie hatte sie sich ausgedacht und wusste im Voraus, was passieren würde.

Bis sie erfuhr, dass ihr Vater doch im Haus gewesen war.

Jetzt stand sie da, mit gesenktem Kopf, und schob mit der Fußspitze einen trockenen Zweig hin und her, eine Verlegenheitsgeste, wie von einer Schülerin, die ihre Aufgaben nicht gemacht hat oder sich beim Abschreiben hat erwischen lassen.

Hinter ihr suchte eine Entenfamilie die gewohnte Zuflucht im Schilf und konnte sie nicht finden.

»Ich wusste es nicht«, sagte Elodie. »Ich denke immer wieder darüber nach, aber ich habe es wirklich nicht wissen können. Ich wollte doch nur, dass es besser wird. Ich wollte doch nur, dass sich etwas ändert. ›Man muss die Dinge selber in die Hand nehmen‹, hat mein Vater immer gesagt.«

In diesem Moment, ohne zu überlegen, vielleicht nur weil ich nicht überlegte, tat ich das Einzige, auf das ich stolz bin in dieser ganzen Geschichte. Ich stand auf, und ich ging zu ihr, ich legte beide Arme um sie, und ich sagte: »Jean wäre stolz auf dich gewesen.«

Manchmal finden einen die richtigen Worte.

Elodies Körper entspannte sich. Zu lange hatte sie etwas festhalten müssen, und jetzt durfte sie es endlich loslassen. Sie weinte, und ich weinte mit ihr. Endlich durfte ich loslassen.

Später, viel später, in einer anderen Zeit, fragte sie mich: »Sie werden es doch niemandem erzählen?«

Ich habe es ihr versprochen, und ich werde mein Wort halten.

Wir saßen dann nebeneinander auf dem Baumstamm, die Entenfamilie hatte ein neues Versteck im Schilf gefunden, und endlich sagte Elodie, was sie die ganze Zeit hatte sagen wollen.

»Wenn Sie doch für immer in Courtillon bleiben, und Sie sind ganz allein, und da ist meine Mutter, und sie ist jetzt auch allein, sie hat mich, aber ich bin nicht im Weg, das wissen Sie, ich mache, was ich kann …«

»Du musst dir keine Sorgen machen«, unterbrach ich sie. »Natürlich könnt ihr bei mir wohnen bleiben, solange es nötig ist.«

»Das meine ich nicht«, sagte Elodie.

Da ist ein Mann, meinte sie, der gehört zu niemandem, der läuft nur durchs Dorf oder sitzt an seinem Tisch und schreibt auf, was passiert ist. Und da ist eine Frau, der fehlt jemand, die ist nur halb, und wenn sie wieder lachen soll, muss man sie ganz machen. Die Welt hat ihre Ordnung, meint Elodie, und wenn sie verlorengegangen ist, muss man sie wieder zurechtrücken. Zu Männern gehören Frauen, meint sie, und zu jeder Mutter gehört ein Vater.

»Es würde doch zusammenpassen«, sagte Elodie.

Sie trug ein Sonntagskleid, das für ein anderes Mädchen gekauft worden war, zu einer anderen Hochzeit, ihre Knie waren verschorft, wo sie hingefallen war und immer wieder aufgestanden, und sie glaubte daran, dass es eine Zukunft gibt und dass man sie erschaffen kann.

Ich durfte sie nicht enttäuschen.

»Ich werde darüber nachdenken«, sagte ich, und sie verstand, was das bedeutete.

Sie hatte sich schon alles ganz genau überlegt. »Für Ihre Bücher bauen wir Regale, dann ist das Zimmer viel größer, mein Vater hat mir von einem Haus in Pierrefeu erzählt, wo es schöne Balken gibt, man muss sie sich nur holen. Und Ihr Bett ist auch breit genug; wenn man in der Mitte das fehlende Teil einbaut und eine Matratze besorgt, könnnen zwei Menschen gut darin liegen.«

Ich will mir nicht vorstellen, wie ich neben Geneviève liege, noch nicht. Sie hat mich einmal geküsst und hat nach Pfefferminz gerochen und nach Dieselöl. Ihre Hände sind rau, und ihre Augen sehen aus, als ob sie immer weinen würde.

Aber die Geschichte ist rund und lässt sich gut erzählen.

Das Dorf wird zufrieden sein.

Und Elodie vertraut mir.

Wir sind dann hintereinander hergegangen, Elodie führte mich und ich ließ mich führen; der Trampelpfad ist schmal, und der Baum, dort, wo man durch die Mauerlücke in den Friedhof schlüpft, hat Dornen. Auf Jeans Grab blühen die Blumen noch, auf dem von Mademoiselle Millotte sind sie schon vertrocknet. Jemand hat das Friedhofstor geölt; wenn man es öffnet, kreischt es nicht mehr in den Angeln.

Als wir hinauskamen, wollte ich nach links gehen, ins Dorf hinein, nach Hause, aber Elodie hielt meine Hand fest und zog mich in die andere Richtung. »Kommen Sie«, sagte sie, »ich will Ihnen etwas zeigen.«

Irgendwann wird sie mich duzen, und wir werden vergessen haben, dass es einmal anders war. Es gibt Geschichten, die man erzählt, und Geschichten, die man verschweigt.

Auf der Wiese neben dem Friedhof stand der unverbrannte Scheiterhaufen wie ein Denkmal in der Sonne. »Warten Sie hier«, sagte Elodie und ging auf den Holzstapel zu, langsam und entschlossen. »Jetzt zündet sie ihn an«, dachte ich, aber sie hatte etwas anderes vor.

Sie blieb stehen und drehte sich um. Mit beiden Händen zog sie den Saum ihres glänzenden Kleides nach unten. Dann begann sie zu laufen, immer schneller, rannte auf mich zu, quer über die Wiese, und dann stieß sie sich ab und sprang in die Luft und drehte sich und landete wieder auf dem Boden und machte noch ein paar Schritte und blieb stehen, fest auf beiden Beinen.

Elodie hat den Salto geschafft.

Wenn Du kämst (aber Du kommst ja nicht), würdest Du die Hauptstraße dort verlassen, wo eigentlich keine Abzweigung mehr ist, weil sie die Strecke begradigt haben; man kann jetzt noch schneller an Courtillon vorbeifahren, und das ist gut so.

Im ersten Haus, am Rand des Dorfes, wo ihr Platz ist, lebt die Hühnerfrau, der niemand erzählt, was in Courtillon passiert, und die doch alles aufnimmt und es ihren Hühnern zum Aufpicken hinwirft, »putt, putt, putt« und »so, so, so«, eine endlose Litanei, und immer spricht sie von ihrem Mann, und immer ist er an allem schuld. »Jetzt hat er auch noch ein Haus angezündet«, sagt sie, und die Hennen nicken mit den schwarzen Köpfen und laufen auf die Straße hinaus und lassen sich überfahren.

Die Brossards verstecken ihr Haus hinter *vigne vierge*, unfruchtbar, aber mit leuchtend grünen Blättern. *Le juge* sitzt im Garten und muss ganz viele Zeitungen lesen, weil er immer neue Geschichten braucht, die schlecht ausgehen, und wenn er wieder eine gefunden hat, trinkt er ein Glas Wein und sagt zu seiner Frau: »Wer nichts Gutes erwartet, behält immer recht.« Sie reicht ihm dann den Happen Widerspruch, den er braucht, ihr Protest so automatisch wie sein Zynismus. Wenn man zu Besuch kommt, läuft sie in die Küche, um zwei Tässchen Kaffee zu machen, immer zwei, die Maschine kann es nicht anders; einen Hauch von *fond de teint* lässt sie zurück, als ob sie in der Eile ihren Schatten vergessen hätte. Ich bin gerne bei den Brossards. Sie ändern sich nicht, und das tut gut.

Monsieur Deschamps ändert sich auch nicht, aber an seiner Beständigkeit kann man sich nicht wärmen. Er hat ein Haus mit Kunststoffböden und eine kleine Frau mit großen Haaren. Er weiß, wie die Dinge sein müssen, und sorgt dafür, dass sie so werden; seine Uniform hängt niemals schräg auf ihrem Bügel. Es ist sein Amt, für Ruhe und Ordnung zu sorgen, und er glaubt sowohl an das eine wie an das andere. Seine Hecke schneidet er, wenn niemand es sieht, es soll aussehen, als ob sie von selber wüsste, was sich gehört. Er kann Sätze reden, die sich in sich selbst verschlingen und doch ihr Ziel erreichen; jetzt, wo er weiß, dass ich Lehrer bin, beendet er sie manchmal mit der Frage: »War das richtig so, *professeur*?«

Seine Frau tut Gutes und malt Blumenbilder, es ist kein großer Unterschied zwischen den beiden Tätigkeiten. Seit sie erfahren hat, dass ich Geneviève heiraten werde, ist sie überzeugt, dass ich es nur aus Großmut tue, und kann ihren Neid nicht ganz verstecken. Es ist, als ob ich auch neben meinem Haus eine Hecke gepflanzt hätte, und sie wäre schöner als die ihre.

Den Hof des Pferdebauern hat der junge Simonin übernommen, wo früher die Pferde standen, ist jetzt viel Platz für seine Maschinen. Manchmal, am Sonntag, zieht er ein blaues Monteursgewand an und setzt sich eine Schutzbrille auf, und wenn man am Zaun vorbeigeht, kann man sehen, wie er an einem Gerät herumschweißt, dessen Funktion ich nicht erklären kann. Vielleicht hat auch der junge Simonin einen Traum, vielleicht erzählt auch er sich eine Geschichte, ein berühmter Erfinder spielt darin die Hauptrolle, der heißt Simonin, und die Menschen kommen von überall her, um seine neue Maschine zu bestaunen, die sie endlich ganz überflüssig macht.

In der Dorfmitte, wo die Häuser eng miteinander verwachsen sind, ineinandergeschoben vom Druck ihrer Erinnerungen, haben die Leute keine Gesichter, die ich unterscheiden kann. Am Morgen fahren sie mit ihren Autos weg, und am Abend flackern die Fernsehschirme blau hinter ihren Fenstern. Nur eine Familie kenne ich hier, vom Sehen und vom Grüßen. Die Frau geht manchmal mit zwei kleinen Mädchen spazieren, aber nur solange es hell ist. Sobald es dunkel wird, da bin ich sicher, verriegeln sie ihre Tür, es könnte ein Sittlichkeitsverbrecher davor stehen, oder ein Mädchen, das seltsame Anklagen in die Nacht ruft und dem der Schaum vor dem Mund steht.

Dann kommt die *mairie* und nimmt sich wichtig mit ihren aufgemalten Steinquadern, die mit dem Putz wegbröckeln. Die Fassade soll jetzt renoviert werden, habe ich gehört, die Kiesgrube hat Geld in die Gemeindekasse geschaufelt, und Ravallet will beweisen, dass alle etwas davon haben. Er selber hat Karriere gemacht, ist endlich in den *conseil général* gewählt worden, da hat er Subventionen zu verteilen und Posten zu vergeben; in seinem neuen Schreibtisch sammeln sich schon die Schuldscheine an, mit denen er sich irgendwann einen Abgeordnetensitz in Paris kaufen wird. Die *permanence,* jede Woche zweimal eine halbe Stunde, überlässt er meistens Bertrand, aber trotzdem bilde ich mir jedes Mal, wenn ich am Rathaus vorbeigehe, ein, ich könne sein Rasierwasser riechen.

An der Biegung der Straße, fünfhundert Schritte zum einen Ende des Dorfes, fünfhundert zum anderen, steht unverändert das Haus von Mademoiselle Millotte. Niemand hat es betreten, seit man ihren Sarg hinausgetragen hat; der Großneffe aus Bordeaux ist nie in Courtillon aufgetaucht. Ganz langsam rankt sich eine neue Geschichte um das Gebäude und wird es irgendwann zuwuchern: Mademoiselle Millotte, heißt es, spuke durch die Zimmer, in stillen Nächten könne man ihren Rollstuhl hören, wie er sich einen Weg bahne zwischen den vielen kleinen Möbelchen. Sie ordne ihre Erinnerungsstücke, heißt es, und manchmal lasse sie eins fallen und man könne es klirren hören. »Siebenschläfer«, sagen die vernünftigen Leute, »wahrscheinlich hatten sie auf dem Dachboden ihr Nest, und jetzt haben sie das ganze Haus übernommen.« Es wird wohl stimmen, aber die wahren Erklärungen sind nicht immer die richtigen.

Ich gehe nicht mehr gerne an der Kirche vorbei, ich kenne sie von zu vielen Abdankungen. Letzte Woche hielt hier ein Lastwagen, und sechs Männer – Madame Simonin flatterte um sie herum wie ein Muttervogel, dem man die Eier aus dem Nest stiehlt – schleppten das große Gemälde der »Muttergottes im Wald« aus dem Eingang. »Es soll restauriert werden«, berichtete mir Madame Simonin, nachdem sie die Kirchentür wieder abgeschlossen hatte, »obwohl es nicht wirklich nötig wäre, ich habe immer besonders große Blumen davorgestellt.« Sie fühlt sich persönlich angegriffen, als ob diese Restauration ein Vorwurf gegen sie wäre, hätte sie besser aufgepasst, wäre dem Bild nichts passiert. Wenn sie es wieder aufhängen, in ein paar Monaten, wird die Muttergottes keinen Schnurrbart mehr tragen, wird wieder ein Stück Unordnung beseitigt sein und die Ordnung frisch lackiert.

Maurice ist ein Musterschüler geworden und will kein Maler mehr sein.

Am Denkmal für die Gefallenen des Großen Krieges und des noch größeren, der hinterher kam, hat sich nichts verändert. Niemand hat den Namen des Generals eingemeißelt, obwohl auch er ein Opfer war.

Ein paar Schritte weiter steht im Vorgarten von Bertrand ein Schild, »günstige Restposten wegen Geschäftsaufgabe«. Er hat keine Lust mehr, Weinhändler zu sein, »im Tourismus liegt jetzt das Geld«, sagt er und ist sehr stolz auf seinen Durchblick. Auf dem Campingplatz – »Wie sieht's jetzt aus mit einem deutschen Prospekt?« – will er auch Surfbretter vermieten und Fahrräder, Angelzeug will er verkaufen und die Weine, die sich im Dorf niemand hat andrehen lassen, mit neuen Etiketten versehen. Auch ein Maskottchen hat er sich schon ausgedacht, einen aus Holz geschnitzten Fisch, die Rückenflosse ist ein Hebel, und mit dem Maul kann man Nüsse knacken. »Die Leute kaufen alles, was nach Tradition aussieht«, sagt Bertrand.

Der Garten des alten Simonin hat noch nie so schön geblüht wie in diesem Jahr, sogar der Feigenbaum, den er vor ein paar Jahren gepflanzt hat und der in unserem Klima gar nicht gedeihen dürfte, trägt die ersten kleinen Früchte. Einmal habe ich ihn bei der Arbeit beobachtet, als auf der Straße gerade sein Sohn vorbeifuhr mit einer seiner riesigen Maschinen. Er hat ihm nachgeschaut und den Kopf geschüttelt und dann den Spaten in die Erde gehauen, als ob es dort etwas zu erschlagen gäbe. Auch der alte Simonin hat eine Geschichte, mit »früher war alles besser« fängt sie an, und mit »wenn es euch dann einmal leid tut, ist es zu spät« hört sie auf.

Die große Kuhstallbaracke gleich um die Ecke ist das jüngste Gebäude in Courtillon und sieht doch schon so verwittert aus, als ob sie jeden Tag einstürzen müsste. Die Kühe, die hier Milch produzieren, sterben jung; das Silagefutter macht sie zwar ergiebig, aber auch krank. Es sind Kühe ohne Hörner, man brennt sie ihnen ab, damit sie sich nicht im Fütterungsmechanismus verhaken. Ich stelle mir gerne vor, dass sie ihre eigenen Legenden haben und sich nachts im Stall von einer Zeit erzählen, als Kühe noch gefährlich waren und sich zu wehren wussten.

Am Ende der *Rue de la gare,* dort, wo kaum je einer hingeht, weil der Weg morastig ist und weil es sich auch sonst nicht lohnt, steht nach wie vor der kleine Bahnhof, wie aus einem Baukasten hierher verloren. Es wohnen jetzt wieder drei Menschen darin, Valentine ist aus der Klinik zurückgekommen, geheilt, sagt man, aber auf jeden Fall verändert. Sie hat das kalte Leuchten verloren, das sie zu etwas Besonderem machte, ihr Gesicht, das immer wie skizziert war, nur angedeutet und deshalb so wandelbar, hat feste Linien bekommen, man sieht einmal hin und will nichts Näheres wissen. Wann immer man ihr begegnet, hat sie eine Zigarette im Mund, und die Asche bröselt ihr über die Bluse; was früher auf reizvolle Weise deplatziert aussah, wirkt jetzt nur noch unappetitlich. Im *Intermarché* von Montigny sitzt sie an der Kasse, habe ich gehört, eine wie alle andern, austauschbar und ausgetauscht.

Ihre Eltern verstehen sich wieder besser, manchmal begleitet die *greluche* ihren Mann sogar zum Angeln, nimmt für ihn die schweren Karpfen vom Haken und schreibt ihr Gewicht in ein kleines schwarzes Wachstuchheft, ein Erfolgsbericht für die Nachwelt, und wenn es immer wieder die gleichen Fische sind, die sie fangen, dann muss das keinen kümmern.

Und dann kommt mein Haus. Unser Haus.

Es hat sich dem Dorf angepasst, Vorhänge an den Fenstern, und der Mauer entlang eine schnurgerade Reihe von dunkelgelben Blüten, die aussehen, als ob sie sich in einem Blumentopf wohler fühlen würden. Der Kies in der Einfahrt ist immer frisch geharkt, eine der vielen unnötigen Arbeiten, die Elodie sich auferlegt. Nur das aufgebockte Auto stört den ordentlichen Anblick; noch wehre ich mich dagegen, aber natürlich werde ich auch in diesem Punkt nachgeben, wir werden aus dem Stall eine Garage machen, Geneviève wird neue Räder besorgen – über das Busunternehmen, bei dem sie arbeitet, bekommt sie sie günstig –, sie wird sie montieren mit ihren starken Händen, und dann wird mir die letzte Ausrede für meine Unbeweglichkeit genommen sein.

Die erste Fahrt, das habe ich mir versprochen, werde ich zu Jojo machen, werde ihn endlich besuchen in seinem Heim für Menschen mit verminderten Fähigkeiten. (Im Dorf nennen sie es anders.) Ich will ihm eine Großpackung Streichhölzer mitbringen, auch wenn ich weiß, dass sie sie ihm wieder wegnehmen werden. Ich hätte das schon lange einmal tun sollen; jetzt habe ich Angst, dass er sich nicht mehr an mich erinnert.

Auch im Innern des Hauses setzt sich die Normalität Courtillons immer mehr durch. Vom Steinboden in der Küche sind die letzten Linoleumsreste abgekratzt, das Loch in der Mauer, zwischen den beiden Zimmern im Erdgeschoss, ist gerade gemörtelt und der Mörtel frisch verputzt, die Umrisse des großen Terrassenfensters sind auf die Wand gezeichnet, und Geneviève sucht schon nach Handwerkern, die die Arbeit billig machen, Zahlung natürlich *en espèces*, so wie es bei Jean üblich war.

Elodie und Geneviève teilen sich immer noch ein Zimmer, aber sie haben dort zu wenig Platz, auch wenn die Bücherkisten verschwunden sind. (Die neuen Regale einzuräumen war eine der wenigen Arbeiten, die sie mich allein erledigen ließen.) Irgendwann wird Geneviève zu mir ziehen, es ist praktischer so, und es ist sinnvoll. Das verschnörkelte Bettgestell aus Messing wird auf dem Dachboden landen; die Löwenbadewanne steht auch schon dort, sie ist einfach zu groß, und für drei Leute schafft der Boiler nicht genügend Wasser. Der Vorschlag, doch besser gleich ein neues Bett anzuschaffen, kam von Geneviève, das Thema war ihr peinlich, und sie biss sich den abgebrochenen Zahn in die Unterlippe, bevor sie herausbrachte: »Ich denke, es ist dir auch lieber so.« Sie stolpert immer noch jedes Mal, wenn sie mich duzt.

Elodie hat drei Ferientage bei ihrer besten Freundin verbracht. Als sie zurückkam, hat sie uns, die wir drei Nächte allein miteinander gewesen waren, erwartungsvoll angesehen. Sie hat die Frage nicht gestellt, natürlich nicht, aber die Antwort hätte gelautet: »Wir werden uns aneinander gewöhnen.«

Geneviève lässt sich jetzt die Haare länger wachsen; es verändert sie, und das ist gut so.

Aus dem Fenster des Schlafzimmers wird sie auf ihr altes Haus schauen müssen und in den Hof, wo Dinge passiert sind, an die sie sich nicht gern erinnert. Die Fassade hat sich nicht sehr verändert, die Mauern stehen wie vorher, nur die Fensteröffnungen sind blind geworden, und wo einmal der Dachstock war, ragen verkohlte Balkenreste wie schwarze Zahnstummel ins Leere. Die Ruine wird lange so bleiben, erst muss der Streit mit der Versicherung ausgestanden sein.

Wenn es regnet, riecht es immer noch süßlich aus den Trümmern.

Im Garten hinter dem verbrannten Haus wächst das Gemüse besser denn je, Asche ist ein guter Dünger. Wenn ihre Mutter dort etwas geholt hat, weigert sich Elodie, es zu essen, aber Geneviève kocht trotzdem fleißig Konserven ein. »Es wäre doch schade drum«, sagt sie und plant mit Einmachgläsern die Zukunft.

Vor dem Grundstück des Generals parken am Wochenende Wagen aus Deutschland und aus der Schweiz, auch ein holländisches Kennzeichen habe ich schon gesehen. Die Frau von der Immobilienagentur führt Interessenten durch das Haus, und wenn sie wieder herauskommt, rüttelt sie jedes Mal am Gartentor, um zu sehen, ob das *»A vendre«*-Schild noch gut befestigt ist. Bisher hat sich niemand zum Kauf entschlossen. »Man müsste zu viel Arbeit hineinstecken«, sagen sie, bevor sie wieder in ihre Autos steigen, »da hat jemand zu lange drin gewohnt und hat immer alles beim Alten gelassen.«

Das steinerne Kreuz neben dem Eingang des Friedhofs

hat Ravallet auf Gemeindekosten wieder aufrichten lassen. Die Metallbänder, mit dem es jetzt an seinem Sockel festgemacht ist, sehen aus wie die Beinschiene eines an Kinderlähmung Erkrankten.

Auch um die Grabstätte seiner Familie hat sich der neue *conseiller* gekümmert. RAV LLET hatte jahrelang über dem Eingang gestanden, das zweite A vom General weggeschossen. Eine verirrte Kugel, sagte das Dorf, aber der General war ein guter Schütze und wusste, wo seine Gespenster herkamen. Der neue Buchstabe glänzt noch fremd in der Abendsonne, es wird ein paar Jahre dauern, bis er verblasst ist und nicht mehr auffällt zwischen den andern.

Warum legen wir auf Gräber eigentlich Blumen? Sie können doch nicht verdecken, was darunter ist.

Wenn man den Friedhof verlässt und aus dem Dorf hinausgeht, ist da ein Schild an einen Baum genagelt: *»Stationnement interdit aux gens du voyage«*. Courtillon mag Leute nicht, die nur vorbeikommen, die ihre Geschichten für sich behalten wollen und sie nicht mit den anderen teilen. Courtillon mag Leute nicht, die zu viel Freiheit haben.

Der Holzstoß vom Johannisfeuer wirft einen langen Schatten. Im nächsten Jahr werden wir ihn verbrennen, und *Saint Jean* wird wieder ein Tag im Kalender sein, nicht mehr.

In den Furchen von den Rädern der Traktoren steht Wasser, kleine Larven zucken darin, ihnen fehlt der Fluss, um weiterzuleben, der freie Weg bis zum Meer. Ich stehe daneben und schaue auf Courtillon und bin zu Hause.

Tausend Schritte lang ist die Welt.

Charles Lewinsky im Diogenes Verlag

Charles Lewinsky, 1946 in Zürich geboren, ist seit 1980 freier Schriftsteller. International berühmt wurde er mit seinem Roman *Melnitz*. Er gewann zahlreiche Preise, darunter den französischen Prix du meilleur livre étranger. Sein jüngster Roman *Der Halbbart* war für den Schweizer und den Deutschen Buchpreis nominiert. Sein Werk erscheint in 14 Sprachen. Charles Lewinsky lebt im Sommer in Vereux (Frankreich) und im Winter in Zürich.

»Charles Lewinsky ist unstreitig einer der erfolgreichsten, sicher aber der vielseitigste Schriftsteller der Schweiz.«
Martin Ebel / Süddeutsche Zeitung, München

Johannistag
Roman
Auch als Diogenes Hörbuch-Download erschienen, gelesen von Fabio Eiselin

Melnitz
Roman. Mit einem Nachwort des Autors

Gerron
Roman

Kastelau
Roman
Auch als Diogenes Hörbuch-Download erschienen, gelesen von Christian Heller

Der Stotterer
Roman
Auch als Diogenes Hörbuch erschienen, gelesen von Robert Stadlober

Der Halbbart
Roman
Auch als Diogenes Hörbuch erschienen, gelesen von Maximilian Kraus

Sind Sie das?
Eine Spurensuche

Als Kinderbuch erschienen:

Einmal Erde und zurück
Mit Illustrationen von Julian Meyer